「山东大学文学院项目培育经费资助项目」

挚虞及其《文章流别集》研究

徐昌盛　著

山东大学出版社
·济南·

图书在版编目(CIP)数据

挚虞及其《文章流别集》研究/徐昌盛著.—济南：山东大学出版社,2020.12.
ISBN 978-7-5607-6992-9

Ⅰ. ①挚… Ⅱ. ①徐… Ⅲ. ①中国文学—古典文学研究—西晋时代②《文章流别集》—研究Ⅳ. ①I206.371

中国版本图书馆 CIP 数据核字(2021)第 074589 号

策划编辑 张晓林
责任编辑 张晓林
文案编辑 张彩芸
封面设计 泽坤广告

出版发行 山东大学出版社
社　　址 山东省济南市山大南路 20 号
邮政编码 250100
发行热线 (0531)88363008
经　　销 新华书店
印　　刷 山东新华印务有限公司
规　　格 787 毫米×1092 毫米 1/16
　　　　 22.25 印张 257 千字
版　　次 2020 年 12 月第 1 版
印　　次 2020 年 12 月第 1 次印刷
定　　价 58.00 元

前　言

挚虞是魏晋时代杰出的学者，在礼学、史学和文学等领域都有突出的贡献。挚虞是杰出的礼学家，他的议礼文字是《晋书·礼志》的重要组成部分，又与傅咸缵修《新礼》，且撰有《决疑要注》传世。挚虞又是重要的史学家，曾担任秘书监，负责图书典藏，撰有多部史学著作如《族姓昭穆记》《畿服经》《文章志》等。挚虞也是活跃的文学家，但不如"三张、二陆、两潘、一左"等人有突出的影响力，因此他的文学才能在其生活的时代内并未引起广泛的关注，现存文献中也没有任何形式的评价。但唐初史臣修《晋书》时全文收录了《思游赋》，而许敬宗所编《文馆词林》尚保留三首完整的赠答诗，说明他的诗赋作品尚有可采之处。这恰如一颗明亮的星星，独观尚能引人瞩目，但置入群星璀璨的太康文坛，相形之下略显黯淡。挚虞在文学领域最大的贡献是第一部诗文总集《文章流别集》的编纂和《文章流别论》的写作。《文章流别集》收录了代表性的作家作品，反映了当时人们的文学史观，又对文体的流别进行了讨论，体现了史学家文学批评的特点。因此，作为总集的编纂者和文学批评家，挚虞的贡献得到了更为广泛的认可，颜延之《庭诰》评"挚虞文论，足称优洽"①，锺嵘《诗品》说"挚虞《文

① 《太平御览》卷五八六，中华书局1960年版，第2640页。

志》，详而博赡，颇曰知言"①，刘勰《文心雕龙·颂赞》称"摰虞品藻，颇为精核"②。著名学者饶宗颐指出，《文章流别集》开启了"流别"一路，继之者有谢混《文章流别本》、孔宁《续文章流别》、颜之推《续文章流别》等；又说摰虞"实开彦和之先路"，强调《文选》的编集受到了《文章流别集》编纂的影响；而且"不特《昭明文选》取材于兹，而《文心》上半部，何曾不资为挹注?"指出《文心雕龙》的文体论也受到了《文章流别论》的影响；并称"其书盖包括文选、文评、文史三大纲，历代选家未有如此详备者"，甚至称赞《文章流别集》的编撰方式是独一无二的。③

在近百年的学术史上，摰虞及其《文章流别集》的研究颇为冷清，主要是传世文献稀少的缘故，而现有的研究也主要集中在《文章流别论》上。我国台湾和香港的学者，已经对摰虞进行了专题研究，如香港邓国光《摰虞研究》(香港学衡出版社 1990 年版)是第一部对摰虞及《文章流别集》进行全面研究的专著，筚路蓝缕，厥功甚伟。尤其值得重视的是，日本学者早在 20 世纪 70 年代已经有研究摰虞的文章发表。④ 兹将大陆(内地)、港台和日本学者的有关摰虞与《文章流别集》的研究成果依据时间顺序排列，以期厘清大致的研究脉络，并就主要观点略作叙述。

① (南朝梁)锺嵘著，曹旭笺注:《诗品笺注》，人民文学出版社 2009 年版，第 105 页。

② (南朝梁)刘勰撰，范文澜注:《文心雕龙注》，人民文学出版社 1981 年版，第 158 页。

③ 参见饶宗颐:《六朝文论摭佚》，《饶宗颐二十世纪学术文集》第 16 册，(台北)新文丰出版股份有限公司 2003 年版，第 678 页。

④ 参见洪顺隆主编:《中外六朝文学研究文献目录》，文津出版社 1987 年版。

郭绍虞是最先关注到《文章流别论》的现代学者，其《〈文章流别论〉和〈翰林论〉》（首发于1929年《燕大学刊》第5卷第3期）主要讨论了两书的辑佚情况并且分析了史书的目录著述。作者首先交代了《文章流别论》的辑佚现状，接着说它与《翰林论》“有一极相似之处，即是并为附丽于总集而别行辑出者”，肯定了《文章流别论》本是附骥《文章流别集》、后来才辑出单行的说法。又据《隋志》所引的梁代著录情况指出，《文章流别论》在阮孝绪《七录》前已经辑出单行。面对史传和目录著述造成的不一致局面，郭绍虞认为原因是“大抵当时以卷帙繁多之故，传钞者恒不相一致”，并总结为三种情况：“一本则区《文章志》与《流别集》为二，而论则附于《流别集》中者。此《晋书》本传所载者是。（新、旧《唐书·艺文志》目录类《文章志》四卷，总集类《文章流别集》三十卷与《晋书》同）一本则区《流别集》与《文章流别志论》而为二，此则《隋书·经籍志》著录所称为《文章流别志、论》者是。又一本则区《流别集》《流别论》《文章志》而为三，此则《隋书·经籍志》注所云‘《流别集》六十卷、志二卷、论二卷’者是。今张溥、严可均诸人所辑，案其内容，皆为《流别论》，其称为《流别志、论》者，误也（《文章志》性质同于序目与此不同）。”①

後藤秋正的《挚虞诗小议——西晋四言诗一侧面》（《呼兰师专学报》1996年第3期）是第一篇将挚虞的诗歌作为研究对象的文章。作者认为挚虞“是以正统的儒家教养为基础励精公务”，这是正确的，又以挚虞和傅咸为中心探究了他们的文学交往圈，发现挚虞与傅咸没有直接的诗歌唱和，而据此断定两者没有直接交

① 郭绍虞：《照隅室古典文学论集》上编，上海古籍出版社2009年版，第146～148页。

流，这显然是不察史书的误读。

邓国光的《挚虞研究》应属于博士论文，是一部全面而详尽的专著，涉及挚虞生平及其著作的方方面面，其筚路蓝缕的功绩，是任何从事挚虞和中古文论研究的学者都无法忽视的。此书共有四篇十七章。第一篇是“挚虞生平行谊”，对挚虞的家世、生平和思想作出了详细的考订。第二篇是“挚虞学术与文学”，主要从经学、史学和文学三大方面详细论述，尤以礼学作为讨论的重点。第三篇是“挚虞文论著作考述”，对《文章志》《文章流别集》《文章流别论》分别进行了考订和论述。第四篇是“挚虞文论述要”，作者认识到挚虞在文论史上的地位，对他的文论旨趣、论“六诗”与“四过”以及“象”与“体”作了阐述，且讨论了以流别论体裁和体要的方法，以及挚虞对作家作品的品藻。总体来说，邓国光的大作，搜罗资料甚为齐备，核查文献也颇用力，给笔者的进一步讨论提供了便利。尽管具体的细节还有可斟酌商榷之处，但基本完成了对专人的穷尽式研究，也给后来学者从宏观的学术背景中探讨《文章流别集》和《文章流别论》的来源和价值留下了继续研究的空间。

程章灿《汉魏六朝文学五考》(《古籍整理研究学刊》1994 年第 5 期)有“挚虞字仲治考”一篇，《晋书》称“字仲洽”，程氏通过对南朝文献和初唐类书的记载，以及《晋书》史料来源的讨论校勘，同时借助古人名、字间的对应关系，并引王佩诤的“唐虞之治，殷周之隆”的讨论，确认挚虞的字应是“仲治”。应该说，经过前人的努力和程章灿的综合讨论，这个问题已经完美解决了。

俞士玲《西晋文学考论》(南京大学出版社 2008 年版)对挚虞仕历的片段、作品的系年、太康唱和、《文章志》和《文章流别集》等情况提出了自己的见解。其中《挚虞〈文章志〉考》注意到太康年间傅咸、挚虞等在尚书省存在着诗歌赠答唱和的现象;又利用《续齐谐记》的记载,认为挚虞有两次担任尚书郎的经历,其中一次因答诏不善而左迁阳城令,可备一家之说;又根据《文章志》的佚文来考证《文章流别集》的体例,研究扎实而细致。① 至于《文章流别集》的集部史地位、《文章流别论》的文学批评史作用、《文章志》的目录学意义,笔者的《〈文章流别集〉与魏晋学术新变》(上海交通大学出版社 2021 年版)有专门的讨论,因为与本书的研究重点无涉,就不拟赘述了。

本书根据研究对象的需要实际上分为"挚虞研究"和"《文章流别集》研究"两个部分。第一部分是"挚虞研究",共分为三章。第一章是挚虞生平事迹的编年考证,在进行作家作品编年考证的基础上,注意将挚虞的生平历程置于魏晋之际政治变局的宏观环境中考察。第二章紧扣挚虞经学中成就最突出的礼学,司马氏建立晋国进行"制度创新",令荀顗制订《新礼》,但未能施行;太康平吴后,晋武帝"意先仪范",授命挚虞修订《新礼》,成为东晋以降礼制的基础,因此挚虞在魏晋礼学发展史上具有重要的作用和地位。第三章在西晋文学活动的背景下考察挚虞参与文学集会和文学唱和的情况,最重要的是发现了"八王之乱"中政权中心文人的分化情况,揭示出挚虞坚守学者本色的立场。第二部分是"《文章流别集》研究",也分为三章,即第四至六章。第四章主要讨论《文章流别集》编纂和文论。汉末以来的图书和人才聚集、博学风气流行和大型图书的修撰构成了《文章流别集》的成书背景。模拟经典的盛行推动了《文章流别集》的编纂和辨体。《文章流别

① 参见俞士玲:《挚虞〈文章志〉考》,南京大学古典文献研究所编:《古典文献研究》第九辑,凤凰出版社 2006 年版,第 164 页。

论》重视有韵之文，是魏晋文论发展的总结。《文章流别集》的基本面貌很可能是整体依据文体分类，类分之中各以时代先后排列作家，全篇之前有总论，各体之下有分论。第五章是用文学史的视野观照《文章流别集》。《文章流别集》所选的作家作品以两汉为主，宗尚两汉不仅是挚虞本人的文学创作和理论特点，而且是西晋文人创作和理论的共同特点。第六章是将《文章流别集》和《翰林》进行比较研究，指出《翰林》具有《文章流别集》的续编性质，而文论表达方式的差异，实际上体现了两晋学风的不同，以挚虞、李充为代表的史学家文学批评，与曹丕、曹植、陆机为代表的文学家文学批评，在观念呈现和表达方式上大异小同。

本书坚持传统方法的研究路径，注重将文学研究与文献整理相结合，将文学研究与学术发展相结合，通过细腻的比较，寻找学术研究的增长点。一是考证辑佚法。作家生平的考证和作品的辑校编年是专人研究的基础，因此在进入研究伊始，首要工作是制作作家的年谱，梳理作家的生平、交往、学术和文学情况，给研究打下扎实的文献基础。同时，也完成了挚虞作品的辑佚和校对工作，形成了初步整理成果《挚虞集辑校》，将来在合适的时机再进行注释，以期形成题为《挚虞集校注》的文献整理著作。二是多学科交叉研究法。不断开拓宏观的学术视野，在对作家进行全面了解的基础上，根据作家的主要贡献，关注他所从事的工作，进行多学科的综合性研究。如魏晋礼学是当时学者的关注重点，《晋书·礼志》三卷中记载了挚虞大量的议礼文字，因此挚虞的礼学是理解魏晋礼学的关键。又如挚虞的文学成就，毋庸讳言，在同时代作家中并不突出，但挚虞参与了文学集会和文学赠答，也可以通过他的文学活动展现西晋文学活动的全貌。三是比较研究法。在研究的过程中，笔者注意到挚虞和李充都属于史官编纂总集,他们的选文定篇和总集文论有特殊的关注重点和表达形式,可称为“史家之批评”;而曹丕、陆机重视探索文学创作的奥秘,他们的文学理论可称为“文人之批评”。比较史学家与文学家文学批评的异同,具有重要的学术价值。挚虞和李充尽管都是史官,但分别活跃于西晋时期和东晋时期,他们文论表达的差异,反映了西晋和东晋学术风气的变迁。由此可知,通过深入细致的比较,能够发现文学和学术变迁的蛛丝马迹。

魏晋文学的研究,经过几代学人的努力,已经取得了杰出的成就。后来的研究者,面对前人的卓越研究,既踌躇满志、跃跃欲试,又感到难以为继、手足无措。近些年魏晋文学的研究是比较冷清的,这通过主流期刊寥若晨星的发文量可以窥见。在缺少出土文献提供新材料的情况下,研究者扩充自己的知识储备,并进行精细化的研究,应该是目前比较稳妥的方法。

目 录

第一章　魏晋政局中的挚虞生平

挚虞的生年，史无明文，根据笔者的考证，应该是出生于正始六年（245）左右，而卒年明确是永嘉五年（311）。挚虞在世的六十余年间，魏晋政局发生了巨大的变化。他年幼时，即发生了高平陵政变，司马氏开始独断朝纲；待其成年，蜀国为魏所灭，不久魏晋完成了禅代，司马氏的晋王朝正式建立；太康平吴之后，司马氏完成了全国大一统；承平未久，武帝崩殂，惠帝嗣位，因生来痴愚，贾后擅权，肆行奸慝，诛戮大臣，终于触发了“八王之乱”；各王互相倾轧，又借助胡族军队争利，导致了五胡猾夏的惨剧，洛阳残毁，怀帝蒙尘，人民播迁流离，而时任太常的挚虞也在这场动乱中饥馁而死。西晋政权也从此日薄西山、奄奄一息，走向了灭亡的边缘。幸得东海王司马越早有防备，遣司马睿镇守建邺，使晋祚得以苟延。因此要考察挚虞的人生历程，必须结合剧烈变迁的魏晋之际的政局。

第一节　京兆挚氏的高尚家世

挚虞，《晋书》本传载：“挚虞字仲洽，京兆长安人也。”①

① 《晋书·挚虞传》卷五一，中华书局 1974 年版，第 1419 页。

仲洽，或作仲治，应是形近而讹。邓国光引六朝诸书，证为“仲治”，是正确的；[①] 但引杨明照在《文心雕龙校注拾遗》中的判断，即“钞本《御览》引作冶”，而否认“冶”是“治”的讹误，以为是阙笔之讳，恐有未当。《太平御览》成书于宋初，宋人不必避唐讳；又影印南宋绍兴本《艺文类聚》卷三二中，有同时作“冶”与“治”的，可能是造书者不慎，偏旁连笔而致误。程章灿《挚虞字仲治考》[②] 专门讨论了这个问题。他先引六朝至唐的文献，发现多作“仲治”；又解释误作“仲洽”的原因或是各本《晋书》出于同一个共同的祖本；后来唐修《晋书》和张溥的《挚太常集》成为人们的常用书，两书皆作“仲洽”，故这种错误意见为人们所沿用。程章灿又引王佩诤的“唐虞之治，殷周之隆”之意见来说明古人名与字之间，往往有对应的关系。当然这只能是补充论证，因为也有反例，比如吉常宏等在《古人名字解诂》中也从名和字的关系作过一番解释：“汉刘向《说苑・建本》：‘日以自虞。’《玉篇・虍部》：‘虞，乐也。’《诗・大雅・江汉》：‘矢其文德，洽此四国。’孔颖达疏：‘又施布其经纬天地之文德，以和洽此天下四方之国，使皆蒙德。’和洽、欢乐义相近，故相协。”[③] 吉常宏支持“仲洽”之说，但其中的联系略显牵强。

挚虞是京兆郡长安县人。京兆郡，汉时已置，因是帝王所都，时称京兆尹。京兆与扶风、冯翊并称“三辅”。汉武帝置司

---

① 参见邓国光：《挚虞研究》，（香港）学衡出版社 1990 年版，第 7 页。

② 参见程章灿：《汉魏六朝文学五考》，《古籍整理研究学刊》1994 年第 5 期。

③ 吉常宏、吉发涵：《古人名字解诂》，语文出版社 2003 年版，第 239 页。

隶校尉时，京兆尹为其管辖；东汉光武于关中置雍州，后罢，复置司隶校尉，统辖三辅如故；光武都洛阳，因置河南尹，史载“三辅陵庙所在，不改其号，但减其秩”①，则京兆尹未改名号，与扶风、冯翊同属司隶校尉统辖；至献帝时重置雍州，三辅又俱属雍州管辖。曹魏时设置司州统五郡（不含京兆），三辅仍属司隶，因首都在洛阳，故改京兆尹为郡太守。晋初武帝仍居魏都洛阳，“于长安置雍州”②，将“三辅还属雍州”③，则京兆郡重属雍州，但分京兆郡的南部而新置上洛郡，归司州管辖。长安县是京兆郡的治所。挚虞的《雍州诗》系赞美乡土之作，曰：“於皇先王，经启九有。有州惟雍，居京之右。土载奥区，山包神薮。嘉生惟繁，庶类伊阜。悠悠州域，有华有戎。外接皮服，内含岐丰。周馀既没，夷德未终。莫不慕义，易俗移风。”④

挚虞的祖上颇有高风。京兆挚氏知名者，西汉有挚峻，与司马迁交好，高尚不仕，号曰居士；东汉有挚恂，系挚峻十二世孙，皇甫谧《高士传》说他“明《礼》《易》，遂治五经，博通百家之言。又善属文，词论清美。渭滨弟子扶风马融、沛国桓驎等自远方至者十余人。既通古今，而性复温敏，不耻下问，故学者尊之。常慕其先人之高，遂隐于南山之阴。初，马融从恂受业，恂爱其才，因以女妻之。融后果为大儒，名冠当世，世以是服恂之知人。永和中，和帝博求名儒，公卿荐恂行侔曾、

① 《后汉书·百官志》，中华书局1982年版，第3614～3615页。

② 《晋书·地理志》卷一四，第430页。

③ 《晋书·地理志》卷一四，第415页。

④ 逯钦立辑校：《先秦汉魏晋南北朝诗》，中华书局1983年版，第759页。

闵，学拟仲舒，文参长卿，才同贾谊，实瑚琏器也，宜在宗庙，为国硕辅。由是公车征，不诣。大将军窦宪举贤良，不就。清名显于世，以寿终。三辅称焉"①。又有挚茂，《三辅决录》载："以茂才为郡法曹，治财致大富，悉散以分宗人，先从贫始，以寿终。"② 则挚峻、挚恂洵为高士，挚茂之人品也有先祖之遗风。

挚虞的父亲挚模，官至魏朝太仆卿。《晋书·挚虞传》载："父模，魏太仆卿。"③ 刘孝标《世说新语注》引王隐《晋书》曰："祖茂，秀才。父模，太仆卿。"④ 挚虞的祖父挚茂仅是秀才，地位不高，史无记载；父亲虽位至二千石，事迹不显，史不立传。太仆卿的品级，洪饴孙《三国职官表》载："太仆卿一人，中二千石，第三品。"⑤ 而太仆卿的职掌，《后汉书·百官志》载东汉的情况是"掌车马，天子每出，奏驾上卤簿用，大驾则执驭"⑥，魏因之，职掌如故。又太仆卿寺地址及其建置情况，传为张载所注的《魏都赋》里有详细说明，在"其府寺则位副三事，官逾六卿，奉常之号，大理之名，厦屋一揆，华屏齐荣"⑦ 句注曰："当司马门南出，道西最北东向相国府，第二

① （汉）赵岐撰，（清）张澍辑：《三辅决录》，三秦出版社 2006 年版，第 10 页。

② （汉）赵岐撰，（清）张澍辑：《三辅决录》，第 10 页。

③ 《晋书·挚虞传》卷五一，第 1419 页。

④ （南朝宋）刘义庆著，（南朝梁）刘孝标注，余嘉锡笺疏：《世说新语笺疏》，中华书局 2007 年版，第 301 页。

⑤ （清）洪饴孙：《三国职官表》，《二十五史补编》，中华书局影印开明书店辑印本。

⑥ 《后汉书·百官志》，第 3581 页。

⑦ 《文选》卷六，中华书局影印胡刻本 1977 年版，第 102 页。

南行御史大夫府，第三少府卿寺；道东最北奉常寺，次南大农寺；出东掖门正东，道南西头太仆卿寺，次中尉寺。”① 知太仆卿寺是在东掖门外南首第一处。又说“建安十八年始置侍中、尚书、御史、符节、谒者、郎中令、太仆、大理、大农、少府、中尉”②，知太仆卿始置于建安十八年（213）。洪饴孙考出黄初以来担任此职的共有十四人，挚模为殿军。

挚虞的长兄挚育，官任凉州刺史。挚育之子挚瞻，有气节，死于王敦之手。《世说新语·言语》载：“挚瞻曾作四郡太守，大将军户曹参军，复出作内史，年始二十九。尝别王敦，敦谓瞻曰：‘卿年未三十，已为万石，亦太蚤。’瞻曰：‘方于将军，少为太蚤；比之甘罗，已为太老。’”③ 刘孝标《世说新语注》引《挚氏世本》曰：“瞻，字景游，京兆长安人，太常虞兄子也。父育，凉州刺史。瞻少善属文，起家著作郎。中朝乱，依王敦为户曹参军。历安丰、新蔡、西阳太守。见敦以故坏裘赐老病外部都督。瞻谏曰：‘尊裘虽故，不宜与小吏。’敦曰：‘何为不可？’瞻时因醉，曰：‘若上服皆可用赐，貂蝉亦可赐下乎？’敦曰：‘非喻，所引如此，不堪二千石。’瞻曰：‘瞻视去西阳，如脱屣耳！’敦反，乃左迁随郡内史。”④ 又《挚氏世本》曰：“瞻高亮有气节，故以此答敦。后知敦有异志，建兴四年，

① 《文选》卷六，第102页。

② 《文选》卷六，第102页。

③ （南朝宋）刘义庆著，（南朝梁）刘孝标注，余嘉锡笺疏：《世说新语笺疏》，第121～122页。

④ （南朝宋）刘义庆著，（南朝梁）刘孝标注，余嘉锡笺疏：《世说新语笺疏》，第121～122页。

与第五琦据荆州以距敦，竟为所害。”①

京兆挚氏家族高尚的道德和人格对挚虞有着深刻的影响。挚虞在讨论《新礼》时不苟同于权势煊赫、趋炎附势的荀勖，又能远离“八王之乱”而免于横祸，并在永嘉年间伴随怀帝辗转奔走于洛阳长安之间，这些不阿权贵、洁身自好的品格和忠贞奉主的行为，无疑是其家族高尚道德人格传统的延续。

第二节　嘉平政变中的少年学子

挚虞出生的正始年间正是曹氏和司马氏争权进入白热化的时期。智疏识浅的曹爽终究不敌老谋深算的司马懿，在高平陵政变中丧身，断送了曹氏对魏政的控制，也开启了司马氏专权的局面。

曹魏的衰乱，自非成于一朝一夕，自魏文帝开始就露出征兆。吕思勉说曹丕“篡位后荒于游畋，好营宫室，实开明帝奢侈之原。其妄行杀戮，亦开明帝外任法而内纵情之渐。故魏之大坏自明帝，启之者实文帝也”②。

明帝既崩，齐王芳即位，年甫八岁，曹爽与司马懿受命辅政。曹爽尽管表面上尊崇司马懿，迁为太傅，实际上是力图控制朝政，俾政由己出。司马懿为避其锋芒而采取韬晦策略，故意称病不预政事，且伪装老耄，欺过了打探虚实的李胜，逃脱了曹爽的猜忌，从此曹爽对其不再设防。当时名士多阿附曹爽

① （南朝宋）刘义庆著，（南朝梁）刘孝标注，余嘉锡笺疏：《世说新语笺疏》，第122页。

② 吕思勉：《秦汉史》，上海古籍出版社2009年版，第379页。

并占领要津，如何晏、邓飏、丁谧为尚书，何晏主管选举，毕轨为司隶校尉，李胜为河南尹。而弟弟曹羲、曹训分别为中领军、武卫将军，共同掌管禁军。嘉平元年（249）春正月，曹爽同兄弟曹羲、曹训、曹彦和皇帝曹芳出城拜谒魏明帝的高平陵，司马懿趁机发动政变，夺取了军政大权。那些阿附曹爽的名士，悉遭杀戮，甚至“支党皆夷及三族，男女无少长，姑姊妹女子之适人者皆杀之”①，可谓残忍至极。

其实司马懿在曹操时即受重用，协助处理军事，提出军屯，解决了作战的粮食供给问题，面对关羽围攻襄樊而力劝曹操放弃迁都计划，利用吴蜀矛盾解樊城之围，累有功绩。他与曹丕的关系密切，早在曹丕任太子时，已为太子中庶子，深受曹丕信任。曹丕继位后引为心腹，明帝曹睿也颇加倚重，司马懿累官至抚军将军、录尚书事，参与了军政大事的决定和执行，不仅是统治集团的核心人物，而且形成了自己的羽翼。而曹爽赖以宗室身份掌权，资历威望远在司马懿之下，又缺乏政治军事才能，却擅长结党专权，宜乎在政争中归于溃败。

司马氏控制了曹魏政权，并不意味着斗争的结束，党曹的反对派一直在进行着斗争，如嘉平三年（251）太尉王凌在扬州首难，再如正元二年（255）毌丘俭、甘露二年（257）诸葛诞起兵反对司马师、司马昭兄弟，等等。司马氏为巩固政权，操纵魏柄，残酷地诛杀异己。嘉平六年（254），又诛杀名士李丰、夏侯玄等人，并夷灭三族，时人浩叹天下名士减半。这在当时士人之中引起了强烈的震动，他们要么选择与司马氏合作，要么就惨遭杀戮，偶有骑墙者，但内心世界却异常痛苦。山涛选

① 《晋书·宣帝纪》卷一，第20页。

择了与司马氏合作，累官至尚书吏部郎，参与了平蜀之役，在武帝执政时，做到吏部尚书、太子少傅、左仆射等，在名士中属宦达的；嵇康与曹氏有姻亲关系，又厌烦司马氏提倡的虚伪名教，提倡自然学说与司马氏对抗，终于遭到残杀；阮籍“本有济世志，属魏晋之际，天下多故，名士少有全者，籍由是不与世事，酣饮为常”①，服膺儒家济世思想的阮籍不肯受司马氏集团的拉拢，又担心招来祸患而不敢公然对抗司马氏，只好选择麻痹自己。史书说阮籍“发言玄远，口不臧否人物”②，但他内心的痛苦是剧烈的，这在其诗文和举止中随处可见。

魏正始六年（245），挚虞出生。挚虞的生年，限于史料，很难论定，兹斟酌诸说，证之古礼，推论如下。陆侃如说：“虞生年，史无明文。惟知卒于三一一年，举二六八年贤良前已为郡主簿，则当生于二四〇年左右。今系从谧受业于本年（按，指260年），时虞年约二十。”③ 陆侃如没有提供确定挚虞从学年份的依据，又误挚虞于泰始四年（268）举贤良，实际是泰始七年（271），因此推测的挚虞生年误差较大。俞士玲认为挚虞“约魏正始六年（245）生”④，则挚虞从学在十岁或稍前，惜无论证。邓国光注意到挚虞称潘岳为后生，潘岳生于正史正始八年（247），则挚虞生年必早于兹，故将其生年限定于正始元年（240）至正始八年（247）之间。又据《春秋公羊传》何休注“十五受大傅，教之以大学”，假设挚虞年十五从皇甫谧学，“以

① 《晋书·阮籍传》卷四九，第1360页。
② 《晋书·阮籍传》卷四九，第1361页。
③ 陆侃如：《中古文学系年》，人民文学出版社1985年版，第599页。
④ 俞士玲：《西晋文学考论》，南京大学出版社2008年版，第203页。

二六零年从学始计，上推十五年"①，则以魏正始六年（245）为挚虞生年。但景元元年（260）挚虞师事皇甫谧本系陆侃如推断，其正确性有待考察；又王肃是晋武帝的外祖父，其学在魏时已列学官，颇受推崇，王肃曾解《左传》却无《公羊》，而挚虞议礼主于王学②，又著《左丘明赞》，赞赏《左传》和杜预的《春秋释例》③，显然宗尚左氏，因此不太可能笃行何休《公羊》注的礼说。

挚虞曾师事皇甫谧，结合皇甫谧的生平经历进行讨论，可以获得更加细密的结论。皇甫谧的生卒年，史有明书，生于东汉建安二十年（215），卒于西晋太康三年（282）。据《晋书》本传记载，皇甫谧是安定朝那人，出继给后叔父，故迁徙至河南新安。安定郡在雍州东北部，河南郡在司州中部，两地相距较远。挚虞是京兆长安人，在雍州的东南部，且新安县在长安与洛阳间，是雍州前往京城的必经之地，往来之间最为便利。又其父挚模在曹魏首都洛阳任职，《晋书》记其最后官职是太仆卿，挚虞或随父居于洛阳。本传称皇甫谧"年四十丧所生后母，遂还本宗"④，则应该在嘉平六年（254）返回安定郡。本传又载"时魏郡召上计掾，举孝廉；景元初，相国辟，皆不行"⑤，

① 邓国光：《挚虞研究》，第5页。

② 《晋书·礼志上》卷一九载挚虞表曰"可依准王景侯所撰《丧服变除》，使类统明正，以断疑争，然后制无二门，咸同所由"（第582页）。

③ 《晋书·杜预传》卷三四载挚虞曰"左丘明本为《春秋》作传，而《左传》遂自孤行。《释例》本为《传》设，而所发明何但《左传》，故亦孤行"（第1032页）。

④ 《晋书·皇甫谧传》卷五一，第1410页。

⑤ 《晋书·皇甫谧传》卷五一，第1411页。

三国时的魏郡在司州的东北部，皇甫谧不当在此举孝廉，雍州有下魏郡，且与安定郡相邻，似更合情理，故疑“魏郡”乃“下魏郡”之误。本传载“其后乡亲劝令应命”云，据此可以推断嘉平六年（254）之后，皇甫谧当居于安定郡朝那县。挚虞师事皇甫谧，当以谧在新安县时最为方便，待谧返回安定，路途迢遥，很难慕名从学了。因此，挚虞从谧学习的时间应该在嘉平六年（254）谧还本宗之前。

《世说新语·赏誉》刘孝标注引《赵吴郡行状》载司马越与赵穆、王承、阮瞻、邓攸之书说：“《礼》：八岁出就外傅，十年曰幼，学。明可以渐先王之教也。”① 又《礼记·曲礼》曰“人生十年曰幼，学”②，《内则》说“十年，出就外傅，居宿于外，学书计”③，则刘注所引“八岁”应是“十岁”之误。司马越活跃在西晋而修书征引《礼记》，说明当时人们注意恪守礼仪规范。挚虞主要以礼学著名，那么少时自然笃学躬行礼仪。即使以下限计，将挚虞师从皇甫谧定于嘉平六年（254），那么他出生也不晚于正始六年（245）。邓国光已指出挚虞称潘岳为后生，《尔雅·释亲》称“男子先生为兄，后生为弟”，又潘岳生于正始八年（247），挚虞生年必早于正始八年（247）。总之，挚虞的生年应该在正始六年（245）之前，姑系于本年。

魏嘉平元年（254），挚虞十岁，师事皇甫谧，与张轨等为

---

① （南朝宋）刘义庆著，（南朝梁）刘孝标注，余嘉锡笺疏：《世说新语笺疏》，第 521 页。

② （清）朱彬撰，饶钦农点校：《礼记训纂》，中华书局 1996 年版，第 8 页。

③ （清）朱彬撰，饶钦农点校：《礼记训纂》，第 440 页。

同门。《晋书·挚虞传》载：“虞少事皇甫谧，才学通博，著述不倦。”① 王隐《晋书》说：“虞少好学，师事皇甫谧，善校练文义，多所著述。”② 挚虞少年时以学生的身份向皇甫谧问学，两者之间尚不能形成学术对话。太康三年（282），皇甫谧去世时，挚虞入朝为官已久，但皇甫谧一直拒绝征召入仕，他们选择的人生道路迥异，因此文献中也没有两人进一步交往的记载。但《晋书·皇甫谧传》篇末说：“门人挚虞、张轨、牛综、席纯，皆为晋名臣。”③ 牛综与席纯，史书无传，行迹不详。张轨在《晋书》中有传，且《晋书》明确记载了他与挚虞的交往。挚虞长张轨十岁左右，两人应该早已闻名。《晋书·张轨传》说：“秘书监缪世徵、少府挚虞夜观星象，相与言曰：‘天下方乱，避难之国唯凉土耳。张凉州德量不恒，殆其人乎！’”④ 则彼此深为了解，想来早年是过从甚密的。至于如何相知，史书阙载，难以考索。挚虞被擢为太子舍人是在泰始九年（273），到太康元年（280）始除闻喜令，太康年间又补尚书郎。《晋书·张轨传》说：“卫将军杨珧辟为掾，除太子舍人，累迁散骑常侍、征西军司。”⑤ 杨珧担任卫将军应在咸宁二年（275）。据《晋书·职官志》记载，“咸宁元年，以给事黄门侍郎杨珧为詹事，掌宫事，二傅不复领官属。及杨珧为卫将军，领少傅，省詹事，遂崇广

① 《晋书·挚虞传》卷五一，第1419页。

② （南朝宋）刘义庆著，（南朝梁）刘孝标注，余嘉锡笺疏：《世说新语笺疏·文学》，第301页。

③ 《晋书·皇甫谧传》卷五一，第1418页。

④ 《晋书·张轨传》卷八六，第2222页。

⑤ 《晋书·张轨传》卷八六，第2221页。

传训，命太尉贾充领太保，司空齐王攸领太傅”①，又说“咸宁三年，卫将军杨珧与中书监荀勖以齐王攸有时望”②，则杨珧担任卫将军在咸宁元年（274）至咸宁三年（276）间。而《晋书·贾充传》载，贾充“寻转太尉、行太子太保、录尚书事。咸宁三年，日蚀于三朝，充请逊位，不许”③。《晋书·武帝纪》载，咸宁二年（275）八月“太尉陈骞为大司马，司空贾充为太尉”④，咸宁三年（276）“春正月丙子朔，日有蚀之”⑤，则贾充领太保在咸宁二年（275）八月至咸宁三年（276）正月前。《晋书·齐王攸传》载，司马攸“咸宁二年，代贾充为司空，侍中、太傅如故”⑥，则司马攸领司空也在咸宁二年八月。因此，推断杨珧担任卫将军应在咸宁二年（275）。《晋书·惠帝纪》载，永平元年（291）三月辛卯，“诛太傅杨骏，骏弟卫将军珧”⑦，则杨珧以卫将军终身，时在291年。据上可知，在咸宁二年（275）至太康元年（280）间，挚虞很有可能与张轨同为太子舍人。则挚虞与和张轨两人的关系，除同门之谊外，应该同为太子舍人，彼此比较熟悉，因此永嘉四年（310）京师饥匮的时候，挚虞致书凉州刺史张轨求援。

---

① 《晋书·职官志》卷二四，第742页。
② 《晋书·职官志》卷二四，第744页。
③ 《晋书·贾充传》卷四〇，第1169页。
④ 《晋书·武帝纪》卷三，第66页。
⑤ 《晋书·武帝纪》卷三，第67页。
⑥ 《晋书·齐王攸传》卷三八，第1133页。
⑦ 《晋书·惠帝纪》卷四，第90页。

第三节　魏晋禅代之际开启宦途

挚虞的青少年时期是在司马氏掌权的时代中度过的，当时政治形势已趋稳定，曹魏江山也仅剩下一具空壳，皇帝已是潜藏深宫、无权预闻政事的傀儡。而挚虞之父挚模仕宦至太仆卿，既在司马氏政权之下居官，则与其他人一样，认同了司马氏的执政地位。在这样的背景下，挚虞对曹魏应该不会存在君臣情义。然而，司马氏的篡位，毕竟是通过弑君完成的，这是对礼教的背叛，正直的士人心中难免不以为然。及至魏晋禅代，挚虞业已年满二十，正是出仕的年龄，从此开始了为司马氏政权服务的宦程。

经过宣帝、景帝、文帝的努力，同情曹氏的反对派已经被铲除，魏晋禅代只是形式上的事情了，因而没有激起多少反对的声音。罗宗强指出，西晋始建之际，朝内已形成了两派势力：一派是协助司马氏夺权的贵族，如何曾、王沈、裴秀、羊琇、傅玄、贾充、荀勖、王济、杨珧、王恂、华广等人，而王沈、贾充尤为重要，因预弑高贵乡公有功，为司马氏禅代扫除最后一个障碍；另一派是名士清流，如张华、裴𬱟、庾纯、温颙、向秀、和峤、任恺诸人，立身清正，因自己的声望为世所重。① 这两派势力互不容忍，凡有机会，总是趁机讽劝武帝贬谪对方。泰始七年（271）秋七月，武帝问裴楷："朕应天顺时，海内更始，天下风声，何得何失？"② 裴楷顺势将矛头指向贾充："陛

① 参见罗宗强：《玄学与魏晋士人心态》，中华书局 2019 年版，第 213 页。

② 《晋书·裴楷传》卷三五，第 1048 页。

下受命，四海承风，所以未比德于尧舜者，但以贾充之徒尚在朝耳。方宜引天下贤人，与弘正道，不宜示人以私。”① 裴楷的回答显示出朋党斗争无所不在，总是寻找机会攻击对方。在围绕贾充外任的问题上，《晋书·任恺传》载：“充既为帝所遇，欲专名势，而庾纯、张华、温颙、向秀、和峤之徒皆与恺善、杨珧、王恂、华广等充所亲敬，于是朋党纷然。帝知之，召充、恺宴于式乾殿，而谓充等曰：‘朝廷宜一，大臣当和。’充、恺各拜谢而罢。既而充、恺等以帝已知之而不责。结怨愈深，外相崇重，内甚不平。”② 晋武帝希望亲贵与名士两派相安无事，在朋党之争中采取平衡的策略，既是对扶持晋国建立和本人即位的贾充等人的尊重，又对他们立身处世的卑劣了如指掌，因此武帝要拉拢朝廷中清正的名士派，不仅利用他们的声望敦励天下，而且也对贾充等人的行为进行制约，借此维持国家机器的正常运转。

两派的争执，在围绕惠帝娶妃和惠帝接任太子两件事上有鲜明的体现。惠帝是杨皇后的儿子，任太子时，武帝本欲令其娶卫瓘女，《晋书·惠贾皇后传》载：

> 帝曰：“卫公女有五可，贾公女有五不可。卫家种贤而多子，美而长白；贾家种妒而少子，丑而短黑。”元后固请，荀颉、荀勖并称充女之贤，乃定婚。③

《晋书·贾充传》载：

① 《晋书·裴楷传》卷三五，第1048页。
② 《晋书·任恺传》卷四五，第1286页。
③ 《晋书·惠贾皇后传》卷三一，第963页。

俄而侍宴，论太子婚姻事，勖因言充女才质令淑，宜配储宫。而杨皇后及荀𫖮亦并称之。帝纳其言。①

《晋书·荀勖传》载：

充将镇关右也，勖谓冯𬘘曰："贾公远放，吾等失势。太子婚尚未定，若使充女得为妃，则不留而自停矣。"勖与𬘘伺帝间并称："充女才色绝世，若纳东宫，必能辅佐君子，有《关雎》后妃之德。"②

杨皇后坚持要求太子与贾氏通婚，应该是希望儿子早早攀援贵族，并借助他们的势力保证嗣位无虞。而荀𫖮、荀勖支持贾充，颇加溢美，武帝也并非昏髦之辈，情知贾充女不如卫瓘女，但在杨皇后和荀氏父子的压力下，不愿违拗政权的缔造者和支持者，最终选择了迁就。既然贾充之女为太子妃，那么贾氏一派自然要力保太子继位。但武帝也对太子能否担任嗣君颇有疑虑，亦派人验试，《晋书·荀勖传》说：

时帝素知太子暗弱，恐后乱国，遣勖及和峤往观之。勖还盛称太子之德，而峤云太子如初。于是天下贵峤而贱勖。帝将废贾妃，勖与冯𬘘等谏请，故得不废。③

《晋书·惠贾皇后传》说：

帝常疑太子不慧，且朝臣和峤等多以为言，故欲试之。尽召东宫大小官属，为设宴会，而密封疑事，使太子决之，

① 《晋书·贾充传》卷四〇，第1168页。

② 《晋书·荀勖传》卷三九，第1153页。

③ 《晋书·荀勖传》卷三九，第1157页。

> 停信待反。妃大惧，倩外人作答。答者多引古义。给使张泓曰："太子不学，而答诏引义，必责作草主，更益谴负。不如直以意对。"妃大喜，语泓："便为我好答，富贵与汝共之。"泓素有小才，具草，令太子自写。帝省之，甚悦。先示太子少傅卫瓘，瓘大踧踖，众人乃知瓘先有毁言，殿上皆称万岁。充密遣语妃云："卫瓘老奴，几破汝家。"①

晋武帝派相互敌对的和峤和荀勖两方共同查验，无非向清流名士表达他采取兼听不同意见的开明举措，这其实对贾充一派是有利的。晋武帝又不肯当廷测试，而要"密封疑事""停信待反"，则提供了作弊的空间和时间，亦是不希望和峤、卫瓘等人继续上谏。很明显，晋武帝对太子的愚钝有些哀伤，但相信身为外戚的贾充等人能够尽力扶持，归根结底是武帝对贾充等缔造社稷之臣的倚重。

在这场朋党之争中，挚虞没有跻身其中，应该有两个原因：首先，党争双方都是品职较高的贵族，或者是晋祚建立的功臣，或者是名重一时的名士，因此能够干预婚配和废立诸事，而挚虞泰始年间方出仕，职位尚卑，不容置喙。其次，挚虞父亲挚模位至太仆卿，史未载其行迹，应是默默无闻的普通官吏；挚虞由京兆郡檄主簿，后又应贤良中正，当是清流出身。正是挚虞这样的身份，因此有他与张华相互赠答的记录，却没有与荀勖等人来往的记录。或谓其预"二十四友"，贾谧是贾充养子，似有攀附权贵之嫌。"二十四友"是元康五六年间的事，参加朋党之争的那一代人已经相继离世，朝廷朋党亦归于衰歇。而贾

① 《晋书·惠贾皇后传》卷三一，第963～964页。

谧借助贾后势力遂得独擅大权，当时俊杰俱出其门，陆机、挚虞等人与其周旋，与晋初的朋党之争没有任何关系。总之，在魏晋禅代与朋党之争的特殊政治背景中，挚虞开启了自己的仕途生涯。

魏咸熙二年（265），挚虞二十一岁，为郡主簿。《晋书·挚虞传》载："郡檄主簿。"① 京兆郡征召挚虞为主簿，这是他第一次出仕。古时男子一般二十岁出仕，挚虞出身高级官僚家庭，此年开始出仕合情合理，因为是郡主簿，故知此时仍在长安。主簿之职，自太子、三公到郡县皆有设立，《文献通考·职官考》说："盖古者官府皆有主簿一官，上自三公及御史府，下至九寺、五监以至州、郡、县皆有之，所职者簿书，盖曹掾之流也。"②《通典·职官典》说州郡主簿的职掌是"主簿一人，录门下众事，省署文书，汉制也。历代至隋皆有"③。州郡主簿虽是书记性质的官员，但属近侍之官，颇为尊崇，因此所选者多是年轻的知名人士。挚虞出仕之初，即获此任，当受益于其父的福荫。晋武帝改元泰始是在十二月份，此时挚模已不担任太仆卿（论据详下），因此挚虞出仕应该在改元之前。邓国光将挚虞任主簿时间定为泰始二年（266），依据是"晋武帝泰始元年二月始封，则京兆名郡并置雍州，亦应于是年"④。查《晋书》所载，该年并无改郡名之议。《晋书·地理志》载魏文帝即位，改京兆尹为太守，则京兆已为郡。

① 《晋书·挚虞传》卷五一，第 1419 页。
② （元）马端临：《文献通考》卷六三，中华书局 2011 年版，第 1912 页。
③ 《通典·职官典》卷三二，中华书局 1988 年版，第 891 页。
④ 邓国光：《挚虞研究》，第 29 页。

晋武帝泰始二年（266），挚虞二十二岁，作《思游赋》。《晋书·挚虞传》载："虞尝以死生有命，富贵在天……故作《思游赋》。"① 挚虞的《思游赋》，受到了《楚辞》的影响，以骚体赋的形式，表达了信天任命的消极人生态度。末句云"乐自然兮识穷达，澹无思兮心恒娱"，挚虞属少年得志，这种情调不符合挚虞的经历。细究起来，史书追录其父最高官职是魏太仆卿，入晋之后行迹未见。《晋书·武帝纪》载，泰始元年（265），晋武帝登基的次日，即"遣太仆刘原告于太庙"②，则此时太仆已是刘原，挚虞的父亲挚模已经失官，那么挚虞对新朝应该有所怨望。改元泰始是在该年的十二月份，此赋很可能是作于次年，故系泰始二年（266）。陆侃如以为泰始元年（265），但称"假定在师事皇甫谧后五年左右"③，并未提供理由。俞士玲根据赋中的隐喻，结合挚虞丁母忧的史实，认为写于太康四五年间④。

晋武帝泰始三年（267），挚虞二十三岁，作《迁宅诰》。《迁宅诰》曰："惟大始三年九月上旬，涉自洛川，周于原阿，乃卜昌水东，黄水西，背山面隰，惟此良。"⑤ 既称"涉自洛川"，迁移路线当从东向西经过洛水；"周于原阿"不详，可能指环绕在平原山地之间。昌水，俞士玲引《水经注》卷一五"洛水"条以为"昌涧水"即"昌水"，原文是"洛水又东，有

① 《晋书·挚虞传》卷五一，第1419页。
② 《晋书·武帝纪》卷三，第51页。
③ 陆侃如：《中古文学系年》，第625页。
④ 参见俞士玲：《西晋文学考论》，第180页。
⑤ 《太平御览》卷五六，第272页。

昌涧水注之，水出西北宜阳山而东南流，迳宜阳故郡南，旧阳市邑也，故洛阳都典农治，此后改为郡，其水又南注于洛”①。黄水，据《汉书·地理志》载：“黄水出黄谷，鞠水出析谷，俱东至郦入湍水。”②“昌水东，黄水西”，盖在司州南部地区。

晋武帝泰始四年（268），挚虞二十四岁，被举贤良方正。《晋书·挚虞传》载：“举贤良，与夏侯湛等十七人策为下第，拜中郎。武帝诏曰：‘省诸贤良答策，虽所言殊途，皆明于王义，有益政道。欲详览其对，究观贤士大夫用心。’因诏诸贤良方正直言，会东堂策问，曰：……虞对曰：……”③ 由是可知，挚虞应荐参与了贤良之举，先进行书面对策，被评定为“下第”，而与之同时对策的夏侯湛被评为“中第”，晋武帝披览后决定当面策问，故有本传中的对策文。因此，挚虞《贤良对策》的文章应该有两篇，《晋书·挚虞传》所载是东堂对策的文章。

武帝很重视此次贤良方正荐举，不仅要书面对策，而且要当堂策问，此前仅在汉武帝和董仲舒之间发生过一次。阎步克指出，贤良对策制度，兴于汉代；曹魏明帝之时，曾在太和四年（230）和青龙三年（235）两次诏举贤良，但均没有对策；晋武帝恢复了对策之法，而且贤良对策之时，一策之后又加再策。④

而举贤良的年月，论者多有混淆，这也影响到贤良对策文

① 俞士玲：《西晋文学考论》，第179页。
② 《汉书·地理志》卷二八，中华书局1962年版，第1549页。
③ 《晋书·挚虞传》卷五一，第1423页。
④ 参见阎步克：《察举制度变迁史稿》，中国人民大学出版社2009年版，第118～119页。

章的时间界定。严可均《全晋文》已颇多误题；傅璇琮《潘岳系年考证》① 据严氏所辑夏侯湛《泰始四年举贤良方正对策》②而认为夏侯湛、摯虞于泰始四年（268）“举贤良对策中第，拜郎中”，这不准确。今略考泰始年间举贤良方正的原因和发展如次。

泰始四年（268）十一月己未，晋武帝“诏王公卿尹及郡国守相，举贤良方正直言之士”③，原因是“是时西虏内侵，灾眚屡见，百姓饥馑”④。所谓“西虏内侵”当指泰始四年（268）十月的吴国与晋在荆州、交州一带的战争，这在《武帝纪》中有明确记载：“吴将施绩入江夏，万郁寇襄阳。……吴将顾容寇郁林。”⑤ 而“灾眚屡见，百姓饥馑”，亦在《武帝纪》中屡有记载，泰始四年（268）尤为多事之秋，如正月“有星孛于轸”⑥，秋七月“太山石崩，众星西流”⑦，九月“青、徐、兖、豫四州大水，伊洛溢，合于河，开仓以振之”⑧。因大水泛滥，政府开仓赈济，那么百姓饥馑自是题中之义了。但需要注意的是，武帝下诏时，已是十一月了，而诏令下达后，各方官吏应

① 参见傅璇琮：《潘岳系年考证》，中华书局编辑部编：《文史》第十四辑，中华书局1982年版，第244页。

② 清严可均辑自《北堂书钞》卷一五八，但《书钞》云“夏侯湛《对策》曰”，未涉年月，此谬或起自严氏。

③ 《晋书·武帝纪》卷三，第58页。

④ 《晋书·阮种传》卷五二，第1444页。

⑤ 《晋书·武帝纪》卷三，第58页。

⑥ 《晋书·武帝纪》卷三，第56页。

⑦ 《晋书·武帝纪》卷三，第57页。

⑧ 《晋书·武帝纪》卷三，第57页。

该有一系列的程序，如制订细则、访求贤良方正，再考察测验评估，这需要一段较长的时间，最后才可能得到武帝的会见并当廷策问，这些绝不可能在当年即可告竣。史臣用“泰始中”，而未坐实于泰始四年（268），说明举贤良是一个过程，在此后的几年内才陆续完成。因此，挚虞的《贤良对策》肯定不会发生在泰始四年（268）。

在东堂策问时，晋武帝曾对挚虞提出这样一个具有针对性的问题：“顷日食正阳，水旱为灾，将何所修，以变大眚?”① 再检核《武帝纪》，可知泰始七年（271）“冬十月丁丑，日有蚀之”②。当年的旱灾有五月“雍、凉、秦三州饥……闰月，大雩，太官减膳”③，而水灾有六月的“大雨霖，伊、洛、河溢，流居人四千余家，杀三百余人，有诏振贷给棺”④。武帝又问郤诜“自顷夷狄内侵，灾眚屡降”⑤，应指七年四月“北地胡寇金城，凉州刺史牵弘讨之。群虏内叛，围弘于青山，弘军败，死之”⑥。在《阮种传》中，武帝策问时提到“朕应践洪运统位，七载于今矣”⑦。同样在《郤诜传》中也说“朕获承祖宗之休烈，于兹七载”⑧，武帝是在咸熙二年（265）五月立为晋王太子，八月嗣位为晋王，而十二月篡魏，改元泰始元年。历位七

① 《晋书·挚虞传》卷五一，第1423页。
② 《晋书·武帝纪》卷三，第61页。
③ 《晋书·武帝纪》卷三，第61页。
④ 《晋书·武帝纪》卷三，第61页。
⑤ 《晋书·郤诜传》卷五二，第1440页。
⑥ 《晋书·武帝纪》卷三，第60页。
⑦ 《晋书·阮种传》卷五二，第1444页。
⑧ 《晋书·郤诜传》卷五二，第1439～1440页。

年恰好是泰始七年（271）。又武帝说“顷”，则距日食不久，因此说真正当堂策问是泰始七年十月的事情，挚虞本传所载的《贤良对策》即成于此时。

荀顗的《新礼》也完成于该年。荀顗是咸熙元年（264）受命制订《新礼》，但具体的完成时间史无明载。《晋书·应贞传》说：“后迁散骑常侍，以儒学与太尉荀顗撰定《新礼》，未施行。泰始五年卒，文集行于世。”① 则在应贞去世前，荀顗已经完成《新礼》，只是未付诸实施，那么完成时间至迟在泰始五年（269）。羊祜是《新礼》制订的参与者，泰始五年（269）二月，武帝“以尚书左仆射羊祜都督荆州诸军事”②，说明此时《新礼》已经制竣。《应贞传》已指出荀顗时为太尉，挚虞《讨论新礼表》说“臣典校故太尉顗所撰《五礼》”③，而荀顗迁太尉是在泰始四年（268）十一月，那么《新礼》完成的时间很可能在泰始四年（268）十一月到泰始五年（269）二月间。姑系之本年。

值得注意的是，与《新礼》同时受命的《晋令》也完成于此时：“凡律令合二千九百二十六条，十二万六千三百言，六十卷，故事三十卷。泰始三年，事毕，表上……武帝亲自临讲，使裴楷执读。四年正月，大赦天下，乃班新律。”④ 《晋令》完成于泰始三年（267），泰始四年（268）皇帝亲自颁布天下。

晋武帝泰始七年（271），挚虞二十七岁，作《贤良对策》。《晋书·挚虞传》载：

---

① 《晋书·应贞传》卷九二，第2371页。
② 《晋书·武帝纪》卷三，第58页。
③ 《晋书·礼志上》卷一九，第581页。
④ 《晋书·刑法志》卷三〇，第927～928页。

举贤良，与夏侯湛等十七人策为下第，拜中郎。武帝诏曰："省诸贤良答策，虽所言殊途，皆明于王义，有益政道。欲详览其对，究观贤士大夫用心。"因诏诸贤良方正直言，会东堂策问，曰："顷日食正阳，水旱为灾，将何所修，以变大眚？及法令有所不宜于今，为公私所患苦者，皆何事？凡平世在于得才，得才者亦借耳目以听察。若有文武器能有益于时务而未见申叙者，各举其人。及有负俗谤议，宜先洗濯者，亦各言之。"虞对曰："臣闻古之圣明，原始以要终，体本以正末。故忧法度之不当，而不忧人物之失所；忧人物之失所，而不忧灾害之流行。诚以法得于此，则物理于彼；人和于下，则灾消于上。其有日月之眚，水旱之灾，则反听内视，求其所由，远观诸物，近验诸身。耳目听察，岂或有蔽其聪明者乎？动心出令，岂或有倾其常正者乎？大官大职，岂或有授非其人者乎？赏罚黜陟，岂或有不得其所者乎？河滨山岩，岂或有怀道钓筑而未感于梦兆者乎？方外遐裔，岂或有命世杰出而未蒙膏泽者乎？推此类也，以求其故，询事考言，以尽其实，则天人之情可得而见，咎征之至可得而救也。若推之于物则无忤，求之于身则无尤，万物理顺，内外咸宜，祝史正辞，言不负诚，而日月错行，夭疠不戒，此则阴阳之事。非吉凶所在也。期运度数，自然之分，固非人事所能供御，其亦振廪散滞，贬食省用而已矣。是故诚遇期运，则虽陶唐、殷汤有所不变；苟非期运，则宋卫之君，诸侯之相，犹能有感。唯陛下审其所由，以尽其理，则天下幸甚。臣生长荜门，不逮异物，虽有贤才，所未接识，不敢瞽言妄举，无以畴答圣问。"①

① 《晋书·挚虞传》卷五一，第1423～1424页。

挚虞当堂策问的时间，学者多定为泰始四年（268），实际上是泰始七年（271）十月，已见前述。

晋武帝泰始九年（273），挚虞二十九岁，为太子舍人。《晋书·挚虞传》载："擢为太子舍人。"① 据《职官志》载太子僚属："舍人十六人，职比散骑、中书等侍郎。"② 陆侃如假定挚虞担任此职"在拜中郎后五年左右"③，故系于本年。邓国光以陆侃如所说不合本传，认为挚虞任太子舍人在举贤良之后，说"始擢为太子舍人"，又举夏侯湛例说他累年不调，写了《抵疑》后才选补太子舍人，写挚虞不用"选补"而用"擢"，说明贤良对策之后即获此任。④ 笔者稽之《晋书》本传，未见"始"字，则未必在举贤良之后即获此职；夏侯湛在贤良对策中位列中第，而挚虞是下第，如果太子舍人需从贤良中选出，也应该是夏侯湛更有机会；又"擢"有"提拔"的意思，"选补"也有"遴选"的意思，只是迁官方式不同，其中不必有所轩轾。

挚虞又作《连理颂》。《连理颂》曰："东宫正德之内，承华之外，槐树二枝，连理而生。二干一心，以蕃本根。"⑤ 文章写的是东宫内的连理槐，陆侃如以"疑亦作于舍人任上"⑥ 而系于泰始十年（274），因无实据，姑系于迁太子舍人之年。

晋武帝泰始十年（274），挚虞三十岁，作《答杜预书》。《晋书·挚虞传》载："元皇后崩，杜预奏：'谅暗之制，乃自上

---

① 《晋书·挚虞传》卷五一，第1424页。
② 《晋书·职官志》卷二四，第742页。
③ 陆侃如：《中古文学系年》，第657页。
④ 参见邓国光：《挚虞研究》，第30页。
⑤ 《艺文类聚》卷八八，上海古籍出版社1982年版，第1517～1518页。
⑥ 陆侃如：《中古文学系年》，第661页。

古，是以高宗无服丧之文，而唯文称不言。汉文限三十六日。魏氏以降，既虞为节。皇太子与国为体，理宜释服，卒哭便除。’虞答预书曰：‘唐称遏密，殷云谅暗，各举事以为名，非既葬有殊降。周室以来，谓之丧服。丧服者，以服表丧，今帝者一日万机，太子监抚之重，以宜夺礼，葬讫除服，变制通理，垂典将来，何必附之于古，使老儒致争哉。’”① 《晋书·礼志中》与《通典·礼四十二》所载此事甚详，交代了杜预、张靖、陈逵、魏舒等人的不同观点，但《礼志》未录挚虞的观点，本传又流于简略，而《通典》记载了挚虞对杜预奏议的答复，曰："仆以为除服诚合事宜，附古则意有未安。五服之制，成于周室。周室以前，仰迄上古，虽有在丧之哀，未有行丧之制。故尧称遏密，殷曰谅暗，各举其事而言，非未葬降除之名也，礼有定制，孝景之即吉，方进之从时，皆未足为准。盖圣人之于礼，讥其失而通其变。今皇太子未就东宫，犹在殿省之内，故不得伸其哀情。以宜夺志，何必附之于古，钦以旧义哉!"② 与本传比较，《通典》所载更接近于挚虞著作的原貌。又《通典》明言"晋武帝泰始十年，武元杨皇后崩"③，而挚虞参与太子谅暗之议，应该是太子僚属，故陆侃如认为此时挚虞正在太子舍人任上④，本传将《答杜预书》置于"元康中，迁吴王友"⑤后，误。

① 《晋书·挚虞传》卷五一，第1426页。

② 《通典》卷八二，第2225页。

③ 《通典》卷八二，第2224页。

④ 参见陆侃如：《中古文学系年》，第661页。

⑤ 《晋书·挚虞传》卷五一，第1426页。

晋武帝太康元年（280），挚虞三十六岁，除闻喜令，作《太康颂》。《晋书·挚虞传》载："除闻喜令。时天子留心政道，又吴寇新平，天下乂安，上《太康颂》以美晋德。"① 闻喜在晋代属司州河东郡（《晋书·地理志》），是春秋曲沃故地，汉时始置，武帝行经此处恰闻南越被攻克的喜讯，遂赐名"闻喜"（《通典·州郡典》）。邓国光注意到《通典·职官典》所述的晋代县令情况，即"晋制，大县令有治绩，官报以大郡。不经宰县，不得入为台郎"，认为曾任大县之令长，方具资格擢次为尚书郎。② 挚虞前任太子舍人，属于京官，下放到基层任职，有锻炼治能的性质，然后再迁回朝廷掌管实权，因此不久得补尚书郎。又挚虞《赠李叔龙以尚书郎迁建平太守一首》说："我有良朋，时惟李生。拊翼岐蜀，翻飞上京。明试以功，聿骏有声。三载考绩，剖符建平。"③ 则以尚书郎转地方长官属常例，是京官外任锻炼的途径，又说"三载考绩"，则任期应是三年，然后进行考核，治绩出色者可能回迁升职。

挚虞又表论封禅。《晋书·挚虞传》将挚虞表论封禅事置于补尚书郎之后，陆侃如已指出此属误记。《晋书·礼志下》载"封禅"事仅一则，发生在太康元年（280）九月庚寅，此亦见于《晋书·武帝纪》的记载："（太康元年）九月，群臣以天下一统，屡请封禅，帝谦让未许。"④ 卫瓘、山涛、魏舒、刘寔、张华等人参与了议奏，但未见挚虞的议论，本传说他"表论封

① 《晋书·挚虞传》卷五一，第1424页。
② 参见邓国光：《挚虞研究》，第31页。
③ 逯钦立辑校：《先秦汉魏晋南北朝诗》，第758页。
④ 《晋书·武帝纪》卷三，第72页。

禅”，不知《礼志》何以失录？陆侃如推测挚虞此时尚是太子舍人，“亦参加讨论，后除闻喜令而未终其事”①。又《梁书·许懋传》载许懋说“晋武泰始中欲封禅，乃至太康议犹不定，竟不果行”②，那么讨论封禅之事绝非一次，但以太康元年（280）最为重要。

晋武帝太康三年（282），挚虞三十八岁，解职丁母忧。《晋书·挚虞传》载：“以母忧解职。”③ 陆侃如只是假定丁母忧在补尚书郎前三年，确切时间难以考证。挚虞是礼学家，议礼多用王肃，则服丧时间应为二十五个月。当时其父挚模尚在，因为挚模是曹魏最后一任太仆卿，入晋后事迹泯然，但挚虞出仕后并无守丧的记载，说明挚模在妻子去世时仍然在世。按照古礼，父亲若在，儿子只需为母亲服丧期年。母亲去世时，挚虞尚在县令任上，服阕期满后，得以重新任用，因而补为尚书郎，姑系于本年。

晋武帝太康五年（284），挚虞四十岁，补尚书郎，作《三日曲水对》。邓国光根据《晋书·礼志》所说的“太康初，尚书仆射朱整奏付尚书郎挚虞讨论之”，认为挚虞太康初年已补尚书郎；又以同年除闻喜令，旋丁母忧，太康三年（282）即可以除服，履任新职。④ 但陆侃如已根据万斯同《晋将相大臣年表》指出，朱整为仆射，始于太康九年（288）二月，至次年四月

① 陆侃如：《中古文学系年》，第692页。

② 《梁书·许懋传》卷四〇，中华书局2020年版，第639页。

③ 《晋书·挚虞传》卷五一，第1425页。

④ 参见邓国光：《挚虞研究》，第31页。

止，则太康初确系误记。[①]《晋书·礼志》又记载了太康八年（287）的婚礼之议，朱整时为尚书，应属列曹尚书，次年转尚书仆射。太康九年（288），挚虞已为尚书郎则无疑问，而选补尚书郎的时间应该更早。傅璇琮《潘岳系年考证》认为“（挚虞）召补尚书郎，最早也当在太康四、五年间”[②]，虽说是推论，但大体时间差不多，姑系于本年。

《艺文类聚》卷四引《续齐谐记》载：“晋武帝问尚书郎挚虞曰：‘三日曲水，其义何指？’答曰：‘汉章帝时，平原徐肇以三月初生三女，至三日俱亡。一村以为怪，乃相携之水滨盥洗，遂因水以泛觞，曲水之义，起于此。’帝曰：‘若如所谈，便非好事。’尚书郎束皙曰：‘仲治小生，不足以知此，臣请说其始。昔周公城洛邑，因流水以泛酒，故逸诗云：“羽觞随波。”又秦昭王三日置酒河曲，见有金人出，奉水心剑曰：“令君制有西夏。”及秦霸诸侯，乃因此处立为曲水祠，二汉相缘，皆为盛集。’帝曰：‘善。’赐金五十斤，左迁仲治为阳城令。”[③]阳城属司州河南郡。《晋书》不载挚虞左迁阳城，《续齐谐记》属小说家言，“三日曲水”之义容有多说，武帝又岂能因一言而废人？因此唐初史臣编纂《晋书》时不予采信。

关于三月三日祓禊的情况，《晋书·礼志下》介绍说：“汉仪，季春上巳，官及百姓皆禊于东流水上，洗濯祓除去宿垢。而自魏以后，但用三日，不以上巳也。晋中朝公卿以下至于庶

---

① 参见陆侃如：《中古文学系年》，第722页。

② 傅璇琮：《潘岳系年考证》，《文史》第十四辑，第249页。

③《艺文类聚》卷四，第63～64页。

人，皆禊洛水之侧。”①《北堂书钞》卷一五五载：“《韩诗》云：三月桃华水下之时，郑国之俗，三月上巳之晨，此两水之上，祓除不祥。”② 又周处《风土记》云：“汉末郭虞三女，一以三月上辰，一女以上巳产，亡。时俗以为忌，至是月日妇女皆适东流就远地祓禊，自表濯也。”③ 综观当时关于三月三日的说法，挚虞与同时代的周处比较接近，应是当时流行的说法，其他如招魂续魄之说，也见于经传记载，可以推测当时应有多种相关的解释，因此说挚虞回答武帝的那席话是有依据的。恰恰束皙所言，倒像是迎合武帝的无根之谈。如果说挚虞因此左迁阳城令，于理实有未通。

晋武帝太康六年（285），挚虞四十一岁，参与尚书省诗文唱和。挚虞在太康年间任尚书郎，到永宁元年（301）转少府前，这十多年的时间内，史书上没有挚虞官职变迁的记载，应该一直担任尚书郎。根据《文馆词林》所收的三首赠答诗，发现挚虞与尚书省同僚之间存在着诗歌唱和，而挚虞所惜别的褚武良和李叔龙诸人，也与傅咸同样存在着诗歌赠答。因此，尚书省同僚们的唱和绝不是孤立的存在，而是潜藏着一个文人群体，集体参与、彼此唱和，蔚然形成了一股文学风气。

又傅咸在尚书省任职应该在太康六年（285）之前，因为太康六年（285）时，他已经出任冀州刺史，而在此之前担任过尚书右丞。而挚虞太康元年（280）除闻喜令，旋丁母忧，期满释褐为尚书郎，具体时间不详，但不会晚于太康六年（285）。因

① 《晋书·礼志下》卷二一，第671页。
② 《北堂书钞》卷一五五，清华大学出版社2003年影印版，第715页。
③ 《北堂书钞》卷一五五，第715页。

此，姑将此次唱和系于太康六年（285）。

《晋书·武帝纪》载："六年春正月甲申朔……戊辰，以征南大将军王浑为尚书左仆射，尚书褚䂮都督扬州诸军事，杨济都督荆州诸军事。"①

挚虞《赠褚武良以尚书出为安东诗》曰：

荡荡大晋，奄有八荒。畿服既宁，守在四疆。桓桓褚侯，镇彼遐方。变文膺武，武步龙骧。

武有七德，众鲜克举。帝用是难，酬咨既普。虽有周亲，唯能是与。大周之吉，归美于褚。

褚侯之迈，人望实大。企彼江淮，眇焉如带。智名不彰，勇功斯废。靡德而称，靡仁而赖。

济济百辟，穆穆皇朝。虽则异事，谁非同寮。出者眷之，处者恋之。情发于中，用著斯诗。②

傅咸《赠褚武良诗》曰：

爰暨于褚，惟晋之祯。肇振凤翼，羽仪上京。聿作喉舌，纳言紫庭。光赞帝道，敷皇之明。方任之重，实在江扬。乃授旄钺，宣曜威灵。悠悠遐迈，东夏于征。③

挚虞《赠李叔龙以尚书郎迁建平太守诗》曰：

我有良朋，时惟李生。拊翼岐蜀，翻飞上京。明试以功，聿骏有声。三载考绩，剖符建平。

---

① 《晋书·武帝纪》卷三，第76页。
② 逯钦立辑校：《先秦汉魏晋南北朝诗》，第758页。
③ 逯钦立辑校：《先秦汉魏晋南北朝诗》，第605页。

惟彼建平，居江之濑。明明在上，率下和会。谁谓水深，曾不浮芥。谁谓旷远，王道无外。

亦既受命，作式南蕃。枢机之发，化流夷蛮。多见阙殆，以慎尔愆。无自立辟，而逾短垣。

龙爱同泉，凤恋共林。之子云往，我劳弥深。既有行李，以通其音。南龟象齿，实将云心。①

傅咸《赠建平太守李叔龙诗》曰：

弘道兴化，实在良守。悠悠建平，皇泽未流。朝选于众，乃子之授。南荆注望，心乎克副。②

挚虞作《答伏武仲诗》一篇，曰：

崇山栖凤，广泉含螭。洋洋大府，俊德攸宜。用集群英，参翼弘规。皇晖增曜，明两作离。

爰有伏生，东夏之秀。盛德如新。畜智如旧。储材积艺，待时而茂。九德殊途，道将焉就。

邂逅之遇，良愿是适。同闬比屋，笑语卒获。望宋谓近，曾不咫尺。一苇则杭，矧兹隔壁。

既近其室，不远其心。齐此笃爱，惠予好音。金声玉振，文艳旨深。孰不歌咏，被之瑟琴。③

傅咸《赠崔伏二郎诗》曰：

英妙之选，二生之授。颙颙两城，欢德之茂。君子所

---

① 逯钦立辑校：《先秦汉魏晋南北朝诗》，第758～759页。

② 逯钦立辑校：《先秦汉魏晋南北朝诗》，第607页。

③ 逯钦立辑校：《先秦汉魏晋南北朝诗》，第758页。

居，九夷非陋。无狭百里，而不垂覆。人之好我，赠我清诗。示我周行，心与道期。诚发自中，义形于辞。古人辞说，岂不尔思。①

晋武帝太康九年（288），挚虞四十四岁，受命修订《新礼》。挚虞讨论《新礼》的开始时间应该是太康九年（288）。《晋书·礼志》载："太康初，尚书仆射朱整奏付尚书郎挚虞讨论之（《新礼》）。"② 太康八年（287），朱整以尚书身份参议嘉礼，再由尚书转尚书仆射，是在太康九年（288）二月，故《晋书·礼志》的"太康初"应为"太康末"③。

挚虞又作《驳潘岳古今尺议》。《晋书·挚虞传》载：

将作大匠陈勰掘地得古尺，尚书奏："今尺长于古尺，宜以古为正。"潘岳以为习用已久，不宜复改。虞驳曰："昔圣人有以见天下之赜而拟其形容，象物制器，以存时用。故参天两地，以正算数之纪；依律计分，以定长短之度。其作之也有则，故用之也有征。考步两仪，则天地无所隐其情；准正三辰，则悬象无所容其谬；施之金石，则音韵和谐；措之规矩，则器用合宜。一本不差而万物皆正，及其差也，事皆反是。今尺长于古尺几于半寸，乐府用之，律吕不合；史官用之，历象失占；医署用之，孔穴乖错。此三者，度量之所由生，得失之所取征，皆絓阂而不得通，故宜改今而从古也。唐虞之制，同律度量衡，仲尼之训，

① 逯钦立辑校：《先秦汉魏晋南北朝诗》，第606页。
② 《晋书·礼志》卷一九，第581页。
③ 详细考证参见本书第二章第四节。

谨权审度。今两尺并用，不可谓之同；知失而行，不可谓之谨。不同不谨，是谓谬法，非所以轨物垂则，示人之极。凡物有多而易改，亦有少而难变，亦有改而致烦，有变而之简。度量是人所常用，而长短非人所恋惜，是多而易改者也。正失于得，反邪于正，一时之变，永世无二，是变而之简者也。宪章成式，不失旧物，季末苟合之制，异端杂乱之用，当以时厘改，贞夫一者也。臣以为宜如所奏。”①

将作大匠陈勰修太庙掘地得古尺，引发了挚虞与潘岳关于是否利用古尺的争论，见载于《晋书·挚虞传》中。陆侃如系此事于太康九年（288），没有提供依据。② 兴膳宏系之于太康十年（289），指出“（潘岳）任尚书郎时，与同僚挚虞有《古今尺议》之争论”③，亦未说明理由。傅璇琮《潘岳系年考证》系之于太康六年（285），依据是挚虞丁母忧后召补尚书郎“最早也当在太康四、五年间”④，则太康六年（285）与已任尚书度支郎的潘岳同僚，但不能说他们就一定在该年讨论古尺。邓国光亦系之于太康六年（285），说“据万斯同《晋将相大臣年表》，此主复古尺之尚书乃卫瓘，挚虞时为尚书郎，潘岳署尚书度支郎，俱卫瓘之下。挚虞驳难潘岳，非阿附卫瓘，以潘岳之

① 《晋书·挚虞传》卷五一，第1425页。

② 参见陆侃如：《中古文学系年》，第722页。

③ 参见［日］兴膳宏：《潘岳年谱稿》，原载《名古屋大学教养部纪要》1974年第18期，又载《异域之眼》，戴燕译，复旦大学出版社2006年版，第19页。

④ 傅璇琮：《潘岳系年考证》，《文史》第十四辑，第249页。

议有违立制之旨也”①，论出忖度，不足为据；又卫瓘是咸宁初始拜尚书令，并非尚书，直到太康八年（287）才由荀勖接任。

荀勖是音乐家，《世说新语·术解》说他“善解音声，时论谓之‘谙解’。遂调律吕，正雅乐。每至正会，殿庭作乐，自调宫商，无不谐韵”②，其父荀颉也熟稔音乐，曾受命定乐，未终而卒。《晋书》本传说荀勖“既掌乐事，又修律吕”③，应是归纳《世说新语》刘孝标注引《晋后略》的说法，即“世祖命中书监荀勖依典制，定钟律”④。又《晋书·律历志上》记载荀勖制定古尺的事，曰：

> 武帝泰始九年，中书监荀勖校太乐，八音不和，始知后汉至魏，尺长于古四分有余。勖乃部著作郎刘恭依《周礼》制尺，所谓古尺也。依古尺更铸铜律吕，以调声韵。以尺量古器，与本铭尺寸无差。又，汲郡盗发六国时魏襄王冢，得古周时玉律及钟、磬，与新律声韵暗同。于时郡国或得汉时故钟，吹律命之皆应。勖铭其尺曰：“晋泰始十年，中书考古器，揆校今尺，长四分半……姑洗微强，西京望臬微弱，其余与此尺同。”铭八十二字。此尺者勖新尺也，今尺者杜夔尺也。⑤

---

① 邓国光：《挚虞研究》，第 17 页。

② （南朝宋）刘义庆著，（南朝梁）刘孝标注，余嘉锡笺疏：《世说新语笺疏·术解》，第 827 页。

③ 《晋书·荀勖传》卷三九，第 1153 页。

④ （南朝宋）刘义庆著，（南朝梁）刘孝标注，余嘉锡笺疏：《世说新语笺疏·术解》，第 827 页。

⑤ 《晋书·律历志》卷一六，第 490～491 页。

《荀颉传》说“时以《正德》《大豫》雅颂未合，命颉定乐。事未终，以泰始十年薨”①，则荀勖在泰始九年（273）校太乐，应是配合父亲的工作，在这个过程中发现因循已久的杜夔今尺较古尺长四分半，因此让刘恭据《周礼》重制古尺，是为荀勖的新尺。则当时尺已有两种：一为杜夔所造之今尺，一为荀勖命刘恭依《周礼》所制之新尺（盗发汲冢所获之尺因与新律暗同而称为古尺）。

再来看看陈勰的情况，据《晋书·五行志上》载：“武帝太康五年五月，宣帝庙地陷，梁折。八年正月，太庙殿又陷，改作庙，筑基及泉。其年九月，遂更营新庙，远致名材，杂以铜柱，陈勰为匠，作者六万人。至十年四月乃成，十一月庚寅梁又折。天戒若曰，地陷者分离之象，梁折者木不曲直也。明年帝崩，而王室遂乱。”②知陈勰应于太康八年（287）九月任将作大匠。

太康八年（287）荀勖接任尚书令。太康八年（287）九月陈勰任将作大匠，“掘地得古尺”。这个出土文物对于制定律吕显然是至为珍贵的。以前的新尺是刘恭根据《周礼》制定的，未必符合古尺。阮咸曾指出荀勖所造律有声高、不合雅的毛病，并断言“必是古今尺有长短所致”③，此事引起了荀勖的不满，“乃因事左迁咸为始平太守”④。尚书既奏称以古尺为正，说明他清楚古尺的价值，因此这尚书很可能就是荀勖。荀勖应是尚

① 《晋书·荀颉传》卷三九，第1151页。

② 《晋书·五行志》卷二七，第802页。

③ （南朝宋）刘义庆著，（南朝梁）刘孝标注，余嘉锡笺疏：《世说新语笺疏·术解》，第827页。

④ （南朝宋）刘义庆著，（南朝梁）刘孝标注，余嘉锡笺疏：《世说新语笺疏·术解》，第827页。

书令，官阶较尚书为高，史书或脱“令”字。潘岳以习用已久为由反对改正今尺，说明他并不懂得礼乐律吕之事。而作为礼学家的挚虞是清楚的，同意荀勖的意见，而对潘岳的批驳既强调古尺的重要性，又批评今尺的弊端，理据充分，切中肯綮。因此挚虞和潘岳就古今尺长短事进行驳难，应该发生在太康八、九年间（287～288）。

挚虞又作《族姓昭穆》十卷。《晋书·挚虞传》载：“虞以汉末丧乱，谱传多亡失，虽其子孙不能言其先祖，撰《族姓昭穆》十卷，上疏进之，以为足以备物致用，广多闻之益。以定品违法，为司徒所劾，诏原之。”① 据此可知，挚虞的编撰动机是有感于当时谱传亡佚，导致子孙不知祖先的姓名和行迹，用意是理清宗族昭穆顺序，以方便铨品使用。此书的性质是谱谍，成书共十卷，亡于西晋末年。《族姓昭穆记》作于挚虞补尚书郎之后，陆侃如定在太康九年（288）后，姑系之本年。可以补充的是，万斯同《晋将相大臣年表》载魏舒太康七年（286）致仕后，石鉴始继任司徒一职。魏舒有长者之风，《晋书》本传载其“不修常人之节，不为皎厉之事，每欲容才长物，终不显人之短”②，而继任的石鉴为人謇谔，《晋书》本传说他“多所纠正，朝廷惮之”③。关于西晋司徒的职能，祝总斌指出：“司徒府的政务最主要的便是按照九品中正制度，评定全国人才优劣，作

① 《晋书·挚虞传》卷五一，第1425页。

② 《晋书·魏舒传》卷四一，第1185页。

③ 《晋书·石鉴传》卷四四，第1265页。

为官吏任用、黜陟的一个根据。”① 司徒的任务有两个，一个是“选用和黜免全国州郡中正”②，另一个任务是“对州郡中正所评定的人才品级进行审核”。既然石鉴“多所纠正，朝廷惮之”③，挚虞私撰谱传而“定品违法”，正在他职权范围内，当然要力行弹劾。

《史通·书志》说：“谱谍之作，盛于中古。汉有赵岐《三辅决录》、晋有挚虞《族姓记》、江左有两王《百家谱》，中原有《方司殿格》。盖氏族之事，尽在是矣。”④ 挚虞为赵岐《三辅决录》作注，又撰有《族姓昭穆》，对南朝谱谍学的发展产生了深远的影响。⑤

晋武帝太康十年（289），挚虞四十五岁，议迁神主于新庙。《晋书·礼志上》载：

> （太康）六年（按，应是八年），因庙陷，当改修创，群臣又议奏曰：“古者七庙异所，自宜如礼。”诏又曰：“古虽七庙，自近代以来皆一庙七室，于礼无废，于情为叙，亦随时之宜也。其便仍旧。”至十年，乃更改筑于宣阳门内，穷极壮丽，然坎位之制犹如初尔。庙成，帝用挚虞议，率百官迁神主于新庙，自征西以下，车服导从皆如帝者之仪。⑥

① 祝总斌：《两汉魏晋南北朝宰相制度研究》，中国社会科学出版社 1990 年版，第 164 页。

② 祝总斌：《两汉魏晋南北朝宰相制度研究》，第 164 页。

③ 祝总斌：《两汉魏晋南北朝宰相制度研究》，第 164 页。

④ （唐）刘知几著，（清）浦起龙通释：《史通通释》卷三，上海古籍出版社 2009 年版，第 68 页。

⑤ 参见拙文《挚虞史著考》，《古籍整理研究学刊》2016 年第 2 期。

⑥ 《晋书·礼志上》卷一九，第 603 页。

宋代的类书，如潘自牧《记纂渊海》卷二八、谢维新《古今合璧事类备要》等均引《职类》云："晋改立太庙，挚虞为祠部郎职其事。"① 结合挚虞诸多议礼的文字，应该担任过负责礼仪的尚书祠部郎。

第四节 "八王之乱"中的学术坚守

贾后专权与"八王之乱"是西晋中后期的政治大事。贾后，即贾南风（256～300），平阳襄陵人，西晋时期晋惠帝司马衷的皇后，权臣贾充的女儿，年长孝惠帝两岁。史书说她"妒忌多权诈，太子畏而惑之，嫔御罕有进幸者"②，又说她"暴戾日甚。侍中贾模，后之族兄，右卫郭彰，后之从舅，并以才望居位，与楚王玮、东安公繇分掌朝政。后母广城君养孙贾谧干预国事，权侔人主"③，可知贾南风专权好妒，执政后，培植亲戚党羽，操纵权柄，暴戾恣睢。

"八王之乱"的祸根一般认为是晋武帝鉴于曹魏不分封同姓诸侯王，缺乏屏藩，最终政权落至异姓之手，因此立国之初，大封皇族二十七人为王，允许他们拥有土地和武装，形成了强大的割据势力。也有学者认为"八王之乱"的根本原因是"晋武帝在世时安排的皇位继承人及辅政大臣不得其人"，而不是晋武帝大封同姓王，建立了许多王国，导致权力过大的结果。④

---

① 此条材料系俞士玲所辑，但用元代富大用的《事文类聚新集》，不是目前所见最早的出处。

② 《晋书·惠贾皇后传》卷三一，第963页。

③ 《晋书·惠贾皇后传》卷三一，第963页。

④ 参见祝总斌：《"八王之乱"爆发原因试探》，《北京大学学报》1980年第6期。

“八王之乱”的直接原因是贾后专权。贾后以造反的名义密召楚王司马玮入京诛杀当政外戚杨骏。杨骏是武元杨皇后的父亲，与其弟弟杨珧、杨济势倾天下，伪造诏书，独揽大权。贾后又征汝南王司马亮和太保卫瓘共同辅政，又说司马亮、卫瓘图谋废立，密诏司马玮杀司马亮、卫瓘，又以矫诏专杀的名义除去司马玮。从此，贾后独断朝纲达八九年之久，她委任亲党，尤重侄子贾谧，且设计废黜愍怀太子，激起了宗室诸王的不满。永康元年（300），赵王司马伦以“为太子报仇”的名义带兵入宫，杀死了贾后及其党羽，也借机清除了有宿怨的名臣张华、裴頠等清流。永宁元年（301），赵王司马伦逼惠帝禅位，自立为皇帝。

司马伦做了皇帝后，重用嬖人孙秀，加官至侍中、中书监、骠骑将军，仪同三司。为此，孙秀甚为飞扬跋扈，史书说他“专执朝政，伦所出诏令，秀辄改更与夺，自书青纸为诏，或朝行夕改，百官转易如流”①。司马伦的倒行逆施激起了宗室诸王的不满。驻跸许昌的齐王司马冏，联合镇守邺城的成都王司马颖，会同长安的河间王司马颙等起兵造反，双方酣战两月有余，死者近十万。永宁元年（301）四月，赵王司马伦兵败被杀，惠帝复位，齐王司马冏入朝辅政。

和以前的当权派一样，齐王司马冏骄奢淫乐，擅宠专权。太安元年（302）十二月，河间王司马颙联合长沙王司马乂攻杀齐王司马冏，政权遂落到司马乂手中。次年（303），司马颙又联合成都王司马颖起兵讨伐司马乂，永兴元年（304）在京城的东海王司马越与部分禁军将领拘禁了司马乂，向司马颙、司马颖求和。司马乂死后，司马颖都督中外诸军事，为丞相，返回

① 《资治通鉴·晋纪》卷八四，中华书局1956年版，第2653页。

根据地邺城，以皇太弟身份专政；而司马颙为太宰、大都督、雍州牧，与司马颖共掌实权。晋惠帝也迁居邺城，西晋的政治中心遂移于邺。

司马颖掌权后不久便“僭侈日甚，嬖倖用事，大失众望”①。东海王司马越对司马颖的所作所为很是不满，与司马睿率领禁军挟惠帝北上进攻邺城，却在荡阴一役中失败，只得退回下邳。司马睿逃还洛阳，惠帝被司马颖俘送邺城。

河间王司马颙命部将张方占领洛阳，幽州刺史王浚与并州刺史司马腾乘机南击邺城，司马颖与惠帝只得逃回洛阳。张方拥兵专制，挟司马颖与惠帝迁往长安。司马颙废黜司马颖，立豫章王司马炽为皇太弟。

永兴二年（305）七月，东海王司马越在下邳起兵征讨司马颙，号称“奏迎大驾，还复旧都”②，司马颙兵败后杀死张方乞和。光熙元年（306）六月，司马越奉惠帝回洛阳；同年十一月，以鸩死之，并杀司马颖。司马越立司马炽为帝，专擅政权，“八王之乱”至此结束。

西晋统一中国的盛大气象，经此折腾，不可避免地衰落下去。摰虞却与政治乱局始终保持着距离，在学术领域不断钻研，取得了丰硕的成果。

晋惠帝永熙元年（290），摰虞四十六岁，上表谏改除普增位一等。《晋书·摰虞传》载：“时太庙初建，诏普增位一等。后以主者承诏失旨，改除之。虞上表曰：‘臣闻昔之圣明，不爱

① 《资治通鉴·晋纪》卷八五，第2695页。

② 《晋书·东海王越传》卷五九，第1623页。

千乘之国而惜桐叶之信，所以重至尊之命而达于万国之诚也。前《乙巳赦书》，远称先帝遗惠余泽，普增位一等，以酬四海欣戴之心。驿书班下，被于远近，莫不鸟腾鱼跃，喜蒙德泽。今一旦更有主者思文不审，收既往之诏，夺已澍之施，臣之愚心窃以为不可。’诏从之。”①《晋书·惠帝纪》载：“夏五月辛未，葬武皇帝于峻阳陵。丙子，增天下位一等，预丧事者二等，复租调一年，二千石已上皆封关内侯。”② 陆侃如据此认为增位事在本年五月，但“以主者承诏失旨，改除之”，即说在实行过程中，主事者执行有偏差，惠帝又决定取消“普增位一等”，则与五月颁布命令时相隔有日了，但史无明文，姑系之本年。③ 又惠帝大赦在太熙元年（290）四月己酉武帝驾崩当日，诏“增天下位一等”在五月丙子，但挚虞所言的是《乙巳赦书》，太熙是庚戌年，故不知乙巳日具体所指。在四月己酉与五月丙子间，有己巳日，不知是否为乙巳之误。曹道衡说：“《武帝纪》载，泰始二年秋七月，营太庙。其建成当在稍后数年间。太康元年三月，吴平，孙皓降，五月丁卯，‘荐酃渌酒于太庙’，竣事必在此前。太康八年，太庙殿陷。虞表中有‘前乙巳赦书’语，乙巳为太康六年。于此可见‘太庙’初建为误记，当是太康八年后重建事。”④ 其实泰始二年（266）十一月太庙已经建成，因为该月辛卯已经“迁祖祢神主于太庙”（《武帝纪》）。俞士玲

① 《晋书·挚虞传》卷五一，第 1426 页。

② 《晋书·惠帝纪》卷四，第 89 页。

③ 参见陆侃如：《中古文学系年》，第 733 页。

④ 曹道衡、沈玉成：《中古文学史料丛考》，中华书局 2003 年版，第152 页。

亦以为“乙巳”是太康六年（285）①，但史书未载该年有“普增位一等事”。尤其是挚虞说“前《乙巳赦书》远称先帝遗惠余泽”，这里的先帝应该是晋武帝，因此不宜将此事系在太康八年（287），应该以惠帝永熙元年武帝新逝时最为妥当。至于“时太庙初建”，应该指迁武帝神主至太庙。

晋惠帝元康元年（291），挚虞四十七岁，献上修订的《新礼》。《晋书·礼志上》载：“虞讨论《新礼》讫，以元康元年上之。所陈惟明堂五帝、二社六宗及吉凶王公制度，凡十五篇。有诏可其议。后虞与傅咸缵续其事，竟未成功。中原覆没，虞之《决疑注》，是其遗事也。”②《晋书·挚虞传》载：“元康中，迁吴王友。时荀觊撰《新礼》，使虞讨论得失，而后施行。”③ 荀觊卒于泰始十年（274），《新礼》早在晋受禅之前已经着手制订，《晋书·荀觊传》说：“及蜀平，兴复五等，命觊定礼仪。觊上请羊祜、任恺、庾峻、应贞、孔颢共删改旧文，撰定晋礼。”④ 陆侃如认为挚虞讨论荀觊的《新礼》，“于元康中则太晚，元康元年已讨论完毕而奏上了”⑤。曹道衡亦指出：“觊与元皇后均卒于泰始十年，传文叙事置于元康中迁吴王友后，相去近二十年而谓之‘时’，失次甚明。”⑥

晋惠帝元康三年（293），挚虞四十九岁，作《释奠颂》。《释奠颂》曰：“如彼泉流，不盈不运。讲业既终，礼师释奠。

① 参见俞士玲：《西晋文学考论》，第203页。

② 《晋书·礼志上》卷一九，第582页。

③ 《晋书·挚虞传》卷五一，第1426页。

④ 《晋书·荀觊传》卷三九，第1151页。

⑤ 陆侃如：《中古文学系年》，第722页。

⑥ 曹道衡、沈玉成：《中古文学史料丛考》，第152页。

升觞折俎，上下惟宴。邕邕其来，肃肃其见。”①《晋书·礼志上》载：“《礼》：始立学必先释奠于先圣先师，及行事必用币。……武帝泰始七年，皇太子讲《孝经》通。咸宁三年，讲《诗》通。太康三年，讲《礼记》通。惠帝元康三年，皇太子讲《论语》通。”② 西晋共举行了四次释奠礼，分别是泰始七年（271）、咸宁三年（277）、太康三年（282）和元康三年（293）。挚虞《释奠颂》应作于元康三年（293），正是愍怀太子司马遹“讲《论语》通”时的释奠礼。据潘尼《释奠颂小序》知此次释奠礼盛况空前，挚虞、潘尼、傅咸等人都参加了诗文唱和活动。

晋惠帝元康四年（294），挚虞五十岁，作《册陇西王泰为太尉文》。《初学记》卷一一载挚虞《陇西王泰为太尉册》曰：“惟君行为时表，亲则宗臣，论道经邦，保乂皇家，是用进登上台。”③《晋书·高密文献王泰传》说司马泰是在武帝受禅时封陇西王，在公元265年左右。司马泰于永熙初代石鉴为司空，时为公元290年。楚王司马玮因矫诏被杀后，“乃以泰录尚书事，迁太尉，守尚书令，改封高密王”④。据《惠帝纪》，元康元年（291）“六月，贾后矫诏使楚王玮杀太宰、汝南王亮，太保、菑阳公卫瓘。乙丑，以玮擅害亮、瓘，杀之。曲赦洛阳。以广陵王师刘寔为太子太保，司空、陇西王泰为录尚书事”⑤，则元康元年（291）六月，司马泰为录尚书事。又说“四年春正

① （唐）徐坚等著：《初学记》卷一四，中华书局2004年版，第343页。

② 《晋书·礼志上》卷一九，第599页。

③ （唐）徐坚等著：《初学记》卷一一，第255页。

④ 《晋书·高密文献王泰传》卷三七，第1094页。

⑤ 《晋书·惠帝纪》卷四，第91页。

月丁酉朔，侍中、太尉、安昌公石鉴薨”①，则石鉴死后，司马泰始为太尉，挚虞《册陇西王泰为太尉文》当写于元康四年(294)的正月。陆侃如所依据的万斯同《晋将相大臣年表》，也以司马泰转太尉在本年正月，可从。

该年傅咸去世。傅咸与挚虞共同受命讨论《新礼》，未竟去世。《晋书·礼志上》载：“虞讨论《新礼》讫，以元康元年上之。所陈惟明堂五帝、二社六宗及吉凶王公制度，凡十五篇。有诏可其议。后虞与傅咸缵续其事，竟未成功。”② 傅咸家传礼学，其父傅玄也是礼学家和乐学家，傅咸多次参与议礼，因此能成为挚虞的助手③。

晋惠帝元康五年(295)，挚虞五十一岁，参与贾谧“二十四友”。《晋书·贾谧传》载：

> 谧好学，有才思。既为充嗣，继佐命之后，又贾后专恣，谧权过人主，至乃锁系黄门侍郎，其为威福如此。负其骄宠，奢侈逾度，室宇崇僭，器服珍丽，歌僮舞女，选极一时。开阁延宾，海内辐凑，贵游豪戚及浮竞之徒，莫不尽礼事之。或著文章称美谧，以方贾谊。渤海石崇欧阳建、荥阳潘岳、吴国陆机陆云、兰陵缪徵、京兆杜斌挚虞、琅邪诸葛诠、弘农王粹、襄城杜育、南阳邹捷、齐国左思、清河崔基、沛国刘瑰、汝南和郁周恢、安平牵秀、颍川陈眕、太原郭彰、高阳许猛、彭城刘讷、中山刘舆刘琨皆傅

① 《晋书·惠帝纪》卷四，第62页。

② 《晋书·礼志上》卷一九，第582页。

③ 傅咸礼学的家学渊源和实绩，参见本书第二章第四节。

会于谧，号曰“二十四友”，其余不得预焉。①

“二十四友”的性质，沈玉成《“竹林七贤”与“二十四友”》②指出“其中虽多为文人，实际上是一个政治性集团”，并且这个集团的形成“是一个逐渐集合的过程”，而形成时间“应当在元康五、六年间”。“元康五、六年间”，挚虞是在朝廷任职，直到永宁元年（301）才有转任少府的记载。“二十四友”的解体是在永康元年（300）贾谧被杀之时。姑系挚虞加入“二十四友”于形成之年。挚虞与“二十四友”诸人的交往，能够得到史料佐证者仅有潘岳和杜育。元康四年（295）后，挚虞在朝廷任尚书郎，直到永宁初（301）始见任少府的记载，此间加入了贾谧的“二十四友”③。

晋惠帝元康九年（299），挚虞五十五岁，作《新婚箴》。挚虞作《新婚箴》赠潘岳曰：“今在哲文，遭家不造。结发之丽，不同偕老。既纳新配，内芬外藻。厚味腊毒，大命将夭。色不可耽，命不可轻。君子是惮，敢告后生。”④又潘岳《答挚虞新婚箴》曰：“先王制礼，随时为正。俯从企及，岂乖物性。女无二归，男有再聘。女实存色，男实存德。德在居正，色在不惑。新旧兼弘，义申理得。然性情之际，诚难处心。君子过虑，爰献明箴。防微测隐，文丽旨深。敬纳嘉诲，敢酬德音。”⑤根据潘岳的酬答文体和内容可知，挚虞的《新婚箴》是赠予潘岳的。

---

① 《晋书·贾谧传》卷四〇，第1173页。

② 参见刘宁编：《沈玉成文存》，中华书局2006年版，第245～249页。

③ 挚虞与“二十四友”的交游，参见本书第三章第一节。

④ 《艺文类聚》卷四〇，第724页。

⑤ 王增文校注：《潘黄门集校注》，中州古籍出版社2002年版，第160页。

元康八年（298），潘岳发妻大杨氏卒，挚虞将新婚和丧妻并提，却未说潘岳违礼，则应是次年服阕期满后成婚，故系于元康九年（299）。①

晋惠帝永宁元年（301），挚虞五十七岁，迁少府。《晋书·张轨传》载："永宁初……秘书监缪世徵、少府挚虞夜观星象，相与言曰：'天下方乱，避难之国唯凉土耳。张凉州德量不恒，殆其人乎！'"② 则永宁初年挚虞任少府一职，邓国光系之本年③，可从。少府，属于列卿，《晋书·职官志》载其职掌曰："统材官校尉、中左右三尚方、中黄左右藏、左校、甄官、平准、奚官等令，左校坊、邺中黄左右藏、油官等丞。"④

挚虞称王接"应和鼎味"。《晋书·王接传》载："永宁初，举秀才。友人荥阳潘滔遗接书曰：'挚虞、卞玄仁并谓足下应和鼎味，可无以应秀才行。'接报书曰：'今世道交丧，将遂剥乱，而识智之士钳口韬笔，祸败日深，如火之燎原，其可救乎？非荣斯行，欲极陈所见，冀有觉悟耳。'"⑤ 阎步克指出，"应和鼎味"大约是指就任公府之掾属僚佐。应征辟而为公府掾，在魏晋南北朝亦是士族高门子弟习惯性的入仕方式之一。由此入仕，地位亦较秀孝察举为高，则知应举在时人眼中已非入仕之荣途。⑥

挚虞作《致齐王冏笺》。《晋书·张华传》载：

---

① 挚虞与潘岳的文学赠答及其系年，本书第三章第二节有详细的考证。

② 《晋书·张轨传》卷八六，第2221～2222页。

③ 参见邓国光：《挚虞研究》，第32页。

④ 《晋书·职官志》卷二四，第737页。

⑤ 《晋书·王接传》卷五一，第1435页。

⑥ 参见阎步克：《察举制度变迁史稿》，第172页。

> 后伦、秀伏诛，齐王冏辅政，挚虞致笺于冏曰："间于张华没后入中书省，得华先帝时答诏本草。先帝问华可以辅政持重付以后事者，华答：'明德至亲，莫如先王，宜留以为社稷之镇。'其忠良之谋，款诚之言，信于幽冥，没而后彰，与苟且随时者不可同世而论也。议者有责华以愍怀太子之事不抗节廷争。当此之时，谏者必得违命之死。先圣之教，死而无益者，不以责人。故晏婴，齐之正卿，不死崔杼之难；季札，吴之宗臣，不争逆顺之理。理尽而无所施者，固圣教之所不责也。"①

齐王司马冏击败司马伦，迎取惠帝辅政，正在本年。

晋惠帝太安元年（302），挚虞五十八岁，或迁秘书监，作《皇太孙薨服议》。《晋书·礼志中》载：

> 惠帝太安元年三月，皇太孙尚薨。有司奏，御服齐衰期。诏下通议。散骑常侍谢衡以为："诸侯之太子，誓与未誓，尊卑体殊。《丧服》云为嫡子长殇，谓未誓也，已誓则不殇也。"中书令卞粹曰："太子始生，故已尊重，不待命誓。若衡议已誓不殇，则无服之子当斩衰三年；未誓而殇，则虽十九当大功九月。誓与未誓，其为升降也微。斩衰与大功，其为轻重也远。而今注云'诸侯不降嫡殇重'。嫌于无服，以大功为重嫡之服，则虽誓，无复有三年之理明矣。男能卫社稷，女能奉妇道，以可成之年而有已成之事，故可无殇，非孩龀之谓也。为殇后者尊之如父，犹无所加而止殇服，况以天子之尊，而为无服之殇行成人之制邪！凡

① 《晋书·张华传》卷三六，第1076页。

> 诸宜重之殇，皆士大夫不加服，而令至尊独居其重，未之前闻也。”博士蔡克同粹。秘书监挚虞云：“太子初生，举以成人之礼，则殇理除矣。太孙亦体君传重，由位成而服，全非以年也。天子无服殇之义，绝期故也。”于是从之。①

又《挚虞传》载：“皇太孙尚薨，有司奏‘御服齐衰期’。诏令博士议。虞曰：‘太子生，举以成人之礼，则殇理除矣。太孙亦体君传重，由位成而服全，非以年也。’从之。”② 又《礼志中》载：“魏武以正月崩，魏文以其年七月设妓乐百戏，是则魏不以丧废乐也。武帝以来，国有大丧，辄废乐终三年。惠帝太安元年，太子丧未除，及元会亦废乐。”③ 据上可知，挚虞迁秘书监不会晚于太安元年（302）。

曹道衡考证说：

> 《晋书·挚虞传》载虞于惠帝元康中，迁吴王友，后历秘书监、卫尉卿，从惠帝幸长安。朱希祖《汲冢书考·汲冢书校理人物考》疑虞为秘书监在惠帝永平元年二月复置秘书监官之时，其证为《张华传》“秘书监挚虞撰定官书，皆资华之本以取正”，又贾谧在元康末为秘书监，与张华同时被杀，故挚虞为此官当在贾谧前。说可参。《杜预传》记预专心《左传》，“秘书监挚虞”赏之。预卒于太康五年此亦一证也。然列传所记职衔，往往以后为前，未可尽据。《礼志中》记惠帝太安元年三月，皇太孙薨，议礼，散骑常

① 《晋书·礼志中》卷二〇，第625页。
② 《晋书·挚虞传》卷五一，第1426页。
③ 《晋书·礼志中》卷二〇，第618页。

> 侍谢衡、中书令卞粹、博士蔡克、秘书监挚虞与议。谢衡无考；《惠帝纪》载中书令卞粹于太安二年为长沙王乂所杀；《宣五王传》载永康二年博士陈留蔡克议梁王肜谥，皆可证《礼志》所记职衔为有据，则其时挚虞正任秘书监。如《杜预传》《张华传》所记不误，秘书监品位高于吴王友，挚虞当于吴王友之后迁转秘书监。吴王晏以太康十年封，虞于太康中以吴王友迁秘书监，至早当在太康五年左右，稍后贾谧即居是职，则又与朱考不合。故疑虞于太康中未尝为官，《晋书》本传及《礼志》所记可靠，挚虞当于永康元年贾谧被杀后继谧居秘书监，迁卫尉卿，永兴元年冬随惠帝至长安。①

曹道衡以为挚虞在永康元年（300）继贾谧为秘书监，恐怕不妥，因为《张轨传》说“永宁初……秘书监缪世徵、少府挚虞夜观星象”②，则继贾谧的应是缪世徵，而挚虞时任少府。又讨论皇太子冕服的太安元年（302），挚虞已为秘书监，则判断挚虞迁秘书监不晚于太安元年（302）最为妥当。

魏晋的秘书监或是史学巨擘，或是文坛领袖，或是儒学名宗，也有宗室贵戚，地位尊崇，主要负责图书的典藏与整理、大型书籍的编纂和国史的修撰。西晋时期秘书监可考的有庾峻、荀勖、华峤、何劭、虞濬、贾谧、司马略、缪徵、挚虞、潘尼

① 曹道衡、沈玉成：《中古文学史料丛考》，第152～153页。

② 张轨通晓天文，《魏书·张寔传》载“轨颇识天文”，中华书局1974年版，第2193页。

十人。①

《晋书·张华传》载："秘书监挚虞撰定官书，皆资华之本以取正焉。"② 挚虞和张华有过交往，张华曾赠诗给挚虞："君子有逸志，栖迟于一丘。仰荫高林茂，俯临渌水流。恬淡养玄虚，沈精研圣猷。"③

挚虞赏杜预《春秋左氏经传释例》。《晋书·杜预传》载：

> 既立功之后，从容无事，乃耽思经籍，为《春秋左氏经传集解》。又参考众家谱第，谓之《释例》。又作《盟会图》《春秋长历》，备成一家之学，比老乃成。又撰《女记赞》。当时论者谓预文义质直，世人未之重，唯秘书监挚虞赏之，曰："左丘明本为《春秋》作传，而《左传》遂自孤行。《释例》本为《传》设，而所发明何但《左传》，故亦孤行。"时王济解相马，又甚爱之，而和峤颇聚敛，预常称"济有马癖，峤有钱癖"。武帝闻之，谓预曰："卿有何癖？"对曰："臣有《左传》癖。"④

《晋书》以为挚虞欣赏杜预《春秋释例》是在秘书监任上，邓国光进行了驳正，说挚虞转秘书监时，杜预已去世十八年，又引王隐《晋书》认为挚虞当时是尚书郎⑤，这是正确的。尚可补充的是，《三国志·魏书·杜畿传》裴注引《杜氏新书》称

① 参见拙文《曹魏西晋秘书监的沿革、人选和职责考》，《国学季刊》（第4期），山东人民出版社2016年版。

② 《晋书·张华传》卷三六，第1074页。

③ 逯钦立辑校：《先秦汉魏晋南北朝诗》，第621页。

④ 《晋书·杜预传》卷三四，第1031～1032页。

⑤ 参见邓国光：《挚虞研究》，第15页。

“尚书郎挚虞甚重之，曰”①，挚虞任尚书郎应在太康五年（284）至永宁元年（301）间，杜预卒于太康六年（285），时间相接，则《杜氏新书》记载可靠，《晋书》所载乃后人追述。挚虞将杜预为《左传》作《释例》与左丘明为《春秋》作传相提并论，赞赏《释例》颇多发明，不需要附骥《左传》而能孤行传世。

挚虞编纂《文章流别集》、撰《文章志》。《晋书·挚虞传》载：“虞撰《文章志》四卷，注解《三辅决录》，又撰古文章，类聚区分为三十卷，名曰《流别集》，各为之论，辞理惬当，为世所重。”②《隋书·经籍志》史志“簿录类”载《文章志》四卷，集志载《文章流别集》四十一卷（梁六十卷，论二卷）。《文章流别集》与《文章志》本是两书，但关于它们的关系，历来众说纷纭，有人认为《文章志》即《文章流别志》，是《文章流别集》的作者小传部分。但根据《文章志》和《文章流别集》涉及的作家和作品来看，至少有三大差别：一是两书断限不同，《文章志》截至曹魏，《文章流别集》截至东汉；二是作家差别较大，《文章志》提及十五位，《文章流别集》提及二十七位，重复的仅有史岑、傅毅、陈琳、王粲四人；三是作品全部不同，《文章志》提及七篇，《文章流别集》提及四十八篇，竟无一相同。因此说《文章志》是独立著作，不是《文章流别集》的组成部分，也不存在《文章流别志》这部书。③

曹道衡、傅刚在《萧统评传》中说：“挚虞编纂《文章流别集》，时间不详，但可推测为其任秘书监时。因为编纂各体总集，需要大量图书，非据有国家藏书不可当此任。这就是说挚

① 《三国志·魏书·杜畿传》卷一六，中华书局1982年版，第508页。

② 《晋书·挚虞传》卷五一，第1425页。

③ 参见拙文《挚虞史著考》，《古籍整理研究学刊》2016年第2期。

虞编纂《流别集》很可能出自秘书监职分，其后李充编《翰林论》，也是在著作郎任上。从这个意义上说，总集的产生，原来是与政府机构的职能相关联的。”① 无论是编纂《文章流别集》还是撰写《文章志》，都需要参考大量的图书，秘书监典校中秘图书，此时最为便利，本年挚虞始迁秘书监，姑系于此。

挚虞编纂《畿服经》。《隋书·经籍志》“地理类”序载：“其（《汉书·地理志》）州国郡县山川夷险时俗之异，经星之分，风气所生，区域之广，户口之数，各有攸叙，与古《禹贡》《周官》所记相埒。是后载笔之士，管窥末学，不能及远，但记州郡之名而已。晋世，挚虞依《禹贡》《周官》，作《畿服经》，其州郡及县分野封略事业，国邑山陵水泉，乡亭城道里土田，民物风俗，先贤旧好，靡不具悉，凡一百七十卷，今亡。”② 挚虞编撰《畿服经》的典籍依据是《禹贡》和《周礼·夏官·职方氏》，效法对象是《汉书·地理志》。《禹贡》分天下为九州并略述了土地和山川形势，而“职方氏”的职责是“掌天下之图，以掌天下之地，辨其邦国、都鄙、四夷、八蛮、七闽、九貉、五戎、六狄之人民与其财用、九谷、六畜之数要，周知其利害”③。据“国邑山陵水泉，乡亭城道里土田，民物风俗，先贤旧好”句，说明挚虞对全国风土人情比较了解。我们知道，国家的整体地理风俗情况，在封建社会也属于机密，故萧何至咸阳先收秦朝图籍以利战事，《汉书·萧何传》载：“沛公至咸阳，诸将皆争走金帛财物之府分之，何独先入收秦丞相御史律令图

---

① 曹道衡、傅刚：《萧统评传》，南京大学出版社2001年版，第219～220页。

② 《隋书·经籍志》卷三三，中华书局1973年版，第988页。

③ （清）孙诒让撰，王文锦、陈玉霞点校：《周礼正义》卷六三，中华书局1987年版，第2636页。

书臧之。沛公具知天下阸塞，户口多少，强弱处，民所疾苦者，以何得秦图书也。”① 又《汉书·宣元六王传》载东平思王刘宇向朝廷求《太史公书》，王凤拒绝给予，理由是：“《太史公书》有战国纵横权谲之谋，汉兴之初谋臣奇策，天官灾异，地形阸塞：皆不宜在诸侯王。”② 因此挚虞成此巨帙，自然不可能指望从民间搜集获取相关资料，最可能选择利用秘阁藏书的良机，因此推断在秘书监任内写成，趁任职之便，得以参考众多的地理、地方志和郡书，从而达到“靡不具悉”的地步。又傅畅《晋诸公赞》曰：“庾峻自司空长史迁秘书监，幽赞符命，天文地理，因有述焉。”③ 庾峻迁任秘书监后，因有幽赞符命、天文地理的著述，那么地理著述似应是秘书监的职责之一，挚虞撰《畿服经》，应是出于职守的需要。

第五节　永嘉之乱导致饥馁而死

永兴四年（307），晋怀帝司马炽继位，改元“永嘉”。司马越执掌军政大权，宠树党羽，诛戮异己，《晋书》本传说他“专擅威权，图为霸业，朝贤素望，选为佐吏，名将劲卒，充于己府，不臣之迹，四海所知”④。此时刘渊、石勒等胡族亦已形成气候，虎视中原，时刻威胁着西晋政权的安全。永嘉洛阳沦陷前，对西晋构成威胁的主要是匈奴刘渊和羯人石勒的势力。刘渊是匈奴的贵族，曾受司马颖委任为北单于，协助司马颖对抗

---

① 《汉书》卷三九，中华书局 1962 年版，第 2006 页。

② 《汉书》卷八〇，第 3324～3325 页。

③ 《太平御览》卷二三三，第 1106 页。

④ 《晋书·东海王越传》卷五九，第 1625 页。

王浚、司马腾的军队，他也是最早起兵反晋的一员，公元304年即已自称汉王。石勒，羯人，父祖都是部落小吏，幼时做过商贩和田客，曾被司马腾掠作奴隶换取军粮，又被卖为家奴，人生经历很是坎坷。永嘉三年（309），刘渊派儿子刘聪两次进攻洛阳。次年，刘渊死，刘聪杀太子刘和自立。永嘉五年（311）三月，司马越病死，六月汉主刘聪使前将军呼延晏将兵攻陷洛阳，“纵兵大掠，悉收宫人、珠宝。……发掘诸陵，焚宫庙，官府皆尽”①，怀帝被掳至平阳。随着洛阳的沦陷，挚虞也被迫开始了颠沛流离的生活，最后死于饥饿。

晋惠帝永兴元年（304），挚虞六十岁，迁卫尉卿，从惠帝幸长安。《晋书·挚虞传》载：“后历秘书监、卫尉卿，从惠帝幸长安。及东军来迎，百官奔散，遂流离鄠杜之间，转入南山中，粮绝饥甚，拾橡实而食之。”②《世说新语·文学》刘孝标注引王隐《晋书》也说：“（挚虞）从惠帝至长安，遂流离鄠、杜间。性好博古，而文籍荡尽。”③《惠帝纪》载：“冬十一月乙未，（张）方请帝谒庙，因劫帝幸长安。”④ 因此陆侃如认为惠帝于本年十一月一日被张方逼赴长安。⑤《高光传》又说：“惠帝为张方所逼，幸长安，朝臣奔散，莫有从者，（高）光独侍帝而西。迁尚书左仆射，加散骑常侍。”⑥ 据此可知，挚虞时任卫

① 《资治通鉴·晋纪》卷八七，第2763页。

② 《晋书·挚虞传》卷五一，第1426页。

③ （南朝宋）刘义庆著，（南朝梁）刘孝标注，余嘉锡笺疏：《世说新语笺疏》，第301页。

④ 《晋书·惠帝纪》卷四，第103页。

⑤ 参见陆侃如：《中古文学系年》，第812页。

⑥ 《晋书·高光传》卷四一，第1198～1199页。

尉卿。《晋书·职官志》载卫尉卿的职责是“卫尉，统武库、公车、卫士、诸冶等令，左右都候，南北东西督冶掾”①，实际上统管武装保卫之事，挚虞一介文臣，应属临危受命。挚虞随惠帝一起被张方劫往长安，到了长安后，“东军来迎”。“东军”指司马越的军队，张方属司马颙的军队，光熙元年（306）春两军交战，导致“朝臣奔散，莫有从者”，挚虞也流离鄠、杜间，后入南山，粮尽以橡实充饥。

晋惠帝光熙元年（306），挚虞六十二岁，还洛为光禄勋。《晋书·挚虞传》载：“后得还洛，历光禄勋、太常卿。”②《惠帝纪》载光熙元年（306）春正月，“（司马）越遣其将祁弘、宋胄、司马纂等迎帝”③，则还洛当在此时。光禄勋，《晋书·职官志》记其职掌曰：“统武贲中郎将、羽林郎将、冗从仆射、羽林左监、五官左右中郎将、东园匠、太官、御府、守宫、黄门、掖庭、清商、华林园、暴室等令。”④ 邓国光根据《通典》记载的汉代光禄勋职能，认为“光禄勋又称为光禄大夫，主郎官进退，故甚尊贵”⑤。光禄勋是列卿，有具体的职掌，光禄大夫是优崇之官，属于荣誉性岗位，两者性质不同。

晋怀帝永嘉元年（307），挚虞六十三岁，迁太常卿，进行礼仪考正工作。《晋书·挚虞传》载：“后得还洛，历光禄勋、太常卿，时怀帝亲郊。自元康以来，不亲郊祀，礼仪弛废。虞

---

① 《晋书·职官志》卷二四，第736页。
② 《晋书·挚虞传》卷五一，第1426页。
③ 《晋书·惠帝纪》卷四，第106页。
④ 《晋书·职官志》卷二四，第736页。
⑤ 邓国光：《挚虞研究》，第33页。

考正旧典，法物粲然。"①《隋书·礼仪志》载："唯晋太常卿摯虞，独疑大辂，谓非玉辂。摯虞之说，理实可疑，而历代通儒，混为玉辂，详其施用，义亦不殊。"② 以上所述应是此时议礼的成果。王隐《晋书》说："历秘书监，太常卿。从惠帝至长安，遂流离鄠、杜间。"③ 陆侃如以为"虞为太常始于从惠帝至长安前，与本传不合"，又"自太安元年皇太孙卒，至永兴元年惠帝西迁，仅三十一月，遍历秘书、卫尉、光禄、太常四职，似乎不太合常理"。④ 陆侃如所言颇有道理，但乱世兵燹之中，官员们或离散、或死亡，朝廷人手紧缺，两年半四次迁官，也不是没有可能，前引《高光传》即称"朝臣奔散"，因此高光因独侍而获得升迁，而摯虞基本在列卿位置上轮换，其实没有明显的升迁。

摯虞在光禄勋任上不久即转迁太常卿，应该是出于考正礼典的需要。太常卿的职责，《晋书·职官志》载："太常，有博士、协律校尉员，又统太学诸博士、祭酒及太史、太庙、太乐、鼓吹、陵等令，太史又别置灵台丞。"⑤ 怀帝亲自参与郊祀，发

① 《晋书·摯虞传》卷五一，第1426页。《北堂书钞》卷五三引刘道荟《晋起居注》称"元康六年以后，不常亲郊，经杂事难，制度废弛。太常虞松考正旧仪，死不悉备"（第199页），虞松是魏晋之际人，无法到元康后期任太常，应是摯虞之误，初唐史臣改成摯虞，是正确的。

② 《隋书·礼仪志》卷十，第204页。

③ （南朝宋）刘义庆著，（南朝梁）刘孝标注，余嘉锡笺疏：《世说新语笺疏》，第301页。

④ 参见陆侃如：《中古文学系年》，第821页。

⑤ 《晋书·职官志》卷二四，第735～736页。

现经过乱离之后，礼仪荒废，而挚虞曾经修订过《新礼》，具备丰厚的礼学修养，自然是不二人选，因此命其任太常卿，负责考正礼仪，于是挚虞根据旧典，将郊祀礼仪和礼器法度整理清楚。

晋怀帝永嘉四年（310），挚虞六十六岁，遗书于凉州刺史张轨求援。《晋书·张轨传》载："光禄傅祗、太常挚虞遗轨书，告京师饥匮，轨即遣参军杜勋献马五百匹、毤布三万匹。"①《资治通鉴》系于永嘉四年（310）②。据《孝怀帝记》，永嘉四年"幽、并、司、冀、秦、雍等六州大蝗，食草木、牛马毛，皆尽"③，则洛阳饥匮应是出于蝗灾。挚虞与张轨曾师事皇甫谧，有同门之谊，又曾同为太子舍人，关系密切，详见前述。

晋怀帝永嘉五年（311），挚虞六十七岁，以馁卒。《晋书·挚虞传》载："及洛京荒乱，盗窃纵横，人饥相食。虞素清贫，遂以馁卒。"④ 陆侃如定于本年⑤，依据是《世说新语·文学》刘孝标注引王隐《晋书》所说的"永嘉五年，洛中大饥，遂饿而死"。挚虞去世的地点应在栢谷，《魏书·常景传》载："友人刁整每谓曰：'卿清德自居，不事家业，虽俭约可尚，将何以自济也？吾恐挚太常方馁于栢谷耳。'"⑥

① 《晋书·张轨传》卷八六，第2225页。

② 参见《资治通鉴·晋纪》卷八七，第2756页。

③ 《晋书·孝怀帝纪》卷四，第120页。

④ 《晋书·挚虞传》卷五一，第1426～1427页。

⑤ 参见陆侃如：《中古文学系年》，第829页。

⑥ 《魏书·常景传》卷八二，第1805页。

小结

根据上述的考证成果，为便于直观地阅览，兹将挚虞的生平事迹做成如下表格：

表 1-1　　挚虞生平事迹表

年代	年龄	作品	事迹
魏正始六年（245）	1 岁		出生
嘉平六年（254）	10 岁		师事皇甫谧
咸熙二年（265）	21 岁		郡主簿
晋武帝泰始二年（266）	22 岁	《思游赋》	
泰始三年（267）	23 岁	《迁宅诰》	
泰始四年（268）	24 岁		举贤良方正
泰始七年（271）	27 岁	《贤良对策》	
泰始九年（273）	29 岁	《连理颂》	为太子舍人
泰始十年（274）	30 岁	《答杜预书》	
太康元年（280）	36 岁	《太康颂》	除闻喜令 表论封禅
太康三年（282）	38 岁		解职丁母忧
太康五年（284）	40 岁	《三日曲水对》	补尚书郎
太康六年（285）	41 岁	《赠褚武良以尚书出为安东》 《赠李叔龙以尚书郎迁建平太守》 《答伏武仲》	参与尚书省诗文唱和
太康九年（288）	44 岁	《驳潘岳古今尺议》 《族姓昭穆》十卷	受命修订《新礼》

续表

年代	年龄	作品	事迹
太康十年（289）	45岁		议迁神主于新庙
晋惠帝永熙元年（290）	46岁		上表谏改除普增位一等
元康元年（291）	47岁	献上修订的《新礼》	
元康三年（293）	49岁	《释奠颂》	
元康四年（294）	50岁	《册陇西王泰为太尉文》	
元康五年（295）	51岁		参与贾谧“二十四友”
元康九年（299）	55岁	《新婚箴》	
永宁元年（301）	57岁	《致齐王冏笺》	少府
太安元年（302）	58岁	《皇太孙薨服议》 编纂《文章流别集》 撰《文章志》 编纂《畿服经》	赞赏杜预《春秋左氏经传释例》（此时应任秘书监）
永兴元年（304）	60岁		卫尉卿
光熙元年（306）	62岁		光禄勋
晋怀帝永嘉元年（307）	63岁		迁太常卿，进行礼仪考正
永嘉四年（310）	66岁		遗（张）轨书
永嘉五年（311）	67岁		死亡

第二章　礼学名家与《新礼》修订

挚虞属于魏晋之际典型的经学家，宗尚古文经学，主要倾向王肃的学说，代表了魏晋之际的经学主潮。但挚虞最重要的学术成就体现在礼学上，除《晋书·礼志》保存着他大量的议礼文字外，本传和《束皙传》也有议礼的片段；同时，他还参与修订《新礼》，撰有礼学著作《决疑要注》。礼学是汉末魏晋之际学术的核心，郑玄著作以礼学为大宗。王肃是魏晋之际的礼学大家，他的经学无论从数量还是重要性上，都是以三礼之学为主体。魏晋之际的总集编撰者颇多礼学名家，如《新撰文章家集》的编者荀勖，是《新礼》制订者荀顗之侄，擅长音乐，也参与制礼活动。又如总集《七林》的编者傅玄，《晋书》本传说“解钟律”①，曾于泰始二年（266）参与制礼作乐，有《正朔服色议》《五祀议》，并改造郊庙歌辞和鼓吹歌辞；泰始五年（269），与荀勖、张华造正旦行礼；泰始六年（270），参加武帝“幸辟雍事”并作《辟雍乡饮酒赋》；泰始九年（273），造《晋正德舞歌》和《大豫舞歌》，另有《周官礼异同评》十二卷传世，其子傅咸参与了挚虞的《新礼》修订。有关礼仪的事情争议较多，尤以丧礼分歧最大，挚虞说“《丧服》一卷，卷不盈

① 《晋书·傅玄传》卷四七，第1317页。

握，而争说纷然”①。由此可见，礼学是魏晋之际最流行、最核心的学问，挚虞是重要的礼学家，自然是魏晋学术的中心人物之一。

梁代徐勉说“至乎晋初，爰定《新礼》，荀颉制之于前，挚虞删之于末。既而中原丧乱，罕有所遗；江左草创，因循而已”②，指出《新礼》制订和修订的两个关键人物是荀颉和挚虞。那么荀颉《新礼》制订的背景和过程，与挚虞在荀颉基础上修订《新礼》的背景和过程，又是怎样的呢？

第一节　“制度创新”与荀颉《新礼》制订

虞预《晋书》说“上虽服膺文艺，以儒素立德，而雅有雄霸之量”③，指出司马懿家族尊重儒学的传统。司马氏属于东汉的儒家世族，这种身份使他们极为推崇儒学，并在掌权伊始即试图重振儒家礼仪规范，因此用名教对抗自然，为实施儒家礼学扫清障碍。

一、司马氏的世族身份与重礼传统

家族身份与学术传统具有重要的关系。如汉代的世家大族，累世以儒学传家，并以此敦励子孙，将儒学作为家族恪守的信条，并付诸具体的实践。又如东晋以来，世习天师道的家族，又能鲜明地体现出宗教做派，琅玡王氏为五斗米世家，子孙均

① 《晋书·礼志》卷一九，第581页。
② 《梁书·徐勉传》卷二五，第420页。
③ 《太平御览》卷九五，第455页。

以“之”为名。司马氏的重礼传统，与东汉世族的身份密切相关。

陈寅恪的《崔浩与寇谦之》就司马氏家族作过一番研究。陈寅恪引《晋书·礼志》武帝诏称“本诸生家，传礼来久”等材料，指出司马氏属礼学世家，又据“钧生豫章太守量，量生颍川太守儁，儁生京兆尹防，帝即防之第二子也”指出司马氏累世二千石，为东汉中晚期之儒家大族。① 根据史书的记载，由司马炎上溯七世，烈祖司马钧曾任汉征西将军，天祖司马量做过豫章太守，高祖司马儁是颍川太守，曾祖司马防是京兆尹；祖父司马懿深受曹操曹丕父子赏识，官至太尉，在高平陵政变中诛杀曹爽诸人，掌握了曹魏政权；以后伯父司马师、父亲司马昭俱任大将军，继续操纵魏柄。司马氏由大族出身逐渐演变成权臣，轨迹昭然。

陈寅恪又指出司马朗与司马懿是同父兄弟，司马朗的观点是司马家族政治理想的代表。《三国志·魏书·司马朗传》称：

> 朗以为天下土崩之势，由秦灭五等之制，而郡国无蒐狩习战之备故也。今虽五等未可复行，可令州郡并置兵，外备四夷，内威不轨，于策为长。又以为宜复井田。往者以民各有累世之业，难中夺之，是以至今。今承大乱之后，民人分散，土业无主，皆为公田，宜及此时复之。议虽未施行，然州郡领兵，朗本意也。②

① 参见陈寅恪：《崔浩与寇谦之》，《金明馆丛稿初编》，三联书店 2001 年版，第 142 页。

② 《三国志·魏书·司马朗传》卷一五，第 467～468 页。

司马朗主张恢复五等爵、州郡置兵，而在曹魏之时，司马昭已“奏复五等爵”①，因此陈寅恪说：“及晋武帝平吴混一区宇以后，减罢州郡兵，皆是司马氏实行其家传之政治理想，此复五等爵罢州郡兵二事为俱有关一代之兴亡，然其远因当求诸数十年或百年前之家世社会背景，非一朝一夕偶然应付时变之措施，其所从来久矣。”②

陈寅恪还指出司马氏的帝业出于儒家大族的拥戴，因此篡魏之后要考虑这些大族的利益，他说：

> 典午开国之重要设施，如复五等之爵，罢州郡之兵，以及帝王躬行三年之丧礼等，皆与儒家有关，可为明证。其最可注意者，则为厘定刑律，增撰周官为诸侯律一篇。两汉之时虽颇以经义折狱，又议论政事，解释经传，往往取儒家教义，与汉律之文比傅引伸，但汉家法律，实本嬴秦之旧，虽有马、郑诸儒为之章句，并未尝以儒家经典为法律条文也。然则中国儒家政治理想之书如周官者，典午以前，固已尊为圣经，而西晋以后复更成为国法矣，此亦古今之钜变，推原其故，实亦由司马氏出身于东汉儒家大族有以致之也。③

据上可知，正是司马氏的东汉世族身份，使他们不满意寒门出身的曹魏政权所提倡的简易、俭朴的礼学作风，故在掌权伊始，司马氏就试图恢复东汉的传统礼学制度。

---

① 《三国志·魏书·陈留王奂纪》卷四，第150页。
② 陈寅恪：《崔浩与寇谦之》，《金明馆丛稿初编》，第143页。
③ 陈寅恪：《崔浩与寇谦之》，《金明馆丛稿初编》，第145页。

二、《新礼》制订的政治背景

《新礼》是司马氏政权“制度创新”的重要组成部分。晋国初建，司马师称晋王，开启了“制度创新”的一系列举措，例如，《晋书·文帝纪》载，咸熙元年（264）司马昭“奏司空荀颉定礼仪，中护军贾充正法律，尚书仆射裴秀议官制，太保郑冲总而裁焉”①。具体表现在礼律并举、官品改革、“正郊庙”“行通丧”、恢复五等爵制、国学太学并立等制度上。比如礼律并举，陈寅恪指出西晋刑律以儒家政治理想为准的，尊为国法，是当时的一大创制。② 祝总斌进一步指出：“西晋王朝十分重视礼，礼已放到与法律并重的地位。”③《晋书·刑法志》说：“峻礼教之防，准五服以制罪也。”④ 邢义田说：“法律上第一次明白以五服作为亲属关系规范的标准是在晋武帝泰始三年令贾充等改订律令”。⑤ 礼的地位空前提高，判案强调礼律并举。又比如官品改革，阎步克指出，《魏官品》作于咸熙元年（264）前后，“黄钺大将军”“龙骧将军”“左右卫”、前左右后四将军、国子学等均出于此时，这些措施正是为司马氏夺权制造舆论；并以“游击将军”为例，咸熙年间进行官品改革，设立“游骑”与“骁骑”之号，入晋之后仍用“游击将军”之旧名，放弃了“游骑将军”之号。⑥ 则咸熙元年（264）的“制度创新”带有

---

① 《晋书·文帝纪》卷二，第 44 页。

② 陈寅恪：《崔浩与寇谦之》，《金明馆丛稿初编》，第 145 页。

③ 祝总斌：《略论晋律之“儒家化”》，《材不材斋史学丛稿》，中华书局 2009 年版，第 490 页。

④ 《晋书·刑法志》卷三〇，第 927 页。

⑤ 邢义田：《天下一家：皇帝、官僚与社会》，中华书局 2011 年版，第524 页。

⑥ 参见阎步克：《品位与职位：秦汉魏晋南北朝官阶制度研究》，中华书局 2009 年版，第 243～251 页。

强烈的政治目的，未必符合实际的需要。与此相同，《新礼》的迅速制订蕴含着同样的政治目的，而旋即束之高阁、寝而不问，很大程度上也是不切实用。

同时，《新礼》是司马氏以“名教”对抗曹魏名士崇尚“自然”的产物。司马氏一方面提倡“名教”，一方面做出弑君的勾当，激起了当时士人的强烈不满。关于弑君之事，据《晋书·文帝纪》记载，发生在景元元年（260），曹髦以“政非己出，情不能安，又虑废辱，将临轩召百僚而行放黜”①，密旨王沈、王业、王经等诛司马昭，却被出卖，只能亲率左右仆人相攻，因寡不敌众而最终死于成济之手。尽管成济受到了夷族的惩罚，做了司马氏虚伪名教的替死鬼，但无论如何，作为信奉儒教的世族子弟，又处处以“名教”标榜的司马氏的弑君所带来的信仰危机，无疑是相当严重的。面对司马氏的虚伪名教，嵇康选择不合作，因“越名教而任自然”最终为司马氏所不容，于景元四年（263）被杀。这对当时的士人是巨大的打击，后来嵇康好友向秀不得不与司马氏合作以保全自身。司马氏的弑君本来是违反名教的举动，而嵇康的被杀又被定义为对名教的维护，这里面存在着截然相悖的逻辑。因此有学者指出：“这个政权的占有者处于一种道义上的尴尬境地，失去了凝聚力。这是西晋政风的基本特点。这样的政风，很自然地导致政局的混乱，也影响着士人的价值取向，导致士无特操。”② 司马氏必须做出姿态，通过各种言行来表达对儒家名教的尊重。傅玄上书请求尊崇儒学得到了赞许，晋武帝又喻诏郡国守相“敦喻五教”，提倡

① 《晋书·文帝纪》卷二，第36页。

② 罗宗强：《玄学与魏晋士人心态》，第190～191页。

“好学笃进，孝悌忠信”，都是对儒家名教的提倡。当然，上述措施都是晋朝立国后的事情，其实早在咸熙元年（264）荀觊受命制订《新礼》时，司马昭就表达了急切倡导儒学名教的心情，因为嵇康被杀是在景元四年（263），次年司马昭即下令制订《新礼》。司马昭如此迫不及待，无疑是想强化名教的地位，打击“越名教而任自然”的名士风气，明确警告士人政府已经不再容忍这股风气，这是“破”的手腕；而迅速制订《新礼》，为士人们指出一条新路，这是“立”的手段。通过一破一立，士人们不得不选择皈依名教。如此，司马氏一方面完成了儒学名教的统治地位，另一方面也为魏晋禅代扫除了舆论障碍。

三、《新礼》制订的学术资源

晋前各代的礼仪制订，均在前代的礼仪基础上因革损益。《史记·礼书》说：“至秦有天下，悉内六国礼仪，采择其善，虽不合圣制，其尊君抑臣，朝廷济济，依古以来。至于高祖，光有四海，叔孙通颇有所增益减损，大抵皆袭秦故。自天子称号下至佐僚及宫室官名，少所变改。孝文即位，有司议欲定仪礼，孝文好道家之学，以为繁礼饰貌，无益于治，躬化谓何耳，故罢去之。”① 又《史记·封禅书》说：“悉召故秦祝官，复置太祝、太宰，如其故仪礼。因令县为公社。”② 秦代建国，网罗六国礼仪，择其善者用之。汉兴，故秦博士叔孙通投赴刘邦，被拜为博士，征鲁诸生三十余人制订礼仪，得到了刘邦的赏识，

① 《史记·礼书》卷二三，中华书局1982年版，第1159～1160页。

② 《史记·封禅书》卷二八，第1378页。

擢为太常，史称“汉诸仪法，皆叔孙生为太常所论箸也”①，史迁称之为“汉家儒宗”②。东汉初建，朝廷制订礼仪，也面临典籍缺少的困境，多次咨询张纯。袁宏《后汉纪》说：“是时朝廷草创，旧典多阙，每有疑议，辄访问纯，自郊庙冠婚之礼，多所正定。”③ 汉章帝对制订礼仪十分重视，章和年间下诏说：“汉遭莽弊，礼坏乐崩，因循故事，多非经典，知其说者之于天下，岂不远乎?”④ 曹褒因书疏陈说制礼之意，后“使褒于南宫、东观差序礼事，依旧仪，参《五经》，验以谶记，自天子至于庶人，百五十篇”⑤。曹褒父曹充，光武建武中为博士，“议定封禅、七郊、三雍、大射、养老礼仪”⑥。受其父的影响，曹褒也好礼仪，谢承《后汉书》载：“博雅疏通，尤好礼事，常感朝廷制度未备，慕叔孙通为汉礼仪，昼夜研精，沉吟专思，寝则怀抱笔扎，行则诵习文书，当其念至，忘所之适。”⑦

建安之初，应劭面对汉末动乱、文献散佚的情况，开始整理礼仪：“时始迁都于许，旧章堙没，书记罕存。劭慨然叹息，乃缀集所闻，著《汉官礼仪故事》，凡朝廷制度，百官典式，多

① 《史记·叔孙通传》卷九九，第 2725 页。

② 沈文倬指出，叔孙通定汉仪不过利用现成的秦制，结合当时需要来增删，与齐鲁所传古礼没有任何因袭关系。参见沈文倬：《从汉初今文经的形成说到两汉今文礼的传授》，尹达等主编：《纪念顾颉刚学术论文集》，巴蜀书社 1990 年版，第 100 页。

③ （晋）袁宏：《后汉纪》卷八，中华书局 2002 年版，第 154 页。

④ （晋）袁宏：《后汉纪》卷一二，第 238 页。

⑤ （晋）袁宏：《后汉纪》卷一二，第 238 页。

⑥ （晋）袁宏：《后汉纪》卷一二，第 238 页。

⑦ 《太平御览》卷六一一，第 2748 页。

劭所立。"① 应劭在冀州袁绍幕下，删订律令为《汉仪》，又辑集润色驳议三十篇为一书，于建安元年（196）上奏献帝，随后开始撰写《汉官礼仪故事》。建安年间的朝廷制度、百官典礼仪式，主要出于应劭之手。

建安十八年（213），曹魏建国，由王粲、卫觊负责制订礼仪制度。《三国志·魏书·卫觊传》说卫觊"受诏典著作，又为《魏官仪》，凡所撰述数十篇"②。《三国志·魏书·王粲传》说："魏国既建，拜侍中。博物多识，问无不对。时旧仪废弛，兴造制度，粲恒典之。"③《宋书·礼志》说："自汉末剥乱，旧章乖弛，魏初则王粲、卫觊典定众仪。"④ 时值曹操南征北战，前代的典章制度自然难以具备，中原地区的典籍散灭主要是由于战乱的破坏，而吴蜀之地间有所存，却非曹魏的势力所及，因此魏代的这次草创成果受多重局限性的约束，其质量应当难以让人满意。姚振宗所辑《后汉艺文志》和《三国艺文志》均未著录，在当时应该只是藏入秘阁，未能行世，后来司马昭制礼，"因魏代旧事"，殆即指此。

据《宋书·礼志》，黄初元年（220），曹丕禅位，依虞夏故事，以曹魏为土德，与汉之水德不同，主要是徽号、器械、礼乐、服色、牲币等，而"郊祀天地朝会四时之服，宜如汉制。宗庙所服，一如《周礼》"⑤。又青龙五年（237）明帝诏称："文皇帝践

---

① 《后汉书·应劭传》卷四八，第1614页。

② 《三国志·魏书·卫觊传》卷二一，第612页。

③ 《三国志·魏书·王粲传》卷二一，第598页。

④ 《宋书·礼志》卷一四，中华书局1974年版，第327页。

⑤ 《宋书·礼志》卷一四，第328页。

阼之初，庶事草创，遂袭汉正，不革其统”①。那么魏文帝的礼制，因袭者多，独创者少，故在礼制史上的地位无足轻重。明帝即位之初又有改正朔之议，朝廷分成不同主张的两派，其中司马懿、卫臻、刘放等人主张宜改，而缪袭、王肃等人以为不宜改，后者暂时取得了胜利。到了青龙五年（237），明帝又下诏令改正朔，行殷正，以建丑之月为岁首；齐王芳即位时又恢复夏正，以建寅之月为岁首。可见魏代学者在礼制上存在着激烈的分歧。

魏代的礼学著作，以王朗、王肃父子的礼学著作为多，而吴蜀的礼学家有蒋琬、谯周、射慈和薛综，以《丧服》为关注的重点。根据姚振宗《三国艺文志》的辑录，《周礼》类有王朗《周官传》、王肃《周官礼注》十二卷；《仪礼》类有王肃《仪礼注》十七卷、王肃《丧服经传注》一卷、王肃《丧服变除》、王肃《丧服要记》一卷、蒋琬《丧服要记》一卷、谯周《丧服图》、射慈《丧服图》、射慈《丧服变除》；《礼记》类有王肃《礼记注》三十卷、孙炎《礼记注》三十卷、郑小同《礼义》四卷、杜宽《删集礼记》、射慈《礼记音》一卷、薛综《五宗图述》一卷；三礼总义类有李譔《三礼注》、王肃《三礼音》三卷。曹魏的礼学著作，基本是王肃一家，而吴蜀两国尚有数家礼学，也是制订《新礼》的资源。

司马昭柄政时期，注意根据魏代的礼学成果制订《新礼》。《晋书·礼志》说：“及晋国建，文帝又命荀顗因魏代前事，撰为《新礼》，参考今古，更其节文，羊祜、任恺、庾峻、应贞并共刊定，成百六十五篇，奏之。”②《荀顗传》有更详细的记载：

① 《宋书·礼志》卷一四，第330页。

② 《晋书·礼志》卷一九，第581页。

“及蜀平，兴复五等，命颉定礼仪。颉上请羊祜、任恺、庾峻、应贞、孔颢共删改旧文，撰定晋礼。”① 史载“删改旧文”，说明荀颉等人是在前人的基础上制礼，依据应该是曹魏王粲和卫颉的成果；又说“参考古今”，那么他们在魏代的成果基础上还应该广泛涉猎了其他材料，如本传所载“文帝奏，宜依汉太傅胡广丧母故事，给司空吉凶导从”②，则借鉴了汉代的丧礼经验。《晋书·礼志》载：“晋氏受命，武帝更定元会仪，《咸宁注》是也。傅玄《元会赋》曰：‘考夏后之遗训，综殷周之典艺，采秦汉之旧仪，定元正之嘉会。’此则兼采众代可知也。”③ 既然武帝更定元会礼仪，也需要兼综历代典籍和旧朝仪范，那么《新礼》的制订自然不能例外。

总之，《新礼》的制订，与历史上的朝代制礼一样，是在前代礼仪基础上进行因革损益，但司马昭制订《新礼》有比以往秦、汉两代更加优越的条件——不是承丧乱之后，而是有自应劭以来六十多年承平环境中的学术积累。魏代的礼学著作，包括已亡的蜀国礼学的成就，给《新礼》制订提供了丰富的学术资源。

四、荀颉的家学及与司马氏的关系

主持《新礼》制订的荀颉有着深厚的家学渊源。颍川荀氏家学，源自荀子，荀淑是荀子十一代孙，“当世名贤李固、李膺等皆师宗之”④，其子荀爽是汉末著名学者，十二岁通《春秋》

① 《晋书·荀颉传》卷三九，第 1151 页。

② 《晋书·荀颉传》卷三九，第 1150～1151 页。

③ 《晋书·礼志》卷二一，第 649 页。

④ 《后汉书·荀淑传》卷六二，第 2049 页。

《论语》，“著《礼》《易传》《诗传》《尚书正经》《春秋条例》，又集汉事成败可为鉴戒者，谓之《汉语》。又作《公羊问》及《辩谶》，并它所论叙，题为《新书》”①。荀氏世习费氏古文《易》，以荀爽《易》学最为著名，“兖、豫言《易》者咸传荀氏学”②。他提出的“阴阳升降”说，摆脱了阴阳灾异的传统理论。荀融曾难王弼《大衍义》。荀辉注《周易》十卷、荀颢“尝难钟会‘易无互体’”、荀粲“谈尚玄远”等等。荀氏家学主要以《易》著名，从象数之学至义理之学，随时代变迁而不断变化。

在礼学方面，《晋书》载荀颢“明《三礼》，知朝廷大仪”③。礼学也是荀颢家学，荀爽是荀颢的叔祖父，著有《礼传》，本传载他举至孝对策，通篇谈礼，涉及丧礼、婚礼等。荀颢还承担了定乐的工作，《荀颢传》说：“时以《正德》《大豫》雅颂未合，命颢定乐。事未终，以泰始十年薨。”④ 其侄荀勖是著名音乐家，《世说新语·术解》说他“善解音声，时论谓之‘谙解’。遂调律吕，正雅乐。每至正会，殿庭作乐，自调宫商，无不谐韵”⑤；《晋后略》载“世祖命中书监荀勖依典制，定钟律”⑥；《晋书》本传说荀勖“既掌乐事，又修律吕”⑦；《晋书·律历志》载“武帝泰始

① 《后汉书·荀爽传》卷六二，第2057页。

② （汉）荀悦：《汉纪》卷二五，中华书局2002年版，第438页。

③ 《晋书·荀颢传》卷三九，第1151页。

④ 《晋书·荀颢传》卷三九，第1151页。

⑤ （南朝宋）刘义庆著，（南朝梁）刘孝标注，余嘉锡笺疏：《世说新语笺疏·术解》，第827页。

⑥ （南朝宋）刘义庆著，（南朝梁）刘孝标注，余嘉锡笺疏：《世说新语笺疏·术解》，第827页。

⑦ 《晋书·荀勖传》卷三九，第1153页。

九年，中书监荀勖校太乐”①。荀𫖮泰始十年（274）卒，未能完成定乐之事，则荀勖在泰始九年（273）校太乐，应是配合叔父的工作。制礼作乐本是一体两面，荀氏礼乐兼擅，确是不二人选。

荀𫖮家族不仅学术卓著，而且累世为官。高祖荀淑为朗陵令，官职不高但知名当世，祖父荀绲任济南相，而叔祖父荀爽是汉末重要的学者，父荀彧官至魏太尉。良好的家世和学术传统，对荀𫖮的学问和人格影响甚大。本传说：“性至孝，总角知名，博学洽闻，理思周密。”② 荀𫖮身上体现了世家大族子弟的优秀传统，因此司马氏引为同道中人，格外欣赏。司马懿拜他为散骑侍郎，累迁侍中。后来侄儿荀霬与司马师之女联姻，更增进了关系。正始时期，荀𫖮已党附司马氏。史载曹爽专权时，他拯救了傅嘏，而傅嘏与司马氏共同反对曹爽新政，且荀、傅二人也参与了司马师平定毌丘俭的行动。荀𫖮又为司马师稳定权位出谋划策，本传载：“及高贵乡公立，𫖮言于景帝曰：‘今上践阼，权道非常，宜速遣使宣德四方，且察外志。’毌丘俭、文钦果不服，举兵反。𫖮预讨俭等有功，进爵万岁亭侯。”③ 司马昭时，迁尚书，累官至司空。习凿齿《汉晋春秋》记载，司马昭进爵为王时，荀𫖮任司空，与太尉王祥共诣，提议“相率而拜”，王祥以为三公与相王班列大同，不当行拜礼，“及入，𫖮遂拜，而祥独长揖”④。晋武帝也表彰他有“佐命弼导之

① 《晋书·律历志》卷一六，第490页。
② 《晋书·荀𫖮传》卷三九，第1150页。
③ 《晋书·荀𫖮传》卷三九，第1150页。
④ 《三国志·魏书·三少帝纪》卷四裴松之注，第150页。

勋”①。总之，荀觊是司马氏政权的拥戴者，为颠覆魏祚出谋划策。司马氏将《新礼》交与他主持制订，是因为荀觊熟悉当时晋国的政治环境，明白司马氏倡导儒学、凝聚人心的迫切需求。

五、荀觊制订《新礼》的过程及其命运

荀觊是咸熙元年（264）受命制订《新礼》，但具体的完成时间史无明载。《晋书·应贞传》说：“后迁散骑常侍，以儒学与太尉荀觊撰定《新礼》，未施行。泰始五年卒，文集行于世。”② 则在应贞去世前，已经完成《新礼》，只是未付诸实施，那么完成时间至迟在泰始五年（269）。羊祜是《新礼》制订的参与者，泰始五年（269）二月，武帝“以尚书左仆射羊祜都督荆州诸军事”③，说明此时《新礼》已经制竣。《应贞传》已指出荀觊时为太尉，挚虞《讨论新礼表》说“臣典校故太尉觊所撰《五礼》”④，而觊迁太尉是在泰始四年（268）十一月，那么《新礼》完成的时间很可能在泰始四年（268）十一月到五年（269）二月间。值得注意的是，与《新礼》同时受命的《晋令》也完成于此时：“凡律令合二千九百二十六条，十二万六千三百言，六十卷，故事三十卷。泰始三年，事毕，表上……武帝亲自临讲，使裴楷执读。四年正月，大赦天下，乃班新律。”⑤《晋令》完成于泰始三年（267），泰始四年（268）皇帝亲自颁

① 《晋书·荀觊传》卷三九，第1151页。
② 《晋书·应贞传》卷九二，第2371页。
③ 《晋书·武帝纪》卷三，第58页。
④ 《晋书·礼志》卷一九，第581页。
⑤ 《晋书·刑法志》卷三〇，第927～928页。

布天下。

对比《新礼》和《晋令》的编纂和发布，可以发现两者命运是截然不同的。一是编纂力量的差别。《晋令》的编纂人手众多，史载“令贾充定法律，令与太傅郑冲、司徒荀𫖮、中书监荀勖、中军将军羊祜、中护军王业、廷尉杜友、守河南尹杜预、散骑侍郎裴楷、颍川太守周雄、齐相郭颀、骑都尉成公绥、尚书郎柳轨及吏部令史荣邵等十四人典其事”①，《新礼》的参与者仅有荀𫖮、羊祜、任恺、庾峻、应贞、孔颢六人，而荀𫖮、羊祜同时是《晋令》的编纂者。从卷帙规模上来看，《晋令》计九十卷，十二万六千言，而《新礼》共一百六十五卷，十五余万言，编纂力量本来悬殊，而《新礼》规模大于《晋令》，质量自然难以比肩了。二是竣书后的命运不同。《晋令》由武帝亲自临讲、颁布天下，而《新礼》撰竣后却“未施行”。这种情况的发生，可以从以下两方面解释：一是从学术背景上来看，曹魏崇尚刑名，提高了社会对刑法的认识，因此制订律令等基础条件较好，晋国初建，风气犹炽；而司马氏虽提倡礼学，但毕竟礼学久不为人所重、聚讼纷纭，遇到的困难也更大。二是晋朝“礼律并举”的治国思想。虞预《晋书》说：“上虽服膺文艺，以儒素立德，而雅有雄霸之量。”② 晋朝虽然提高了礼学的地位，但没有淡化刑法的作用，强调“礼律并举”。《晋令》的成就很高，自然能够得到武帝的认同，而《新礼》的成就却相对逊色很多，因此武帝置之不理。

《新礼》的制订，不是完稿后才面向社会公开，而是在制订

① 《晋书·刑法志》卷三〇，第927页。

② 《太平御览》卷九五，第455页。

过程中已经开始流传。其中聚讼的部分，需要集合当时学者官员共同讨论。挚虞修订《新礼》，先制成十五篇用以上奏，正是出于这种原因。《新礼》在当时的作用，刘道荟《晋起居注》的记载体现得最为显明：

> 武帝太始元年十二月，太常诸葛绪上言："知士祭酒刘喜等议：帝王各尊其祖所自出。《大晋礼》：天郊当以宣皇帝配，地郊宣皇后配，明堂以景皇帝、文皇帝配。"博士孔晁议："礼，王者郊天以其祖配。周公以后稷配天于南郊，以文王配五精上帝于明堂，经典无配地文。魏以先妃配，不合礼制。周配祭不及武王，礼制有断。今晋郊天宜以宣皇帝配，明堂宜以文皇帝配。"有司奏："大晋初建，庶事未定，且如魏。"诏："郊祀大事，速议为定。"①

诸葛绪所依据的《大晋礼》应该就是荀颢的《新礼》；孔晁表达了异议，同时对魏礼也进行了批评；主管大臣也不从《大晋礼》，决定从曹魏故事。由此可知，《大晋礼》在当时并未得到人们的重视。

还可以提供数则旁证来说明这个推断。《宋书·礼志》说泰始二年（266）九月，群臣奏："今大晋继三皇之踪，踵舜、禹之迹，应天从民，受禅有魏，宜一用前代正朔服色，皆如有虞遵唐故事，于义为弘。"② 众臣奏晋正朔服色宜用魏代，应是未经讨论而直接沿袭先例。事实上，正朔服色之制极为复杂，西汉初年已是聚讼纷纭，曹魏明帝青龙五年（237）至齐王芳即

---

① 《太平御览》卷五二七，第2394页。

② 《宋书·礼志》卷一四，第333页。

位，七年之间三变，争议双方各执一词，莫衷一是。又《宋书·礼志》泰始二年（266）正月诏曰："有司前奏郊祀权用魏礼。朕不虑改作之难，今便为永制。众议纷互，遂不时定，不得以时供飨神祀，配以祖考，日夕叹企，贬食忘安。其便郊祀。"① 泰始初的郊祀礼，有司奏请沿用魏礼，得到了晋武帝的同意，意欲作为永制，说明晋朝初立，礼官和晋武帝还是接受魏礼的，尽管当时群臣已有异议。又《宋书·礼志》说："晋武帝泰始六年十二月，帝临辟雍，行乡饮酒之礼。诏曰：'礼仪之废久矣，乃今复讲肄旧典。赐太常绢百匹，丞、博士及学生牛酒。'"②《晋辟雍碑》云："群生勤学务礼，遵循旧典，朕甚嘉之。"③ 刘道荟《晋起居注》载，泰始九年（273），"有司奏：'《礼》，唯皇后聘以榖圭，无妾媵设玉之制。'诏曰：'拜授可依魏氏故事'"④。沈约《宋书》系为泰始十年（274），但刘书早出，或为沈氏所本。据此可知，直到泰始九年（273），晋代礼仪仍然多采旧典，而不甚重视《新礼》。总之，在最为重要的正朔、郊祀、燕享和乡饮酒等礼制上，晋代多采用汉魏旧典，而荀颉的《新礼》鲜为提及，这间接说明了《新礼》的地位和命运。

针对《新礼》未能施行的原因，挚虞指出："《丧服》本文省略，必待注解事义乃彰；其传说差详，世称子夏所作。郑王祖经宗传，而各有异同，天下并疑，莫知所定。而颉直书古

① 《宋书·礼志》卷一六，第423页。
② 《宋书·礼志》卷一四，第367页。
③ 韩理洲等辑：《全三国西晋南朝文补遗》，三秦出版社2013年版，第69页。
④ 《太平御览》卷一四五，第707页。

《经》文而已，尽除子夏《传》及先儒注说，其事不可得行。及其行事，故当还颁异说，一彼一此，非所以定制也。”① 这是从学术层面而言的，其实从社会背景分析，可以得到更深刻的认识。西晋的社会风气趋于堕落，人们竞相豪奢，礼制仅仅流于表面，也使《新礼》处于尴尬的地位。《晋书·傅咸传》说：“咸以世俗奢侈。”②《梁书·儒林传》说：“时荀顗、挚虞之徒，虽删定《新礼》，改官职，未能易俗移风。”③ 社会风气趋于奢侈，如王济以人乳喂猪，石崇与王恺斗富，互作步障数十里，以椒和赤石脂涂壁等等，依靠《新礼》移风易俗，显然无济于事。而制礼者本身的失礼，更加剧了《新礼》约束力的危机，《南齐书·江敩传》载尚书议“间世之后，礼无其文。荀顗无子立孙，坠礼之始”④，荀顗无子，以从孙荀徽嗣位，这是违礼之举，而他本人“无质直之操，唯阿意苟合于荀勖、贾充之间”⑤，人品也为人所讥。尤为恶劣的是，晋朝宗室纷争、兄弟阋墙，以致发生“八王之乱”，这对儒素立德、礼学传家的司马氏，实在是莫大的讽刺，也加深了人们对当朝礼治的怀疑。

总之，荀顗的《新礼》，由于编纂力量的缺乏和学术处理的失当，整体上学术成就不高，缺乏实际操作性；而晋代统治集团违礼、失礼频见的现状，也使《新礼》失去了推行的基础。因此，《新礼》不为时人所重，是由多方面因素共同促成的。

① 《晋书·礼志》卷一九，第 582 页。
② 《晋书·傅咸传》卷四七，第 1324 页。
③ 《梁书·儒林传》卷四八，第 735 页。
④ 《南齐书·江敩传》卷四三，中华书局 2017 年版，第 758 页。
⑤ 《晋书·荀顗传》卷三九，第 1151 页。

第二节 “意先仪范”与挚虞《新礼》修订

荀勖在司马昭建立晋国的时候，受命制订的《新礼》带有强烈的政治性，因而未能引起学者的重视。晋朝建立后，晋武帝司马炎下决心修订《新礼》，挚虞适逢其会，承担了《新礼》修订的主持工作，做出了突出的贡献，成为东晋以降的礼制基础。

一、挚虞修订《新礼》的背景

史载晋武帝“初平寇乱，意先仪范”，是由两方面的原因促成的：一是资料和人才的集聚，二是改变礼仪疏漏状态的迫切要求。

太康元年（280），晋武帝混一寰宇，制礼的条件越发充裕，史称“太康平吴，九州共一，礼经咸至，乐器同归，于是齐鲁诸生各携缃素”①，即是说散落各地的礼经和乐器向首都洛阳集聚，而修习礼学的学者也纷至沓来。自东汉末年，诸强割据，继而裂为三国，天下分崩日久，大一统的西晋可谓深惬人心。当时的学者都有着迫切的统一要求，因此吴地甫平，经书、乐器和经生就迅速地向洛阳集聚。武帝能够在刚刚平定孙吴就打算制礼作乐，应该与当时的资料和人才储备迅速集中有关。既然天下一统，礼乐、经生又空前齐备，那么武帝继承乃父未尽的心愿，重新修订《新礼》，恰如箭在弦上，不容不发了。

泰始、咸宁年间的礼仪疏漏，也是武帝下决心修订《新礼》

① 《晋书·礼志》卷一九，第580页。

的原因。《晋辟雍碑》云："泰始三年十月，始行乡饮酒乡射礼；六年正月，又奏行大射礼；其年十月，行乡饮酒礼，皇帝躬临幸之。"① 这就是晋室诸臣津津乐道的泰始年间武帝三临辟雍的事迹。又咸宁年间，太子曾两次莅临辟雍行礼，即咸宁三年（277）十一月行乡饮酒礼，四年（278）二月行大射礼。乡饮酒礼见载于《仪礼》，属士礼之一种，在郡国学校举行。余嘉锡历数经史记载后指出："乡饮酒礼，古惟乡大夫行之于乡，至汉则太守诸侯相与令长行之于郡国，未闻以天子飨群臣而谓之乡饮酒者。"② 则知这是失礼的做法。因此余嘉锡说："乡饮酒之行于辟雍，仅见于西晋武惠之世，以后历代，皆不复举，岂非知其失礼之甚乎？"③ 由此可知，泰始、咸宁间的礼典颇有疏漏，这对于一向以礼标榜的司马氏政权无疑是一个讽刺，因此武帝的"意先仪范"或有迫不得已的缘故。

从太康以来的议礼情况来看，学者对汉魏故事渐多怀疑，更加重视经典的记载。如《魏故事》载"太傅于太子不称臣，少傅称臣"④，《晋书》载何曾议太子少傅当称臣拜，属沿袭《魏故事》，荀顗说"太之与少，自二傅之名次耳，非于太子有轻重也"⑤，则不同意《魏故事》，武帝诏称"秦汉已来，旧章废灭，随时改作，其故事不可依用，宜远准古义，定二傅不臣

① 余嘉锡：《晋辟雍碑考证》，《余嘉锡论学杂著》，中华书局 1963 年版，第 136 页。

② 余嘉锡：《晋辟雍碑考证》，《余嘉锡论学杂著》，第 136 页。

③ 余嘉锡：《晋辟雍碑考证》，《余嘉锡论学杂著》，第 136 页。

④ 《太平御览》卷二四四，第 1156 页。

⑤ 《太平御览》卷二四四，第 1157 页。

拜"①。武帝未从《魏故事》，指出秦汉故事不可循用，因为彼时旧章废灭，因此要依准远古载籍。而此条材料前称"山涛转太子少傅，在东宫，年已七十"②，山涛生于建安十年（205），又《晋书》山涛本传称"咸宁初，转太子少傅"③，则晋武帝等对旧籍的重视，不晚于咸宁元年（275）。挚虞议礼多从经典记载，其实是早有先声的。

挚虞讨论《新礼》的指导思想，也可以从晋武帝对待礼学的态度推断出来。太康六年（285），散骑常侍华峤奏行蚕礼，说："以为宜依古式，备斯盛典。"④ 武帝诏称："今籍田有制，而蚕礼不修。中间务多，未暇崇备。今天下无事，宜修礼以示四海。其详依古典及近代故事，以参今宜。明年施行。"⑤ 武帝的诏书指出了礼仪缺位的原因是事务繁多，未暇虑及；而制订礼仪的方式是依据经典记载和汉魏故事，再参照今天的特定情况进行取舍。尽管这是对制订蚕礼而言，但具有普遍的指导意义，是挚虞修订《新礼》的指导思想。

二、挚虞的礼官身份及受命原因

《新礼》的修订由挚虞主持完成。晋武帝为什么选择挚虞呢？

首先是挚虞尚书郎身份的职守要求。与制订《新礼》的荀

① 《太平御览》卷二四四，第1157页。
② 《太平御览》卷二四四，第1157页。
③ 《晋书·山涛传》卷四三，第1225页。
④ 《宋书·礼志》卷一四，第355页。
⑤ 《宋书·礼志》卷一四，第355页。

顗不同，挚虞不属于礼学世家，且家族地位不高，祖父挚茂仅是秀才，父挚模官至太仆卿。挚虞少年时曾师事皇甫谧，而皇甫谧文史兼备、精通医术，却不以礼学著名，自然谈不上继承衣钵。挚虞的中选主要得益于他的礼官身份。对《晋书·礼志》中所载的挚虞议礼文字进行考察，发现这些文字多作于其任尚书郎期间。挚虞于太康五年（284）补尚书郎，此间有三日曲水对、驳潘岳古今尺议、议迁神主于新庙、上表谏改除普增位一等、参与释奠礼等礼学活动，直到永宁元年（301）才有迁少府的记载。而《新礼》完成于元康元年（291），则此时挚虞正是尚书郎，此后转任少府、秘书监后也间有讨论。根据《晋书·职官志》的记载，尚书郎共有三十五曹，计二十三郎，而涉及礼仪的应该是祠部郎。那么挚虞担任的应该是尚书祠部郎，因此有资格、有义务讨论《新礼》。

其次，挚虞表达了强烈地修订《新礼》的意愿。挚虞上表称“臣前表礼事稽留，求速讫施行。又以《丧服》最多疑阙，宜见补定。又以今礼篇卷烦重，宜随类通合。事久不出，惧见寝嘿”①，则他此前已奏表指责荀顗所修之礼“多疑阙”，“篇卷烦重”。奏表虽然未获同意，但引起了时人的注意。太康九年（288），甫任尚书右仆射的朱整请挚虞讨论《新礼》，正是基于这种原因。但此事并非朱整所能决定，应该得到了尚书令荀勖的授意。荀勖太康八年（287）接任尚书令，挚虞要对其叔父荀顗《新礼》进行修订，不可能没有荀勖的同意。那么荀勖为什么愿意将这件事托付给挚虞呢？

第三，挚虞支持古尺的立场赢得了荀勖的信任。荀顗和荀

① 《晋书·礼志》卷一九，第581页。

勖系出同宗，名为叔侄，都是音乐家，前文已经论及。荀颉因《正德》《大豫》雅颂未合，受命定乐，未能毕功，卒于泰始十年（274）。荀勖泰始九年（273）校太乐，应该是配合叔父的工作。太康九年（288），发生了一场有关古今尺的争论。相关论述详见第一章第三节，此处不再赘述。

阮咸因议乐之事与荀勖不合，被迁官外地，因为荀颉是司马氏的劝进者和魏晋禅代的功臣。挚虞对《新礼》的讨论，不能没有荀氏家族的同意。挚虞在太康九年（288）的古今尺讨论中，支持了荀勖的意见，而同年《新礼》开始修订，这样的巧合背后隐藏着清楚的逻辑：挚虞因古今尺的讨论得到荀勖的欣赏，再加上他又数次要求讨论《新礼》，而荀勖面对叔父主持的《新礼》长期被冷落的境遇，希望借助挚虞的修订得到人们的重视，既能迎合武帝的意旨，又能增加荀氏家族的荣耀。

三、挚虞《新礼》修订的起讫时间

挚虞讨论《新礼》的开始时间应该是太康九年（288）。《晋书·礼志》说："太康初，尚书仆射朱整奏付尚书郎挚虞讨论之（《新礼》）。"①《晋起居注》载："太康四年八月，诏曰：'选曹铨管人才，宜得忠恪寡欲、抑华崇本者，尚书朱整周慎廉敬、以道素自居，是其人也。其以整为吏部尚书。'"② 据此，太康初，朱整为尚书仆射，太康四年（283），迁吏部尚书。据《晋书·职官志》，列曹尚书位在尚书仆射下，朱整既得武帝赞赏，奈何贬官？太康八年（287），朱整以尚书身份参议嘉礼；而他

① 《晋书·礼志》卷一九，第581页。

② 《太平御览》卷二一四，第1020页。

由尚书转尚书仆射，《武帝纪》明载为太康九年（288）二月。《挚虞传》又载“除闻喜令。时天子留心政道，又吴寇新平，天下乂安，上《太康颂》以美晋德”①，则太康初挚虞已除闻喜令，旋丁母忧，而转任尚书令在太康中期以后，因此太康初挚虞不可能参与讨论《新礼》，《晋书·礼志》的“太康初”应为“太康末”。

《晋书·礼志》又说：“虞讨论《新礼》讫，以元康元年上之。”② 则《新礼》在元康元年（291）已经完成，共计十五篇规模，历时两三年，时间上是充分的。挚虞用了三年左右的时间，将《新礼》的讨论成果上呈，“所陈惟明堂五帝、二社六宗及吉凶王公制度，凡十五篇”③，主要讨论了皇帝郊祀宗庙和吉凶王公制度等重要问题，得到了皇帝的认可。当然这十五篇只是阶段性成果，后来他与傅咸“缵续其事”，即在此基础上继续工作。

四、挚虞对荀顗《新礼》的因革损益

挚虞对荀顗《新礼》的修订，既没有全盘推翻，也没有大幅沿袭，基本的态度是根据儒家典籍的记载，或者揆以礼学的基本精神，有选择地因袭和修改。当然就《晋书·礼志》所载的讨论情况来看，还是对《新礼》否定的居多。

挚虞讨论《新礼》往往结合儒家典籍提出自己的意见。如：

> 汉魏故事，皇太子称臣。《新礼》以太子既以子为名，

---

① 《晋书·挚虞传》卷五一，第1424页。

② 《晋书·礼志》卷一九，第582页。

③ 《晋书·礼志》卷一九，第582页。

而又称臣，臣子兼称，于义不通，除太子称臣之制。挚虞以为："《孝经》'资于事父以事君'，义兼臣子，则不嫌称臣，宜定《新礼》皇太子称臣如旧。"诏从之。①

该篇引用了《孝经》的文字，对荀顗的《新礼》进行修正，建议回归到汉魏旧制。当然，挚虞尽管有时不同意《新礼》，但凡《新礼》中合理的部分，便加以因袭，如：

汉魏故事，将葬，设吉凶卤簿，皆以鼓吹。《新礼》以礼无吉驾导从之文，臣子不宜释其衰麻以服玄黄，除吉驾卤簿。又，凶事无乐，遏密八音，除凶服之鼓吹。挚虞以为："葬有祥车旷左，则今之容车也。既葬，日中反虞，逆神而还。《春秋传》，郑大夫公孙虿卒，天子追赐大路，使以行。《士丧礼》，葬有稿车乘车，以载生之服。此皆不唯载柩，兼有吉驾之明文也。既设吉驾，则宜有导从，以象平生之容，明不致死之义。臣子衰麻不得为身而释，以为君父则无不可。《顾命》之篇足以明之。宜定《新礼》设吉服导从如旧，其凶服鼓吹宜除。"诏从之。②

这里挚虞引用了《左传》《仪礼》和《尚书》的材料来证明要设吉服导从，否定了荀顗《新礼》的意见，但是凶服鼓吹没有典籍层面的依据，因此同意荀顗的说法，要求废止鼓吹。

如果典籍没有明确的记载，《新礼》凭空臆造出一套礼制，那么挚虞会根据圣人行迹，揆以礼学的基本精神进行判断。如：

《丧服》无弟子为师服之制，《新礼》弟子为师齐衰三

① 《晋书·礼志》卷二一，第659页。
② 《晋书·礼志》卷二〇，第626页。

> 月。挚虞以为："自古无师服之制，故仲尼之丧，门人疑于所服。子贡曰：'昔夫子之丧颜回，若丧子而无服，请丧夫子若丧父而无服。'遂心丧三年。此则怀三年之哀，而无齐衰之制也。群居则绖，出则否，所谓吊服加麻也。先圣为礼，必易从而可传。师徒义诚重，而服制不著，历代相袭，不以为缺。且寻师者以弥高为得，故屡迁而不嫌；修业者以日新为益，故舍旧而不疑。仲尼称'三人行，必有我师焉'。子贡云'夫何常师之有'。浅学之师，暂学之师，不可皆为之服。义有轻重，服有废兴，则臧否由之而起，是非因之而争，爱恶相攻，悔吝生焉。宜定《新礼》无服如旧。"诏从之。①

这里挚虞先引《礼经》中的《丧服》表明典籍没有记载弟子为师服之制，证明《新礼》"弟子为师齐衰三月"的说法没有依据，又引圣人的行为举止即仲尼对颜回之丧的处理方法，并说士问学多方而无常师，揆以常理，故不能服丧。

五、傅咸的加入与《决疑要注》

傅咸家传礼学，其父傅玄曾在泰始五年（269）与荀勖、张华造正旦行礼，又有《周官礼异同评》十二卷，则傅咸礼学本有渊源。傅咸的礼学造诣，史书也多有提及，如议立二社之奏，朝廷接受了他的意见；又对惠帝行谅暗之礼表达了异议，对辅政的杨骏说："事与世变，礼随时宜，谅暗之不行尚矣。由世道弥薄，权不可假，故虽斩焉在疚，而躬览万机也。逮至汉文，以天下体大，服重难久，遂制既葬而除。世祖武皇帝虽大孝烝

---

① 《晋书·礼志》卷二〇，第631～632页。

烝，亦从时释服，制心丧三年，至于万机之事，则有不遑。今圣上欲委政于公，谅暗自居，此虽谦让之心，而天下未以为善。”① 他还敦促权势煊赫的杨骏勿以周公自居，要求还政于惠帝，这是相当有胆魄的言辞，确实引起了杨骏的恐慌，史称“骏甚惮之”，但傅咸“复与骏笺讽切之”，依旧不依不饶，最后激起了杨骏的忌恨，几近外放京城。傅咸躬自实践礼制，亦可从他丁继母忧一事可以看出。按照礼制，丁忧期满，可以释褐，朝廷欲征他为议郎，但一而再地遭到他拒绝，理由是“身无兄弟，丧祭无主”②，最后要求在官舍设灵坐才勉强赴任。从上述的礼仪细节可以看出，傅咸是相当重视礼制的，不仅敦促他人遵从，而且躬自践行，这在晋初殊为难得。傅咸刚直持正，也颇有时誉，史书说：“刚简有大节。风格峻整，识性明悟，疾恶如仇，推贤乐善。”③

傅咸卒于元康四年（294），生前一直参与议礼活动，史载“太康七年，大鸿胪郑默母丧，既葬，当依旧摄职，固陈不起，于是始制大臣得终丧三年。然元康中，陈准、傅咸之徒，犹以权夺，不得终礼，自兹已往，以为成比也”④，文中所称“元康中”，应该就是元康四年（294），说明傅咸直到去世时，仍与挚虞缵续《新礼》，然而两人仅仅共事了三年时间。傅咸生于魏明帝景初三年（239），长挚虞数岁，属同龄人。可惜两人合作的具体细节，限于史料，今已不得而知了。

---

① 《晋书·傅咸传》卷四七，第 1325 页。
② 《晋书·傅咸传》卷四七，第 1328 页。
③ 《晋书·傅咸传》卷四七，第 1323 页。
④ 《晋书·礼志》卷二〇，第 634 页。

傅咸去世后，挚虞继续从事议礼工作。其《二社奏》称“世祖武皇帝躬发明诏，定二社之义，以为永制。宜定《新礼》，从二社”①，既称司马炎之谥，则在惠帝时无疑，又说“宜定《新礼》”，证明其时《新礼》仍在修订之中；史书也有他议礼的文字，如太安元年（302）的《议为皇太孙服》，则他对礼学的关注并未停止。但是直到中原沦陷，《新礼》的修订也没有完成，《晋书·礼志》说“竟未成功，中原覆没，虞之《决疑注》，是其遗事也”②。

《决疑要注》一卷，见于《隋志》和《新唐志》记载，而本传和《旧唐志》不录。《晋书》编纂晚于《隋志》，《隋志》尚载，而本传阙录，可能是史传著述，简其大略，不必具列；而《新唐志》著录了开元以后的书，尚能寓目，《旧唐志》按理不应该阙载，但章学诚《校雠通义》提供了一种解释颇有道理，他同意郑樵的“书有不足于前朝而足于后世者”，说“《唐志》所得旧书，尽梁书卷帙而多于隋，谓唐人能按王俭《七志》、阮孝绪《七录》以求之之功”③，是唐人善于根据旧目寻求搜访，因为“梁隋所著录的都只限于政府藏本，凡政府所藏系残本或者没有的，国内的私人藏书家可能还有”④。不妨做个推测，《决疑要注》隋代尚有，《隋志》依据《隋大业正御书目录》收入，但武德五年（622）曾因遭遇书祸而沉入黄河，因此《旧唐

---

① 《晋书·礼志》卷一九，第593页。

② 《晋书·礼志》卷一九，第582页。

③ （清）章学诚著，王重民通解：《校雠通义通解》，上海古籍出版社2009年版，第35页。

④ （清）章学诚著，王重民通解：《校雠通义通解》，第35页。

志》所依据的毋煚《古今书录》都未能看到，中唐以后，有人搜求遗佚，复得此书，故《新唐志》得以采入。

六、怀帝时挚虞的"考正旧典"

"八王之乱"之后，挚虞还进行过一次礼仪的考正工作。《晋书·挚虞传》载："后得还洛，历太常卿，时怀帝亲郊。自元康以来，不亲郊祀，礼仪弛废。虞考正旧典，法物粲然。"①太常卿，《晋书·职官志》记其职掌曰："太常，有博士、协律校尉员，又统太学诸博士、祭酒及太史、太庙、太乐、鼓吹、陵等令，太史又别置灵台丞。"② 永兴元年（304）冬十一月，挚虞与惠帝被张方劫走长安。光熙元年（306）惠帝返洛后，挚虞任光禄勋。怀帝永嘉元年（307），继迁太常卿。挚虞从光禄勋任上不久即转迁太常卿，很可能是出于考正礼典的需要。而事情的发展应该是这样的：怀帝亲自参与郊祀，发现经过乱离之后，礼仪荒废，而挚虞曾经修订过《新礼》，具备丰富的才学经验，自然是不二人选，因此命其任太常卿，负责考定礼仪；于是挚虞根据旧典，将郊祀礼仪和礼器法度整理得清楚明白。关于此次考正礼仪的工作，史料稀少，可能完工不久后，即遇永嘉之乱，洛京沦陷，秘阁书籍十仅存一，挚虞的考正成果自然不能免厄。

① 《晋书·挚虞传》卷五一，第 1426 页。

② 《晋书·职官志》卷二四，第 735～736 页。

小结

晋国初建，司马昭实行了一系列“制度创新”的举措，《新礼》是其重要组成部分。同时，为打击曹魏名士奉行的“自然”说，大力提倡“名教”，也迫切要求《新礼》的出现。汉末应劭以及曹魏王粲、卫觊等人的制礼实践和成果，为《新礼》的制订准备了学术资源。荀顗出身学术世家，礼学也是家学，作为司马氏政权的拥戴者，自然成为《新礼》制订的不二人选。咸熙元年（264），荀顗开始制订《新礼》；泰始四年（268）十一月至五年（269）二月间完成，但未能施行。而同时完成的《晋令》得到了武帝的重视，武帝亲自临讲，大赦天下，颁布施行。《新礼》的寝而不用，固然是由于编纂力量相对薄弱、学术处理颇有失当，但统治者崇尚奢侈、频繁失礼，甚至连荀顗也有“无子立孙”的坠礼之举，更使《新礼》失去了推行的基础。

太康平吴后，各地的资料和人才集聚洛阳，面对泰始年间的礼仪疏漏，晋武帝“意先仪范”，决定修订《新礼》。挚虞时任尚书郎，多次参与讨论礼仪，且屡次上表要求修订《新礼》，也以自己的礼学成果获得尚书令荀勖的信任，最终得到了武帝的授命。挚虞讨论《新礼》是分阶段的，开始于太康九年（288）；第一次完成于元康元年（291），完成皇帝郊祀宗庙和吉凶王公制度等十五篇；后来傅咸加入“缵续其事”，不久去世；挚虞继续修订《新礼》，未及成功，中原覆没。《决疑要注》一卷，唐代尚存，是挚虞讨论《新礼》的遗功。“八王之乱”后，挚虞从长安返回洛阳，又受命进行了一次礼仪考正工作。

徐勉说“江左草创，因循而已”，指出东晋的礼制基本是因循《新礼》的成果。《晋书·礼志》继《新礼》和《决疑要注》后说："逮于江左，仆射刁协、太常荀崧补缉旧文，光禄大夫蔡谟又踵修其事云。"① 可知东晋学者在挚虞议礼的基础上陆续进行增补修订，比如，"二社"之礼，东晋元帝建武元年（317）讨论礼仪时要求"依洛京立二社一稷"②，则延续了挚虞的主张。

总之，西晋《新礼》的制订与修订，经历了从"制度创新"到"意先仪范"的过程，反映了由迎合政治需要向注重实际作用的转变，从追求本朝典章制度的完备到释前古之疑纷、为万世立典则的转变，这是由不同时期统治者的使命决定的。

① 《晋书·礼志》卷一九，第582页。
② 《晋书·礼志》卷一九，第593页。

第三章 挚虞的文学活动与文人本色

西晋的文学活动比较普遍，欢宴之余难免诗歌酬唱，挚虞尽管不以文才著名，但也明确参与了“二十四友”的活动，且与潘岳、杜育等人有诗歌往来。而挚虞的文学活动主要体现在担任尚书郎期间的尚书省同僚诗歌酬唱和参与愍怀太子释奠礼的诗文唱和。“八王之乱”破坏了西晋的承平环境，昔日的文人集团发生了变化，一部分人积极参与政治，汲汲于事功；一部分人远离政治是非，认真钻研学问。挚虞属于后者。但洛京残毁，打破了做学问的宁静，挚虞最后不幸饿死，代表了动乱时代的纯粹文人的悲惨命运。

第一节 挚虞与显贵的文学集会

西晋的一些集会，尽管出于游览或政治的目的，但也存在着文学唱和，构成了实质上的文学集会，即“一定意义上的文学团体活动”，傅刚归纳为“以帝王为中心的文人集会”“以石崇为中心的‘金谷园诗会’”“以贾谧为中心的‘二十四友’”和“以张华为代表的创作与评论中心”四类。① 兹以此为基础，

① 参见傅刚：《魏晋南北朝诗歌史论》，商务印书馆 2017 年版，第 94～101 页。

按时间顺序作一详尽考察。

一、晋武帝华林园集会

《洛阳图经》载“华林园，在城内东北隅”①，可知华林园位于洛阳城东北；但又说“魏明帝起名芳林园”②，应不是事实。

华林园建于东汉初年，原名芳林园，张衡《东京赋》载“濯龙芳林，九谷八溪，芙蓉覆水，秋兰被涯”③，李善注“芳林，苑名”④，张衡所记属于当时人记当时事，则东汉已有芳林园。

曹魏对华林园进行了大规模的改造。《宋书·五行志》称“魏文帝黄初三年，又集洛阳芳林园池”⑤，则魏文帝时已有芳林园。曹丕对芳林园进行了扩建，黄初五年（224）穿天渊池，六年（225）于池中筑九华台。曹睿也大兴土木，青龙三年（235）“于芳林园中起陂池，楫櫂越歌”⑥。景初元年（237），史载“起土山于芳林园西北陬，使公卿群僚皆负土成山，树松竹杂木善草于其上，捕山禽杂兽置其中”⑦，又载“起景阳山于芳林之园……百役繁兴，作者万数，公卿以下至于学生，莫不展力。帝乃躬自掘土以率之”⑧。后来为避魏帝曹芳讳，芳林园改名为“华林园”，《三国志·魏书·文帝纪》裴松之注说“芳

① 《文选》卷二〇，第286页。
② 《文选》卷二〇，第286页。
③ 《文选》卷三，第55页。
④ 《文选》卷三，第55页。
⑤ 《宋书·五行志三》卷三二，第942页。
⑥ 《三国志·魏书·文帝纪》卷二裴注引《魏略》，第104页。
⑦ 《三国志·魏书·明帝纪》卷三裴注引《魏略》，第110页。
⑧ 《三国志·魏书·高堂隆传》卷二五，第712页。

林园即今华林园，齐王芳即位，改为华林”①，《初学记》亦载“芳林后避少帝讳，故曰华林园”②。

曹魏的华林园也是文学集会的场所。《魏高贵乡公集》载：“幸华林，赐群臣酒，酒酣，上援笔赋诗，群臣以次作。二十四人不能著诗，授罚酒，黄门侍郎钟会为上。”③ 这显然属于华林园集会，是西晋华林园集会的直接来源。

西晋时的华林园，有芙蓉殿、崇光殿、华光殿、蔬圃殿、九华殿五殿，又有繁昌馆、建康馆、显昌馆、延祚馆、寿安馆、千禄馆六馆，有天渊池，池中有景阳山、九华台，景阳山南有百果园等。④ 晋人闾丘冲曾描摹了华林园景色：“蔼蔼华林，岩岩景阳。业业峻宇，奕奕飞梁。垂荫倒景，若沉若翔。”⑤ 这实属当时人的记载。

华林园亦称“后园”。张华有《太康六年三月三日后园会诗》，潘尼《后园颂》说“明明天子，肃肃庶官。文士济济，武夫桓桓。讲艺华林，肄射后园”⑥，由此可知华林园与后园似是异名同称。

据贾珺《魏晋南北朝时期洛阳、建康、邺城三地华林园考》（《建筑史》2013 年第 1 期）绘制曹魏、西晋、北魏时期洛阳平面示意图（见图 3-1）。

---

① 《三国志·魏书·文帝纪》卷二裴松之注，第 84 页。

② （唐）徐坚等著：《初学记》卷二四，第 587 页。

③ （唐）徐坚等著：《初学记》卷一二，第 283 页。

④ 参见贾珺：《魏晋南北朝时期洛阳、建康、邺城三地华林园考》，《建筑史》2013 年第 1 期。

⑤ 逯钦立辑校：《先秦汉魏晋南北朝诗》，第 749 页。

⑥ （唐）徐坚等著：《初学记》卷二四，第 588 页。

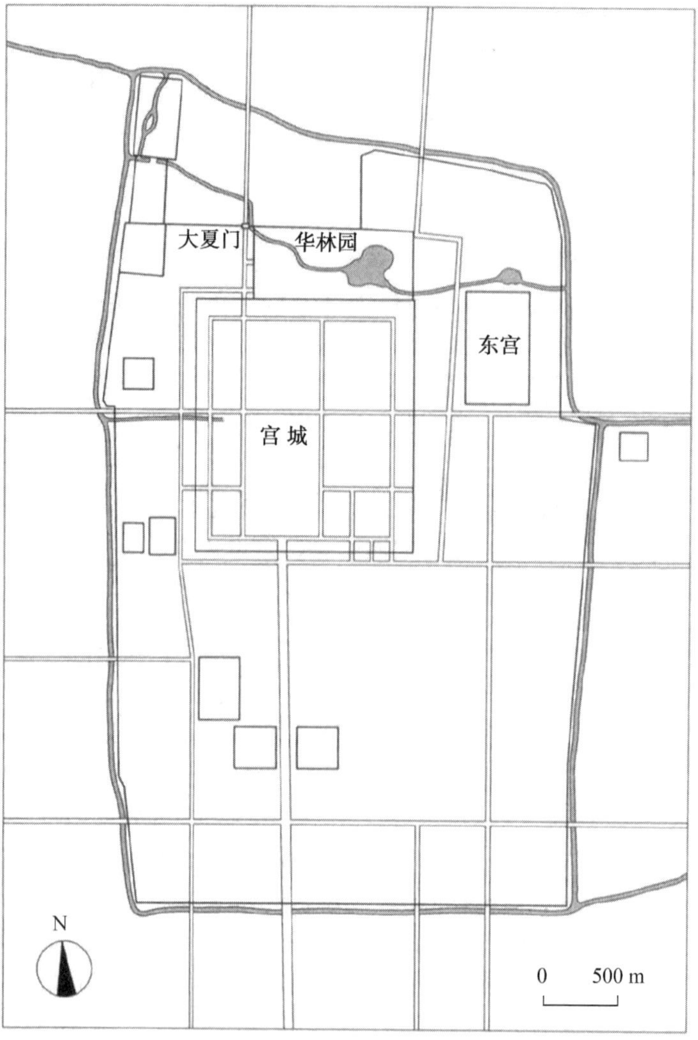

图 3-1　曹魏、西晋、北魏时期洛阳平面示意图

（一）泰始四年（268）二月的华林园宴集赋诗

《文选》卷二〇收应贞《晋武帝华林园集诗一首》，李善注引干宝《晋纪》说“泰始四年二月，上幸芳林园与群臣宴，赋诗观志”①，又引孙盛《晋阳秋》说“散骑常侍应贞诗最美”②。那么此次参加宴会的人当有不少，而称“赋诗观志”，则群臣都有创作，可谓一次诗歌的集会，而应贞诗歌最美，得以传世不朽。

应贞《晋武帝华林园集诗》共有九章：

其一

悠悠太上，民之厥初。
皇极肇建，彝伦攸敷。
五德更运，膺箓受符。
陶唐既谢，天历在虞。

其二

于时上帝，乃顾惟眷。
光我晋祚，应期纳禅。
位以龙飞，文以虎变。
玄泽滂流，仁风潜扇。
区内宅心，方隅回面。

其三

天垂其象，地耀其文。
凤鸣朝阳，龙翔景云。
嘉禾重颖，蓂荚载芬。
率土咸序，人胥悦欣。

---

① 《文选》卷二〇，第 286 页。
② 《文选》卷二〇，第 286 页。

其四

恢恢皇度，穆穆圣容。
言思其顺，貌思其恭。
在视斯明，在听斯聪。
登庸以德，明试以功。

其五

其恭惟何，昧旦丕显。
无理不经，无义不践。
行舍其华，言去其辩。
游心至虚，同规易简。
六府孔修，九有斯靖。

其六

泽靡不被，化罔不加。
声教南暨，西渐流沙。
幽人肄险，远国忘遐。
越裳重译，充我皇家。

其七

峨峨列辟，赫赫虎臣。
内和五品，外威四宾。
修时贡职，入觐天人。
备言锡命，羽盖朱轮。

其八

贻宴好会，不常厥数。
神心所受，不言而喻。
于是肄射，弓矢斯御。
发彼五的，有酒斯饫。

其九

文武之道，厥猷未坠。

在昔先王，躬御兹器。
示武惧荒，过亦为失。
凡厥群后，无懈于位。①

应贞诗属于四言诗，赞扬西晋开国的历史功绩。如晋朝统治者自认舜后，故诗首章说“悠悠太上，民之厥初。皇极肇建，彝伦攸敷。五德更运，膺箓受符。陶唐既谢，天历在虞”，接着说晋朝应天受命，仁政德风，无远不届，内外恭命，最后总结到眼前的宴会，并称“示武惧荒，过亦为失，凡厥群后，无懈于位”，互相勉励，属于曲终奏雅。后世对应贞的诗歌评价甚高，《晋书》史臣说：“至于应贞宴射之文，极形言之美，华林群藻罕或畴之。”②

在华林园集会上，晋臣最好的诗歌是四言体，应当是以内容的雅正取胜，挚虞《文章流别论》说“雅音之韵，四言为正”③，这代表了当时统治集团的共识。

(二) 太康二年 (281) 三月上巳祓禊作诗

《晋书·礼志下》说：“汉仪，季春上巳，官及百姓皆禊于东流水上，洗濯祓除去宿垢。而自魏以后，但用三日，不以上巳也。晋中朝公卿以下至于庶人，皆禊洛水之侧。”④ 三月三日是上巳节，正是一年一度的祓禊之日，古人临水洗濯，祓除不祥。时值初春，万物复苏，人们心情往往舒畅，修禊之余，游春作诗，也是情理之中。

晋武帝组织的这次大规模的华林园集会，据“序”称是在

---

① 逯钦立辑校：《先秦汉魏晋南北朝诗》，第580～581页。
② 《晋书·文苑列传》卷九二，第2406页。
③ 《艺文类聚》卷五六，第1018页
④ 《晋书·礼志下》卷二一，第671页。

平吴后，有学者认为是太康元年（280）①。太康元年初，伐吴之势犹如破竹，到了三月，大势已定，月底孙皓投降；但史书明载太康元年正月，王濬辗转战场，连克丹阳、西陵、荆门、夷道等地，杀盛纪、留宪、陆景等将领，三月从武昌挥兵建业受降。若太康元年有华林园集会，应不能拨冗参加。因此程咸称"平吴后"，最有可能是太康二年（281）。

程咸诗"序"称"平原后三月三日从华林园作坛宣宫，张朱幕，有诏乃延群臣云云"②，诗云：

皇帝升龙舟，侍幄十二人。
天吴奏安流，水伯卫帝津。③

可能随侍的大臣有十二人。如今留下华林园集诗作的，除上述程咸的作品外，荀勖也有四言诗，题为《从武帝华林园宴诗》，诗曰：

其一
习习春阳，帝出乎震。
天施地生，以应仲春。
思文圣皇，顺时秉仁。
钦若灵则，饮御嘉宾。
洪恩普畅，庆乃众臣。
其二
其庆惟何，锡以帝祉。

① 参见罗建伦：《华林园宴饮诗赋考》，《吉林师范大学学报》2011年第3期。
② 逯钦立辑校：《先秦汉魏晋南北朝诗》，第552页。
③ 逯钦立辑校：《先秦汉魏晋南北朝诗》，第552页。

肆觐群后，有客戾止。
外纳要荒，内延卿士。
箫管咏德，八音咸理。
凯乐饮酒，莫不宴喜。①

荀勖称“外纳要荒”，应是作于斯时，又有一首五言诗，逯钦立题为《三月三日从华林园诗》，内容是“清节中季春，姑洗通滞塞。玉辂扶渌池，临川荡苛慝”②，逯钦立认为“此与上篇当为同时之作，盖一用四言，一用五言也”③。

王济有四言诗，题为《平吴后三月三日华林园诗》称：

蠢尔长蛇，荐食江汜。
我皇神武，泛舟万里。
迅雷电迈，弗及掩耳。
思乐华林，薄采其兰。
皇居伟则，芳园巨观。
仁以山悦，水为智欢。
清池流爵，秘乐通玄。
修罾洒鳞，大庖妙馔。
物以时序，情以化宣。
终温且克，有肃初筵。
嘉宾在兹，千禄永年。④

---

① 逯钦立辑校：《先秦汉魏晋南北朝诗》，第592页。
② 逯钦立辑校：《先秦汉魏晋南北朝诗》，第592页。
③ 逯钦立辑校：《先秦汉魏晋南北朝诗》，第592页。
④ 逯钦立辑校：《先秦汉魏晋南北朝诗》，第597页。

诗中“泛舟万里”是说平吴之事，或作于此时。但逯钦立所辑的王济《从事华林诗》载有“郁郁华林，弈弈疏圃。燕彼群后，郁郁有序”① 句，纯为风景描写，提供的信息极少，难以判断是否作于此次集会。

（三）太康六年（285）三月上巳华林园诗会

张华有《太康六年三月三日后园会诗》，故知太康六年（285）举行了华林园集会。华林园在洛阳城的东北面，故称“后园”。诗有四章，曰：

其一

暮春元日，阳气清明。
祁祁甘雨，膏泽流盈。
习习祥风，启滞导生。
禽鸟翔逸，卉木滋荣。
纤条被绿，翠华含英。

其二

於皇我后，钦若昊乾。
顺时省物，言观中园。
宴及群辟，乃命乃延。
合乐华池，祓濯清川。
泛彼龙舟，泝游洪源。

其三

朱幕云覆，列坐文茵。
羽觞波腾，品物备珍。

① 逯钦立辑校：《先秦汉魏晋南北朝诗》，第 597 页。

管弦繁会，变用奏新。
穆穆我皇，临下渥仁。
训以慈惠，询纳广神。
好乐无荒，化达无垠。

其四

咨予微臣，荷宠明时。
忝恩于外，攸攸三期。
犬马惟慕，天实为之。
灵启其愿，遐愿在兹。
于以表情，爰著斯诗。①

这首诗是典型的祓禊集会，有宴饮，如“顺时省物，言观中园。宴及群辟，乃命乃延”；有洗濯，如“合乐华池，祓濯清川。泛彼龙舟，泝游洪源”；彼时菜肴丰富，如“品物备珍”；音乐迭奏，如“管弦繁会”。张华又说“咨予微臣，荷宠明时。忝恩于外，攸攸三期。犬马惟慕，天实为之。灵启其愿，遐愿在兹。于以表情，爰著斯诗”，则参加的群臣，应该是要作诗来颂扬皇恩的。

其他吟咏三月上巳华林园集会的诗尚多，如闾丘冲《三月三日应诏诗一首》、潘尼《上巳日帝会天渊池诗》等等，但尚难考定具体的年月，只好舍而不录。

事实上，三月上巳祓禊节，是全民的节日，民间也同样赏春宴饮、奏乐唱和。成公绥《洛禊赋》说“考吉日，简良辰。祓除解禊，同会洛滨。妖童媛女，嬉游河曲。或振纤手，或濯

① 逯钦立辑校：《先秦汉魏晋南北朝诗》，第616～617页。

素足。临清流，坐沙场。列罍樽，飞羽觞"①，潘尼也有《三月三日洛水作诗》，可知洛水应该是洛阳民众的祓禊选择之所。阮脩《上巳会诗》说：

三春之季，岁惟嘉时。
灵雨既零，风以散之。
英华扇耀，翔鸟群嬉。
澄澄绿水，澹澹其波。
修岸逶迤，长川相过。
聊且逍遥，其乐如何。
坐此脩筵，临彼素流。
嘉肴既设，举爵献酬。
弹筝弄琴，新声上浮。
水有七德，知者所娱。
清濑瀺灂，菱葭芬敷。
沉此芳钩，引彼潜鱼。
委饵芳美，君子戒诸。②

这应该不是侍奉武帝的诗，而是属于民间的集会。当然，任何时代的节日都属于富足的阶层，底层的老百姓不具备如此优渥的条件。

晋武年间华林宴集赋诗应该不止这三次，如潘尼有《上巳日帝会天渊池》诗，"天渊池"在华林园内，潘尼自元康二年（292）后一直在京任职，应有机会参加集会，但察其诗意，却

① 《艺文类聚》卷四，第 69 页。
② 逯钦立辑校：《先秦汉魏晋南北朝诗》，第 729～730 页。

无法判断具体的年份。因此，在没有准确材料的情况下，我们只描述这三次活动，但已经能够说明当时游宴赋诗的集会确实比较普遍了。

（四）挚虞与三月上巳的祓禊之会

那么，挚虞有没有参加过晋武帝的三月上巳的祓禊之会？《艺文类聚》卷四引《续齐谐记》：

> 晋武帝问尚书郎挚虞曰："三日曲水，其义何指？"答曰："汉章帝时，平原徐肇以三月初生三女，至三日而俱亡，一村以为怪，乃相携之水滨盥洗，遂因水以泛觞，曲水之义起于此。"帝曰："若如所谈，便非好事。"尚书郎束皙曰："仲治小生，不足以知之。臣请说其始。昔周公城洛邑，因流水以泛酒，故逸诗云：'羽觞随波。'又秦昭王三日置酒河曲，见有金人出，奉水心剑曰：'令君制有西夏。'及秦霸诸侯，乃因此处立为曲水祠，二汉相缘，皆为盛集。"帝曰："善。"赐金五十斤，左迁仲治为阳城令。①

《续齐谐记》出于南朝梁吴均（469～520）之手，属于稗官野史，本不足信。束皙比挚虞小二十岁左右，属于晚辈，不得嗤挚虞为小生。但唐修《晋书》喜采野史，《束皙传》将其采入正史，也未始不能说明问题，尽管事实未必俱在，但晋武帝常在三月三日携群臣祓禊，却是历历可证的事实，挚虞供职尚书郎也是事实，至于束皙由著作郎迁尚书郎，应是《晋书》袭《续齐谐记》的说法。这则材料成为后代上巳禊饮的习惯典故，如宋之问《三月三日奉使凉宫雨中禊饮序》云"挚虞对而不经，

① 《艺文类聚》卷四，第63～64页。

束皙言而有礼”、沈佺期《三日独坐欢州思忆旧游》云“束皙言谈妙，张华史汉遒”等。总之，挚虞伴随晋武帝参加祓禊之会，完全是合理的，至于是否有赋诗，目前传世文献尚未发现相关记载，已经很难说清了。

二、愍怀太子释奠礼诗文唱和

释奠之礼，本是讲经毕祭拜先圣先师的，汉魏皇帝或太子讲经结束，一般请人代为释奠，到了晋代，太子躬亲行礼，这是对汉魏制度的突破，显示了朝廷重视先师和学问的立场，因此引起了士人们的广泛关注。

《宋书·礼志》说：“魏齐王正始中，齐王每讲经遍，辄使太常释奠先圣先师于辟雍，弗躬亲。晋惠帝、明帝之为太子，及愍怀太子讲经竟，并亲释奠于太学，太子进爵于先师，中庶子进爵于颜渊。”① 《晋书》详细记载了这三次释奠礼，《礼志上》载：“《礼》，始立学必先释奠于先圣先师，及行事必用币。……武帝泰始七年，皇太子讲《孝经》通。咸宁三年，讲《诗》通。太康三年，讲《礼记》通。惠帝元康三年，皇太子讲《论语》通。”②《礼志下》载：“魏正始中，齐王每讲经遍，辄使太常释奠先圣先师于辟雍，弗躬亲。及惠帝明帝之为太子，及愍怀太子讲经竟，并亲释奠于太学，太子进爵于先师，中庶子进爵于颜回。”③ 惠帝以泰始三年（267）立为太子，共进行了三次释奠礼，即泰始、咸宁和太康；愍怀太子被废是在元康九年

① 《宋书·礼志》卷一四，第367页。

② 《晋书·礼志上》卷一九，第599页。

③ 《晋书·礼志下》卷二一，第670页。

(298)，元康三年（293）曾行过一次释奠礼。

俞士玲以为“《释奠颂》最可能为泰始七年皇太子讲《孝经》毕释奠之作”①，依据是“《晋书》《世祖武帝纪》及挚虞本传，虞泰始四年，举贤良方正，下策，为郎中，约泰始六年，为太子舍人”②。但据笔者的考证，武帝当堂策问是泰始七年（271）十月的事情了，挚虞转太子舍人又在其后，不可能参加皇太子讲《孝经》后的释奠礼。而且太子释奠礼，属于大事，不仅太子属官随驾，而且朝中官员也要参加，甚至普通百姓都要前来观礼。而泰始七年（271），傅咸尚闲居读书，潘岳或是司空掾，彼此未必相识，聚集在一起诗文唱和的可能性不大。

因此，笔者以为当是元康三年（293）愍怀太子司马遹“讲《论语》通”时的释奠礼，引起了士人们的诗文唱和。先来看看愍怀太子释奠礼的盛况，《愍怀太子传》说元康元年（291）太子受诏出就东宫，直到元康三年（293）的春天，才开始举行首次释奠礼。官员们应悉数参加，潘尼《释奠颂小序》描写说“天子乃命内外群司，百辟卿士，蕃王三事，至于学徒国子，咸来观礼，我后皆延而与之燕”③，而普通百姓亦能一睹盛况，“人无愚智，路无远迩，离乡越国，扶老携幼，不期而俱萃”④。如此规模盛大的释奠礼，士人们心灵引发的感动自然会十分强烈。而元康之际，正是西晋文坛最活跃的时候，士人们进行诗文唱和，恰是时代风气在重大礼仪上的体现。

① 俞士玲：《西晋文学考论》，第179页。
② 俞士玲：《西晋文学考论》，第179页。
③ 《晋书·潘尼传》卷五五，第1511页。
④ 《晋书·潘尼传》卷五五，第1511页。

潘尼作有《释奠诗》和《释奠颂》，《晋书》本传说他“元康初，拜太子舍人，上《释奠颂》”①。其《释奠颂》小序说：

元康元年冬十二月，上以皇太子富于春秋，而人道之始莫先于孝悌，初命讲《孝经》于崇正殿。实应天纵生知之量，微言奥义，发自圣问，业终而体达。三年春闰月，将有事于上庠，释奠于先师，礼也。越二十四日丙申，侍祠者既齐，舆驾次于太学。太傅在前，少傅在后，恂恂乎弘保训之道；宫臣毕从，三率备卫，济济乎肃翼赞之敬。乃扫坛为殿，悬幕为宫。夫子位于西序，颜回侍于北墉。宗伯掌礼，司仪辩位。二学儒官，搢绅先生之徒，垂缨佩玉，规行矩步者，皆端委而陪于堂下，以待执事之命。设樽篚于两楹之间，陈罍洗于阼阶之左。几筵既布，钟悬既列，我后乃躬拜俯之勤，资在三之义。谦光之美弥劭，阙里之教克崇，穆穆焉，邕邕焉，真先王之徽典，不刊之美业，允不可替已。于是牲馈之事既终，享献之礼已毕，释玄衣，御春服，弛斋禁，反故式。天子乃命内外群司，百辟卿士，蕃王三事，至于学徒国子，咸来观礼，我后皆延而与之燕。金石箫管之音，八佾六代之舞，铿锵阛阓，般辟俯仰，可以澄神涤欲，移风易俗者，罔不毕奏。抑淫哇，屏《郑》《卫》，远佞邪，释巧辩。是日也，人无愚智，路无远迩，离乡越国，扶老携幼，不期而俱萃。皆延颈以视，倾耳以听，希道慕业，洗心革志，想洙泗之风，歌来苏之惠。然后知居室之善，著应乎千里之外；不言之化，洋溢

① 《晋书·潘尼传》卷五五，第1510页。

于九有之内。於熙乎若典，固皇代之壮观，万载之一会也。尼昔忝礼官，尝闻俎豆。今厕末列，亲睹盛美，瀸渍徽猷，沐浴芳润，不知手舞口咏，窃作颂一篇。义近辞陋，不足测盛德之形容，光圣明之遐度。①

可知元康三年（293），太子始去太学讲经并举行释奠礼。潘尼作为太子的属官预会，作诗与颂各一篇。诗曰：

敦书请业，研几通理。
尊师重道，释奠崇祀。
德成教伦，孰云不祉。②

颂曰：

三元迭运，五德代微。黄精既亢，素灵乃晖。有皇承天，造我晋畿。祚以大宝，登以龙飞。宣基诞命，景熙遐绪，三分自文，受终惟武。席卷要蛮，荡定荒阻。道济群生，化流率土。后帝承哉，丕隆曾构。奄有万方，光宅宇宙。

笃生上嗣，继期挺秀。圣敬日跻，濬哲闳茂。留精儒术，敦阅古训。遵道让齿，降心下问。铺以金声，光以玉润。如日之升，如乾之运。乃延台保，乃命学臣。圣容穆穆，侍讲訚訚。抽演微言，启发道真。探幽穷赜，温故知新。讲业既终，精义既研。崇圣重师，卜日告奠。陈其三牢，引其四县。既戒既式，乃盥乃荐。

恂恂孔圣，百王攸希。亹亹颜生，好学无违。曰皇储

① 《晋书·潘尼传》卷五五，第1510～1511页。

② 逯钦立辑校：《先秦汉魏晋南北朝诗》，第766页。

后，体神合几。兆吉先见，知来洞微。济济二宫，蔼蔼庶僚。俊乂鳞萃，髦士盈朝。如彼和肆，莫匪琼瑶。如彼仪凤，乐我《云》《韶》。琼瑶谁剖？四门洞开。《云》《韶》奚乐？神人允谐。蝉冕耀庭，细珮振阶。德以谦光，仁以恩怀。我酒惟清，我肴惟馨。舞以六代，歌以九成。

莘莘胄子，祁祁学生。洗心自百，观国之荣。学犹莳苗，化若偃草。博我以文，弘我以道。万邦蝉蜕，翗乃俊造。钻蚌莹珠，剖石擿藻。丝匪玄黄，水罔方圆。引之斯流，染之斯鲜。若金受范，若埴在甄。上好如云，下效如川。

昔在周兴，王化之始。曰文曰武，时惟世子。今我皇储，齐圣通理。缉熙重光，於穆不已。於穆伊何？思文哲后。媚兹一人，实副元首。孝洽家邦，光照九有。纯嘏自晋，永世昌阜。微微下臣，过充近侍。猥蹑风云，鸾龙是厕。身澡芳流，目玩盛事。竭诚作颂，祇咏圣志。①

傅咸亦有《皇太子释奠颂》，《初学记》载：

蒸蒸皇储，既睿且聪。神而明之，夫岂发蒙。谦以制礼，靡事不恭。乃修嘉荐，于国之雍。敬享先师，以酬圣功。亹亹皇储，希心阙里。企兹良辰，卜近于中。光光舆服，穆穆容止。祗奉圣灵，躬承明祀。济济儒生，侁侁胄子。清酒于觞，匪宴斯喜。欣道之弘，自今以始。②

《艺文类聚》载：

① 《晋书·潘尼传》卷五五，第1511～1512页。

② （唐）徐坚等著：《初学记》卷一四，第344页。

> 生而知之，上于皇储，以能而问，处实若虚，爰雕圣章，玉采是敷，乃备嘉荐，于国之雍，敬享先师，以畴圣功。①

类书所载不免截裂原文，但属同一篇当无疑问。陆侃如《中古文学系年》判定作于该年②，没有提供依据，笔者也寻找不到确切的证明材料。但元康三年（293），傅咸在京城与挚虞缵续《新礼》，并且挺身弹劾王戎。惠帝命朝中大臣参加愍怀太子的释奠礼，傅咸也不能例外，因此傅咸的《皇太子释奠颂》应是作于元康三年（293）。而挚虞元康三年（293）亦与之共事，无疑也要参加此次释奠礼，因此其《释奠颂》也应作于该年。文曰：

> 如彼泉流，不盈不运。讲业既终，礼师释奠。升觞折俎，上下惟宴。邕邕其来，肃肃其见。③

察其内容，只是描述了一个片段，应是残句。

傅咸、挚虞和潘尼都选择用“颂”体来写作，是因为这种文体符合当时的情境。挚虞《文章流别论》说：“颂，诗之美者也。古者圣帝明王，功成治定而颂声兴。于是奏于宗庙，告于鬼神。故颂之所美者，圣王之德也。”④ 而他们在诗文中大抵称赞皇太子对于古礼的尊重，表现行礼时的威仪和皇太子的风范，“颂”体的功能正好满足了这种要求。

---

① 《艺文类聚》卷三八，第696页。

② 参见陆侃如：《中古文学系年》，第750页。

③ （唐）徐坚等著：《初学记》卷一四，第343页。

④ 《艺文类聚》卷五六，第1018页。

三、石崇金谷园集会

金谷园，是石崇的别业。石崇为何选择金谷园为别业，并在此作别，似未有人论及，笔者试作发覆。

穀水和洛水一脉相连，《国语》说灵王二十二年“穀洛二水斗，欲毁王宫”，《后汉书·王梁传》载王梁为河南尹时“穿渠引穀水注洛阳城下，东写巩川”①，《洛阳伽蓝记》载“中朝时以穀水浚急，注于城下，多坏民家，立石桥以限之，长则分流入洛，故名曰长分桥”②。《水经·穀水》云穀水“东过河南县北，东南入于洛”③。郦道元注说：“穀水又东，左会金谷水，水出太白原，东南流历金谷，谓之金谷水。东南流迳晋卫尉卿石崇之故居。石季伦《金谷诗集叙》曰：‘余以元康七年，从太仆出为征虏将军，有别庐在河南界金谷涧中，有清泉茂树，众果、竹、柏、药草备具。’金谷水又东南流入于穀。”④ 据此，金谷水与穀水相通，金谷水东南汇入穀水，穀水又分流入洛水。

《水经·穀水》郦道元注又说：“穀水又东迳金墉城北，魏明帝于洛阳城西北角筑之，谓之金墉城……穀水迳洛阳小城北……又东历大夏门下，故夏门也。陆机《与弟书》云：‘门有三层，高百尺，魏明帝造。门内东侧，际城有魏明帝所起景阳山，余基尚存。’孙盛《魏春秋》曰：‘景初元年，明帝愈崇宫

---

① 《后汉书·王梁传》卷二二，第 775 页。

② （北魏）杨衒之著，周祖谟注：《洛阳伽蓝记》，中华书局 2010 年版，第 162 页。

③ （北魏）郦道元注，陈桥驿校证：《水经注校证》，中华书局 2007 年版，第 391 页。

④ （北魏）郦道元注，陈桥驿校证：《水经注校证》，第 393 页。

殿，雕饰观阁……起景阳山于芳林园，树松竹草木，捕禽兽以充其中……’縠水又东，枝分南入华林园……其水东注天渊池……池水又东流入洛阳县之南池。”① 据郦道元的意见，縠水流经金墉城北，其中一支向东向南注入洛水，一支从大夏门进入芳林园内，先经景阳山，再入天渊池，东流进南池。范祥雍《洛阳伽蓝记校注》附有《洛阳伽蓝记图》（见图 3-2），大略能直观地反映这段地理。

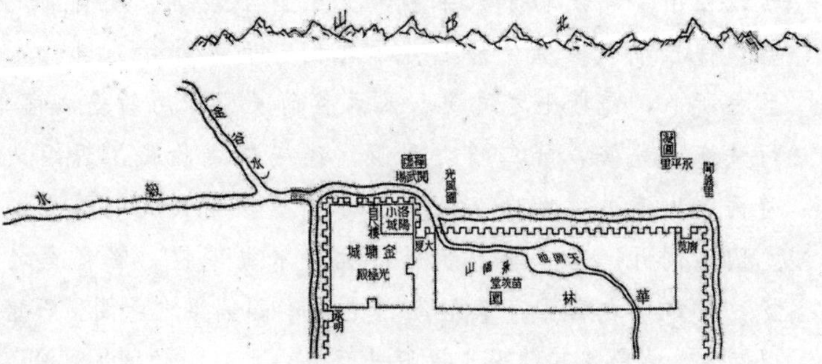

图 3-2《洛阳伽蓝记图》（部分）

如此说来，縠水是连接金谷园和华林园的水系，而且最终向东南注入洛水。而洛水往东汇入黄河，经成皋和荥阳，沿济水到定陶，再循济、淄到达齐鲁地区；或在定陶进入菏水，经由泗水入淮，再沿邗沟抵长江，渡江进入东南地区。这后一条水道，或许是石崇出镇下邳的路线，在金谷园饮宴别离，随即上船东行，自然是非常方便的。

石崇《金谷诗序》又说：“时征西大将军祭酒王诩当还长

① （北魏）郦道元注，陈桥驿校证：《水经注校证》，第 393～394 页。

安，余与众贤共送往涧中，昼夜游宴，屡迁其坐。”① 为何王诩去长安而在金谷涧送行呢？《水经》说：“榖水出弘农黾池县南墦冢林榖阳谷，东北过榖城县北，又东南河南县北，东南入于洛。”② 事实上，此水也途经函谷关，是长安到洛阳必经的关口。因此，笔者猜测征西大将军祭酒王诩要西往长安，可从金谷水进入榖水西行，经函谷关到达长安。

可以作为旁证的是，同时代的张载《叙行赋》说：

> 岁大荒之孟夏，余将往乎蜀都。脂轻车而秣马，循路轨以西徂。朝发轫于京宇兮，夕予宿于榖洛。践有周之旧墟，槐丘荒以寥廓。赞王孙于北门，问九鼎于东郭。寔公旦之所卜，曷斯土之渍薄。入函谷而长驱，历新安之卤阜。行逶迤以登降，陟二崤之重阻。经嵚岑之险巇，想姬文之避雨。出潼关以回逝，仰华岳之崔嵬。勤大禹之疏导，豁龙门之洞开。舍予车以步趾，玩卉木之璀错。翳青青之长松，荫肃肃之高柞。缘阻岑之绝崖，蹈偏梁之悬阁。石壁立以切天，岌礨隗其欲落。超阳平而越白水，稍幽蔓以回深。秉重峦之百层，转木末于九岑。浮云起于毂下，零雨集于麓林。上昭晰以清阳，下杳冥而昼阴。闻山鸟之晨鸣，听玄猨之夜吟。虽处者之所乐，嗟寂寞而愁予心。造剑阁之崇关，路盘曲以晻蔼。山峥嵘以峻狭，仰青天其如带。兼习坎之重固，形东隘以要害。岂乾坤之分域，将隔绝乎内外。③

---

① （南朝宋）刘义庆著，（南朝梁）刘孝标注，余嘉锡笺疏：《世说新语笺疏·品藻》，第 628 页。

② （北魏）郦道元注，陈桥驿校证：《水经注校证》，第 388～391 页。

③ 《艺文类聚》卷二七，第 493 页。

张载西行赴蜀，早上尚在洛阳，傍晚已宿榖洛，这榖洛或是榖水和洛水交界的地方，然后西行至函谷关。

金谷园诗会应当不止一次，但以元康六年（296）“假节、监徐州诸军事，镇下邳”① 最为著名。本传说“送者倾都，帐饮于此焉”②，石崇《金谷诗序》说：

> 余以元康六年，从太仆卿出为使持节监青、徐诸军事、征虏将军。有别庐在河南县界金谷涧中，去城十里，或高或下，有清泉茂林，众果、竹、柏、药草之属，金田十顷，羊二百口，鸡、猪、鹅、鸭之类，莫不毕备。又有水碓、鱼池、土窟，其为娱目欢心之物备矣。时征西大将军祭酒王诩当还长安，余与众贤共送往涧中，昼夜游宴，屡迁其坐，或登高临下，或列坐水滨。时琴、瑟、笙、筑，合载车中，道路并作；及住，令与鼓吹递奏。遂各赋诗，以叙中怀，或不能者，罚酒三斗。感性命之不永，惧凋落之无期。故具列时人官号、姓名、年纪，又写诗著后。后之好事者，其览之哉！凡三十人，吴王师、议郎、关中侯、始平武功苏绍，字世嗣，年五十，为首。③

金谷园诗会参与者有三十人，是一个规模较大的集会。《序》说“或不能者，罚酒三斗”，不是所有人都有赋诗的才能，不能诗者以三斗酒处罚；又说“具列时人官号、姓名、年纪，又写诗著后”，那么将这些诗歌汇聚在一起，按照年纪大小等排列，俨然就是一部《金谷集》了。当时是否这样称呼，已难以获知，

① 《晋书·石崇传》卷三三，第 1006 页。

② 《晋书·石崇传》卷三三，第 1006 页。

③ （清）严可均：《全上古三代秦汉三国六朝文·全晋文》卷三三，第1651 页。

但至迟在刘宋时已有《金谷集》，因为裴松之注《三国志》称“（苏）绍有诗在《金谷集》”①。

参加此次游宴的作品，今天大抵已不存。潘岳的《金谷集作诗》堪称完璧，曰：

王生和鼎实，石子镇海所。
亲友各言迈，中心怅有违。
何以叙离思，携手游郊畿。
朝发晋京阳，夕次金谷湄。
回溪萦曲阻，峻阪路威夷。
绿池泛淡淡，青柳何依依。
滥泉龙鳞澜，激波连珠挥。
前庭树沙棠，后园植乌椑。
灵囿繁石榴，茂林列芳梨。
饮至临华沼，迁坐登隆坻。
玄醴染朱颜，但愬杯行迟。
扬桴抚灵鼓，箫管清且悲。
春荣谁不慕，岁寒良独希。
投分寄石友，白首同所归。②

现在还能钩稽的另有四言的潘岳《金谷会诗》，但仅存“遂拥朱旄，作镇淮泗”③ 句；四言的杜育《金谷诗》，亦仅存“既而慨而，感此离析”④ 句。据逯钦立《全晋诗》，其他与石崇赠答者

① 《三国志·魏书·苏则传》卷一六，第 493 页。
② 逯钦立辑校：《先秦汉魏晋南北朝诗》，第 632 页。
③ 逯钦立辑校：《先秦汉魏晋南北朝诗》，第 632 页。
④ 逯钦立辑校：《先秦汉魏晋南北朝诗》，第 757 页。

有曹嘉、欧阳建、曹摅、枣腆、嵇绍等人，但难以确定是否作于此次诗会。集会作诗，触目而作，本无须赠答，但临别赠诗，在西晋初年也很普遍，若说作于同时，亦不无可能。有学者经过仔细地考察，得出结论称："金谷游宴之日，王诩、石崇、苏绍、潘岳确定在场，而其他人在场的可能性依次是：杜育、曹摅极可能，刘琨、欧阳建、枣腆有可能，嵇绍不太可能，而曹嘉绝不可能。"① 而其中与挚虞有文学交往者，根据目前的材料，只有潘岳、杜育二人。这两人出现在金谷集会上，又同系"二十四友"，那么挚虞时任尚书郎，有没有参加金谷园集会，限于材料，殊难索知了。

四、挚虞与贾谧"二十四友"

挚虞系"二十四友"中的一员，《晋书·贾谧传》有明确记载："谧好学，有才思。既为充嗣，继佐命之后，又贾后专恣，谧权过人主，至乃锁系黄门侍郎，其为威福如此。负其骄宠，奢侈逾度，室宇崇僭，器服珍丽，歌僮舞女，选极一时。开阁延宾。海内辐凑，贵游豪戚及浮竞之徒，莫不尽礼事之。或著文章称美谧，以方贾谊。渤海石崇欧阳建、荥阳潘岳、吴国陆机陆云、兰陵缪徵、京兆杜斌挚虞、琅邪诸葛诠、弘农王粹、襄城杜育、南阳邹捷、齐国左思、清河崔基、沛国刘瑰、汝南和郁周恢、安平牵秀、颍川陈眕、太原郭彰、高阳许猛、彭城刘讷、中山刘舆刘琨皆傅会于谧，号曰'二十四友'，其余不得

① 张金耀：《金谷游宴人物考》，《复旦学报》（社会科学版）2001 年第 2 期。

预焉。"[1] 关于"二十四友"的形成和性质，张国星说"'二十四友'的形成不应早于元康七年末"，其性质是"贾谧为纂修晋史而罗致的文学之士"。[2] 沈玉成的看法与之迥异，认为"二十四友"的性质是"其中虽多为文人，实际上是一个政治性集团"，并且这个集团的形成"是一个逐渐集合的过程"，而形成时间"应当在元康五、六年间"。[3] 要之，元康四年（294）后，挚虞在朝廷任尚书郎，直到永宁元年（301）始见任少府的记载，此间加入了贾谧的"二十四友"。

挚虞在"二十四友"中既不像石崇、潘岳那样极尽谄媚之能事，又不似陆机、陆云那般趁机反戈，史书中没有行迹的描述，大抵是默默无闻的预流者，毕竟"二十四友"囊括了元康年间最优秀的文人和学者，能与他们交游应该是当时文人学士的荣誉。

挚虞与"二十四友"诸人的交往，能够得到史料佐证者仅有潘岳和杜育。挚虞与潘岳的交往，已见上文论述，讨论古尺的施行是太康九年（288）的事情，而《新婚箴》的写作应在元康九年（299），此时两人同系"二十四友"成员，故彼此之间存在着文学交往。至于挚虞与杜育的交往，仅见两首赠答诗，

---

① 《晋书·贾谧传》卷四〇，第1173页。

② 张国星：《关于〈晋书·贾谧传〉中的"二十四友"》，《文史》第二十七辑，第214页。

③ 沈玉成：《"竹林七贤"与"二十四友"》《辽宁大学学报》1990年第6期。

即杜育的《赠挚仲治诗》和挚虞的《答杜育诗》。

杜育《赠挚仲治诗》曰：

之子于归，言秣其驹。
矧乃斯人，乃迈乃徂。
虽非显甫，饯彼百壶。
虽非张仲，将脍河鱼。
人亦有言，贵在同音。
虽曰翻飞，曾未异林。
顾恋同枝，增其慨心。
望尔不遐，无金玉音。①

挚虞《答杜育诗》曰：

越有杜生，既文且哲。
龙跃颍豫，有声彰澈。
赖兹三益，如琼如切。
好以义结，友以文会。
岂伊在高，分定倾盖。
其人如玉，美彼生刍。
钟鼓匪乐，安用百壶。
老夫灌灌，离群索居。
怀恋结好，心焉怅如。②

邓国光据“龙跃颍豫”断定“乃诗作于杜育任汝南太守之际

① 逯钦立辑校：《先秦汉魏晋南北朝诗》，第757页。
② 逯钦立辑校：《先秦汉魏晋南北朝诗》，第759页。

也”①。俞士玲以为是挚虞由尚书郎转阳城令，杜育设宴送行时所作。两位俱根据诗意断为离别之作，这是不错的，但到底是哪一次离别，两人的说法完全不同。邓国光已指出“老夫灌灌”是“运《诗经·大雅·板》之成辞”，但俞士玲仍然要将“老夫”坐实，发现与挚虞年龄不合，遂强辞迁就己说，曰：“挚虞为闻喜令在泰始末、咸宁初，挚虞三十岁左右，不当自称‘老夫’，由尚书郎出为阳城令，虞年已四十余，又传被出乃答诏不善或定品不当，与二诗情绪相合，故系二诗于太康七、八年。”②

对于这两首赠答诗，笔者倾向于普通的离别之作，时间可能在同预“二十四友”的时候。“龙跃颍豫”，是挚虞对杜育出身的夸赞，因为《世说新语·品藻》刘孝标注引《晋诸公赞》说杜育是襄城邓陵（余嘉锡笺注引程炎震说纠为“定陵”）人。查《晋书·地理志》，襄城郡原是颍川郡，晋武帝泰始二年（266）时始分出，仍属于豫州，则颍豫分明是杜育的故乡，邓国光所断似有可商。“好以义结，友以文会”，前句不好落实，但后句所谓的“文会”，应该是指参加贾谧的“二十四友”。杜育之“顾恋同枝”句，俞士玲说“杜育是时或亦任职尚书省”，亦可理解为同预“二十四友”。而“虽曰翻飞，曾未异林”“望尔不遐，无金玉音”两句，应该说杜育确实离开洛阳，但距离不是很远，只是为两人不能一起写诗会文而感到遗憾。

关于杜育的生平，《世说新语·品藻》说：“刘令言始入洛，

① 邓国光：《挚虞研究》，第132页。

② 俞士玲：《西晋文学考论》，第181页。

见诸名士而叹曰：‘……杜方叔拙于用长。’”① 刘孝标注引《晋诸公赞》记载曰：“杜育，字方叔，襄城邓陵人，杜袭孙也。育幼便岐嶷，号神童。及长，美风姿，有才藻，时人号曰‘杜圣’。累迁国子祭酒。洛阳将没，为贼所杀。”② 据此可悉杜育在当时系名士，检其作品，除《赠挚仲治诗》外，还有《金谷诗》《荈赋》《菽赋》等等，而学术著作有《易义》。他最后官至国子祭酒，因此《隋志》记载为“晋国子祭酒《杜育集》二卷”③，在洛阳即将沦陷之时死于战乱，应卒于永嘉五年（311）。

但史书中还记载了另外一个积极参与“八王之乱”的杜育。《晋书·傅祇传》载：“初，伦之篡也，孙秀与义阳王威等十余人预撰仪式禅文。及伦败，齐王冏收侍中刘逵、常侍驺捷杜育、黄门郎陆机、右丞周导王尊等付廷尉。”④ 则此杜育为常侍，党附司马伦，伦败后，为司马冏收付廷尉，此事在永宁元年（301）四月，而司马冏死于太安元年（302）十二月，杜育或在此时获释转迁，又《晋书·刘琨传》记载他曾于永兴元年（304），以汝南太守身份与刘琨率兵到许昌解救遭刘乔攻击的范阳王司马虓。

逯钦立将以上两个杜育的事迹糅合在一起，杜育小传说：“永兴中，拜汝南太守。永嘉中，进右将军。后为国子祭酒。永

① （南朝宋）刘义庆著，（南朝梁）刘孝标注，余嘉锡笺疏：《世说新语笺疏》，第601～602页。

② （南朝宋）刘义庆著，（南朝梁）刘孝标注，余嘉锡笺疏：《世说新语笺疏》，第602页。

③ 《隋书·经籍志》卷三五，第1063页。

④ 《晋书·傅祇传》卷四七，第1332页。

嘉五年，洛阳将没，死于难。”① 该小传有待推敲，杜育于永兴元年（304）已是汝南太守，时当用武之际，由右将军转为国子祭酒的可能性不大。如果这杜育与“二十四友”中的襄城杜育同是一人，那么《晋诸公赞》只字未提，似乎不合常理，毕竟《晋诸公赞》的作者系傅畅，西晋末曾任秘书丞，不容不知；而前者官至常侍、汝南太守，参与了“八王之乱”，而后者官至国子祭酒，死于洛阳的战乱，行迹判然有别。因此，笔者认为当时有两个同名的杜育。《太平御览》引崔鸿《前赵录》曰：“杜育，字子光，濮阳人。少为贼，其母每怒育曰：‘天下将乱，且以习胆。如意，望封侯。不如意，但不使他斫人头。’曾为贼围，衣甲三重，持戟蓬转而出。”② 此濮阳杜育与前者应系同一人。

“二十四友”形成是在“元康五、六年间”，解体是在永康元年（300）贾谧被杀之时，则此诗的写作时间只能大致界定在295～300年，确切年份已不能考明。

第二节　挚虞与同僚的文学赠答

西晋的赠答风气浓郁，逯钦立所辑的晋诗之中题名赠答者颇多：有些诗歌，赠答双方俱存，如石崇《赠枣腆诗》与枣腆《答石崇诗》，陆云《赠郑曼季诗》与郑丰《答陆士龙诗》；有些仅存赠诗，如张华《赠挚虞》、张载《赠司隶傅咸诗》；有些仅存答诗，如嵇绍《答石季伦》等。如是种种，颇能反映出西晋年间的诗歌酬酢风气。赠答诗基本以四言诗为主，侧面反映出

① 逯钦立辑校：《先秦汉魏晋南北朝诗》，第757页。

② 《太平御览》卷三五二，第1620页。

四言诗在当时文人心目中的正体地位。

挚虞的文学交往，目前已知的有五次：一是张华赠给挚虞的五言诗；二是在尚书省任郎官，与同僚傅咸、褚武良、伏武仲和李叔龙的四言诗歌赠答；三是参加元康三年（293）的释奠礼，与潘尼、傅咸等人作四言诗、颂；四是潘岳新婚之时，挚虞以箴赠答；五是与“二十四友”的杜育四言诗歌赠答。张华是当时文坛领袖，潘尼、潘岳名列“三张、二陆、两潘、一左”（锺嵘《诗品》），说明挚虞的文学具有一定的成就。

一、挚虞与尚书省同僚赠答

挚虞与傅咸、褚武良、伏武仲、李叔龙等人同在尚书省任职，傅咸时任尚书右丞，其他或是台郎，总之属于尚书省同僚，彼此之间互有赠答。傅咸有《与尚书同僚诗》，可见当时尚书省同僚之间的诗歌赠答还是比较常见的。

（一）西晋的尚书省及其诗歌酬唱风气

挚虞在太康年间任尚书郎，到永宁元年（301）转少府前，这十多年的时间内，史书上没有记载挚虞官职的变迁，因此我们默认他一直担任尚书郎。根据《文馆词林》所收的三首赠答诗，发现挚虞与尚书省同僚之间存在着诗歌唱和，而挚虞所惜别的褚武良和李叔龙诸人，也与傅咸同样存在着诗歌赠答。因此，尚书省同僚们的唱和绝不是孤立的存在，而是潜藏着一个文人群体，集体参与、彼此唱和，蔚然形成了一股文学风气。

傅咸现存的一首诗，可以用来描述这种风气，题名为《与尚书同僚诗》，诗曰：

非望之宠，谬加于己。
猥授非据，奄司万里。

煌煌朱轩，服骥骖騄。
晔晔初星，肃肃臣仆。
晖光显赫，众目所属。
斯之弗称，匪荣伊辱。
质弱尚父，受任鹰扬。
德非樊仲，王命是将。
百城或违，无能有匡。
一州之矜，将弛其纲。
得意忘言，言在意后。
夫惟神交，可以长久。
我心之孚，有盈于缶。
与子偕老，岂曰执手。
出司万里，牧彼朔滨。
服冕乘轩，六辔既均。
威风先迈，百城肃震。①

此诗作于太康六年（285）傅咸外任冀州刺史之际。标题中没有具体的赠答对象，而是将尚书省群体作为回应对象；再看诗歌内容，原来是傅咸受命外任冀州刺史时心里颇觉惶恐。如果当时没有诗歌唱和的风气，傅咸以写诗的形式来表达感受，这是不合常理的。

关于晋初的尚书省情况，有尚书令、尚书仆射、列曹尚书、尚书左右丞和尚书郎。《晋书·职官志》记载“尚书”说：“及晋置吏部、三公、客曹、驾部、屯田、度支六曹，而无五兵。

① 逯钦立辑校：《先秦汉魏晋南北朝诗》，第605页。

咸宁二年，省驾部尚书。四年，省一仆射，又置驾部尚书。太康中，有吏部、殿中及五兵、田曹、度支、左民为六曹尚书，又无驾部、三公、客曹。惠帝世又有右民尚书，止于六曹，不知此时省何曹也。”① 又记载“尚书左右丞”说：“晋左丞主台内禁令，宗庙祠祀，朝仪礼制，选用署吏，急假；右丞掌台内库藏庐舍，凡诸器用之物，及廪振人租布，刑狱兵器，督录远道文书章表奏事。”② 又记载“尚书郎”说：“及晋受命，武帝罢农部、定课，置直事、殿中、祠部、仪曹、吏部、三公、比部、金部、仓部、度支、都官、二千石、左民、右民、虞曹、屯田、起部、水部、左右主客、驾部、车部、库部、左右中兵、左右外兵、别兵、都兵、骑兵、左右士、北主客、南主客、为三十四曹郎。后又置运曹，凡三十五曹，置郎二十三人，更相统摄。”③ 《晋太康起居注》载武帝以王沖为治书侍御史诏称：“（王）基子尚书郎沖，虽复清途，犹未免楚挞，其以沖为治书侍御史。”④《通典·职官四》说：“晋尚书郎选极清美，号为大臣之副。”⑤ 根据这些史料，我们可以了解到晋初尚书有六人、左右仆有两人，而尚书郎的规模达二十三人，且是大臣的辅弼，是个清美的职位。从史书中记载的几例情况来看，尚书省官员一般都能外调且成为地方的政治或军事主宰，或升任重要的京官。一般来说，尚书和尚书左右丞转任的官职要高，如褚䂮转

---

① 《晋书·职官志》卷二四，第 731 页。
② 《晋书·职官志》卷二四，第 731 页。
③ 《晋书·职官志》卷二四，第 732 页。
④ 《北堂书钞》卷六二，第 253 页。
⑤ 《通典·职官四》卷二二，第 605 页。

为安东将军、都督扬州诸军事，傅咸转为刺史，而尚书郎转任职位略低，一般是郡太守或县令，如李叔龙转为太守。潘尼《赠二李郎诗序》称：

> 元康六年，尚书吏部郎汝南李光彦迁汲郡太守，都亭侯江夏李茂曾迁平阳太守。此二子皆弱冠知名，历职显要，旬月之间，继踵名郡。离俭剧之勤，就放旷之逸，枕鸣琴以俟远致。离别之际，各斐然赋诗。①

由此可知，尚书郎转任地方官员之际，彼此有时要赋诗作别。又尚书郎转迁地方太守，在当时是司空见惯的事情。

《晋起居注》载："太康八年诏曰：'昔先王御俗以兴至治，未有不先成民事者也。汉宣识其如此，是以叹息良二千石。今欲皆先外郡，治民著绩，然后入为常伯、纳言及典兵宿卫、黄门散骑、中书郎。'"② 又有异文说武帝诏曰："今之士大夫，多不乐出宰牧，而好内官，今皆先经外郡，治民著绩，然后入为常伯中书郎。"③ 如此说来，西晋的官员，偏好留京为官，而不愿意主宰地方，那么傅咸任冀州刺史却称"出司万里，牧彼朔滨"，应该与当时士大夫的普遍心态有关。尽管如此，他们选择了接受这个任命，并且意气风发，傅咸的诗歌中已经显示出成功监察一方的憧憬。

（二）挚虞、傅咸与褚䂮诗歌酬唱

尚书省官员们的唱和，我们现在所能见到的，只有挚虞、

① 《太平御览》卷二五九，第1217页。

② 《太平御览》卷二五九，第1215页。

③ 《艺文类聚》卷四八，第874～875页。

傅咸、褚武良和李叔龙等人的赠答诗。其他人的生平难以考知，但傅咸在尚书省任职应该在太康六年（285）之前，因为太康六年（285），他已经出为冀州刺史，而在此之前担任过尚书右丞①。而挚虞太康元年（280）除闻喜令，旋丁母忧，期满释褐为尚书郎，具体时间不详，应该不会晚于太康六年（285）。我们先来看挚虞和傅咸赠给褚武良的诗：

挚虞《赠褚武良以尚书出为安东诗》曰：

荡荡大晋，奄有八荒。畿服既宁，守在四疆。桓桓褚侯，镇彼遐方。变文膺武，武步龙骧。

武有七德，众鲜克举。帝用是难，酬咨既普。虽有周亲，唯能是与。大周之吉，归美于褚。

褚侯之迈，人望实大。企彼江淮，眇焉如带。智名不彰，勇功斯废。靡德而称，靡仁而赖。

济济百辟，穆穆皇朝。虽则异事，谁非同寮。出者眷之，处者恋之。情发于中，用著斯诗。②

傅咸《赠褚武良诗》曰：

爰暨于褚，惟晋之祯。肇振凤翼，羽仪上京。聿作喉舌，纳言紫庭。光赞帝道，敷皇之明。方任之重，实在江扬。乃授旄钺，宣曜威灵。悠悠遐迈，东夏于征。③

褚武良即褚䂮，其孙褚裒传载其行迹曰："有局量，以干用称。

① 俞士玲考定傅玄任尚书右丞为太康三年（282），参见俞士玲：《西晋文学考论》，第202页。

② 逯钦立辑校：《先秦汉魏晋南北朝诗》，第758页。

③ 逯钦立辑校：《先秦汉魏晋南北朝诗》，第605页。

尝为县吏，事有不合，令欲鞭之，䂮曰：‘物各有所施，榱椽之材不合以为藩落也，愿明府垂察。’乃舍之。家贫，辞吏。年垂五十，镇南将军羊祜与䂮有旧，言于武帝，始被升用，官至安东将军。”①《晋书·武帝纪》说：“（太康）六年春正月甲申朔，以比岁不登，免租贷宿负。戊辰，以征南大将军王浑为尚书左仆射，尚书褚䂮都督扬州诸军事，杨济都督荆州诸军事。”② 羊祜咸宁二年（276）冬十月由平南将军转为征南大将军，四年（278）十一月卒于位，期间羊祜向武帝推荐，而褚䂮年龄将近半百，则生于227年左右，长挚虞几近二十岁，应属父辈。《晋书·王浑传》说：“（王浑）迁安东将军、都督扬州诸军事，镇寿春。……转征东大将军，复镇寿阳。……徵拜尚书左仆射，加散骑常侍。”③ 到了太康六年（285），王浑已是征东大将军④，褚䂮在此时接任，从尚书转为安东将军、都督扬州诸军事，则年龄已在六十岁左右。很显然，褚䂮既为挚虞、傅咸之父辈，又居同僚之谊，因此挚虞、傅咸的临别赠答自然是客套有余、感情不足了。

傅咸说褚武良“聿作喉舌，纳言紫庭”，指的是在尚书时任言官；“方任之重，实在江扬”，则指的都督扬州诸军事；“乃授旄钺，宣曜威灵”，“旄钺”出自《尚书·牧誓》“王左杖黄钺，右秉白旄以麾”⑤，代指军权，而褚武良时任安东将军。

---

① 《晋书·褚裒传》卷九三，第2415页。
② 《晋书·武帝纪》卷三，第76页。
③ 《晋书·王浑传》卷四二，第1202～1203页。
④ 按，《武帝纪》作征南，与本传异，兹从本传。
⑤ 顾颉刚、刘起釪：《尚书校释译论》，中华书局2005年版，第1094页。

而挚虞诗歌所指也颇为类似：其一，“畿服既宁，守在四疆。桓桓褚侯，镇彼遐方”，是说褚武良拥兵镇守边疆，而“变文膺武，武步龙骧”，是指由文官尚书转为武官将军；其二，武将难求，经过寻访，唯褚武良符合条件；其三，相信褚武良能够改变江淮既无军功又无治德的局面；其四，虽然彼此执掌将有不同，但仍然是公家同僚，今后不免互相思念，因而发为吟咏。

挚虞、傅咸和褚武良同在尚书省任职，故而同僚迁官之际，不能不有所怀恋，然而褚武良毕竟是担任一方的军事要员，在仕途上更进一步，因此诗中充满赞扬和期望的情绪。

（三）挚虞、傅咸与李叔龙诗歌酬唱

挚虞《赠李叔龙以尚书郎迁建平太守诗》曰：

我有良朋，时惟李生。拊翼岐蜀，翻飞上京。明试以功，聿骏有声。三载考绩，剖符建平。

惟彼建平，居江之濑。明明在上，率下和会。谁谓水深，曾不浮芥。谁谓旷远，王道无外。

亦既受命，作式南蕃。枢机之发，化流夷蛮。多见阙殆，以慎尔愆。无自立辟，而逾短垣。

龙爱同泉，凤恋共林。之子云往，我劳弥深。既有行李，以通其音。南龟象齿，实将云心。①

傅咸《赠建平太守李叔龙诗》曰：

弘道兴化，实在良守。悠悠建平，皇泽未流。朝选于

① 逯钦立辑校：《先秦汉魏晋南北朝诗》，第758～759页。

众，乃子之授。南荆注望，心乎克副。①

建平郡属于荆州，因此傅咸称“南荆”，又说“皇泽未流”，《晋书·地理志》说“吴、晋各有建平郡，太康元年合”②，则应指原吴国的建平郡区域。此地直到太康灭吴后始归晋域，以前不在晋朝的统治范围内，傅咸之“皇泽未流”、挚虞之“化流夷蛮”，预示着李叔龙担负着教化建平的职责。据挚虞诗之其一可知李叔龙是蜀人，俞士玲更引《华阳国志》证其为梓潼人。李叔龙与挚虞同任尚书郎，如今李叔龙要转建平太守，成为地方的父母官，当然是升迁的好事，邓国光认为“（挚虞）于叔龙偃蹇寄深切同情”③，殊为不确。傅咸明言“朝选于众，乃子之授”，挚虞又说“明试以功，聿骏有声。三载考绩，剖符建平”，可知李叔龙是朝廷从众人中甄选出来的，最后授予该职，应该说是从竞争中脱颖而出，邢义田也指出郎官外调是升迁。因此，邓国光认为李叔龙仕途偃蹇是没有道理的。挚虞的诗旨是对李叔龙迁官的勉励和告诫：其一，李叔龙以优异的考绩转任建平太守；其二，建平虽旷远，总是王土，希望李叔龙不要以地远为念；其三，要李叔龙注意自己的言行，努力成为表率，且敦勉当地的风俗；其四，表达了自己的怀恋之情。

（四）挚虞、傅咸与伏武仲诗歌酬唱

同是赠给迁官的同僚，挚虞还有《答伏武仲诗》一篇，曰：

崇山栖凤，广泉含螭。洋洋大府，俊德攸宜。用集群

---

① 逯钦立辑校：《先秦汉魏晋南北朝诗》，第607页。

② 《晋书·地理志》卷一五，第456页。

③ 邓国光：《挚虞研究》，第132页。

英，参翼弘规。皇晖增曜，明两作离。

爰有伏生，东夏之秀。盛德如新。畜智如旧。储材积艺，待时而茂。九德殊途，道将焉就。

邂逅之遇，良愿是适。同闬比屋，笑语卒获。望宋谓近，曾不咫尺。一苇则杭，矧兹隔壁。

既近其室，不远其心。齐此笃爱，惠予好音。金声玉振，文艳旨深。孰不歌咏，被之瑟琴。①

傅咸《赠崔伏二郎诗》曰：

英妙之选，二生之授。颙颙两城，欢德之茂。君子所居，九夷非陋。无狭百里，而不垂覆。人之好我，赠我清诗。示我周行，心与道期。诚发自中，义形于辞。古人辞谠，岂不尔思。②

傅咸所谓的崔伏二郎，今已不可考。细味诗意，亦是二人由尚书郎迁任地方官。从“九夷非陋”来看，他们任职的地方应该比较偏僻；根据“无狭百里”，所谓“百里”，《汉书·百官公卿表》说“县大率方百里”③，他们的官职应是县令。又据“人之好我，赠我清诗”，知崔伏二郎给傅咸赠诗在先。如此，当时尚书郎之间的赠答酬唱应该是比较普遍的。

俞士玲猜测“挚虞诗之伏武仲与傅咸之伏郎很可能为一人”④，确实，同一时候的尚书郎有两位姓伏的可能性不大。然

① 逯钦立辑校：《先秦汉魏晋南北朝诗》，第758页。

② 逯钦立辑校：《先秦汉魏晋南北朝诗》，第606页。

③ 《汉书·百官公卿表》卷一九上，第742页。

④ 俞士玲：《西晋文学考论》，第176页。

而察挚虞的诗意，伏武仲迁官至“洋洋大府”，又云“既近其室”，似乎离洛阳比较近。这与傅咸的“九夷非陋。无狭百里”迥然不同。

二、挚虞与潘岳的文学赠答

根据现存的史料来看，挚虞尽管撰有文学总集和文学理论著作，但他与西晋文坛作家的交往并不多见，尤其是“三张、二陆、两张、一左”这些代表西晋文学水准的作家中，与他确有文学交往的是张华、潘岳两位。张华有《赠挚仲治诗》一首，曰：

君子有逸志，栖迟于一丘。
仰荫高林茂，俯临渌水流。
恬淡养玄虚，沈精研圣猷。①

品味诗旨，似在描述一个归隐山林、浸淫玄学的君子形象，张华赠诗的初衷，现在已经很难判断了。

潘岳是西晋文坛的重要作家，与陆机并称为“潘陆”，是太康诗风的代表。潘岳与挚虞共同参与了贾谧“二十四友”，并且一起讨论礼乐制度，应该说关系比较密切。

挚虞《新婚箴》曰：

今在哲文，遭家不造。结发之丽，不同偕老。既纳新配，内芬外藻。厚味腊毒，大命将夭。色不可耽，命不可轻。君子是惮，敢告后生。②

潘岳作《答挚虞新婚箴》，曰：

---

① 逯钦立辑校：《先秦汉魏晋南北朝诗》，第621页。

② 《艺文类聚》卷四〇，第724页。

> 先王制礼，随时为正。俯从企及，岂乖物性？女无二归，男有再聘。女实存色，男实存德。德在居正，色在不惑。新旧兼弘，义申理得。然性情之际，诚难处心。君子过虑，爰献明箴。防微测隐，文丽旨深。敬纳嘉诲，敢酬德音。①

根据潘岳的酬答文体和内容可知，挚虞的《新婚箴》是赠予潘岳的，其中既有庆喜之意，又暗蕴着箴戒。邓国光以为“箴以御过，赠婚以箴，前所未闻。则挚虞于岳之纳妾，隐存攻责之意。以死悼之，尽杀风景”②。邓氏崇敬挚虞的品行，而鄙薄潘岳之谄事贾谧，因此忖度挚虞对潘岳必有不满。王晓东细绎挚虞的行文语气，以为“实是年轻人间的戏谑调侃，而非中年人间的真情告诫”③。笔者以为应该是新婚之时，给以警戒，亦属友人体恤之情，因此潘岳回信以示谢忱。《文心雕龙·铭箴篇》说：“箴者，所以攻疾防患，喻针石也。”④ 挚虞所取，应是“防患”之意。如果他对潘岳有所訾议，大可在论学议政场合进行攻责，又何必在新婚之日颇费微词，扫人兴致，而潘岳又岂能愚蠢到无所觉察而诚恳敬受呢？若是戏谑之言，潘岳也不必如此一本正经地引经据典、自我申解。

陆侃如考定潘岳《答挚虞新婚箴》作于泰始八年（272）潘岳娶杨肇女之时。《答挚虞新婚箴》有“敬纳嘉诲，敢酬德音”

① 王增文校注：《潘黄门集校注》，第 160 页。

② 邓国光：《挚虞研究》，第 16 页。

③ 王晓东：《潘岳的婚姻及其相关作品献疑》，《中国文选学》，学苑出版社 2007 年版，第 330～337 页；此处见氏著《潘岳研究》，上海古籍出版社 2011 年版，第 39 页。

④ （南朝梁）刘勰撰，范文澜注：《文心雕龙注》，第 194 页。

句，似作于潘岳新婚时；而潘岳《悼亡赋》写成于长安东归时，赋称“伊良嫔之初降，几二纪以迄兹”①，则婚姻持续了二十四年。以此反推，娶杨肇女似在泰始八年（272）前后。② 陆氏未能细审文意，作出的判断是错误的。兴膳宏说“新娶了漂亮的妻子”③，邓国光称此新婚应指纳妾，王晓东提出续娶小杨氏，具体说法容有差异，但再婚的意见是正确的。挚虞说“遭家不造，结发之丽，不同偕老”，其中，“造”是吉祥，“不造”即家里遇到不幸；结发之妻不能偕老，明指丧偶，而潘岳答道“男有再聘”，则显系续弦之意。

潘岳《怀旧赋序》说自己在十二岁与杨肇女订婚，兴膳宏、傅璇琮以为在咸宁元年（275）完婚④，此时潘岳已二十九岁，则订婚之后十七年才完婚，似不合常理。王晓东考察了魏晋人的婚龄，认为潘岳不晚于景元四年（263）与杨肇女结婚，是为原配大杨氏；又据挚虞《新婚箴》“结发之丽，不同偕老”句获悉潘岳再婚，因此推测泰始九年（273）左右，大杨氏卒；次年服阙续娶杨肇小女儿，即小杨氏，元康八年（298）冬，小杨氏复卒。⑤

潘岳晚至二十九岁完婚的原因难以详悉⑥，这是兴氏和傅氏

---

① 王增文校注：《潘黄门集校注》，第 98 页。

② 参见陆侃如：《中古文学系年》，第 653 页。

③ ［日］兴膳宏：《潘岳年谱稿》，《异域之眼》，戴燕译，复旦大学出版社 2006 年版，第 31 页。

④ 兴膳宏《潘岳年谱稿》由杨氏殁年上推两纪，暂系于本年，傅璇琮《潘岳系年考证》说“其结婚于何时，无史料可征，大要当在本年以前”。

⑤ 参见王晓东：《潘岳研究》，第 34～39 页。

⑥ 颜延之“年三十，犹未婚”，杜甫是三十岁才与十九岁的杨氏结婚，则不可据当时习俗遽以断定。

考订的未解之谜。而王晓东的推测，新则新矣，但层层推论，没有确凿的依据；又为配合《悼亡赋》“伊良嫔之初降，几二纪以迄兹”句，提出杨肇相隔十年，二次嫁女，实在难以索解。因此笔者仍认为元康八年（298）六七月间卒于洛阳德宫里的是潘岳发妻杨肇之女。潘岳在《答挚虞新婚箴》中开首称“先王制礼”，说明他是服膺礼制的，而礼制规定，妻卒，夫需服齐衰杖期一年，因此潘岳续弦当在元康九年（299）六七月之后。挚虞是礼学家，没有提及潘岳有违礼之举，则结婚时已服阕期满，又将新婚之事与丧妻共提，应该是潘岳服阕不久即已成婚。因此，挚虞和潘岳的新婚赠答应是在元康九年（299）六七月稍后。该年潘岳任黄门侍郎，而挚虞也在朝为官，或仍是尚书郎，史书载其永宁元年（301）已迁少府，此前未闻迁官。元康年间挚虞与潘岳同列“二十四友”，一直在朝廷活动，潘岳的新婚之礼，他去参加是自然不过的。

第三节　挚虞与政治中心的文人分化

“八王之乱”是一场残酷的宗室内讧，自永康元年（300）持续至永兴二年（305），这残酷的六年，不仅摧毁了洛阳和邺城①承平百年的经济文化积累，而且改变了西晋王朝乃至华夏民族的命运。西晋的不少文人学士在这场变乱中直接丧生，或因变乱造成的残破局面间接殒命。“八王之乱”给西晋文人提供

① 司马颖本镇邺城。“八王之乱”时期的永兴元年（304），司马颖专权，被立为皇太弟，携惠帝短暂地移都邺城；不久，王濬攻破邺城，司马颖携惠帝逃奔洛阳；后来，汲桑破邺，焚毁宫殿。

了新的选择机会，显示出国家变乱前不同的人生取向。而挚虞在这场动乱中也受牵连，随惠帝辗转西迁，但仍然致力于学术，最终不免饥饿而死。挚虞虽然在“八王之乱”中免于灾祸，但在“五胡乱华”中遭遇横祸。王室的争权夺利导致外敌蜂拥入侵，干戈扰攘之际，纵使是逍遥尘世、不骛名利的高士学者，也很难幸免于难。“八王之乱”促成了文学的地理转换，政权中心的诗歌创作趋于沉寂，而迁官地方的刘琨和地方成长的郭璞等人杰出的诗歌作品代表了西晋诗歌的最高成就。西晋末期的地方诗歌，重新回归汉魏传统，不仅弥补了中心诗歌繁缛的缺失，而且注意纠正玄言诗歌的风气。

一、“人才实盛”：西晋文学繁荣与元康文人构成

锺嵘《诗品》称许文章中兴的“三张、二陆、两潘、一左”，其实主要活动在元康年间，由于创作内容、风格和主要作家方面极为相似，文学史上往往以太康文学来作为西晋文学的代表。自泰始初到元康末的三十五年间，中原承平，俊才辐辏。随着平吴的胜利，江南人才也集聚中原，东汉以降，人才彬彬，莫盛于兹。《文心雕龙·时序》载：“晋虽不文，人才实盛：茂先摇笔而散珠，太冲动墨而横锦，岳湛曜联璧之华，机云标二俊之采，应傅三张之徒，孙挚成公之属，并结藻清英，流韵绮靡。前史以为运涉季世，人未尽才，诚哉斯谈，可为叹息。”① 刘勰描绘了西晋文人的繁盛图景。可惜好景不长，永康元年（300）赵王司马伦首先发难，使西晋陷入了动荡和杀戮之中。

西晋的文学活动丰富，文人数量繁多。就文学集会而言，

① （南朝梁）刘勰撰，范文澜注：《文心雕龙注》，第674页。

我们已经介绍过以晋武帝为中心的华林园集会、元康三年（293）的皇太子释奠诗文唱和、元康六年（296）石崇主持的金谷园集会。就文学团体而言，元康五、六年至永康元年间，在贾谧身边集聚了元康时期的主要文人，陆续形成了“二十四友”，这是当时最著名的文学团体；张华是一代文宗，善于提携新人，有学者指出以张华为代表形成了一个创作和评论的中心，其中的人物有陆机、陆云、褚陶、左思、范乔、鲁胜、霍原、陶侃、张轨、束皙、陈寿、成公绥、牵秀、索靖十四人，此外来往频繁的还有刘颂、闫缵等人。①

元康时期是西晋文学极为活跃的时期，这一时期的主要文人有哪些呢？最重要的文人，当然是西晋的文坛领袖张华。另外代表西晋文学最高成就的“三张、二陆、两潘、一左”（锺嵘《诗品》），元康之际尚存，也是讨论的重点。他们都在《隋书·经籍志》中存有别集，是名副其实的文学家。其他作家尚可通过元康时期的文学活动考知，主要依据有如下三种：一是元康三年（293），愍怀太子“讲《论语》通”的释奠诗文唱和，有作品传世的有潘尼、傅咸和挚虞三人，他们在《隋书·经籍志》中都有别集。二是元康五、六年间形成的贾谧“二十四友”，是惠帝时期文学家的代表。他们是石崇、欧阳建、潘岳、陆机、陆云、缪徵、杜斌、挚虞、诸葛诠、王粹、杜育、邹捷、左思、崔基、刘瑰、和郁、周恢、牵秀、陈眕、郭彰、许猛、刘讷、刘琨、刘舆二十四人。贾谧选择宾友严格，除此二十四人，“其余不得预焉”②。“二十四友”属于政治团体，未必全为文人，但也笼

① 参见傅刚：《魏晋南北朝诗歌史论》，第99页。
② 《晋书·贾谧传》卷四〇，第1173页。

络了当时的主流文人。① “二十四友”在《隋书·经籍志》中有别集的共有石崇、潘岳、欧阳建、杜育、挚虞、左思、陆机、陆云、缪徵、牵秀、刘琨十一人。三是元康六年（296），石崇监徐州诸军事送行的“金谷园诗会”，有学者指出：“金谷游宴之日，王诩、石崇、苏绍、潘岳确定在场，而其他人在场的可能性依次是：杜育、曹摅极可能，刘琨、欧阳建、枣腆有可能，嵇绍不太可能，而曹嘉绝不可能。”② 那么在场的应该有王诩、石崇、苏绍、潘岳、杜育、曹摅、刘琨、欧阳建、枣腆九人，其中《隋书·经籍志》著录别集的有石崇、潘岳、杜育、曹摅、刘琨、欧阳建、枣腆七人。

综上可知，“八王之乱”前夕，处于中心地区的元康时期主要作家有张华、张载、张协、张亢、潘岳、潘尼、陆机、陆云、左思、石崇、欧阳建、杜育、缪徵、牵秀、刘琨、挚虞、傅咸、曹摅、枣腆十九人，其中傅咸卒于元康四年（294），未及“八王之乱”③，故得十八人。应该说，这十八人基本代表了元康时期的主流作家。在大致摸清西晋文人的基本情况后，再逐个分析他们在“八王之乱”中的人生经历，可以了解动乱之际的文

① 沈玉成指出，“其中虽多为文人，实际上是一个政治性集团”，并且这个集团的形成“是一个逐渐集合的过程”，而形成时间“应当在元康五、六年间”。参见沈玉成：《“竹林七贤”与“二十四友”》，《辽宁大学学报》1990年第6期。

② 张金耀：《金谷游宴人物考》，《复旦学报》（社会科学版）2001年第2期。

③ 前揭《文心雕龙·时序》提及的应贞卒于269年，成公绥卒于273年，傅玄卒于278年，夏侯湛卒于291年，孙楚卒于293年，都未及“八王之乱”。

人选择和人生命运。

二、中心分化："八王之乱"与文人的命运

通过对活跃在政权中心的十八位文人进行考察，我们认为可以分为两派：一是政治事功派，二是文学学术派。

（一）政治事功派

此派文人的代表有张华、石崇、潘岳、欧阳建、陆机、陆云、牵秀、刘琨、枣腆、曹摅十人。他们在"八王之乱"之际主动或被动地卷入政治斗争，多数遭遇了不幸的命运。

张华、石崇、潘岳、欧阳建等文人被最先掌权的司马伦集团杀害。永康元年（300），赵王司马伦设计杀死贾后及其党羽，开始掌权；永宁元年（301）废惠帝自立，重用嬖人孙秀，四月被杀。张华（232～300）是一代文宗，也是著名政治家，但被动地卷入"八王之乱"。张华元康年间位至司空，是当时重臣，也是清流领袖，因此他的表态对政局颇有影响。赵王司马伦素有野心，"深交贾、郭，谄事中宫，大为贾后所亲信"①，想入朝执政，遭到张华、裴頠等人的反对；司马伦又欲求为尚书令，复遭张华的拒绝。因此，张华为司马伦所不容，早早遇害。石崇、潘岳一直积极参与政事，与当朝高官有所来往。潘岳（247～300）谄事贾后的侄子贾谧，望尘而拜，见讥后世，又参与了贾后废太子的密谋，与其政治关系密切。石崇（249～300）因劫略过往富商而致富，曾与外戚王恺斗富，但在政治上缺乏地位，故而依附权势烜赫的贾谧。潘岳、石崇与孙秀有宿怨。潘岳因早年多次挞辱孙秀，孙秀后为司马伦嬖人，自然不忘旧恶。石崇也因孙秀欲夺其爱妾

---

① 《晋书·赵王伦传》卷五九，第1598页。

绿珠，拒绝给予而遭到孙秀忌恨。欧阳建（270？～300）是石崇的外甥，著有《言尽意论》，《隋书·经籍志》录有“《晋顿丘太守欧阳建集》二卷”。欧阳建曾任冯翊太守，征西大将军司马伦都督雍梁时，曾“诛羌大酋数十人，胡遂反”（傅畅《晋诸公赞》）①，欧阳建表其罪恶，朝廷遂征司马伦为车骑将军，以梁王司马肜替代其位。欧阳建与司马伦的结怨应是源于此事。因此，一旦司马伦得势，欧阳建自然首当其冲。孙秀劝司马伦诛除石崇及其甥欧阳建，石崇、欧阳建两人得知消息后联合潘岳劝淮南王司马允和齐王司马冏起兵攻杀司马伦、孙秀。孙秀发觉后，于永康元年（300）八月“矫诏收崇及潘岳、欧阳建等”②。

陆机、陆云兄弟为司马颖所害。陆机（261～303）是吴人出身，太康末年带着亡国者的耻辱来到洛阳。为了站稳脚跟，他只好依附达官显宦，因此拜诣张华、王济，始宦杨骏，从游贾谧，再投司马伦，又附司马颖，出入清浊，数易出处。“二陆”曾预贾谧“二十四友”，但司马伦诛贾谧后，陆机“豫诛贾谧功，赐爵关中侯”③，从此卷入晋朝宗室的纷争。陆机转投司马伦后，屡获升迁，从相国参军，赐爵关中侯，迁中书郎，为司马伦篡位献计划策。司马伦垮台后，司马冏怀疑九锡文和禅诏出于陆机之手，而将其交付廷尉审理。陆机因得到成都王司马颖的营救而免于一死，从此依附手握重权的司马颖，并且得到器重，受命执掌兵权。然而陆机虽出身军事世家，但毕竟是

① 熊明：《汉魏六朝杂传集》，中华书局2017年版，第1926页。

② 《晋书·石崇传》卷三三，第1008页。

③ 《晋书·陆机传》卷五四，第1473页。

出色的文学家，算不得将才，最终在与司马乂会师鹿苑时遭遇惨败。孟超对众宣称陆机将反，孟玖又向司马颖告状说陆机有异志，并且联合了一帮中朝将帅来证成陆机之罪。司马颖听信了他们的谗言而未派人检校陆机的“反逆之征”，最终以“图为反逆”的罪名杀害了陆机、陆云兄弟。与乃兄一样，陆云（262～303）也在“八王之乱”中统领军队，被司马颖表为清河内史，又被任命为前锋都督，参与讨伐齐王司马冏。张昌乱时，陆云被司马颖拜为持节大都督、前锋将军进行征战。后来孟玖欲用其父为邯郸令，卢志阿从其意，陆云坚执不可，因此得罪了孟玖，最终与陆机一同遇害。

牵秀死于司马颙集团之手。牵秀（？～306），曾预贾谧“二十四友”，《隋书·经籍志》录有“《晋平北将军牵秀集》四卷”。牵秀在“八王之乱”中担任了不光彩的角色。陆机担任高官，引起了牵秀的不平。史载陆机担任后将军、河北大都督，“顿居群士之右，而王粹、牵秀等皆有怨心”①。陆机率军讨伐司马乂时，牵秀为冠军将军，兵败河桥，将责任推卸给陆机。陆机被孟超、孟玖诬告时，牵秀也助纣为虐，其人品实不足道，最后死于河间王司马颙长史杨腾之手。

其他如曹摅、刘琨、枣腆等人，在“八王之乱”中转居地方任职。曹摅（？～308），魏大司马曹休的后裔，《晋书》本传载其“少有孝行，好学善属文”②，《隋书·经籍志》录有“《征南司马曹摅集》三卷，录一卷”。曹摅参与了“八王之乱”，史载：“及齐王冏辅政，摅与左思俱为记室督。冏尝从容问摅曰：

① 《晋书·陆机传》卷五四，第1479页。

② 《晋书·良吏列传·曹摅传》卷九〇，第2333页。

‘天子为贼臣所逼，莫有能奋。吾率四海义兵兴复王室，今入辅朝廷，匡振时艰，或有劝吾还国，于卿意如何?’摅曰：‘荡平国贼，匡复帝祚，古今人臣之功未有如大王之盛也。然道罔隆而不杀，物无盛而不衰，非唯人事，抑亦天理。窃预下问，敢不尽情。愿大王居高虑危，在盈思冲，精选百官，存公屏欲，举贤进善，务得其才，然后脂车秣马，高揖归藩，则上下同庆，摅等幸甚。’冏不纳。寻转中书侍郎，长沙王乂以为骠骑司马。乂败，免官。因丁母忧。惠帝末，起为襄城太守。时襄城屡经寇难，摅绥怀振理，旬月克复。永嘉二年，高密王简镇襄阳，以摅为征南司马。”①曹摅曾在司马冏、司马乂麾下任职，后担任襄城太守，颇有战功，又成为征南将军司马简的司马，地位尊崇。曹摅现存诗十首，锺嵘《诗品》将其列入“中品”。刘琨（271～318），既是贾谧“二十四友”之一，又参与了石崇的金谷园集会，史载“琨预其间，文咏颇为当时所许”②。《隋书·经籍志》录有“《晋太尉刘琨集》九卷”“《刘琨别集》十二卷”，可见刘琨确属于才华丰赡的诗人。刘琨属于从“八王之乱”中频繁受益的少数文人，他因与司马伦有姻亲关系，得以担当重任，又在齐王司马冏和范阳王司马虓中辗转任职，历位并州刺史、司空，并且封侯。后来因与五胡作战卓有胜绩而名扬后世。刘琨之兄刘舆，与其弟的行迹颇为类似，但行为卑鄙，构罪他人，极为残忍。枣腆，生卒年不详，《文士传》载：“祗本姓棘，先人避难，易为枣。孙据，字道彦，晋冀州刺史。据子嵩，字台产，散骑常侍。并有才名，多所著述。嵩兄腆，字玄方，襄

① 《晋书·良吏列传·曹摅传》卷九〇，第2334～2335页。

② 《晋书·刘琨传》卷六二，第1679页。

阳太守，亦有文采。”① 《隋书·经籍志》录有“梁又有《襄阳太守枣腆集》二卷，录一卷，亡”。《晋书·枣据传》载：“子腆，字玄方，亦以文章显。永嘉中为襄城太守。”② 襄城太守应是襄阳太守之误。据此可知枣腆永嘉中尚任职襄阳太守，襄阳是军事重镇，连接关中、中原、江汉，不可能轻易与人，因此枣腆应该参与了“八王之乱”，并成为执政者的心腹。

综上可知，这一派的文人介入政治斗争，汲汲于事功。大凡进取之士，难以坚守高节，不免与世浮沉，因此他们的人品颇受后人嗤议。张华与贾氏素来不合，贾充之党中荀勖、冯纨屡欲加害，而贾后专政，贾谧擅权，张华也为贾氏周旋谋划。王鸣盛《十七史商榷》说：

> 潘岳、石崇附贾谧，望尘而拜，不待言矣。而刘琨、陆机亦皆附谧，在“二十四友”之数。赵王伦之篡，乐广素号玄虚，仍奉玺绶劝进，而琨则为伦所信用，晋少贞臣如此。琨为段匹磾所拘，作诗以“百炼刚”自比，亦难言之矣，但志在克复为可嘉耳。③

王鸣盛的评论不免有苛责之嫌。在那个谄媚得势、夤缘而进的社会里，任何试图在政治上有所作为的正直之士，都不得不忍辱负重，张华、陆机、陆云的情况，应作如是观，因此千载之下，人不以为过。潘岳、石崇等人，究其本质，属于无行的文

① 《三国志·魏书·任峻传》卷一六裴注引，第 490 页。

② 《晋书·文苑列传·枣据传》卷九二，第 2381 页。

③ （清）王鸣盛：《十七史商榷》卷四九，上海古籍出版社 2013 年版，第 589 页。

人，曾因骄侈与人构隙，攀附贾谧不过是邀获荣宠、以求自保而已，并未曾实施过罪恶的举动。而那些敢于不顾颜面、佞主阿附的小人，时局动荡之际，最容易崭露头角。牵秀、刘舆等人道德败坏，至今为人所不齿。因此说，这些孜孜事功的文士，也不是浑然一体，仍然是有所区别的。

兹将此派文人的命运绘表如下（见表 3-1）：

表 3-1　　政治事功派文人代表的命运及文学事迹

人物	命运	掌权者	文学事迹
张华（232～300）	被杀	司马伦	《隋书·经籍志》载有《张华集》十卷
潘岳（247～300）	被杀	司马伦	《隋书·经籍志》载有《潘岳集》十卷
石崇（249～300）	被杀	司马伦	《隋书·经籍志》载有《石崇集》六卷
欧阳建（270？～300）	被杀	司马伦	《隋书·经籍志》载有《欧阳建集》二卷
陆机（261～303）	被杀	司马颖	《隋书·经籍志》载有《陆机集》十四卷
陆云（262～303）	被杀	司马颖	《隋书·经籍志》载有《陆云集》十二卷
牵秀（？～306）	被杀	司马颙	《隋书·经籍志》载有《牵秀集》四卷
曹摅（？～308）	重用	依附司马冏、司马乂、司马简	《隋书·经籍志》载有《曹摅集》三卷

续表

人物	命运	掌权者	文学事迹
刘琨（271～318）	重用	依附司马伦、司马冏、司马虓	《隋书·经籍志》载有《刘琨集》九卷，《刘琨别集》十二卷
枣腆	重用	不详	《隋书·经籍志》载有《枣腆集》二卷

（二）文学学术派

此派文人的代表有左思、张载、张协、张亢、杜育、潘尼、缪徵、挚虞八人。他们虽然没有介入政治斗争，选择继续致力于自己所擅长的文学和学问，但时局动荡之际，有的文人也不免直接或间接地死于战乱。

左思（252？～306？），以《三都赋》名闻当世，《隋书·经籍志》载有"《晋齐王府记室左思集》二卷，梁有五卷，录一卷"。泰始八年（272）前后，左思因其妹左棻被选入宫，举家迁居洛阳。曾于咸宁初任秘书郎，参与整理图书。元康初为陇西王司马泰祭酒，元康六年（296）为张华司空祭酒，是贾谧"二十四友"之一，并为贾谧讲《汉书》。永康元年（300），其妹左棻去世，退居洛阳宜春里，专意典籍。后来齐王司马冏命其为记室督，辞疾不就。太安二年（303），河间王司马颙部将张方纵暴洛阳，左思只得移居冀州，最终病死。左思在赵王司马伦专政之际，已经不再任职，专注于文翰之事，他在《咏史诗》（其四）说"寂寂扬子宅，门无卿相舆。寥寥空宇中，所讲在玄虚。言论准宣尼，辞赋拟相如。悠悠百世后，英名擅八区"，左思以贫穷而擅于著述的扬雄自比，宣示了退居后的人生志向。因此，齐王司马冏邀请出仕，也拒绝不就，并没有介入“八王之乱”。

张载，生卒年不详，太康诗歌代表诗人“三张”之一，《隋书·经籍志》载有“《晋中书郎张载集》七卷，梁一本二卷，录一卷”。本传载：“起家佐著作郎，出补肥乡令。复为著作郎，转太子中舍人，迁乐安相、弘农太守。长沙王乂请为记室督。拜中书侍郎，复领著作。载见世方乱，无复进仕意，遂称疾笃告归，卒于家。”① 张载虽然做过司马乂的记室督，但意识到天下将乱，于是称疾回家，没有介入“八王之乱”。关于张载的《杂诗》十首，钱志熙认为“是他晚年有感于世乱、从官场上隐退之后的创作，因此带有一些隐逸文学的性质”②。

张协，生卒年不详，太康诗歌代表诗人“三张”之一，《隋书·经籍志》载有“《晋黄门郎张协集》三卷，梁四卷，录一卷”。本传载：“协字景阳，少有俊才，与载齐名。辟公府掾，转秘书郎，补华阴令、征北大将军从事中郎，迁中书侍郎。转河间内史，在郡清简寡欲。于时天下已乱，所在寇盗，协遂弃绝人事，屏居草泽，守道不竞，以属咏自娱。拟诸文士作《七命》，其辞曰……”③又载：“永嘉初，复征为黄门侍郎，托疾不就，终于家。”④ 张协曾任征北大将军司马颖的从事中郎，又任河间王司马颙的内史，虽然在诸王麾下任职，但与乃兄一样，

① 《晋书·张载传》卷五五，第1518页。

② 钱志熙：《中国诗歌通史·魏晋南北朝卷》，人民文学出版社2012年版，第243页。

③ 《晋书·张协传》卷五五，第1518～1519页。

④ 《晋书·张协传》卷五五，第1524页。

发现天下已乱，毅然选择隐居，也没有介入动乱，隐居后仍不废吟咏，著有诗赋。

张亢，生卒年不详，太康诗歌代表诗人“三张”之一，但已无诗歌传世，《隋书·经籍志》录有“《晋散骑常侍张亢集》二卷”。本传载：“中兴初过江，拜散骑侍郎。秘书监荀崧举亢领佐著作郎，出补乌程令，入为散骑常侍，复领佐著作。述《历赞》一篇，见《律历志》。”①其兄张载、张协在“八王之乱”前后及时选择隐居，张亢亦当如二兄一样隐居。张亢在东晋仍有学术著作，则在“八王之乱”中没有遭遇灾祸，说明晋室动乱之际选择隐居当是张氏兄弟的共识。

杜育（？～311?），是贾谧“二十四友”之一，《隋书·经籍志》载有《晋国子祭酒杜育集》二卷。傅畅《晋诸公赞》称杜育“美风姿，有才藻”②，但《世说新语·品藻》刘令言评曰“杜方叔拙于用长”③。杜育撰有《金谷诗》，则说明他参加了石崇金谷园集会，又有《荈赋》和《菽赋》传世。杜育曾任国子祭酒，杜佑《通典》载“汉置博士，至东京，凡十四人，而聪明有威重者一人为祭酒，谓之博士祭酒，盖本曰仆射，中兴转为祭酒”④，又载“晋武帝咸宁四年，初立国子学，置国子祭酒一人”⑤，则国子祭酒是五经博士的领袖。杜育负责国家的儒学

---

① 《晋书·张亢传》卷五五，第1524～1525页。

② （南朝宋）刘义庆著，（南朝梁）刘孝标注，余嘉锡笺疏：《世说新语笺疏》，第602页。

③ （南朝宋）刘义庆著，（南朝梁）刘孝标注，余嘉锡笺疏：《世说新语笺疏》，第602页。

④ 《通典》卷二七，第763页。

⑤ 《通典》卷二七，第763页。

教育，则儒学水平应当很高，目前可知的学术著作有《易义》。杜育未曾参与到“八王之乱”之中①，一直以文臣的身份在内府供职，最后在洛阳将没时沦死敌手，应卒于永嘉五年（311）。

潘尼（247？～311?），潘岳之侄，是贾谧“二十四友”之一，《隋书·经籍志》载有“《晋太常卿潘尼集》十卷”。潘尼举秀才为博士，后为高陆令，淮南王司马允镇军参军。元康初，入宫为太子舍人，短暂出为宛令后，元康六年（296）任尚书郎。永康元年（300）转为著作郎。永安元年（301）三月短暂为齐王司马冏参军并掌管书记，四月返京晋爵安昌公，六月转为黄门侍郎，十二月又任散骑常侍。时局动荡之际，一年三迁。后随惠帝辗转播迁，永兴元年（304）后，为侍中、秘书监，在长安为中书令，回洛后任太常卿。永嘉五年（311），洛京沦于匈奴刘聪之手，潘尼携家属还乡途中，遇贼不得前行，病死于坞壁。潘尼在齐王司马冏麾下担任一个月的文官，旋即进入内府伴随惠帝左右，未涉“八王之乱”，因此免于杀身之祸。

缪徵，生卒年不详，《隋书·经籍志》载有《缪徵集》二卷，阮孝绪《七录》录有一卷，隋时已亡。缪徵于晋武帝时为中书著作郎，属于贾充一党，自然与贾谧亲善，名列“二十四友”之中。《晋书·张轨传》载永宁初“秘书监缪世徵、少府挚虞夜观星象”② 云云，则永宁年间（301～302）任秘书监，任职之际奏华峤子华畅为佐著作郎，“克成十典，并草魏晋纪

① 史书中另载有参加“八王之乱”的武将杜育，与文人杜育非一人，详细辨析请参见本章第二节。

② 《晋书·张轨传》卷八六，第2222页。

传"①。缪徵于"八王之乱"时在秘府任职，没有介入动乱的记载。

兹将此派文人的命运绘表如下（见表3-2）：

表3-2　　文学学术派文人命运及文学事迹

人物	命运	文学事迹
左思（252？～306？）	病逝	《隋书·经籍志》载有《左思集》五卷
张载	病逝	《隋书·经籍志》载有《张载集》七卷
张协	病逝	《隋书·经籍志》载有《张协集》三卷
张亢	终于家	《隋书·经籍志》载有《张亢集》二卷
杜育（？～311？）	死于胡人	《隋书·经籍志》载有《杜育集》二卷
潘尼（247？～311？）	病逝	《隋书·经籍志》载有《潘尼集》十卷
缪徵	不详	《隋书·经籍志》载有《缪徵集》二卷
挚虞（245？～311）	饿死	《隋书·经籍志》载有《挚虞集》九卷

三、挚虞的立身与人生取向

晋初朝廷存在两派势力：一派是协助司马氏夺权的贵族，如何曾、王沈、裴秀、羊琇、傅玄、贾充、荀顗、王济、杨珧、

① 《晋书·华峤传》卷四四，第1265页。

王恂、华广等人，而王沈、贾充尤为重要，因预弑高贵乡公曹髦有功，为司马氏禅代扫除了重要的障碍；另一派是名士清流，如张华、裴頠、庾纯、温颙、向秀、和峤、任恺诸人，立身清正，因自己的声望而为世所重。这两派势力互不容忍，凡有机会，总是趁机讽劝武帝贬谪对方，尤其在围绕孝惠帝娶妃和惠帝接任太子两件事上有鲜明的体现。但晋初的朋党之争，挚虞并未跻身，因此没有受到牵累。①

在对挚虞的文学活动和文学交往的考察中，我们发现一个明显的特征，即挚虞的诗歌赠答俱是以四言体为主，仅见张华赠挚虞一首五言诗，却未见挚虞答赠。那么与挚虞有文学赠答的傅咸、褚武良、伏武仲、李叔龙、潘尼、潘岳、杜育又各是怎样的身份呢？挚虞与傅咸、褚武良、伏武仲、李叔龙同在尚书省任职，属于同僚之间的赠答，傅咸有《与尚书同僚诗》，可见当时的诗歌赠答还是比较常见的。挚虞与潘岳，在太康九年（288）有古今尺的讨论，时潘岳为尚书度支郎，挚虞或为尚书祠部郎；元康八年（298），挚虞又赠箴予新婚的潘岳，时潘岳为著作郎，属于史官。因此，挚虞与潘岳基本上是以学者身份交往居多。而傅咸在元康三年（293），与挚虞等人参与愍怀太子释奠礼，俱有作品传世。潘尼时为太子舍人，也参加了这场释奠礼，并创作有《释奠诗》《释奠颂》，但不能据此说与挚虞有所来往；潘尼后任秘书监，转为主管典藏的史官，更在太安（302～304）之后。又挚虞与傅咸共同缵续《新礼》，直到元康四年（294），傅咸去世。挚虞与杜育有赠答诗，杜育曾任国子祭酒，属于五经博士的领袖，学术著作可知的有《易义》，是典

① 关于斗争两派的情况及挚虞的选择，参见本书第一章第三节。

型的儒家学者。

那么，挚虞所结交的文人基本也是学者，这也反映了挚虞的学者本色。他长期在尚书省任职，参与讨论“新礼”，与同僚时有唱和。后迁少府，寻转秘书监，掌管秘府典籍，勤于著述，充当了史学家的角色。张方劫惠帝幸长安，时挚虞供职内府，以文官任卫尉卿随驾，返洛后转光禄勋、又迁太常卿。天下大乱，四年三迁，难有实权，但仍然在朝廷辗转任职。永嘉五年(311)，洛阳沦陷后，挚虞饥馁而死。因此说，挚虞自举贤良后，短暂出任闻喜令，后进入尚书省任职，此后以文官的身份在朝廷供职，未曾外迁，也未与政，因此避免了在内讧中殒命。与挚虞的命运有所区别，陆机、陆云、潘岳等著名作家都因积极参与“八王之乱”而死于非命。

挚虞与“八王之乱”的关系，可知的有永宁元年（301）挚虞所作的《致齐王冏笺》，目的是为张华申理冤屈。挚虞另有《册陇西王泰为太尉文》，当写于元康四年（294）的正月，与“八王之乱”并无关系。《晋书·张华传》载司马伦、孙秀伏诛后，齐王冏辅政，挚虞致笺于冏曰：“间于张华没后入中书省，得华先帝时答诏本草。先帝问华可以辅政持重付以后事者。华答：‘明德至亲，莫如先王，宜留以为社稷之镇。’其忠良之谋，款诚之言，信于幽冥，没而后彰，与苟且随时者不可同世而论也。议者有责华以愍怀太子之事不抗节廷争。当此之时，谏者必得违命之死。先圣之教，死而无益者，不以责人。故晏婴，齐之正卿，不死崔杼之难；季札，吴之宗臣，不争逆顺之理。理尽而无所施者，固圣教之所不责也。”① 又据《嵇绍传》载

① 《晋书·张华传》卷三六，第1076页。

“司空张华为伦所诛，议者追理其事，欲复其爵”①，则当时有要求为张华平反的舆论，挚虞即代表了支持为张华平反的一派，而嵇绍则是反对平反的代表，他说：“臣之事君，当除烦去惑。华历位内外，虽粗有善事，然阖棺之责，著于远近，兆祸始乱，华实为之。故郑讨幽公之乱，斫子家之棺；鲁戮隐罪，终篇贬翚。未忍重戮，事已弘矣。谓不宜复其爵位，理其无罪。”②

四、从中心到地方：“八王之乱”后诗歌的地理转换

太康诗风是诗歌史上的重要文学现象。锺嵘《诗品序》说：“太康中，三张、二陆、两潘、一左，勃尔复兴，踵武前王，风流未沫，亦文章之中兴也。”③ 沈约《宋书·谢灵运传论》说：“降及元康，潘陆特秀，律异班贾，体变曹王。缛旨星稠，繁文绮合，缀平台之逸响，采南皮之高韵。遗风余烈，事极江右。”④ 以“三张、二陆、两潘、一左”为代表的太康诗人群体，不仅塑造了诗歌创作的繁荣局面，而且创造了以繁缛闻名的太康诗风。太康诗歌的骈俪化形式，是诗歌近体化进程中的重要一环，具有不可忽视的文学史意义。⑤ 然而好景不长，太康文学的繁荣局面很快被“八王之乱”终结了。随着权力的更迭，文人们也不断发生分化。一些著名的文人，如西晋诗歌最高的代表“潘陆”都介入了政治、军事的残酷斗争，生命尚且

① 《晋书·嵇绍传》卷八九，第 2299 页。

② 《晋书·嵇绍传》卷八九，第 2299 页。

③ （南朝梁）锺嵘著，曹旭笺注：《诗品笺注》，第 14 页。

④ 《宋书·谢灵运传》卷六七，第 1778 页。

⑤ 参见傅刚：《魏晋南北朝诗歌史论》，第 80～143 页。

难以保全，自然很难从容地吟诗作赋了。即使如左思等没有介入“八王之乱”的诗人，在室家乱离之际，也很难从容地创作了。华林园和金谷园的从容雅集、尚书省的温情赠答、“二十四友”的众星捧月，从此风流云散，成为雪泥鸿爪，供人凭吊。

《文心雕龙·时序》说：“前史以为运涉季世，人未尽才，诚哉斯谈，可为叹息。”① 元康时期“彬彬之盛”的文人，因为“八王之乱”的冲击，不仅未能充分施展才华，而且不免遭遇非命。“八王之乱”导致中心诗歌陷于沉湮，而地方诗歌蔚然兴起，以卓越的作品代表了西晋诗歌的最高成就。关于西晋后期诗人和诗歌的代表，有学者认为是左思《咏史诗》、张协《杂诗》和郭璞《游仙诗》②，也有学者认为左思《招隐诗》二首也属左思晚年作品③。左思《咏史诗》《招隐诗》和张协《杂诗》的创作时间尚有争议④，但刘琨和郭璞的诗歌属于西晋后期诗歌的代表确凿无疑⑤。刘琨从政治中心外迁地方任职，其《扶

① （南朝梁）刘勰撰，范文澜注：《文心雕龙注》，第674页。

② 参见钱志熙：《魏晋诗歌艺术原论》（修订本），北京大学出版社2005年版，第228页。

③ 参见杨合林：《左思杂考》，《上海师范大学学报》2001年第3期。

④ 钱志熙《魏晋诗歌艺术原论》（修订本）说“推定《咏史》八首最有可能是写于贾谧被诛，退居宜春里之后”（第231页）。而张协《杂诗》十首，葛晓音《八代诗史》（修订本）也置于后期，认为“结构与左思《咏史》类似，都是用咏怀的方式将自己一生仕隐出处的经过串成组诗”（葛晓音：《八代诗史》（修订本），中华书局2012年版，第121页），本文取审慎的态度，不作为代表性作品讨论。

⑤ 另外西晋后期的重要诗人尚有卢谌（285～351），是刘琨的主簿、从事中郎，与刘琨同列《诗品》的“中品”，《文选》录有《赠刘琨》《赠崔温》各一首。

风歌》作于奔赴并州刺史任上；郭璞在西晋时期属于地方诗人，直到东晋初年才进入政权中心，其《游仙诗》作于西晋后期。以刘琨、郭璞为代表的诗人在地方上创作了著名的《扶风歌》和《游仙诗》，标志着西晋后期诗歌的最高成就。因此说，西晋后期的诗歌完成了独特的地理转换，即中心的沉湮和地方的崛起，最终地方诗歌进入中心，并塑造了东晋初年的诗歌面貌。这是两晋之交诗歌演替的独特路径。

刘琨是西晋文学地理转换的代表。刘琨原是处于政治中心的文人，但在西晋末年的乱世中，他转战地方，在抗击胡人的最前沿，唱出了不同于太康诗风的慷慨之歌。他的代表作《扶风歌》作于永嘉元年（307）出任并州刺史时，其体制风格几乎就是汉末乐府的重现。刘琨临终前答复卢谌的书信说："不复属意于文，二十余年矣。久废则无次，想必欲其一反。故称指送一篇，适足以彰来诗之益美耳。"（《答卢谌诗一首并书》）① 刘琨卒于太兴元年（318）年，二十余年前正是西晋诗坛繁盛的元康年间（291～299）。当时刘琨位列贾谧"二十四友"，又参与金谷园诗会，"文咏颇为当时所许"②，而"八王之乱"的爆发，文人们迅速分化，再也不能从容地集会和赠答了。刘琨现存的四首诗中，《扶风歌》《答卢谌诗》《重赠卢谌诗》，俱为《文选》所收，不仅是刘琨诗歌的代表，而且是西晋后期诗歌的代表。刘琨的《扶风歌》悲凉感人，而《答卢谌诗》说"国破家亡，亲友凋残"③，《重赠卢谌诗》说"功业未及建，夕阳忽西流。

① 《文选》卷二五，第355页。

② 《晋书·刘琨传》卷六二，第1679页。

③ 《文选》卷二五，第355页。

时哉不我与，去乎若云浮”①，充满了对时事的关切和建功立业的愿望，与洛京时期流行的旧曲迥然不同。锺嵘《诗品》将刘琨列入“中品”，称其源出王粲，“善为悽戾之词，自有清拔之气”②，又说“琨既体良才，又罹厄运，故善叙丧乱，多感恨之词”③，主要就刘琨在西晋后期的诗歌而言。

郭璞是地方崛起并进入政治中心的文人。郭璞（276～324），字景纯，河东闻喜人，是晋初著名文人和学者。郭璞注释了《尔雅》《方言》《山海经》《穆天子传》等名著，又有《郭璞集》十七卷，见载于《隋书·经籍志》。其父做过尚书都令史，后来终于建平太守。郭璞在西晋时远居河东，名位尚卑，与中朝似无联系，因此不为人所知。郭璞曾为临沮长，创作了流寓伤乱的作品，如《答贾九州愁诗》《登百尺楼赋》等，诗中表达了伤乱和仙隐的内容，与《游仙诗》接近。钱志熙据此认为《游仙诗》应是渡江前任临沮长时的吏隐之作。④ 李充《翰林》不录东晋作品，而锺嵘《诗品》说“《翰林》以为诗首”，亦可为一证。⑤ 郭璞在《游仙诗》中将哀悯时世、避乱自保的用意与汉魏以来兴起的游仙形象相结合，借助游仙题材来抒发对于世事的感受，如“手顿羲和辔，足蹈阊阖开。东海犹蹄涔，昆仑蝼蚁堆。遐邈冥茫中，俯视令人哀”（《游仙诗》其九），因此他的《游仙诗》是对游仙题材诗歌的重大创新。郭璞预知北

① 《文选》卷二五，第 357 页。

② （南朝梁）锺嵘著，曹旭笺注：《诗品笺注》，第 139 页。

③ （南朝梁）锺嵘著，曹旭笺注：《诗品笺注》，第 139 页。

④ 参见钱志熙：《魏晋艺术诗歌原论》（修订本），第 232～233 页。

⑤ 参见本书第六章第一节。

方大乱，举家南迁，进入东晋后，以文学、卜筮知名当世，进入政权中心，任职著作佐郎、尚书郎、大将军王敦记室参军，与门阀大族互相来往。郭璞“词赋为中兴之冠”①，代表了东晋诗赋的最高成就。

以刘琨和郭璞为代表的西晋后期诗人，反映了当时的诗歌创作主体的变化和诗歌创作方式的变化。所谓创作主体的变化，是指动乱之际政治中心的诗人相继停止了歌唱，而出仕地方的刘琨和地方成长的郭璞等人成为西晋后期最具代表性的优秀诗人。太康诗人繁多，但“八王之乱”的浩劫，使潘岳、陆机等诗人死于非命，导致诗人群体大大地萎缩，而幸存于难的诗人，在乱世之中也很少有歌唱，而刘琨领兵地方后，陆续创作了《扶风歌》和《答卢谌诗》等名作，这在当时是难能可贵的。所谓诗歌创作方式的变化，是指诗歌由集体性写作回归个体性写作。太康诗人的诗歌，很多是文学活动的产物，属于文雅交际的工具，及至“八王之乱”、洛京沦陷，文学活动陷于停顿，诗歌创作也随之停滞，暴露了太康诗歌的畸形生产方式。刘琨、郭璞等诗人在地方上创作了优秀的作品，挽救了西晋诗歌的颓势，成为西晋诗歌成就的最高代表。

五、地方反正：西晋后期诗歌的文学贡献

西晋后期的地方诗歌，不仅以内容的深刻性和风格的丰富性代表了当时诗歌的最高成就，而且以慷慨激越的诗风树立了两晋之交的诗歌典范，从而实现了对西晋前期诗歌的“反正”。“反正”指复归正道，“地方反正”包含了处于地方的诗人具有

---

① 《晋书·郭璞传》卷七二，第1899页。

的两大贡献：一是诗歌精神风格的回归，二是诗歌主要潮流的纠正。

所谓诗歌精神风格的回归，指刘琨、郭璞等人接续和发扬了建安诗歌的风骨。太康诗歌的风格，主要以繁缛著称，即使偶尔有左思“陶冶汉魏、自铸伟词”（沈德潜《古诗源》），在诗歌中抒发抑郁不平之气，但未能引起时人的注意。“八王之乱”后，国家残破、室家乱离的景象，仿佛是汉末乱象的异时重现。刘琨修书于卢谌说“自倾辀张，困于逆乱，国破家亡，亲友凋残。负杖行吟，则百忧俱至；块然独坐，则哀愤两集”①，道出了自己深刻的人生体验。以刘琨、郭璞为代表的西晋后期诗人，面对此情此景，所创作的诗歌，风格不得不有所改变，西晋的绮靡诗风失去了生存的土壤，而久违的汉魏诗歌艺术精神重新回归。他们注重抒发怀抱，表达慷慨激越之气，与左思《咏史诗》等共同接续了建安风骨的传统。锺嵘《诗品》说刘琨源出王粲，“善为悽戾之词，自有清拔之气”“善叙丧乱，多感恨之词”②。元好问在《论诗绝句》中说“曹刘坐啸虎生风，四海无人角两雄。可惜并州刘越石，不教横槊建安中”③，甚至认为刘琨诗风不让建安的曹植、刘桢。锺嵘《诗品》说郭璞“《游仙》之作，词多慷慨，乖远玄宗。而云‘奈何虎豹姿’，又云‘戢翼栖榛梗’，乃是坎壈咏怀，非列仙之趣也”④。《文心

① 《文选》卷二五，第 355 页。

② （南朝梁）锺嵘著，曹旭笺注：《诗品笺注》，第 139 页。

③ 郭绍虞：《元好问论诗三十首小笺》，人民文学出版社 1978 年版，第 58～60 页。

④ （南朝梁）锺嵘著，曹旭笺注：《诗品笺注》，第 145 页。

雕龙·明诗》说："景纯《仙篇》，挺拔而为俊矣。"① 郭璞开创了借游仙诗抒发困顿怀抱的方式，也是建安诗风的后劲。总之，西晋诗歌发展到后期，诗人才普遍地重视和学习汉末建安时期慷慨悲哀的诗风，创造了彪炳史册的诗歌，不仅丰富了西晋诗歌的风格，而且提升了西晋诗歌的成就。

所谓诗歌主要潮流的纠正，指郭璞以优秀的诗歌冲击了玄言流行的诗坛，树立了东晋诗歌的典范。郭璞的《游仙诗》一般认为创作于西晋后期，是西晋后期诗歌的代表。但郭璞《游仙诗》的名声，应是郭璞在东晋初期进入政权中心后，与高流门阀交往后才开始显扬的。关于郭璞的诗歌影响，存在两个截然相反的看法：一是檀道鸾的开创玄言诗说，二是锺嵘的变革玄言诗说。檀道鸾是南朝宋人，其《续晋阳秋》说："正始中，王弼、何晏好庄老玄胜之谈，而世遂贵焉。至过江，佛理尤盛，故郭璞五言，会合道家之言而韵之。询及太原孙绰，转相祖尚，又加以三世之辞，而风骚之体尽矣。"② 檀道鸾认为郭璞的五言诗融合了玄谈和佛理，是许询、孙绰等玄言诗代表诗人的学习对象。嗣后的沈约《宋书·谢灵运传论》、萧子显《南齐书·文学传论》皆受其影响。③ 锺嵘《诗品序》描述两晋诗风流变时说："永嘉时，贵黄、老，尚虚谈，于时篇什，理过其辞，淡乎寡味。爰及江表，微波尚传。孙绰、许询、桓、庾诸公诗，皆

① （南朝梁）刘勰撰，范文澜注：《文心雕龙注》，第67页。
② 乔治忠校注：《众家编年体晋史》，天津古籍出版社1989年版，第247页。
③ 参见杨合林：《玄言诗研究》，上海古籍出版社2011年版，第55～56页。

平典似《道德论》，建安风力尽矣。先是郭景纯用隽上之才，变创其体；刘越石仗清刚之气，造成厥美。然彼众我寡，未能动俗。”① 锺嵘认为郭璞和刘琨试图改变永嘉以来的玄言诗风，即“始变中原平淡之体”②，但因为风气已炽，难以改变。檀道鸾的开创说应该是不成立的，程千帆指出其说被后人误导，应当是“故郭璞五言，会合道家之言韵之。至过江，佛理尤盛”，才比较符合情理。③ 玄言诗起源于正始，既有锺嵘等文学批评家的论述，又有诗歌文本的证明，这是毫无疑义的。④ 郭璞的《游仙诗》完成于西晋后期，与永嘉时流行的玄言诗风有所不同，后来郭璞从地方进入政治中心，其诗歌被称为“中兴第一”（锺嵘《诗品》），成为东晋诗歌的典范，产生了广泛的影响。所谓的“变创其体”，正是说郭璞对平淡乏味的玄言诗潮的纠正。这正如傅刚所说：“郭璞变创其体，企图改变风气，而没有成功。这是把郭璞的创作视作有意识地要反对玄言诗风了。”⑤

“八王之乱”打破了西晋的太平盛世，晋室的内忧外患接踵而至，太康文学的繁荣局面也随之终结。陆机和潘岳是太康文学的代表，在东晋南朝具有重要的地位，但随着诗风的变迁，他们在文学史上的评价日益走低。与之相对应的是，彼时郁郁不得志的寒士左思和不为人知的地方诗人郭璞如今却成为文学史上的卓然名家。刘琨的经历尤其独特，他是元康时期活跃的

① （南朝梁）锺嵘著，曹旭笺注：《诗品笺注》，第15～18页。

② （南朝梁）锺嵘著，曹旭笺注：《诗品笺注》，第144页。

③ 参见钱志熙：《中国诗歌通史·魏晋南北朝卷》，第248页。

④ 参见杨合林：《玄言诗研究》，第58～59页。

⑤ 傅刚：《〈昭明文选〉研究》，中国社会科学出版社2000年版，第201页。

诗人，在当时文名不甚显著，但他因战乱之际在北方抗敌前沿撰写的名作《扶风歌》而奠定了其在西晋后期文学史上的地位。治世有利于文学集会和酬唱的开展，文人在文学活动中锻炼了文学技巧，但生活的单调贫乏也限制了他们作品的成就；但这些文人倏尔经历战乱，看尽了纷争和乱离，思想日趋深刻，再用精致的文学表达出来，因而能取得杰出的成就。汉末大乱后，曹操统一了北方，建安诗歌进入了邺下时期的黄金时代，虽与西晋诗歌发展异向，但道理是相通的。庾信本是宫体诗名家，由南入北后，成为南北朝最卓越的诗人。治世锻炼技巧，乱世升华思想，“八王之乱”前后诗歌和诗人的命运变化，为理解社会治乱与文学盛衰的关系提供了重要的样本。

小结

文学集会兴起于邺下时期，以曹丕为中心的西园集会、南皮集会，成为文学史上的经典。此后文学集会一度衰落，直到西晋初年，才再度繁荣，最著名的是华林园集会和金谷园集会，至今仍留下不少的作品。另外，三次释奠诗文唱和尚有作品传世。贾谧的“二十四友”虽然是政治性集团，但也基本囊括了当时最重要的文人，也属于文学集团。挚虞参与了文学集会和文学集团，颇有作品传世。挚虞与尚书省同僚常有诗歌酬唱，与著名作家潘岳也有文学赠答，《隋书·经籍志》录有别集，是一位颇为活跃的文学家。“八王之乱”爆发，西晋文人因不同的人生理想而发生了分化，有的涉足政治、孜孜事功，有的不废文学、继续治学，挚虞属于后者，未曾介入“八王之乱”，反映了动乱之际纯粹学者的人生取向。“八王之乱”导致在政治中心的诗人群体遭遇灾祸，中心诗风从此陷于沉寂，而迁官地方的刘琨和在地方成长的郭璞，他们创作的《扶风歌》《游仙诗》等诗歌，不仅代表了西晋末期诗歌的杰出成就，而且接续和发扬了建安诗歌的风骨，改变了太康时期的繁缛诗风。郭璞后来进入东晋政权中心，成为东晋初年诗歌的代表。

第四章　《文章流别集》的编纂与文论

《文章流别集》的编纂是魏晋学术和文学发展的综合性成果。随着大一统局面的形成，资料和人才向首都洛阳集聚，从而促进了魏晋时代的博学风气，推动了图书修撰的盛行，刺激了《文章流别集》的产生。文学创作中模拟经典的风气盛行，客观上需要一部收录前代优秀作品的总集作为模拟的对象，因此《文章流别集》的编纂体现了指导写作的宗旨。《文章流别集》呈现的文体排列次序、遴选作家原则、文论结构形式等体例，为后世总集的编纂树立了典范。《文章流别论》汇总了前人的文章理论，是西晋文论的集大成之作。

第一节《文章流别集》的编纂背景

《文章流别集》出现在西晋初年绝不是偶然的，有着与制订《新礼》相同的政治背景，高平陵政变后，司马氏逐步消除了异己，巩固了政权，开始提倡儒家道德，专注于礼教文治。太康平吴，天下一统，大量学者和典籍向洛阳集聚，提供了前所未有的充裕资料。而挚虞先后在尚书省和秘书监任职，有条件阅览中秘藏书。当时又存在着编纂总集总结前代的风气，例如，傅玄编撰单体总集《七林》，荀勖编撰《新撰文章家集》。正是在这些条件的共同作用下，挚虞编竣第一部文章总集《文章流别集》，具有不同寻常的意义。

一、图书和人才的集聚

挚虞曾参与《新礼》的讨论，撰成《决疑要注》，应是与礼学资料的集中有关。而编撰《文章流别集》，需要综览前代资料，然后根据自己的观点选择具体的篇章，编排出体系严谨的著作，这些需要利用丰富的藏书，只能在典籍集中的时间和地点才能开展工作。太康平吴后，天下图籍集中到洛阳，提供了充裕的资料渊薮，而挚虞先后在尚书省和秘书监工作，因此能够遍览群籍，梳理文体流变，撷取代表性篇章，撰成名著《文章流别集》。

（一）从洛阳、长安到荆州

东汉自光武帝定都洛阳，经历了近二百年的发展，形成了文化繁荣兴盛的局面。但董卓之乱、洛京残毁，再加上李傕、郭汜之乱，焚荡无余，几代人积累的东都旧典已经所剩无几了。《后汉书·儒林传》载：

> 初，光武迁还洛阳，其经牒秘书载之二千余辆，自此以后，参倍于前。及董卓移都之际，吏民扰乱，自辟雍、东观、兰台、石室、宣明、鸿都诸藏典策文章，竞共剖散，其缣帛图书，大则连为帷盖，小乃制为縢囊。及王允收而西者，裁七十余乘，道路艰远，复弃其半矣。后长安之乱，

一时焚荡，莫不泯尽焉。①

董卓乱前，洛阳各处的藏书能装六千多辆车；董卓乱后，王允只收集到七十余辆车的图书，十存一二。王允载往长安途中，因道路绝远仅留其半，只剩不到四十辆车的图书，但长安的李傕、郭汜之乱，也使这不到四十辆车的图书难免焚毁的命运。东汉学术昌明，著述繁多，二百年学人的心血，数年之间皆付灰烬，至今犹令人唏嘘不已。

汉末动乱的时候，江南继续保持和平安稳的环境，当时许多北方学者赶赴荆州投靠刘表。荆州一时俊才辐辏，形成了以宋忠为主的荆州学派，提倡新的义理学风，对魏晋学术产生了重要的影响。汉献帝初平元年（190），刘表受诏为荆州刺史，与当地豪族士人蒯越、蔡瑁等相互结交，又“招诱有方，威怀兼洽，其奸猾宿贼更为效用，万里肃清，大小咸悦而服之，关西、兖、豫学士归者盖有千数，表安慰赈赡，皆得资全。遂起立学校，博求儒术，綦母闿、宋忠等撰立《五经》章句，谓之后定。爱民养士，从容自保”②，卫觊与荀彧书称“关中膏腴之地，顷遭荒乱，人民流入荆州者十万余家”③，则荆州成了当时流民和士人的重要避难场所。王粲撰《荆州文学记官志》记载了荆州的学术盛况，曰：

夫文学也者，人伦之首，大教之本也，乃命五业从事宋衷新作文学，延朋徒焉。宣德音以赞之，降嘉礼以劝之。

① 《后汉书·儒林列传》卷七九上，第2548页。

② 《后汉书·刘表传》卷七四下，第2421页。

③ 《三国志·魏书·卫觊传》卷二一，第610页。

> 五载之间，道化大行。耆德故老綦毋闿等，负书荷器，自远而至者，三百有余人。于是，童幼猛进，武人革面。总角佩觿，委介免胄，比肩继踵，川逝泉涌，亹亹如也，兢兢如也。遂训六经，讲礼物，谐八音，协律吕，修纪历，理刑法，六略咸秩，百氏备矣。①

宋忠延请同好砥砺学问，用了五年时间，道化大行，声誉远播。綦毋闿等三百余人携带图书和礼器从远方来到荆州，推动了荆州学术的繁荣。刘表通过提倡儒学、搜罗人才、招揽远人的方法，使荆州的学术取得了云蒸霞蔚、独冠当时的成就，应该对晋初武帝的文化政策有所触动。

王粲是汉末最杰出的作家之一，因董卓之乱从长安出发避难荆州。他不仅本人去了荆州，而且携带着蔡邕所赠的藏书。《三国志·魏书·王粲传》载：

> 献帝西迁，粲徙长安，左中郎将蔡邕见而奇之。时邕才学显著，贵重朝廷，常车骑填巷，宾客盈坐。闻粲在门，倒屣迎之。粲至，年既幼弱，容状短小，一坐尽惊。邕曰："此王公孙也，有异才，吾不如也。吾家书籍文章，尽当与之。"②

张华《博物志》也说："蔡邕有书万卷，汉末年载数车与王粲。"③ 蔡邕是东汉末年的藏书家，他很是欣赏王粲的才华，遂

---

① 《艺文类聚》卷三八，第693页。

② 《三国志·魏书·王粲传》卷二一，第597页。

③ （晋）张华撰，范宁校证：《博物志校证》，中华书局2014年版，第71页。

赠予自己所有的书籍。后来王粲从长安入荆州，所携带的书籍即出于蔡邕的馈赠。[①] 那么如王粲、綦母闿等将书籍携带到荆州的士人当不在少数。因此说，荆州文学中心地位的形成，正有赖于北方人才和图书的流入。

（二）曹操与邺城的图书和人才聚集

曹操以邺城为魏国大本营，使邺城成为建安时期的文化学术中心。邺城图书和人才的构成，可分为三个部分：

一是继承吕布、袁绍等人的图书。曹操爱好读书。据曹丕《典论·自叙》"上雅好诗书文籍，虽在军旅，手不释卷"[②] 可知，在统一北方的进程中，曹操一直注意对图书的搜求和保护。建安三年（198），曹操击破吕布，"太祖又给众官车各数乘，使取布军中物，唯其所欲。众人皆重载，唯涣取书数百卷，资粮而已"[③]。吕布败后，袁涣转投曹操，这些书籍应该被曹操得到并利用。建安五年（200）官渡之战击败袁绍后，曹操下令"尽收其辎重图书珍宝，虏其众"[④]。建安九年（204），曹操攻破邺城，邺城本是袁绍的大本营，也是河北文化的中心，曹操自然据有所有的藏书和人才。

二是继承荆州刘表的图书。建安十三年（208），刘表病逝，荆州旋为曹操所破，荆州的图书和学者也跟随曹操来到了邺城。兹以藏书家王粲为例，王粲将图书带到了邺城，后来传给了族

① 参见刘跃进：《蔡邕的生平创作与汉末文风的转变》，《文学评论》2004 年第 3 期。

② 《三国志·魏书·文帝纪》卷二裴注引，第 90 页。

③ 《三国志·魏书·袁涣传》卷一一裴注引《袁氏世纪》，第 334 页。

④ 《三国志·魏书·武帝纪》卷一，第 21 页。

兄王凯之子王业。王粲的儿子因预魏讽案而被杀，孙盛《魏氏春秋》载“文帝既诛粲二子，以业嗣粲”①，张华《博物志》载“粲亡后，相国掾魏讽谋反，粲子与焉。既被诛，邕所与粲书，悉入粲族子叶字长绪，即正宗父，正宗即辅嗣兄也”②。曹丕命王粲族子王业为嗣，因此王业获得了王粲的图书。王业又将图书传于其子王弼等人，张湛《列子注序》说：“湛闻之先父（按，张旷）曰：吾先君（按，张嶷）与刘正舆（按，刘陶）、傅颖根（按，傅敷），皆王氏之甥也，并少游外家，舅始周（按，王始周），始周从兄正宗（按，王宏）、辅嗣（按，王弼），皆好集文籍，先并得仲宣家书，几将万卷。”③ 从中可以看出图书的流传去向。

三是曹操有意征集图书。曹操性好读书，因此多方征求书籍，如延请蔡邕之女蔡文姬回忆所诵书。史载：

> 操因问曰：“闻夫人家先多坟籍，犹能忆识之不？”文姬曰：“昔亡父赐书四千许卷，流离涂炭，罔有存者。今所诵忆，裁四百余篇耳。”操曰：“今当使十吏就夫人写之。”文姬曰：“妾闻男女之别，礼不亲授。乞给纸笔，真草唯命。”于是缮书送之，文无遗误。④

曹操主动搜求书籍的努力，促进了邺城藏书的进一步丰富。由

① 《三国志·魏书·钟会传》卷二八裴注引，第796页。
② （晋）张华撰，范宁校证：《博物志校证》，第71页。
③ （清）严可均：《全上古三代秦汉三国六朝文·全晋文》卷一三八，第2256页。
④ 《后汉书·列女传》卷八四，第2801页。

于曹操的重视，魏国的国家藏书逐步建立，而且形成了规范的职守。

曹操也重视设置图书典藏的制度和机构。建安十八年（213）曹操任魏公后，设置了掌管典籍的秘书令。《宋书·百官志》称曹操晋位魏王，置秘书令、丞，当在建安二十一年（216），但鱼豢《典略》早于《宋书》，却说路粹“至十九年，粹转为秘书令”①，则路粹任秘书令是在建安十九年（214）。因此，笔者认为曹操设立秘书令、丞可能是在建安十八年（213）建立魏国称魏公后②，而非晋爵魏王。秘书令的重要职责就是“掌图书秘记之事”③。

郑默是曹魏著名的目录学家，他任秘书郎时，根据秘阁的典藏情况，撰成了目录学著作《中经簿》，中书令虞松谓说“而今而后，朱紫别矣”④，这是对曹魏藏书情况的一次清理。王隐《晋书》说郑默“为秘书郎，删省旧文，除其浮秽，著魏《中经簿》”⑤。《隋书·经籍志序》说：

> 魏氏代汉，采掇遗亡，藏在秘书中、外三阁。魏秘书郎郑默，始制《中经》，秘书监荀勖，又因《中经》，更著《新簿》，分为四部，总括群书。一曰甲部，纪六艺及小学等书。二曰乙部，有古诸子家、近世子家、兵书、兵家、

① 《三国志·魏书·王粲传》卷二一裴注引，第603页。

② 祝总斌说：“建安十八年曹操建立魏国，至晚第二年便设立了秘书机构。”（《两汉魏晋南北朝宰相制度研究》，第315页）

③ （唐）徐坚等著：《初学记》卷一二，第294页。

④ 《晋书·郑默传》卷四四，第1251页。

⑤ （唐）徐坚等著：《初学记》卷一二，第298页。

术数。三曰丙部，有史记、旧事、皇览簿、杂事。四曰丁部，有诗赋、图赞、《汲冢书》，大凡四部合二万九千九百四十五卷。但录题及言，盛以缥囊，书用缃素。至于作者之意，无所论辩。惠、怀之乱，京华荡覆，渠阁文籍，靡有孑遗。①

郑默撰成《中经簿》的时间，应不早于正元二年（255）。此书是在郑默秘书郎任上完成的，秘书省主管图籍，编写目录也是对藏书的整理。郑默的“别朱紫”自然对图书进行了分类，但是否采用四部分类，目前尚难确定，余嘉锡说：“三国之时，魏秘书郎郑默，始制《中经》。《七录》《隋志》不言其体例有所变更，知其分类犹沿《七略》。但其书不见著录，盖荀勖《新簿》既行，默书遂废不用耳。”②

与图书集聚同步的是，人才也向邺城集中。曹植《与杨德祖书》说：

昔仲宣独步于汉南，孔璋鹰扬于河朔，伟长擅名于青土，公干振藻于海隅，德琏发迹于此魏，足下高视于上京。当此之时，人人自谓握灵蛇之珠，家家自谓抱荆山之玉，吾王于是设天网以该之，顿八纮以掩之，今悉集兹国矣。③

据此可知，河北、荆州等地的人才，在曹操统一北方后，都集中于邺下。人才的集聚推动了邺下文学的发展，曹丕、曹植兄

① 《隋书·经籍志》卷三二，第906页。
② 余嘉锡：《目录学发微》，中华书局2009年版，第100页。
③ 《文选》卷四二，第593页。

弟与诸文士举行公宴、游园、游戏等活动，大大促进了文学的发展和革新。

（三）三家合一：西晋洛阳的图书和人才集聚

曹丕即位后，将政治中心由邺城迁至洛阳，图书和人才也随之迁到洛阳。自汉末建安至曹魏覆亡，洛阳并无兵燹人祸殃及藏书，而魏晋属于和平禅代，因此晋初秘府完整继承了曹魏的藏书。陆机《吊魏武帝文》“序”称：“元康八年，机始以台郎出补著作，游乎秘阁，而见魏武帝遗令，忾然叹息，伤怀者久之。”① 西晋元康时期，陆机能够在秘书省披览曹操的邺城“遗令”，说明了从邺城到洛阳以来图书典藏的一脉相承。

蜀国灭亡后，蜀地的图书和人才也都集聚洛阳。魏国讨伐蜀国时，蜀后主主动投降，所谓“官府帑藏一无所毁”②，成都的蜀国藏书，应当随后主东迁一起进入洛阳。值得注意的是，郑默任尚书考功郎时，“专典伐蜀事”③，负责讨伐蜀国的工作。郑默是文献学家，应该对蜀国的图籍有所关注。陈寿任蜀国的观阁令史，“观阁”所指不详，或是“东观秘阁”，应该是负责管理藏书的机构。《三国志·蜀书》郤正本传说郤正：“安贫好学，博览坟籍。弱冠能属文，入为秘书吏，转为令史，迁郎，至令。性澹于荣利，而尤耽意文章，自司马、王、扬、班、傅、张、蔡之俦遗文篇赋，及当世美书善论，益部有者，则钻凿推求，略皆寓目。”④ 据此可知蜀国确有完善的秘书机构。《三国

① 《文选》卷六〇，第833页。

② 《三国志·蜀书·后主传》卷三三，第900页。

③ 《晋书·郑默传》卷四四，第1251页。

④ 《三国志·蜀书·郤正传》卷四二，第1034页。

志·蜀书》许慈本传说："先主定蜀，承丧乱历纪，学业衰废，乃鸠合典籍，沙汰众学，慈、潜并为学士，与孟光、来敏等典掌旧文。"① 则知刘备曾经搜集过典籍，并命专人掌管图书。蜀国灭亡后，陈寿等蜀国的著名文士，也进入中朝做官，并得到了文坛领袖张华的赏识。

吴国灭亡后，吴地的图书和人才也相应地集聚洛阳。孙吴时期掌管图书档案的是中书令。在孙皓即位之前，中书机构负责图书的典藏。孙权病重时，孙权潘夫人询问中书令吕后专制的事情，史载："权不豫，夫人使问中书令孙弘吕后专制故事。"② 潘夫人询问中书令历史事件，应该是中书令掌管史籍的缘故。孙亮多次去中书机构查看孙权的档案，《吴历》载："亮数出中书视孙权旧事，问左右侍臣：'先帝数有特制，今大将军问事，但令我书可邪。'"③《建康实录》亦载："自后常出中书省视先帝故事，诘问左右曰：'先帝数有特诏，今大将军关事，但令我书可耶！'"④ 由此可知，中书机构确实是保存史料的地方。公元 258 年，孙休即位，韦昭为中书郎，博士祭酒，依刘向故事，校订众书，上《鼓吹铙歌十二曲》。又吕壹曾任中书典校⑤，史载："吕壹、秦博为中书，典校诸官府及州郡文书。"⑥

① 《三国志·蜀书·许慈传》卷四二，第 1023 页。
② 《三国志·吴书·妃嫔传》卷五〇，第 1199 页。
③ 《三国志·吴书·孙亮传》卷四八裴注引，第 1154 页。
④ （唐）许嵩：《建康实录》卷三，中华书局 1986 年版，第 75 页。
⑤ 参见《三国志·吴书·陆逊传》卷五八"时中书典校吕壹，窃弄权柄，擅作威福"，第 1352 页。
⑥ 《三国志·吴书·顾雍传》卷五二，第 1226 页。

典校即负责校对文书，进一步地，就应有校对书籍的职能了。以上材料足以说明在孙皓即位前，中书机构已经承担了东观令的职能。又《三国志·吴书·薛莹传》说薛莹“初为秘府中书郎”①，有人认为“秘府”是“指掌机要的中书省”②。《韦昭传》载韦昭所撰《洞记》等书，乞上秘府。有时，中书郎又称“秘府郎”，如薛莹是“秘府中书郎”，又如华核“以文学入为秘府郎，迁中书丞”③，“后迁东观令，领右国史”④。到了孙皓时期，东观令专掌图书艺文之事，相当于曹魏秘书监。《三国会要·职官》说东观令：“似此官孙皓时始立。”⑤孙皓时的东观令设置，据《禅国山碑》说“中书东观令史立信中郎将苏建书”⑥，知东观令隶属于中书机构。任东观令者，除华核外，还有朱育、周处等人。朱育，《会稽典录》载：“育后仕朝，常在台阁，为东观令，遥拜清河太守，加位侍中，推刺占射，文艺多通。”⑦又钟离牧任濡须督，“深以进取可图，而不敢陈其策，与侍中东观令朱育宴，慨然叹息”⑧，亦在孙皓时。周处，《周鲂传》载

---

① 《三国志·吴书·薛莹传》卷五三，第1254页。

② 牛润珍：《汉至唐初史官制度的演变》，河北教育出版社1999年版，第93页。

③ 《三国志·吴书·华核传》卷六五，第1464页。

④ 《三国志·吴书·华核传》卷六五，第1467页。

⑤ （清）钱仪吉：《三国会要》，第522页。

⑥ （清）严可均：《全上古三代秦汉三国六朝文·全三国文》卷七五，第1457页。

⑦ 《三国志·吴书·虞翻传》卷五七裴注引，第1326页。

⑧ 《三国志·吴书·钟离牧传》卷六〇裴注引《会稽典录》，第1394页。

"子处，亦有文武材干，天纪中为东观令，无难督"①，则在孙吴末期任东观令。东观又有左右丞。如周处"仕吴为东观左丞"②。刘知几说"周处自左国史迁东观令"③，应以东观左丞迁令，而非左国史。华核为东观令，领右国史，参与撰写《吴书》。周处为东观左丞，并撰集《吴书》。因此，东观既是藏书的场所，又是撰史的场所。晋平吴时，孙皓出降，并没有毁损建邺宫殿，因此王濬得以"收其图籍"，则孙吴的图籍也集中到了洛阳。吴国灭亡后，中原诸公开府招集幕僚，吴士纷纷北上，引得中原人士叹美。陆机、陆云兄弟是吴士翘楚，文坛领袖张华说"伐吴之役，利获二俊"④，甚至西晋文坛流传着"二陆入洛，三张减价"⑤ 的说法。顾荣与陆机、陆云兄弟同行入洛，时称"三俊"。薛兼与纪瞻、闵鸿、顾荣、贺循亦号称"五俊"。

可以作为旁证的是，左思是中原人士，未曾去过吴蜀，其《三都赋》对吴蜀的描写，一方面是访求张载问蜀事和访求陆机问吴事，另一方面参考了吴蜀的地图和方志。左思《三都赋序》说："其山川城邑，则稽之地图；其鸟兽草木，则验之方志。"⑥

① 《三国志·吴书·周鲂传》卷六〇，第1392页。
② 《晋书·周处传》卷五八，第1570页。
③ （唐）刘知几著，（清）浦起龙通释：《史通通释》卷一一，第288页。
④ 《晋书·陆机传》卷五四，第1472页。又，《晋书》的这则材料似取自《机云别传》。此书裴松之已利用，成书当不晚于宋初；又在太康年号前冠以"晋"字，疑非晋人所作；又误太常为司空，核之史书，元康六年（296）张华始迁此职，而夸陆机"其文大治"，患为才多，后人遂将此事与太康末担任太常时赞赏二陆的事相混淆。
⑤ 《晋书·张载传》，卷五五，第1525页。
⑥ 《文选》卷四，第74页。

皇甫谧《三都赋序》也说："其物土所出，可得披图而校。体国经制，可得案记而验，岂诬也哉！"① 左思能够参考吴蜀两国的地图和方志，当然是受益于吴、蜀灭亡后的图书北上。

晋武帝统一中国后，国内的人才和典籍又进行了一次汇聚。史载：

> 太康平吴，九州共一，礼经咸至，乐器同归，于是齐鲁诸生各携緗素。②

即是说晋朝平定孙吴后，天下重归一统，散落各地的礼乐经书乐器向首都洛阳集聚，而修习礼学的学者也带着典籍纷至沓来。《晋书》明言齐鲁诸生，这固然有齐鲁属孔子故里，儒学未曾中断、流传有序的缘故，很可能曹魏和司马氏政权并没有去齐鲁征集图书。晋代还收藏了汲冢的出土文献。晋武帝咸宁五年(279)，"汲郡人不准掘魏襄王冢，得竹简小篆古书十余万言，藏于秘府"③。随着书籍的滋多，荀勖任秘书监，与张华等人依照刘向《别录》整理记籍，在魏郑默《中经》的基础上编撰了《中经新簿》，"分为四部，总括群书"④。荀勖等人变"七分法"为"四分法"，第一次确立了四部分类法，在中国目录学史具有重要的地位。至于秘阁藏书的具体数量，梁阮孝绪《古今书最》

① 《文选》卷四五，第642页。

② 《晋书·礼志》卷一九，第580页。

③ 《晋书·武帝纪》卷三，第70页。

④《隋书·经籍志》卷三二，第906页。

所载"《晋中经簿》，四部书一千八百八十五部，二万九百三十五卷"①，应该是可靠的记载。

晋代也颇有一些藏书家。如杜预的藏书不肯轻易示人。杜预《与子耽书》说："知汝颇欲念学，今同还车到，副书，可案录受之，当别置一宅中，勿复以借人。"② 杜预的藏书是有目录的，属于私人藏书目录。又如范平家族的藏书愿意与人分享。如吴郡钱塘的范氏家族，其祖先在西汉末年避王莽之乱来到吴地。到了孙吴的时候，范平"研览坟索，遍该百氏，姚信、贺劭之徒皆从受业。吴时举茂才，累迁临海太守，政有异能。孙皓初，谢病还家，敦悦儒学"③。入晋后，"三子：奭、咸、泉，并以儒学至大官"④，尤其是范泉子范蔚，"家世好学，有书七千余卷。远近来读者恒有百余人，蔚为办衣食"⑤。范蔚不仅藏书丰富，而且慷慨地借给外人读书，还供给衣食，其胸襟和气派值得敬佩。

二、博学风气的盛行

从西汉后期开始，博学成为学者的共同特点。刘向、刘歆父子博通五经，再如扬雄"少而好学，不为章句，训诂通而已，

① 薛红、唐明远：《〈七录序〉所附〈古今书最〉探微》，《图书馆理论与实践》2013 年第 4 期。

② （清）严可均：《全上古三代秦汉三国六朝文·全晋文》卷四二，第 1701 页。

③ 《晋书·范平传》卷九一，第 2346～2347 页。

④ 《晋书·范平传》卷九一，第 2347 页。

⑤ 《晋书·范平传》卷九一，第 2347 页。

博览无所不见"①，又如桓谭"博学多通，遍习《五经》"②、杜林"博洽多闻，时称通儒"③等等，不胜枚举。及至东汉，博学之士越发繁多，博通五经、兼习今古文的学者不可胜数，如王充、鲁丕、贾逵、马融、郑玄等学者，不仅仅在一经或数经上颇有造诣，甚至著有贯通、论难五经的著作。自从西汉后期师法和家法被逐步打破后，学者已不株守一经，在治学上自觉地追求博通广闻。

汉末的郑玄、蔡邕都是重要的学者，同时也是博学之士。郑玄（127～200）是东汉后期集大成式的经学家，牟润孙说他：

> 郑玄遍注诸经，不别今古文。笃守家法者多非之。郑玄笺《诗》以毛为主，若与三家不同，便下己意。郑氏博学兼通，故其说经能采取众说，加以选择。此为经师博学必有之结果。④

郑玄继承了东汉经学家兼学今古的博学特点，郑玄注书故能博搜旁求，唯是而从，取得了很高的成就。

蔡邕（133～192）是东汉末年的藏书家，同时也属于博学之士。《后汉书》记载他有多种文体的作品以及《独断》等各类著作行世。刘跃进认为蔡邕的经史成就体现在两方面："一是奏

① 《汉书·扬雄传》卷八七上，第3514页。

② 《后汉书·桓谭传》卷二八上，第955页。

③ 《后汉书·杜林传》卷二七，第935页。

④ 牟润孙：《论魏晋以来之崇尚谈辩及其影响》，《注史斋丛稿》（增订本），中华书局2009年版，第165页。

议刊刻熹平石经，二是续补《东观汉记·十志》。”① 另外，蔡邕在音乐、绘画和书法上都有过人的表现，这也约略可以窥知蔡邕的博学情况。蔡邕的女儿蔡琰，史载她“博学有才辨”②，前文提及她能够背诵很多典籍，显然是受到了其父亲的影响。

蔡邕将丰富的藏书赠了数车给王粲，使王粲进入藏书家的行列。王粲也以博学著名，据《三国志·魏书·王粲传》载：“魏国既建，拜侍中。博物多识，问无不对。时旧仪废弛，兴造制度，粲恒典之。”③ 王粲能够受命参与礼仪制度的建立，正是根植于其博学的基础。

魏代的曹氏父子，也是博学的典范。葛洪说：“彼二曹（按，曹操、曹植）学则无书不览，才则一代之英。”④ 曹操爱好读书，曹丕《典论·自叙》说：“上雅好诗书文籍，虽在军旅，手不释卷。”⑤ 曹丕也爱好读书，他说：“余是以少诵诗、论，及长而备历五经、四部，史、汉、诸子百家之言，靡不毕览。”（《典论·自叙》）⑥ 曹植自述“仆少小好为文章”（《与杨德祖书》）⑦，本传载“年十岁余，诵读诗论及辞赋数十万言，

① 刘跃进：《蔡邕的生平创作与汉末文风的转变》，《文学评论》2004 年第 3 期。

② 《后汉书·列女传》卷八四，第 2800 页。

③ 《三国志·魏书·王粲传》卷二一，第 598 页。

④ （晋）葛洪著，王明校释：《抱朴子内篇校释》，中华书局 1985 年版，第 16 页。

⑤ 《三国志·魏书·文帝纪》卷二，第 90 页。

⑥ 《三国志·魏书·文帝纪》卷二，第 90 页。

⑦ 《文选》卷四二，第 593 页。

善属文"①，而且终身好学不辍，死后魏明帝赞扬他"自少至终，篇籍不离于手"②。《魏略》载：

> 植初得淳甚喜，延入坐，不先与谈。时天暑热，植因呼常从取水自澡讫，傅粉。遂科头拍袒，胡舞五椎锻，跳丸击剑，诵俳优小说数千言讫，谓淳曰："邯郸生何如邪?"于是乃更著衣帻，整仪容，与淳评说混元造化之端，品物区别之意，然后论羲皇以来贤圣名臣烈士优劣之差，次颂古今文章赋诔及当官政事宜所先后，又论用武行兵倚伏之势。乃命厨宰，酒炙交至，坐席默然，无与伉者。及暮，淳归，对其所知叹植之材，谓之"天人"。③

从胡舞、游戏到武艺，从通俗小说到危言庄论，从经史、文章到政务、军事，曹植无不精通，无怪乎邯郸淳叹其为"天人"。

魏晋时期的学者中，以王肃、皇甫谧、张华的博学最为著名。

王肃是魏代的著名学者，他与郑玄同样是集大成式的博学之士。王肃兼通今古文，曾注五经，并有多种学术著作行于世。但他处心积虑与郑玄立异，且不论具体注经的是非如何，这样的胆魄和信心自然与其博学有关。关于魏代名士嵇康（224～263)，嵇喜《嵇康传》说他"家世儒学，少有俊才，旷迈不群，高亮任性，不修名誉，宽简有大量。学不师授，博洽多闻，长

① 《三国志·魏书·陈思王植传》卷一九，第557页。

② 《三国志·魏书·陈思王植传》卷一九，第576页。

③ 《三国志·魏书·王粲传》卷二一裴注引《魏略》，第603页。

而好老、庄之业”①。事实确实如此，嵇康不仅擅长儒学、爱好老庄玄学，而且擅长诗文，也是一代音乐大师。

汉末三国时期，随着博学风气的盛行，博物也得到人们的普遍重视。汉末人国渊，是郑玄的弟子，说：“《二京赋》，博物之书也。”② 魏人隗禧说：“多识山川草木之名莫若《诗》。”③ 因此，吴人陆玑《毛诗草木虫鱼疏》的出现，是当时博物观念的产物。陆云写信给车永，具说鄮县土地品物风俗之美，车永答曰：“足下此书足为典诰，虽《山海经》《异物志》《二京》《南都》，殆不复过也。”④ 客观上反映了陆云的博识。

皇甫谧（215～282）是魏晋之际杰出的学者。本传说他“博综典籍百家之言”⑤，显然属于博学之士。他对读书有着特殊的爱好，“后得风痹疾，犹手不辍卷”⑥，即使疼痛之中坚持读书，大约四十余岁开始绝意仕进，于是“耽玩典籍，忘寝与食，时人谓之‘书淫’”⑦，竟以读书痴迷而被冠以绰号。

西晋初年的藏书家，以文坛领袖张华（232～300）最为著名。本传说：

> 雅爱书籍，身死之日，家无余财，惟有文史溢于机箧。

① 《三国志·魏书·王粲传》卷二一裴注引，第605页。

② 《三国志·魏书·国渊传》卷一一，第340页。

③ 《三国志·魏书·王肃传》卷一三裴注引《魏略》，第422页。

④ （清）严可均：《全上古三代秦汉三国六朝文·全晋文》卷一百九，第2085页。

⑤ 《晋书·皇甫谧传》卷五一，第1409页。

⑥ 《晋书·皇甫谧传》卷五一，第1409页。

⑦ 《晋书·皇甫谧传》卷五一，第1410页。

尝徙居，载书三十乘。秘书监挚虞撰定官书，皆资华之本以取正焉。天下奇秘，世所希有者，悉在华所。由是博物洽闻，世无与比。①

张华的博通来源于广泛地阅读，其《博物志》分类记载异境奇物、古代琐闻杂事及神仙方术等，正是反映了张华的阅读方向。张华喜好聚书，收罗了大量珍稀书籍。挚虞是秘书监，掌管秘阁藏书，著书时尚且要借助张华的藏书。张华还协助荀勖依刘向《别录》整理记籍，因此《中经新簿》也有张华的贡献。

张华也以博学著名，本传载："学业优博，辞藻温丽，朗赡多通，图纬方伎之书，莫不详览。"② 王隐《晋书》载："张华为黄门侍郎，博览图籍，千门万户，画地成图。"③ 张华本传载："华强记默识，四海之内，若指诸掌。武帝尝问汉宫室制度及建章千门万户，华应对如流，听者忘倦，画地成图，左右属目。"④ 又晋武帝诏张华称"卿才综万代，博识无伦，远冠羲皇，近次夫子"（王子年《拾遗记》）⑤，可知张华的博学在当时颇为著名。张华不仅聚书，而且阅读细致认真，因此晋武帝偶有提问，他皆能对答如流，且画地为图，十分谙熟，娓娓道来，折服众人。这样的博学之士，在当时具有重要的影响力，史载："华名重一世，众所推服，晋史及仪礼宪章并属于华，多

① 《晋书·张华传》卷三六，第 1074 页。
② 《晋书·张华传》卷三六，第 1068 页。
③ （唐）徐坚等著：《初学记》卷一二，第 283 页。
④ 《晋书·张华传》卷三六，第 1070 页。
⑤ （清）严可均：《全上古三代秦汉三国六朝文·全晋文》卷五，第1491 页。

所损益，当时诏诰皆所草定，声誉益盛，有台辅之望焉。”① 张华不仅掌管着晋初的礼仪制度和史学编撰，而且是西晋的文坛领袖，其自身具有多方面的才华，为众人所敬服，又好提携后进、多致美誉，因此在当时具有很大的声望。

前述张华说蔡邕的书都给了王粲，造就了王粲的博学，因此张华对王粲的文章极为欣赏，陆云说“仲宣文，如兄言，实得张公力”②，认为王粲的文学才华并不突出，而名气很大，是张华揄扬的结果。何劭与张华颇友好，颇有诗歌赠答，何劭“博学善属文，陈说近代事，若指诸掌”③。又如张载“性闲雅，博学有文章”④，裴楷“博涉群书，特精理义”⑤，可见博学是当时文人的共同特点之一。

汉末以来追求博学的学术思潮，自然影响到魏晋之际的挚虞（245？～311）。挚虞本属博学之士，体现在如下几个方面：精通经学今古文，熟悉郑、王之学的异同，这可以从其议礼文字中窥略；在担任秘书监期间，从事撰定官书的史学工作，如完成一百六十卷的钜制《畿服经》，天文地理和史学知识也非常丰富⑥；张华本传称“秘书监挚虞撰定官书，皆资华之本以取正焉。天下奇秘，世所希有者，悉在华所”，那么他不仅有机会看到秘阁藏书，而且能够披阅张华的藏书。很显然，博览多闻

① 《晋书·张华传》卷三六，第1070页。
② （晋）陆云著，刘运好校注：《陆士龙文集校注》卷八，第1060页。
③ 《晋书·何劭传》卷三三，第999页。
④ 《晋书·张载传》卷五五，第1516页。
⑤ 《晋书·裴楷传》卷三五，第1048页。
⑥ 参见拙文《挚虞史著考》，《古籍整理研究学刊》2016年第2期。

是挚虞的重要学术特点。这样的学术储备，一旦获得职务的便利，无疑激发他编纂《文章流别集》的愿望。挚虞前面有七任秘书监，除荀勖有《中经新簿》和贾谧议立晋书限断外，其他俱无作为。① 正是挚虞的广博的学术储备，一旦担任秘书监主管秘府藏书，那么他不仅有条件博览和梳理晋前的文章，而且愿意通过编纂一部总集、对既往的文章发展史进行针砭来展示自己的文学理想。因此，《文章流别集》成于挚虞之手绝不是偶然的。

三、大型图书的创造

大型图书的编纂，与图书资料的充裕密切相关。东汉几代人修撰的《东观汉纪》，正是在典藏图书档案的兰台和东观完成的。曹操建立魏国，延请王粲、卫觊草创魏国礼仪。曹丕继曹操为魏王后，代汉而立已是大势所趋，为了宣示新任统治者的文治，旋即命令皇象领秘书监，利用秘阁图籍，集合刘劭、桓范等人完成了“四十余部，部有数十篇，通合八百余万字”②的宏大巨著《皇览》。曹丕是文学家，《皇览》是具有博物性质的类书，曹丕编纂《皇览》的目的应该是为写作提供资料渊薮。随后，曹丕又命卫觊、缪袭等人编撰《魏史》，可惜未能毕功；到了曹魏末期，王沈、荀颢和阮籍以卫觊、缪袭的纪传为基础共同修撰了《魏史》，经历了高平陵政变，司马氏已经掌握了魏政，这部《魏史》颇有对魏朝进行总结的意味。除了大型图书

① 参见拙文《曹魏西晋秘书监的沿革、人选和职责考》，《国学季刊》（第4期），山东人民出版社2016年版。

② 《三国志·魏书·杨俊传》卷二三，第664页。

之外，文集的编纂日趋兴盛，同样是反映曹魏文治的重要标志。建安末期曹丕已经编撰了总集《邺下集》和别集《孔融集》《王粲集》《繁钦集》等。曹植生前已自编赋体别集《前录》，且家藏一部有目录的别集，死后魏明帝曹睿又编了《陈思王集》。魏晋时期的图书编纂趋于兴盛，还与纸简代替的书写载体变迁有关。①

西晋的学者也编纂了众多的大型图书。晋初不仅制作了《新礼》和《晋令》等巨著，而且开启了晋史的编纂，另外还有许多规模较大的图书，如裴秀《禹贡地域图》、挚虞《畿服经》，甚至左思的《三都赋》等，很大程度上仰仗图书资料的集中。

一是《新礼》和《晋令》。早在魏晋禅代之际，司马氏已经开始集合一批学者，如荀顗、羊祜、任恺、庾峻、应贞等人，根据魏代王粲、卫觊草创的礼学成果来制订适合自己统治的《新礼》。《新礼》共一百六十五卷，十五万余言。与此同时，贾充、郑冲、荀顗、荀勖、羊祜等人也参与制订了《晋令》，该书共计九十卷，十二万六千言。据《隋书·经籍志》"旧事"类小序载"晋初，甲令已下，至九百余卷，晋武帝命车骑将军贾充，博引群儒，删采其要，增律十篇"②，则《晋令》起初有九百余卷，其字数自然更加浩瀚了。

二是晋史。太康年间，《晋书》的编撰已经启动，如束皙时任佐著作郎，本传称"撰《晋书·帝纪》、十《志》，迁转博士，著作如故"③，又说"皙才学博通，所著《三魏人士传》，《七代

① 参见拙文《论傅玄、傅咸父子之于总集发展的贡献》，《中国文化研究》2020年第3期。

② 《隋书·经籍志》卷三三，第967页。

③ 《晋书·束皙传》卷五一，第1432页。

通记》，《晋书·纪、志》，遇乱亡失”①；华峤担任秘书监，“所撰书十典未成而终”②，何劭又擢华峤的儿子华彻继承父亲的遗志完成其书，未毕而殁，继命彻弟华畅任佐著作郎续成此作，并起草了魏晋纪传。西晋的史书，还有秘书丞傅畅“著《晋诸公赞》及《晋公卿礼秩故事》”③，曹嘉在元康中撰成《晋纪》十卷。

三是挚虞《畿服经》。《畿服经》共一百七十卷，是一部大型图书。④《隋书·经籍志》“地理类”序载：“其（《汉书·地理志》）州国郡县山川夷险时俗之异，经星之分，风气所生，区域之广，户口之数，各有攸叙，与古《禹贡》《周官》所记相埒。是后载笔之士，管窥末学，不能及远，但记州郡之名而已。晋世，挚虞依《禹贡》《周官》，作《畿服经》，其州郡及县分野封略事业，国邑山陵水泉，乡亭城道里土田，民物风俗，先贤旧好，靡不具悉，凡一百七十卷，今亡。”⑤《畿服经》应该受到了晋初裴秀《禹贡地域图》十八篇的影响。《晋书·裴秀传》载裴秀“职在地官，以《禹贡》山川地名，从来久远，多有变易。后世说者或强牵引，渐以暗昧。于是甄擿旧文，疑者则阙，古有名而今无者，皆随事注列，作《禹贡地域图》十八篇，奏之，藏于秘府”⑥。挚虞身为秘书监，主管秘府藏书，势必能见到裴秀的著作，应是受其启发立意著述。

① 《晋书·束皙传》卷五一，第1434页。
② 《晋书·华峤传》卷四四，第1265页。
③ 《三国志·魏书·傅嘏传》卷二一裴注引《世语》，第628页。
④ 参见拙文《挚虞史著考》，《古籍整理研究学刊》2016年第2期。
⑤ 《隋书·经籍志》卷三三，第998页。
⑥ 《晋书·裴秀传》卷三五，第1039页。

四是左思《三都赋》。赋本来就有博物的功能，因此有人说赋是类书。[1]《三都赋》是京都赋的殿军，是都城赋的最后辉煌。左思创作《三都赋》，是有感于西晋天下一统的壮丽事业，但左思是中原人士，未曾去过吴蜀，他对吴蜀的描写，既参考了张载访蜀事和陆机访吴事，又参考了吴蜀的地图和方志，“其山川城邑，则稽之地图；其鸟兽草木，则验之方志”[2]。皇甫谧《三都赋序》说：“其物土所出，可得披图而校。体国经制，可得案记而验，岂诬也哉!”[3] 皇甫谧也指出左思创作《三都赋》正是有图书和地志集中的功劳。

在大型图书修撰的风气下，西晋的总集编纂也取得了重要的进展。杜预的《善文》具有总集的形式，《晋书·华广传》说“广栖迟家巷垂十载，教诲子孙，讲诵经典。集经书要事，名曰《善文》，行于世”[4]，但骆鸿凯认为是总集，王瑶也说“杜预和挚虞都是开始编创总集的人”[5]。《善文》的“集经书要事”，具有了总集的形式，但不属于汇次众体的总集。挚虞《文章流别

---

① 参见许结：《论汉赋“类书说”及其文学史意义》，《社会科学研究》2008 年第 5 期。

② 《文选》卷四，第 74 页。

③ 《文选》卷四五，第 642 页。

④ 《晋书·华广传》卷四四，第 1261 页。

⑤ 王瑶：《文体辨析与总集的成立》，《中古文学史论》，北京大学出版社 2008 年版，第 71 页。又说“今知《善文》搜采甚广，且除选文外，尚涉及作者生平，与《流别集》大概是同时编纂”。杜预卒于太康六年（285），据前考证可知，太康六年（285）挚虞方丁忧期满任尚书郎，应该没有条件编写《文章流别集》。且《善文》是“集经书要事”（《晋书·华广传》），不属于蒐集文章的总集。

集》是第一部按照文体分类、包含诗文的文章总集，《隋书·经籍志》记载梁时《文章流别集》有六十卷，论二卷。西晋时期的总集编纂繁荣，尚有应璩的《书林》、傅玄的《七林》、荀勖的《新撰文章家集》、荀绰《古今五言诗美文》、陈勰《碑文》、石崇《金谷园诗集》等，可见西晋是总集发展史上的重要时期。因此说，挚虞《文章流别集》的编纂，与西晋的总集盛行有密切的关系。

第二节 《文章流别集》的编纂宗旨

《文章流别集》的编纂宗旨，《隋书·经籍志》提供了重要的信息："总集者，以建安之后，辞赋转繁，众家之集，日以滋广，晋代挚虞，苦览者之劳倦，于是采擿孔翠，芟剪繁芜，自诗赋下，各为条贯，合而编之，谓为《流别》。是后文集总钞，作者继轨。属辞之士，以为覃奥而取则焉。"① 所谓"采擿孔翠，芟剪繁芜"，是说《文章流别集》收录了当时公认的优秀文学作品，目的是解决"览者之劳倦"的问题，即便利人们的阅读；所谓"属辞之士，以为覃奥而取则"，是说《文章流别集》也提供了模拟写作的学习典范。《文章流别集》注重文体辨析，实际上是对模拟写作中文体错乱的纠正。王运熙、杨明认为《文章流别集》等总集之所以分体编撰："反映了当时人们学习

① 《隋书·经籍志》卷三五，第1089～1090页。

写作的需要，因为分体编集最便于揣摩文章。”①所以说，《文章流别集》的编纂与晋初盛行的模拟经典的风气密切相关。

一、模拟经典的源流与动机

模拟前人的典范作品进行创作，是汉晋时期比较流行的现象。汉代的郊庙祭祀歌辞的写作，主要模拟《诗经》的四言颂体诗，这是由诗歌的功用决定的。汉代作家王褒、刘向、王逸等都曾模拟《楚辞》中的宋玉《九辩》而创作了《九怀》《九叹》《九思》。西汉的扬雄是模拟创作的名家。本传说扬雄：“实好古而乐道，其意欲求文章成名于后世，以为经莫大于《易》，故作《太玄》；传莫大于《论语》，作《法言》；史篇莫善于《仓颉》，作《训纂》；箴莫善于《虞箴》，作《州箴》；赋莫深于《离骚》，反而广之；辞莫丽于相如，作四赋；皆斟酌其本，相与放依而驰骋云。”② 又说：“蜀有司马相如，作赋甚弘丽温雅，雄心壮之，每作赋，常拟之以为式。又怪屈原文过相如，至不容，作《离骚》，自投江而死，悲其文，读之未尝不流涕也。以为君子得时则大行，不得时则龙蛇，遇不遇命也，何必湛身哉！乃作书，往往摭《离骚》文而反之，自岷山投诸江流以吊屈原，名曰《反离骚》；又旁《离骚》作重一篇，名曰《广骚》；又旁《惜诵》以下至《怀沙》一卷，名曰《畔牢愁》。”③ 扬雄虽然对

① 王运熙、杨明：《魏晋南北朝文学批评史》，上海古籍出版社 1996 年版，第 121 页。

② 《汉书·扬雄传》卷八七下，第 3583 页。

③ 《汉书·扬雄传》卷八七下，第 3515 页。

屈原深致不满，但他创作《反离骚》《广骚》《畔牢愁》，仍然属于模拟创作；《太玄》是对五经之首《易》经的模拟；《法言》是对传书《论语》的模拟；《甘泉赋》《河东赋》《羽猎赋》《长杨赋》等是对司马相如《子虚赋》《上林赋》的模拟。

随着建安时期邺下文学的兴起，模拟创作构成了文学活动的一种形式。曹植《七启序》云："昔枚乘作《七发》、傅毅作《七激》、张衡作《七辩》、崔骃作《七依》，辞各美丽。余有慕之焉！遂作《七启》，并命王粲作焉。"① 曹植不仅模仿前代七体作《七启》，而且让王粲也参加创作，王粲卒于建安二十二年(217)，这说明在建安年间的模拟创作情况已经十分普遍。曹植的《美女篇》也是模拟汉乐府《陌上桑》而作，但在诗歌中融入了赋法，对秦罗敷的美貌进行了铺陈。西晋初年文学活动重新兴盛，创作逐步繁荣，其中的拟古诗、拟乐府又成为新的潮流。就诗歌创作而言，拟乐府的作品有傅玄模拟汉乐府《秋胡行》的《秋胡行》、模拟汉乐府《陌上桑》的《艳歌行》、模拟汉乐府《有所思》的《西长安行》、模拟魏末左延年《秦女休行》的《秦女休行》等，而张华的《游猎篇》明显模仿曹植的《白马篇》等。陆机是西晋模拟诗风中"集大成的代表"②，不仅模拟创作了众多的拟乐府诗（如《燕歌行》《秋胡行》《短歌行》等），而且还模拟了《古诗十九首》中的十四首（《文选》选录其中十二首）。总之，通过模拟前贤的优秀作品来学习具体文体的写作，是西晋时期文人学习写作的普遍途径。

---

① 《文选》卷三四，第484页。

② 葛晓音：《八代诗史》（修订本），第108页。

模拟经典作品，还有与原作“比美争胜”的动机。陆机《遂志赋序》说：

昔崔篆作诗，以明道述志，而冯衍又作《显志赋》，班固作《幽通赋》，皆相依仿焉。张衡《思玄》，蔡邕《玄表》，张叔《哀系》，此前世之可得言者也。崔氏简而有情，《显志》壮而泛滥，《哀系》俗而时靡，《玄表》雅而微素。《思玄》精练而和惠，欲丽前人，而优游清典，漏《幽通》矣。班生彬彬，切而不绞，哀而不怨矣。崔、蔡冲虚温敏，雅人之属也。衍抑扬顿挫，怨之徒也。岂亦穷达异事，而声为情变乎？余备托作者之末，聊复用心焉。①

陆机以崔篆的《慰志赋》为开端，认为冯衍《显志赋》、班固《幽通赋》、张衡《思玄赋》、蔡邕《思玄赋》、张叔《哀系赋》等人的赋作都是对崔篆赋的模仿。陆机的“备托作者之末”是谦辞，但“聊复用心”无疑是要与前人争胜的。

陆云《与兄平原书》其十六说：

蔡氏所长，唯铭颂耳。铭之善者，亦复数篇，其余平平耳。兄诗赋自与绝域，不当稍与比校。张公昔亦云，兄新声多之不同也，典当，故为未及。彦藏亦云尔。又古今兄文所未得与校者，亦惟兄所道数都赋耳。其余虽有小胜负，大都自皆为雄耳。张公父子亦语云：兄文过子安。子安诸赋，复不皆过，其便可，可不与供论。云谓兄作《二

① （晋）陆机著，杨明校笺：《陆机集校笺》卷二，上海古籍出版社 2016 年版，第 87 页。

> 京》，必传无疑，久劝兄为耳。又思《三都》，世人已作，是语触类长之，能事可见。《幽通》《宾戏》之徒自难作，《宾戏》《客难》可为耳，答之甚未易。东方氏所不得全其高名，颇有答极。①

当时人多将陆机与蔡邕相比较，陆云认为蔡邕善于铭、颂，而陆机长于诗、赋。诗、赋与铭、颂文体不同，“自与绝域”，是不能够互相比较的。陆云说陆机只有数篇都城赋（即《二京赋》《三都赋》等）没有与前人进行比较，说明陆机模拟的范围极其广泛，其他的作品“虽有小胜负，大都自皆为雄”，从而肯定了陆机作品的成就。因此说模拟前人的作品，也具有超越原作的动机。

陆云《与兄平原书》其十说：

> 尝闻汤仲叹《九歌》。昔读《楚辞》，意不大爱之。顷日视之，实自清绝滔滔。故自是识者，古今来为如此种文，此为宗矣。视《九章》，时有善语，大类是秽文，不难举意。视《九歌》，便自归谢绝思。兄常欲其作诗文，独未作此曹语。若消息小往，愿兄可试作之。兄复不作者，恐此文独单行千载间。常谓此曹语不好，视《九歌》，正自可叹息。王褒作《九怀》亦极佳，恐犹自继。真玄盛称《九辩》，意甚不爱。②

① （晋）陆云著，刘运好校注：《与兄平原书》其一六，《陆士龙文集校注》，凤凰出版社2010年版，第1082～1083页。

② （晋）陆云著，刘运好校注：《陆士龙文集校注》卷八，第1063页。

陆云以《九歌》为九体之宗，并评价了《九章》，鼓励陆机试作，目的是不让“此文独单行千载间”，显然有比美争胜的意愿。

葛晓音曾对西晋文人模拟的动机做过清楚的总结，她说：

> 西晋诗歌还出现了普遍的拟古倾向。文人们将《诗经》旧章的各个篇目，以及《楚辞》、汉赋乃至乐府、古诗十九首都当做古题来一一仿作，目的是借以逞才炫博，与古人比美争胜，而不是借古题以抒发自己的感情。陆云曾劝陆机把《二京赋》《三都赋》《九歌》《幽通》《答宾戏》等各种赋体都仿作一遍，以使“能事可见”，让古人“不得全其高名”（《答兄平原书》）。陆机《文赋》论创作动机的触发，不过是“颐情志于典坟”“遵四时以叹逝”“咏世德之骏烈，诵先人之清芬”，亦即在伤春悲秋、述德颂祖以外，从前人文章中吸取清芬丽藻，因此他成为西晋头一号拟古的大师。当时其他知名文人傅玄、二潘、三张的诗集中，也大多是模拟之作，题材、内容都富于创造性的作品相当少见。即使诗中真有实感，也被隐埋在老一套的表达方式中而变得陈旧不堪了。①

葛晓音指出当时文人模拟的目的：一是“借以逞才炫博，与古人比美争胜”，二是“从前人文章中吸取清芬丽藻”。葛晓音提及的“比美争胜”和“吸取清芬丽藻”，准确地概括了魏晋之际文人模拟经典作品的动机，实际上也是《文章流别集》的编纂

① 葛晓音：《八代诗史》（修订本），第100～101页。

宗旨。

当然，晋人的模拟写作，并非只有学习或争胜，也注意在模拟中融入新变，从而开拓了文学和理论新变的路径。如陆机《拟古诗十四首》，采用了赋法、对偶和析文的艺术手法，形成了繁缛赡密的艺术特色，并促进了近代诗的发展。① 又如左思在《三都赋》自序中说："余既思摹《二京》而赋《三都》，其山川城邑，则稽之地图；其鸟兽草木，则验之方志。……美物者贵依其本，赞事者宜本其实。"② 左思通过模拟而提出了创作中的"征实"理论，丰富了赋论的内涵。

二、模拟经典的盛行与总集编纂的兴起

晋代模拟创作的风气炽盛，文人们注重揣摩前人的经典作品，这也客观上需要有一部汇集各体优秀文章的总集。

早在挚虞之前，已经有人做过文章汇集的工作。傅玄（217～278）的《连珠序》在文体源流、风格、代表作家作品的选择和评论上很有典范意义，对挚虞应当有所启发。《连珠序》说：

> 所谓连珠者，兴于汉章帝之世，班固、贾逵、傅毅三子受诏作之，而蔡邕、张华之徒又广焉。其文体辞丽而言约，不指说事情，必假喻以达其旨，而贤者微悟，合于古诗劝兴之义。欲使历历如贯珠，易睹而可悦，故谓之连珠也。班固喻美辞壮，文章弘丽，最得其体。蔡邕似论，言

① 参见傅刚：《魏晋南北朝诗歌史论》，第130～143页。

② 《文选》卷四，第74页。

质而辞碎，然旨笃焉。贾逵儒而不艳。傅毅文而不典。①

傅玄说班固行文“历历如贯珠”，是体现连珠体的典型作者。而蔡邕创作连珠颇似“论”体，流于“言质而辞碎”，贾逵儒雅典正而辞藻乏艳，傅毅辞藻华艳却不典正。经过这番交代，后学之士对“连珠”体的发展就比较清楚了，在模拟的时候就有了选择的对象。

傅玄又有《七谟序》，说：

> 昔枚乘作《七发》，而属文之士若傅毅、刘广、崔骃、李尤、桓麟、崔琦、刘梁、桓彬之徒，承其流而作之者纷焉，《七激》《七依》《七说》《七蠲》《七举》《七误》之篇。于通儒大才马季长、张平子亦引其源而广之，马作《七广》，张造《七辨》。或以恢大道而导幽滞，或以点瑰奓而托调咏，扬晖播烈，垂于后世者，几十有余篇。自大魏英贤迭作，有陈王《七启》、王氏《七释》、杨氏《七训》、刘氏《七华》，从父侍中《七诲》，并陵前而邈后，扬清风于儒林，亦数篇焉。世之贤明，多称《七激》工，余以为未尽善也。《七辨》似也，非张氏至思，比之《七激》，未为劣也。《七释》佥曰妙哉，吾无间矣。若《七依》之卓轹一致，《七辨》之缠绵精巧，《七启》之奔逸壮丽，《七释》之精密闲理，亦近代之所希也。②

傅玄收集了古今的“七”体进行论述品评，因此上面罗列的作

---

① 《艺文类聚》卷五七，第1035～1036页。

② 《太平御览》卷五九〇，第2657页。

家和作品，是经过他的遴选，在“七”体史上具有代表性，属于“七”体的经典作家作品。傅玄编纂的“七”体总集《七林》，自然收录了上述的作家作品，成为文人模拟“七”体的学习对象。

皇甫谧《三都赋序》载：

> 玄晏先生曰：古人称不歌而颂谓之赋。然则赋也者，所以因物造端，敷弘体理，欲人不能加也。引而申之，故文必极美；触类而长之，故辞必尽丽。然则美丽之文，赋之作也。昔之为文者，非苟尚辞而已，将以纽之王教，本乎劝戒也。自夏殷以前，其文隐没，靡得而详焉。周监二代，文质之体，百世可知。故孔子采万国之风，正雅颂之名，集而谓之《诗》。诗人之作，杂有赋体。子夏序《诗》曰：“一曰风，二曰赋。”故知赋者，古诗之流也。
>
> 至于战国，王道陵迟，风雅寝顿。于是，贤人失志，辞赋作焉。是以孙卿、屈原之属，遗文炳然，辞义可观，存其所感，咸有古诗之意，皆因文以寄其心，托理以全其制，赋之首也。及宋玉之徒，淫文放发，言过于实。夸竞之兴，体失之渐，风雅之则，于是乎乖。逮汉贾谊，颇节之以礼。自时厥后，缀文之士，不率典言，并务恢张，其文博诞空类。大者罩天地之表，细者入毫纤之内。虽充车联驷，不足以载；广夏接榱，不容以居也。其中高者，至如相如《上林》、扬雄《甘泉》、班固《两都》、张衡《二京》、马融《广成》、王生《灵光》，初极宏侈之辞，终以约简之制，焕乎有文，蔚尔麟集，皆近代辞赋之伟也。若夫土有常产，俗有旧风，方以类聚，物以群分，而长卿之俦，

> 过以非方之物，寄以中域，虚张异类，托有于无。祖构之士，雷同影附，流宕忘反，非一时也。
>
> 曩者汉室内溃，四海圮裂，孙刘二氏，割有交益，魏武拨乱，拥据函夏，故作者先为吴蜀二客，盛称其本土险阻瑰琦，可以偏王，而却为魏主，述其都畿，弘敞丰丽，奄有诸华之意。言吴蜀以擒灭比亡国，而魏以交禅比唐虞，既已著逆顺，且以为鉴戒。盖蜀包梁岷之资，吴割荆南之富，魏跨中区之衍，考分次之多少，计殖物之众寡，比风俗之清浊，课士人之优劣，亦不可同年而语矣。二国之士，各沐浴所闻，家自以为我土乐，人自以为我民良，皆非通方之论也。作者又因客主之辞，正之以魏都，折之以王道，其物土所出，可得披图而校。体国经制，可得案记而验，岂诬也哉！①

根据学者的考证，此序应作于太康二年至三年间（281～282)。② 皇甫谧《三都赋序》几乎是一部赋体文学史，既有对赋的定义，又有赋之来源的考察，并提出了赋作的代表性作家作品，尤其是关注赋体的变迁轨迹，因此王运熙、杨明《魏晋南北朝文学批评史》说皇甫谧是“第一个对赋的写作特点、发展源流、作家作品诸方面作了较系统的阐述”③。皇甫谧认同荀子、屈原等人的作品，以为“遗文炳然，辞义可观”，并称“咸

① 《文选》卷四五，第641～642页。

② 王紫微：《左思〈三都赋〉成篇历程新考》，《中国典籍与文化》2014年第3期。

③ 王运熙、杨明：《魏晋南北朝文学批评史》，第88页。

有古诗之意。皆因文以寄其心，托理以全其制，赋之首也”，而不满宋玉之类的作品，说“言过于实。夸竞之兴，体失之渐，风雅之则于是乎乖”，违反了文体的规范和风雅的体制。汉代贾谊尚能节之以礼，此后又“不率典言，并务恢张其文，博诞空类”。尽管司马相如、扬雄、班固、张衡等人有“极宏侈之辞，终以约简之制”的伟大作品，但司马相如等人也有“以非方之物，寄以中域，虚张异类，托有于无”的弊病。皇甫谧所指出的赋体变化，其实也就是文体的变革历程，这对挚虞的赋论亦有影响。《文章流别论》说：“赋者，敷陈之称，古诗之流也。前世为赋者，有孙卿、屈原，尚颇有古之诗义，至宋玉则多淫浮之病矣。《楚词》之赋，赋之善者也。故扬子称赋莫深于《离骚》；贾谊之作，则屈原俦也。”① 赋体的发展趋于铺张，显然违背了文体的最初特征。挚虞的赋体选择和赋论描述，昭示出赋体的最初特征和代表作品。

据此可知，挚虞编纂《文章流别集》，提供了不同文体的历代经典作品，为文人的模拟写作提供了资料渊薮。

三、模拟写作的弊端与总集的文体辨析

作家在模拟写作的过程中，往往会造成两个弊端：一是文体界限的杂糅，二是文体源流的失范。②

一是文体界限的杂糅。西晋繁盛的拟古思潮，加重了文体

① 《太平御览》卷五八七，第 2644 页。

② 参见拙文《〈文章流别集〉与总集典范的建立》，《文学遗产》2020 年第 1 期。

混乱的弊病。葛晓音深刻地指出，魏晋文人有诗赋不分的问题，当时人普遍认为“赋者，古诗之流也”，又说“不歌而诵谓之赋”，导致了“诗、赋、颂都是同体，而且以颂为最美”的情况，甚至使一些诗歌成为赋、颂之流，如傅玄、张华变魏氏歌诗的杂言为典正的四言，而乐府又变成王公上寿、正旦、冬至等集会上充满枯燥乏味封建说教的行礼乐曲。① 班固和陆机号称汉晋最著名的作家，但在他们的作品中，也存在着文体混用的问题。刘孝绰《昭明太子集序》说：“孟坚之颂，尚有似赞之讥；士衡之碑，犹闻类赋之贬。”② 萧绎《金楼子·立言》说：“班固硕学，尚云赞颂相似；陆机钩深，犹闻碑赋如一。”③ 诸如颂与赞雷同、碑与赋如一之类文体淆乱的事实，在东汉早已出现，而西晋依然存在，班固、陆机这样的大家仍然不免袭谬蹈误，那么其他作家更是有过之而无不及了。

在这样的情形下，如果要编纂文章总集，首先面临的问题是明确文体之间的区别，然后才能安置具体的文章篇目。挚虞确实做了这样的工作，他说：“杨雄《赵充国颂》，颂而似雅，傅毅《显宗颂》，文与《周颂》相似，而杂以风雅之意。若马融《广成》《上林》之属，纯为今赋之体，而谓之颂，失之远矣。”④ 这种对具体文体的意见，即是出于纠正偏失的目的。

二是文体源流的失范。作家在模拟时，有时并不追溯最初

---

① 参见葛晓音：《八代诗史》（修订本），第 100 页。

② （清）严可均：《全上古三代秦汉三国六朝文·全梁文》卷六〇，第 3312 页。

③ 许逸民：《金楼子校笺》，中华书局 2011 年版，第 991 页。

④ 《艺文类聚》卷五六，第 1018 页。

的形式规范，而以后来变乱的文体为标准，因此需要对文体的渊源流别进行梳理甄别，才能弄清文体的正确规范。

一般来说，模拟旧作应遵守原作的形式规范与风格特征。陆云说："一日视伯喈《祖德颂》，亦以述作宜褒扬祖考为先。聊复作此颂，今送之，愿兄为损益之，欲令省，而正自辄多，欲无可如省。碑文通大悦愉，有似赋。"① 接着又介绍自己在拟作过程中遭遇的困难说："间视《大荒传》，欲作《大荒赋》，既自难工，又是大赋，恐交自困绝异往。"② 陆云模仿蔡邕的《祖德颂》创作同名之作，仍然以褒扬祖考为目的，体裁和内容应无变化，但他感觉有赋体化的倾向。当陆云看到《大荒传》，有意创作同样题材的《大荒赋》，又担心自己的才力不足以驾驭大赋。总之，根据陆云对陆机吐露的这番话，可知他重视文体的最初规范。

但是后来的作者不顾文体特征，热衷于自逞己意。如陆云批评模仿《楚辞》的"九"体作品说："又见作'九'者，多不祖宗原意，而自作一家说。"③ 陆云指出一些模仿《九辩》的作品，大多数违背原作的意思而自成一说，这显然不符合原作的规范。

挚虞认同当时的模拟风气，并且思考过模拟写作的经典作

① （晋）陆云著，刘运好校注：《与兄平原书》其三〇，《陆士龙文集校注》，第 1131～1132 页。

② （晋）陆云著，刘运好校注：《与兄平原书》其一八，《陆士龙文集校注》，第 1090 页。

③ （晋）陆云著，刘运好校注：《与兄平原书》其一七，《陆士龙文集校注》，第 1086 页。

品问题。他在《三辅决录注》中指出东汉末年的赵岐已经大量模拟前代的连珠体，“是时纲维不摄，阉竖专权。岐拟前代连珠之书四十章上之，留中不出”①。《文章流别论》又说：

> 诗颂箴铭之篇，皆有往古成文，可放依而作。惟诔无定制，故作者多异焉。见于典籍者，《左传》有鲁哀公为孔子诔。②

挚虞认为诗、颂、箴、铭等有经典的依据，直接模拟经典学习写作就可以了。但“诔”最早是《左传》所载的鲁哀公的作品，不是出于圣人之手，故不能作为模拟的经典依据。

总之，挚虞编纂《文章流别集》，是在模拟写作风气盛行的时代中，一方面挑选出经典的规范作品，另一方面针砭现行的拟作弊端，从而为文士们的模拟写作提供准确的规范，也就是说，编纂《文章流别集》的宗旨是指导当时的文章写作。

第三节 《文章流别集》的编纂体例

《文章流别集》久佚，残存的篇目已殊难确认，要对其体例作出准确的描述，困难可想而知。本文只能根据《文章流别论》的蛛丝马迹，结合当时的文集、类书及子书的编纂规范，试图作出合乎情理的推测。《文章流别集》的编纂体例，包括总集选文定篇、作家遴选原则、文体排列次序和文论结构形式等内容。

---

① 《后汉书·赵岐传》卷六四李贤注引，第 2123 页。

② 《太平御览》卷五九六，第 2684 页。

一、总集选文定篇

《文章流别集》的选文定篇，可以根据现存《文章流别论》的内容进行推知，是研究《文章流别集》编纂体例的基本依据。

俞士玲《挚虞〈文章流别集〉考》① 指出，《文章流别集》共有文体十二种，分别是赋、诗、七、设论、汉述、颂、铭、箴、诔、哀策、哀辞、图谶；作家二十二名（含荀子和贾谊），作品若干篇。具体情况是：

1. 赋

（1）楚辞：《离骚》，《九歌》若干首，《九章》若干首，孙卿赋（?），宋玉赋《九辩》《高唐赋》《神女赋》（?）。

（2）志：张衡《思玄赋》，班固《幽通赋》，蔡邕《玄表赋》（?）。

（3）纪行：班彪《北征赋》，曹大家《东征赋》。

（4）田猎：司马相如《子虚赋》《上林赋》，扬雄《羽猎赋》《长杨赋》，王粲《羽猎赋》等。

（5）京都：班固《两都赋》，张衡《二京赋》。

2. 诗

（1）王粲《赠蔡子笃诗》《赠文叔良》《赠士孙文始》《赠杨德祖》《为潘文则作思亲诗》。

（2）李陵与苏武诗。

① 俞士玲：《西晋文学考论》，第 192～198 页。

(3) 题为枚乘所作之“古诗”。

3. 七

《七发》等。

4. 设论

《答客难》《解嘲》《答宾戏》《达旨》《应间》。

5. 汉述

《汉书》述赞。

6. 颂

《安丰戴侯颂》《出师颂》《和熹邓后颂》《赵充国颂》《显宗颂》。

7. 铭

《太尉杨赐碑》《鼎铭》《机铭》《砚铭》。

8. 箴

《十二州箴》《二十五箴》《百官箴》。

9. 诔

10. 哀策

11. 哀辞

12. 图谶

俞士玲已经按照文体和题材顺序作了细致的排列，并注意与《文选》《文心雕龙》的比较，极方便使用。兹在俞士玲的基础上重加蒐辑，并依据作家卒年排列如次（见表 4-1）：

表 4-1　　赋体典型作家作品

作家	生卒年	作品	备注
屈原	前 339～?	《离骚》《九歌》《九章》	
宋玉	不详	《九辩》	《高唐赋》《神女赋》，无显证
荀子	前 314? ～前 271?	《礼》《智》	无显证
贾谊	前 200～前 168	《鹏鸟赋》	无显证
枚乘	? ～前 140	《七发》	
东方朔	前 140? ～?	《答客难》	
司马相如	? ～前 118	《子虚赋》《上林赋》	
扬雄	前 53～18	《羽猎赋》《长杨赋》《赵充国颂》《解嘲》《十二州箴》《二十五官箴》	
王莽	前 45～23	《鼎铭》	
史岑	王莽末	《出师颂》《和熹邓后颂》①	
班彪	3～54	《北征赋》	

① 西汉末东汉初，名为史岑的有两人，曹道衡、沈玉成《中国文学家大辞典·先秦汉魏晋南北朝卷》（中华书局 1996 年版）分开著录，见第 79 页；又王立群《〈文选〉成书考辨》也确认有两个史岑："一位当王莽末，字子孝，一位当东汉时，字孝云。"挚虞等人误将《出师颂》《和熹邓后颂》系于史子孝名下，据其内容，实为史孝云所作，可从（参见《文学遗产》2003 年第 3 期）。但本文意在考察挚虞的文学思想，故不改。

续表

作家	生卒年	作品	备注
傅毅	？～90?	《显宗颂》	
崔骃	？～92	《达旨》	
班固	32～92	《两都赋》《幽通赋》《汉述》	
班昭	不详	《东征赋》	
张衡	78～139	《二京赋》《思玄赋》	
崔瑗	77?～142?	《杌铭》	
马融	79～166	《广成颂》《上林颂》	
朱穆	100～163	《鼎铭》	
胡广	91～172	《百官箴》	
蔡邕	133～192	《太尉杨公碑》《玄表赋》	
陈琳	156～217	《武猎赋》	
王粲	177～217	《羽猎赋》《赠蔡子笃诗》《赠文叔良》《赠士孙文始》《赠杨德祖》《为潘文则作思亲诗》《砚铭》	
应玚	？～217	《西狩赋》	
刘桢	？～217	《大阅赋》	
托名苏武和李陵	不详	李陵与苏武诗	

续表

作家	生卒年	作品	备注
托名枚乘	不详	古诗	

以上作家作品的资料来源是《文章流别论》，这也是最可靠的《文章流别集》的作品依据。我们可以清楚地发现，《文章流别集》选录的基本是名家名篇。因此，《文章流别集》不仅具有指导写作的典范意义，而且具有反映当时人文学观念的文学史意义。

另外，挚虞《文章志》也涉及作家作品若干，尤其较多地提及后汉曹魏作家作品①，但《文章志》是作家的小传，重在交代其生平和著作情况，尽管也提及一些作品，却未必一定为《文章流别集》所收录。譬如《文章志》说“（桓）麟文见在者十八篇，有碑九首，诔七首，《七说》一首，《沛相郭府君书》一首”②，其中所提及的《七说》一首和《沛相郭府君书》一首，其文体显然不类碑诔，仅为了凑足十八篇之数而提及。

虽然《文章志》不是《文章流别集》的作者小传，但彼此是有影响的，可以作为考察《文章流别集》体例的旁证，兹将提及的作家依据卒年排列如下（见表4-2）：

① 《文章志》和《文章流别集》是不同的书，《文章志》不是《文章流别集》的小传，详见拙文《挚虞史著考》，《古籍整理研究学刊》2016年第2期。

② 《后汉书·桓彬传》卷三七李贤注，第1260页。

表 4-2 《文章志》提及的作家作品

作家	生卒年	作品	备注
史岑	王莽末		以文章显
刘玄	明帝时	《簧赋》	
傅毅	？～90？	《琴赋》	
桓麟	108？～148？	《七说》一首，《沛相郭府君书》一首	碑九首，诔七首
崔烈	？～194？		
周不疑	193～209	《文论》四首	
阮瑀	？～212		
潘勖	160？～215	《魏公九锡策文》	"以文章显"①
刘修	不详		著诗赋颂六篇
陈琳	156～217		
王粲	177～217		
徐幹	171～218	《中论》二十篇	
缪袭	186～245		
应璩	190～252		
应贞	？～269		

① 《三国志·魏书·卫觊传》卷二一载："建安末，尚书右丞河南潘勖，黄初时，散骑常侍河内王象，亦与觊并以文章显。"

二、作家遴选原则

《文章流别集》的编纂时间，史无明文，已知的作家卒年最晚是应玚、刘桢、王粲、陈琳等人，均卒于建安二十二年(217)，然而又不能根据收录作家的卒年来判断，因此只能根据挚虞的职守来推断。傅刚说："挚虞编纂《文章流别集》，时间不详，似可推测为其任秘书监时。因为编纂各体总集，需要大量图书，非据有国家藏书不可当此任。"① 挚虞担任秘书监应该在晋惠帝太安元年（302），至永兴元年（304）调任卫尉卿，那么《文章流别集》的编纂时间最有可能是302～304年。

根据《文章流别集》的选文定篇来看，《文章流别集》的作家遴选体现了不录魏晋作家的原则。根据上述表格可知，《文章流别集》只录了战国、两汉的作家作品，未及魏晋时期；而《文章志》收录的是后汉曹魏的作家，也不录晋人之作。但《文选》卷二四潘尼《赠陆机出为吴王郎中令一首》李善注引：

> 《文章志》曰：潘尼，字正叔，少有清才，初应州辟，后以父老，归供养，父终，乃出仕，位终太常。②

潘尼（247？～311？）与挚虞生卒年近似，挚虞撰《文章志》时，潘尼尚在世，不得预知其"位终太常"。因此，该《文章志》材料，很可能属于东晋傅亮的《续文章志》。

① 曹道衡、傅刚：《萧统评传》，第219～220页。

② 《文选》卷二四，第351页。

现存的《文章志》提及的作家依卒年排列，最后一位是应贞，卒于泰始五（269)。《文章志》说应贞“晋室践祚，迁太子中庶子，散骑常侍，卒”①。应贞曾在泰始四年（268）预晋武帝华林园聚会，所赋之《华林园集》诗，辞义最美。②如此，应贞入晋后也有文学活动，故而既可以算魏代作家，也能称为晋代作家。但《文章志》仅见一例，且应贞入晋不过五年，《文章志》只是追述他入晋的仕履，应该不与不录晋人的原则龃龉。③

可以作为旁证的是，我们检录现存《文章流别论》所涉及的作品无一出自晋人之手，唯一提及晋人的是傅玄的《七林》，这显然是汇聚七体的总集，与《文章流别集》选择作家作品无关。

三、文体排列次序

《文章流别集》是一部按照文体分类排列的总集。《隋书·经籍志》说“自诗赋下，各为条贯，合而编之，谓为《流别》”，再根据现存《文章流别论》的佚文，挚虞分别就某一文体集中进行详尽地论述，如“赋”体、“七”体、“颂”体、

① 《文选》卷二〇，第286页。

② 详参本书第三章第一节。

③ 兴膳宏认为《文章志》提及应贞、潘尼的原因是“或即应贞、潘尼附于其父、祖之附传”，似未审。参见［日］兴膳宏：《挚虞〈文章流别志论〉考》，陈鸿森译，（台湾）《中华文化复兴月刊》第19卷第6期；原发于1974年的《入矢教授、小川教授退休记念中国文学语学论集》。

“铭”体等，昭示了《文章流别集》按照文体分类的事实。

《文章流别集》共收录了多少种文体呢？由于《文章流别集》久佚，我们已经无法知道确切的答案。根据兴膳宏《挚虞文章流别志论考》① 的归纳，已知的文体有颂、赋、诗、七、箴、铭、庆、哀辞、设论、碑、图谶、述②等十三种③，而且均为有韵之文。

《文章流别集》文体分类的顺序是怎样的呢？挚虞主张“赋者，敷陈之称，古诗之流也”④，其《文章志》说刘修“著诗、赋、颂六篇”⑤，同时代的陆机《文赋》载“诗缘情而绮靡，赋体物而浏亮”，似乎“诗”应是文体之首，“赋”紧随其后。挚虞又说“《楚词》之赋，赋之善者也”⑥，则“骚”亦“赋”类，自在“赋”后。《文章流别论》说“王泽流而诗作，成功臻而颂兴，德勋立而铭著，嘉美终而诔集。祝史陈辞，官箴王阙”⑦，那么这里的文体排列顺序则为颂、铭、诔、箴等。因此，由《文章流别集》的文体排列可知的是诗、赋、骚、颂、铭、诔、

① 参见［日］兴膳宏：《挚虞文章流别志论考》，陈鸿森译，（台湾）《中华文化复兴月刊》第 19 卷第 6 期。

② 《文心雕龙·颂赞》说“又纪传后评，亦同其名，而仲治‘流别’，谬称为述，失之远矣”，则挚虞以赞为述，也属有韵之文。

③ 参见陈君：《〈文章流别集〉与挚虞的文体观念》，《广西师范大学学报》2015 年第 5 期。

④ 《太平御览》卷五八七，第 2644 页。

⑤ 《三国志·魏书·陈思王植传》卷一九裴注引挚虞《文章志》，第 560 页。

⑥ 《太平御览》卷五八七，第 2644 页。

⑦ 《艺文类聚》卷五六，第 1018 页。

箴等。但傅刚指出，汉魏以来的目录学分类，都是以赋居诗前，如《汉书·艺文志》的“诗赋略”，影响了后来的目录学的分类，因此“班固先赋后诗的安排，不仅对目录学著作，同时对总集、别集的编辑，也有很大的影响”①。傅刚又根据唐前旧集的普遍情况，均列赋为篇首，证明了当时的编集多以先赋后诗为体例。尤为有力的证据是，《三国志·魏书·陈思王植传》载明帝景初中诏称“撰录植前后所著赋、颂、诗、铭、杂论百余篇，副藏内外”②，属于当时人编纂别集，正是以赋居首。因此说，“汉魏六朝的文体观念在诗赋连称的时候，诗居赋先，但目录学和编集体例却以赋居篇首，这已成为一个习惯”③。

《文章流别集》在文体分类之下，是不是还有题材分类的事实？目前尚没有可靠的依据。俞士玲在《挚虞〈文章流别集〉考》④中依据《文选》对《文章流别集》的类目进行了对照归纳，提出赋体有楚辞、京都、田猎、纪行、游览、志、孙卿等类，诗体有赠答、杂诗、古诗之类⑤，这是根据《文选》的记载来镜鉴还原的，有可能是《文章流别集》的分类面貌。但根据《文章流别论》的具体内容，我们怀疑分类又可能是这样的，即赋有古赋、今赋，铭有器铭、碑铭和墓志铭等等。如此分类

① 傅刚：《〈昭明文选〉研究》，第 228 页。
② 《三国志·魏书·陈思王植传》卷一九，第 576 页。
③ 傅刚：《〈昭明文选〉研究》，第 228 页。
④ 俞士玲：《西晋文学考论》，第 188～203 页。
⑤ 详参本书第五章第一节。

的好处是，能够窥见文体的变迁和孳乳，符合文体源流和辨别的要求。当然由于材料的局限，这个意见只能是合理的猜测。

四、文论结构形式

兴膳宏将《文章流别论》分为“总论”与“分论”两部分，他说“文章者，所以宣上下之象……”一段“系在阐述文章之意义，此或即‘论’之总序部分”，又以各文体为分论，认为其叙述原则“大抵是先考察各文体之源流，渐次论及其演变轨迹、创作法则，再就其代表作家及作品各加分析、批评”。① 邓国光《挚虞研究》分为三部分：一是“总论文章者”，二是“分论文体者”，三是“聚诸篇下以为解题者”。

《文章流别集》中“论”的形式有两种：一种是总论性质的，如：

> 文章者，所以宣上下之象，明人伦之叙，穷理尽性，以究万物之宜者也。王泽流而诗作，成功臻而颂兴，德勋立而铭著，嘉美终而诔集。祝史陈辞，官箴王阙，周礼太师掌教六诗：曰风，曰赋，曰比，曰兴，曰雅，曰颂。言一国之事，系一人之本，谓之风。言天下之事，形四方之风，谓之雅。颂者，美盛德之形容。赋者，敷陈之称也。比者，喻类之言也。兴者，有感之辞也。后世之为诗者多

① 参见［日］兴膳宏：《挚虞〈文章流别志论〉考》，陈鸿森译，（台湾）《中华文化复兴月刊》第19卷第6期。

> 矣，其功德者谓之颂，其余则总谓之诗。颂，诗之美者也。古者圣帝明王，功成治定而颂声兴。于是奏于宗庙，告于鬼神。故颂之所美者，圣王之德也，古之作诗者，发乎情，止乎礼义。情之发，因辞以形之；礼义之旨，须事以明之。故有赋焉，所以假象尽辞，敷陈其志，古诗之赋，以情义为主，以事类为佐，今之赋，以事形为本，以义正为助，情意为主，则言省而文有例矣，事形为本，则言富而辞无常，文之烦省，辞之险易，盖由于此，夫假象过大，则与类相远，逸辞过壮，则与事相违，辩言过理，则与义相失，丽靡过美，则与情相悖，此四过者，所以背大体而害政教，是以司马迁割相如之浮说，杨雄疾辞人之赋丽以淫。①

这是对文章及各体进行总体论述，在体例上，应弁于篇首。

另一种是分体论述的文论，如前面提及的“赋”体、“七”体和“颂”体等，兹以“颂”体为例：

> 颂，诗之美者也。古者圣帝明王，成功治定而颂声兴。于是史录其篇，工歌其章，以奏于宗庙，告于神明，故颂之所美，则以为名，或以颂形，或以颂声，其细已甚，非古颂之意。昔班固为《安丰戴侯颂》，史岑为《出师颂》《和熹邓后颂》，与《鲁颂》体意相类，而文辞之异，古今之变也。杨雄《赵充国颂》，颂而似雅，傅毅《显宗颂》，

① 《艺文类聚》卷五六，第1018页。

> 文与《周颂》相似，而杂以风雅之意。若马融《广成》《上林》之属，纯为今赋之体，而谓之颂，失之远矣。①

既有文体的定义，又介绍了文体的规范篇章，并举著名作家作品以见出文体的变迁，或是体意相类而文辞变异，或是文章相似而杂以风雅，甚者谓赋体为颂，其失更远。

根据《汉书・艺文志》的体例，小序置于某一类的篇末。我们推测这些分体论述，也应该遵循这种规范，将论述放在各体所有作品的后面。这样安排可能出于这样的考虑：只有当读者阅毕《文章流别集》中的作品，挚虞提出的论述才能被读者接受；如果置于篇前，易形成先入之见，应该不是好的处理方法。

因此，《文章流别集》的基本面貌很可能是：整体依据文体分类；类分之中各以时代先后排列作家；篇前有总论，各体之下有分论。《文章流别集》本是一部书，由于《文章流别集》收录的多是经典作品，比较易得。后人传抄时，只记录各篇名目和论的部分，是为《文章流别志论》；或者《论》单行，就成了《文章流别论》。

第四节 《文章流别集》的文论形成

《文章流别论》是如何形成的呢？是挚虞一空依傍、独立编撰，还是有所因袭、缀辑而成？对《文章流别论》形成途径的

① 《艺文类聚》卷五六，第1018页。

研究，还将有助于了解《文章流别集》的结集方式。在挚虞之前的文体论，目前可知的以“赋”体和“七”体理论最为丰富，兹以此两种文体为例，来探讨《文章流别论》的形成途径。

一、文章观念与“文笔之辨”

《文章流别论》的“文章”观念是怎样形成的呢？这涉及汉魏以来的文人和文章观念变迁。“文笔之辨”是南朝文学批评理论的重点，但在魏晋时期已经取得了重要的发展。《文章流别论》是研究魏晋文人文笔观念的重要依据。

（一）文章观念的变迁与文人身份的确认

魏晋时期，文章的地位得到了迅速的提高。建安二十二年(217)，曹丕《典论论文》第一次作出了有影响力的明确宣示，他说：

> 盖文章，经国之大业，不朽之盛事。年寿有时而尽，荣乐止乎其身，二者必至之常期，未若文章之无穷。是以古之作者，寄身于翰墨，见意于篇籍，不假良史之辞，不托飞驰之势，而声名自传于后。故西伯幽而演《易》，周旦显而制《礼》，不以隐约而弗务，不以康乐而加思。夫然，则古人贱尺璧而重寸阴，惧乎时之过已。而人多不强力，贫贱则慑于饥寒，富贵则流于逸乐，遂营目前之务，而遗千载之功。日月逝于上，体貌衰于下，忽然与万物迁化，

斯志士之大痛也！①

这篇文章极大地提高了文学的地位，文章从此与子书、史书一样，具有了立言不朽的价值。既往的学者文士，大多以“立德”的经学和“立言”的子史之学为治学之正，而投身文学创作却被视为倡优一类的人物，但这种观念在东汉魏晋时期开始发生深刻的变迁。

东汉时期的文章观念经历了剧烈的变迁。早在东汉初期的王充，已经对文章的作用和地位给予了高度评价。王运熙指出：“魏晋时代人们对文章的作用、地位给予很高的评价。而在汉代，尤其是东汉，统治者对文章的重要作用已日益有所认识，思想家王充更高度评述文章著述的作用与地位。”② 但在王充的观念中，文章的概念较为宽泛，既有学术著作，如“心思为谋，集札成文”（《论衡·超奇篇》），又有诗赋类的文学作品，如“屈原善属文”（《论衡·纪妖篇》），“永平中，神爵群集，孝明诏上《爵颂》，百官颂上，文皆比瓦石，唯班固、贾逵、傅毅、杨终、侯讽五颂金玉，孝明览焉。……唯五人文善”（《论衡·佚文篇》）。③ 正是文章兼备众体的复杂性，因此王充对文章的评价，主要是针对奏议等应用性文章，虽然也包括了以诗赋为主的文学性作品，但其间的主次区别还是很明显的。与此相类似的是王充的文人观念，《论衡》将当时的人分为俗人、儒生、

① 《文选》卷五二，第720～721页。

② 王运熙、杨明：《魏晋南北朝文学批评史·绪论》，第3页。

③ 参见顾易生、蒋凡：《中国文学批评通史·先秦两汉卷》，上海古籍出版社1996年版，第579页。

通人、文人、鸿儒等几种，而文人负责采掇传、书来上书奏记，指的是司马迁、刘向、刘歆等史学家；而王充笔下的“文吏”，也是从事公文写作的刀笔吏。① 因此，王充所谓的文人，主要特点是擅长史传和公文写作，但说“唐勒、宋玉，亦楚之文人”（《论衡·超奇》），又说“文必丽以好，言必辩以巧。言了于耳，则事味于心；文察于目，则篇留于手。故辩言无不听，丽文无不写”（《论衡·自纪》），也包括了擅长辞赋的作家。② 总之，王充的文章观念，既有纯文学文体，又有实用性文体；王充的文人观念，既有史学家，又有文学家。

曹丕认为“文章”是“经国之大业，不朽之盛事”③，是传之无穷、垂之不朽的伟大事业，因此“古之作者，寄身于翰墨，见意于篇籍，不假良史之辞，不托飞驰之势，而声名自传于后”④。曹丕提倡的文章功能重在满足治理国家的需要，范围广泛，既包括表彰徐幹《中论》的诸子书籍，又包括他最欣赏的辞赋，如《典论·论文》说：

> 王粲长于辞赋，徐幹时有齐气，然粲之匹也。如粲之《初征》《登楼》《槐赋》《征思》，幹之《玄猿》《漏卮》《圆扇》《橘赋》，虽张、蔡不过也。然于他文，未能称是。琳、瑀之章表书记，今之隽也。应玚和而不壮，刘桢壮而不密。

① 参见傅刚：《论建安文学批评的发生》，《文学评论》2019 年第 1 期。

② 参见于迎春：《论汉代“文人”的复合性》，《中国典籍与文化》2019 年第 2 期。

③ 《文选》卷五二，第 720 页。

④ 《文选》卷五二，第 720 页。

> 孔融体气高妙，有过人者，然不能持论，理不胜词，以至乎杂以嘲戏；及其所善，扬、班俦也。[1]

而在《典论》佚文中也有同样的材料：

> 李尤字伯宗，年少有文章。贾逵荐尤有相如扬雄之风，拜兰台令史，与刘珍等共撰《汉记》。[2]

曹丕在确认文章的地位之前，所举的例子重点皆是辞赋，又分别选择王粲和徐幹的代表作四篇，并且认为这些作品超过张衡和蔡邕的作品。而说李尤的文章，却引贾逵夸赞他有司马相如和扬雄的余风。众所周知，司马相如和扬雄主要是以大赋作品显示出文学的成就，成为后世大赋创作的模范。所以说，曹丕《典论·论文》讨论的文章主要是诗赋，故傅刚说《典论·论文》："这是一篇专门讨论诗赋写作的论文，从其讨论的内容看，完全合于后来的文学观念。"[3] 总而言之，在曹丕的观念中，辞赋等纯文学体裁占据了主要地位。

但曹丕的文章观念具有鲜明的个人特征，尚未成为时代的共识。刘劭于建安二十年（215）受御史大夫郗虑的辟举，被拜为太子曹丕的舍人，属于曹丕的近臣，曾经受命参与编纂"合四十余部，部有数十篇，通合八百余字"[4] 的大型文化工程《皇览》。但刘劭在《人物志》中流露的文章概念的主体构成并非诗赋。《流业》篇说"人流之业十有二焉"[5]，其中有文章、有儒学，则将文章家视为专

---

① 《文选》卷五二，第 720 页。

② 《北堂书钞》卷六二，第 255 页。

③ 傅刚：《论建安文学批评的发生》，《文学评论》2019 年第 1 期。

④ 《三国志·魏书·杨俊传》卷二三裴注引《世语》，第 664 页。

⑤ （三国魏）刘劭著，（西凉）刘昞注：《人物志》，中国书店 2019 年影印明隆庆刊本，第 34 页。

门的职业。又说“文章之材，国史之任也”①“能属文著述，是谓文章，司马迁、班固是也。能传圣人之业，而不能干事施政，是谓儒学，毛公、贯公是也”②。文章家要有写作的才能，主要是史学才华。而儒学的责任是传授圣贤的道统。因此，曹丕的文章观念，在当时具有振聋发聩、孤明先发的作用。

与文章概念相适应的是，曹丕的文人指向也更加精确。曹丕多次使用“文人”，如《与吴质书》称“观古今文人”③，《典论论文》称“夫文人相轻，自古而然”“今之文人，鲁国孔融文举、广陵陈琳孔璋、山阳王粲仲宣、北海徐幹伟长、陈留阮瑀元瑜、汝南应玚德琏、东平刘桢公干”④ 等等。因此，于迎春指出：“曹丕所谓的‘文人’，如傅毅、班固，建安七子，与后来所认可的人物已经完全一致。从此，‘文人’作为一个人物群体或类型称谓，主要用来指那些偏重于艺术性地使用文字进行书面写作的士人。”⑤ 因此说，曹丕《典论论文》已经确立了后世的文学与文人观念。

（二）“文笔之辨”的萌芽与文体排列的秩序

尽管在汉末魏晋时期尚未出现“文笔之辨”的理论，但在当时作家的观念和实践中，已经将“文”类与“笔”类文体进行有意识地区分，并且特别重视讨论“文”类文体的性质与地位。

---

① （三国魏）刘劭著，（西凉）刘昞注：《人物志》，第 40 页。

② （三国魏）刘劭著，（西凉）刘昞注：《人物志》，第 37～38 页。

③ 《文选》卷四二，第 591 页。

④ 《文选》卷五二，第 720 页。

⑤ 于迎春：《论汉代“文人”的复合性》，《中国典籍与文化》2019 年第 2 期。

魏晋时期最早的文体分类是《典论·论文》，因为该文主旨不是说明文体分类和风格，因此没有采取穷尽的列举方式，而是略举八体、概为四类，曹丕说：

> 常人贵远贱近，向声背实，又患暗于自见，谓己为贤。夫文本同而末异，盖奏议宜雅，书论宜理，铭诔尚实，诗赋欲丽。此四科不同，故能之者偏也。唯通才能备其体。①

《典论·论文》是有感于古今文人相轻的风气而作。文章在具体的论证中，涉及普通人贵远贱近又自视甚高的弊病，以举例的方式提到了文体和风格。这种文体区分和风格概述应该是当时的公论，因此曹丕才能够信手拈来、不加说明地当作论据使用。在没有具体的材料发现之前，我们无法判断文体发明权的归属，而更倾向于是学者文士多年写作经验和规范的积累所形成的时代共识。值得注意的是，曹丕文章呈现的区分状态，不能单纯地认为标准仅仅是风格，而应该意识到其中应当蕴含着应用文体和审美文体的区分。曹丕将奏、议等应用文体排在前面，形成了先“笔”后“文”的形式，而同时代的文士往往是将诗、赋等审美文体排在前面。郭英德说“曹丕尤重前者，因此先‘笔’后‘文’，体现了传统的文体观”②，也就是持“笔”重于“文”的观念。曹丕的这种文体排列方式，符合他提出的“经国之大业，不朽之盛事”的思想。

其实杨修比曹丕更早地揭示了文章的价值，他在回应曹植的“辞赋小道，固未足以揄扬大义，彰示来世也……将采史官

① 《文选》卷五二，第720页。

② 郭英德：《中国古代文体学论稿》，北京大学出版社2005年版，第80页。

之实录，辨时俗之得失，定仁义之衷，成一家之言”① 时说：

> 今之赋颂，古诗之流，不更孔公，风雅无别耳。修家子云，老不晓事，强著一书，悔其少作。若此，仲山周旦之俦，为皆有諐邪？君侯忘圣贤之显迹，述鄙宗之过言，窃以为未之思也。若乃不忘经国之大美，流千载之英声，铭功景钟，书名竹帛，斯自雅量素所畜也，岂与文章相妨害哉。②

杨修此篇作于建安二十一年（216），早于曹丕的《典论·论文》。曹植的这番话，并不能看作真情实意的流露，当时是争储的关键期，有着复杂的政治背景。值得注意的是，杨修将赋颂与文章分开并提，则在当时人们的观念中，已经将辞赋等文学性文字与其他应用性文字进行了区别。

《中论序》说徐幹：

> 君之性，常欲损世之有余，益俗之不足。见辞人美丽之文，并时而作，曾无阐弘大义，敷散道教，上求圣人之中，下救流俗之昏者，故废诗赋颂铭赞之文，著《中论》之书二十篇。③

《中论序》作者不明，但末段说：“余数侍坐，观君之言常怖，笃意自勉，而心自薄也。何则？自顾才志不如之远矣耳。然宗之仰之，以为师表。”那么作者与徐幹有所交往，属同时代的

---

① （魏）曹植撰，赵幼文校注：《曹植集校注》，中华书局2016年版，第227页。

② 《文选》卷四〇，第564页。

③ （三国魏）徐幹：《中论》，《四部丛刊》影印明嘉靖青州刊本。

人，则《中论序》中的文学观念也体现了当时的看法。作者说“辞人美丽之文”，则以辞赋之流遍体华美的作品是作为“文”看待的，随后作者又罗列了诗、赋、颂、铭、赞等五种文体作为依据。据此看来，“文”的内涵在建安时期已经得到文人的普遍确认。

陆机《文赋》列举了十种文体及风格：

> 诗缘情而绮靡，赋体物而浏亮，碑披文以相质，诔缠绵而凄怆，铭博约而温润，箴顿挫而清壮，颂优游以彬蔚，论精微而朗畅，奏平彻以闲雅，说炜烨而谲诳。①

这里的文体次序是诗、赋、碑、诔、铭、箴、颂、论、奏、说，这种排列方法很值得玩味，排在“颂”前的都是有韵的作品，而后三者是无韵的应用文体。陆机在太康末已经入晋，而《文赋》又写成于晋代，他的这种排列顺序，与挚虞已经非常相似了，说明当时已经有了“文笔之辨”的共识。刘师培也持同样的看法，他认为：“晋人论文之作，以陆机之赋为最先，观其所举文体，惟举赋、诗、碑、诔、铭、箴、颂、论、奏、说，不及传、状之属，是即文、笔之分也。”②

陆机只是举出几例进行论证，与曹丕行文的技法相类，当然不能说是当时的全部文体。曹丕所列举的是奏、议、书、论、铭、诔、诗、赋八种，陆机提及的有诗、赋、碑、诔、铭、箴、颂、论、奏、说十种，应该说绝大多数是相同的。诗、赋、颂、

① （晋）陆机著，张少康释：《文赋集释》，人民文学出版社2002年版，第99页。

② 刘师培著，刘跃进讲评：《中国中古文学史讲义》，凤凰出版社2011年版，第84～85页。

铭、诔、箴等，是南朝人所谓的“文”，也就是我们今天所谓的纯文学体裁，是逞才效伎、抒发性情的重要载体；而归入“笔”类应用型文章大抵以说理为主，带有经国、立言的性质，具有很强的事功性。总之，尽管曹丕（192～232）与陆机（261～303）活跃年份有百年之遥，但他们对文体的分类和行文风格特征的确认却是相似的，说明当时社会对文学已经有了稳定而共同的认识。

因此，尽管“文笔之辨”是南朝之后引起重视并展开讨论的，但早在魏晋时代，人们已经有意识地区分文学作品的文学性与应用性：前者注重称美功德和抒发感情，后者从实用的层面描述现实政治和日常生活。因此说，挚虞编撰《文章流别集》，以诗赋的顺序进行文体排列，注意审美性的文体，以当时的文体分类为依据。由于《文章流别集》久佚，《文章流别论》也是张溥、严可均等人据唐宋类书进行辑佚的。尽管能够归纳出挚虞讨论的若干文体种类，但当时的排列顺序已经不甚清晰，只能根据《文章流别论》的内容进行仔细斟酌。

《文章流别论》说：

> 文章者，所以宣上下之像，明人伦之叙，穷理尽性，以究万物之宜者也。王泽流而诗作，成功臻而颂兴，德勋立而铭著，嘉美终而诔集。祝史陈辞，官箴王阙，周礼太师掌教六诗：曰风，曰赋，曰比，曰兴，曰雅，曰颂。言一国之事，系一人之本，谓之风。言天下之事，形四方之风，谓之雅。颂者美盛德之形容。赋者，敷陈之称也。比

者，喻类之言也。兴者，有感之辞也。①

这应该是《文章流别集》序言的一部分。开首即对“文章”进行定义，并寻求文章各体的经学来源，所提及的有诗、颂、铭、诔、赋等，接下来又说赋、颂俱出于《诗经》，体现了宗经的思想，文繁不具。因此，我们有理由相信，《文章流别集》的排列和当时的普遍文体观念是一致的，应该遵循“文”类文体在前、“笔”类文体在后的通行规范。但《文章流别论》共列举十三种文体，即颂、赋、诗、七、箴、铭、庆、哀辞、设论、碑、图谶、述等，全属有韵之文。那么《文章流别集》到底是否有无韵之文，限于材料，殊难说清了。

二、“赋”体、“七”体与文章理论资源的借鉴

挚虞《文章流别论》的文章理论，经过与同时或之前的文章理论比对，我们认为很多理论并不属于挚虞的独立创造，而是汇总了前人的文章理论。因此，《文章流别论》是西晋文章理论的集大成作品，反映了西晋文章理论的发展水平。

兹以《文章流别论》中残存内容比较丰富的“赋”体、“七”体为例，来观察挚虞是如何借鉴当时的文章理论资源的。

（一）“赋”体

挚虞给“赋”的定义是：“赋者，敷陈之称，古诗之流也。”②赋体是《诗经》六义之一，故而说是古诗之流。这个观点，班固在《两都赋序》里也表达过。曹魏的杨修在《答临淄侯笺》

① 《艺文类聚》卷五六，第1018页。

② 《太平御览》卷五八七，第2644页。

也说“今之赋颂，古诗之流，不更孔公，风雅无别耳”①，西晋皇甫谧《三都赋序》说“诗人之作，杂有赋体。子夏序《诗》曰：‘一曰风，二曰赋。’故知赋者，古诗之流也”②，而左思《三都赋序》也直引班固的表述。因此说，挚虞对赋的看法是汉魏以来的普遍观点。

挚虞又说：“古诗之赋，以情义为主，以事类为佐；今之赋，以事形为本，以正义为助。”③《诗经》赋体以情义为主而以事类为辅，而挚虞时代的赋作则以事类为主，曹丕《答卞兰教》即说“赋者，言事类之所附也”④，这体现了赋体的变迁。正是这个缘故，影响到赋体表达形式的变化，从言省文约发展到铺陈言辞，而铺陈的结果会导致夸饰的作风，背离了事实和义理，最终走向反面，“背大礼而害政教”。司马相如和扬雄等大赋作家对此都有过反思。

关于《文章流别集》中的赋家作品，俞士玲《挚虞〈文章流别集〉考》根据《文选》分类方式，将《文章流别集》区分为七个小类，各附篇目。⑤ 笔者在此基础上稍作增补如次：楚辞类有《离骚》《九歌》《九章》《九辩》《高唐赋》《神女赋》《鹏鸟赋》等；京都类有《两都赋》《二京赋》；田猎类有《子虚赋》《上林赋》《羽猎赋》（扬雄）《长扬赋》《武猎赋》《羽猎赋》（王粲）《西狩赋》《大阅赋》；纪行类有《北征赋》《东征赋》；

① 《文选》卷四〇，第564页。

② 《文选》卷四五，第641页。

③ 《艺文类聚》卷五六，第1018页。

④ 《三国志·魏书·后妃传》卷五裴松之注，第158页。

⑤ 参见俞士玲：《西晋文学考论》，第199页。

志类有《幽通赋》《思玄赋》《玄表赋》；又有荀卿赋《礼》《智》；等等。由此可知，《文章流别集》选录的赋体作家作品耳熟能详，都是传世名篇；挚虞之前的赋论家皇甫谧和陆机分别在《三都赋序》和《遂志赋序》中有所涉及，因此说《文章流别集》选择了当时公认的佳作。

司马相如和扬雄是西汉最重要的赋作家，他们赋作的典范地位在东汉初年已经得到广泛的认同。譬如《文选》卷六〇任昉《齐竟陵文宣王行状》“东平齐声于杨史”① 句李善注引《东观汉记》：

> 上以所自作《光武皇帝本纪》示东平宪王苍，苍因上《世祖受命中兴颂》。上甚善之，以问校书郎，此与谁等，皆言类相如、扬雄，前代史岑比之。②

班固《东都赋》载：“宾既卒业，乃称曰：美哉乎斯诗！义正乎杨雄，事实乎相如，匪唯主人之好学，盖乃遭遇乎斯时也。”③ 张衡《东京赋》载：“故相如壮上林之观，杨雄骋羽猎之辞。”④《后汉书·李尤传》载：“少以文章显。和帝时，侍中贾逵荐尤有相如、扬雄之风，召诣东观，受诏作赋，拜兰台令史。”⑤ 据此可知，司马相如、扬雄在东汉时已经并称，并被视为赋作的重要代表和模拟对象。至于马、扬并称的原因，自然是两者均以铺张扬厉的大赋名世。扬雄是在模拟司马相如的基础上取得了堪与比肩的成就。《汉书·扬雄传》载：

---

① 《文选》卷六〇，第 826 页。
② 《文选》卷六〇，第 826 页。
③ 《文选》卷一，第 35 页。
④ 《文选》卷三，第 67 页。
⑤ 《后汉书·李尤传》卷八〇，第 2616 页。

顾尝好辞赋。先是，蜀有司马相如，作赋甚弘丽温雅，雄心壮之，每作赋，常拟之以为式。又怪屈原文过相如，至不容，作《离骚》，自投江而死，悲其文，读之未尝不流涕……至是客有荐雄文似相如者……①

本传又说：

赋莫深于《离骚》，反而广之。辞莫丽于相如，作四赋，皆斟酌其本，相与放依而驰骋云。②

而扬雄的作品也因酷似司马相如而得到成帝的召见，扬雄《答刘歆书》是一篇属于自述性质的书信，其曰：

而雄始能草文，先作《县邸铭》《玉佴颂》《阶闼铭》及《成都城四堣铭》。蜀人有杨庄者为郎，诵之于成帝，成帝好之，以为似相如，雄遂以此得外见。③

扬雄欣赏司马相如赋的弘丽，有意取为模仿的准式，他所作的赋，时人以为与相如相似。因此，东汉以来的学者，将司马相如和扬雄并称，是很有道理的。

那么魏晋之际的文人，对前代赋的认识又是怎样呢？曹丕《典论》说：

或问："屈原、相如之赋孰愈?"曰："优游按衍，屈原之尚也；浮沉漂淫，穷侈极妙，相如之长也。然原据托譬喻，其意周旋，绰有余度矣。长卿子云，意未能及也。"④

---

① 《汉书·扬雄传》卷八七，第3514页。

② 《汉书·扬雄传》卷八七，第3583页。

③ 《古文苑》卷十，《四部丛刊》影印杭州蒋氏藏明成佛壬寅刊本。

④ 《北堂书钞》卷一〇〇，第422页。

曹丕对屈原和司马相如赋作的比较，说明了他心目中赋史上的典范作家。

陆机《遂志赋序》说：

> 昔崔篆作诗，以明道述志，而冯衍又作《显志赋》，班固作《幽通赋》，皆相依仿焉。张衡《思玄》、蔡邕《玄表》、张叔《哀系》，此前世之可得言者也。崔氏简而有情，《显志》壮而泛滥，《哀系》俗而时靡，《玄表》雅而微素。《思玄》精练而和惠，欲丽前人，而优游清典，漏《幽通》矣。班生彬彬，切而不绞，哀而不怨矣。崔、蔡冲虚温敏，雅人之属也。衍抑扬顿挫，怨之徒也。岂亦穷达异事，而声为情变乎？余备托作者之末，聊复用心焉。①

陆机认为冯衍、班固、张衡、蔡邕、张叔等人的赋作都是对崔篆《慰志赋》的依仿，但他们的《显志赋》《幽通赋》《思玄赋》《玄表赋》《哀系赋》又属于“志”类赋的代表。后来萧统《文选》选了其中的《幽通赋》和《思玄赋》。

左思在《三都赋序》中表达了对赋作不能征实的不满。左思认为赋起到了《诗经》供在位者观民风的作用：

> 先王采焉，以观土风。见“绿竹猗猗”，则知卫地淇澳之产；见“在其版屋”，则知秦野西戎之宅。故能居然而辨八方。②

但司马相如的《上林赋》、扬雄的《甘泉赋》、班固的《西都赋》、张衡《西京赋》等名家名赋，却驰骋浮藻而罔顾事实。他说：

---

① （晋）陆机著，杨明校笺：《陆机集校笺》卷二，第 87 页。
② 《文选》卷四，第 74 页。

> 然相如赋《上林》，而引“卢橘夏熟”；扬雄赋《甘泉》，而陈“玉树青葱”；班固赋《西都》，而叹“以出比目”；张衡赋《西京》，而述“以游海若”。假称珍怪，以为润色，若斯之类，匪啻于兹。考之果木，则生非其壤；校之神物，则出非其所。于辞则易为藻饰，于义则虚而无徵。且夫玉卮无当，虽宝非用；侈言无验，虽丽非经。而论者莫不诋讦其研精，作者大氐举为宪章。积习生常，有自来矣。①

左思将名家名赋作为批评的鹄的，确实能够振聋发聩，引人注意。

刘逵《吴都赋蜀都赋注序》说：

> 观中古已来为赋者多矣。相如《子虚》擅名于前，班固《两都》理胜其辞，张衡《二京》文过其义。②

刘逵列举的司马相如的《子虚赋》、班固的《两都赋》和张衡的《二京赋》的“文过其义”，是对左思意见的呼应。

皇甫谧是挚虞的老师，其《三都赋序》③ 说：

---

① 《文选》卷四，第 74 页。

② 《晋书·左思传》卷九二，第 2376 页。

③ 《三都赋序》是否出自皇甫谧之手，颇有争论，反对者认为陆机在太康十年（289）入洛，而左思向陆机咨询过吴事，而皇甫谧在太康三年（282）去世，未及见《三都赋》写竣。这个观点忽略了陆机在太康平吴时期被俘入洛一事（参见傅刚：《陆机初次赴洛时间考辨》，《上海师范大学学报》1986 年第 2 期），又卫权在《三都赋略解·序》已提及皇甫谧作注，卫权是晋初人，与皇甫谧属同时人，其说值得信赖（参见王紫微：《左思〈三都赋〉成篇历程新考》，《中国典籍与文化》2014 年第 3 期）。

> 至于战国，王道陵迟，风雅寝顿。于是贤人失志，辞赋作焉。是以孙卿、屈原之属，遗文炳然，辞义可观，存其所感，咸有古诗之意，皆因文以寄其心，托理以全其制，赋之首也。及宋玉之徒，淫文放发，言过于实。夸竞之兴，体失之渐，风雅之则，于是乎乖。逮汉贾谊，颇节之以礼。自时厥后，缀文之士，不率典言，并务恢张，其文博诞空类。大者罩天地之表，细者入毫纤之内。虽充车联驷，不足以载；广夏接榱，不容以居也。其中高者，至如相如《上林》、扬雄《甘泉》、班固《两都》、张衡《二京》、马融《广成》、王生《灵光》，初极宏侈之辞，终以约简之制，焕乎有文，蔚尔麟集，皆近代辞赋之伟也。若夫土有常产，俗有旧风，方以类聚，物以群分，而长卿之俦，过以非方之物，寄以中域，虚张异类，托有于无。祖构之士，雷同影附，流宕忘反，非一时也。①

皇甫谧所列举的赋体代表作家有荀子、屈原、宋玉、贾谊、司马相如、扬雄、班固、张衡、马融、王逸等，赋体代表作品有《上林赋》《甘泉赋》《两都赋》《二京赋》《广成颂》《灵光赋》等。将皇甫谧列举的代表作家作品与《文章流别集》所列举的作家作品进行比对，发现挚虞全盘接纳了皇甫谧的意见。比如在具体人物的判断上，两者也是一致的，皇甫谧说“孙卿、屈原之属，遗文炳然，辞义可观，存其所感，咸有古诗之意，皆因文以寄其心，托理以全其制，赋之首也。及宋玉之徒，淫文放发，言过于实。夸竞之兴，体失之渐，风雅之则，于是乎

① 《文选》卷四五，第641页。

乖”，挚虞说“孙卿、屈原，尚颇有古之诗义，至宋玉则多淫浮之病矣”。挚虞少时曾师从皇甫谧，他们在赋学观上之所以一致，是因为挚虞接受了黄甫谧的影响，当然也反映了当时社会的普遍意见。挚虞的赋论，实际上是在皇甫谧赋论基础上的概括，我们将在下面的文章中重点讨论。

（二）“七”体

《文章流别论》说“七”体：

> 《七发》造于枚乘，借吴楚以为客主。先言：“出舆入辇，蹷痿之损；深宫洞房，寒暑之疾；靡漫美色，宴安之毒；厚味暖服，淫跃之害。宜听世之君子要言妙道，以疏神导体，蠲淹滞之累。”既设此辞，以显明去就之路，而后说以声色逸游之乐，其说不入，乃陈圣人辩士讲论之娱，而霍然疾瘳。此固膏粱之常疾以为匡劝，虽有甚泰之辞，而不没其讽谕之义也。其流遂广，其义遂变，率有辞人淫丽之尤矣。崔骃既作《七依》，而假非有先生之言。呜呼！扬雄有言，童子雕虫篆刻，俄而曰：壮夫不为也。孔子疾小言破道，斯文之族，岂不谓义不足而辩有余者乎？赋者，将以讽，吾恐其不免于劝也。①

又有：

> 傅子集古今七而论品之，署曰《七林》。②

挚虞认为“七”体起源于枚乘，因此《七发》入选《文章流别集》当无疑问；又提及崔骃《七依》，则也应该是《文章流别

① 《艺文类聚》卷五七，第1020页。

② 《艺文类聚》卷五七，第1020～1021页。

集》的选择篇目。挚虞特意提及的傅玄《七林》，应当是挚虞“七”体编纂的资料依据。

魏晋是“七”体理论的兴盛期，挚虞的“七”论是在魏代七论发展基础上进行的改造。魏代学者对“七”体的意见，比较有代表性的是曹植《七启序》和傅玄《七谟序》。曹植《七启序》：

> 昔枚乘作《七发》、傅毅作《七激》，张衡作《七辩》、崔骃作《七依》，辞各美丽。余有慕之焉！遂作《七启》，并命王粲作焉。①

曹植提到了四篇前人作品，既说王粲在世，那么曹植的《七启》是在建安年间创作。如此说来，将“七”体追溯到《七发》是当时人的共同意见，代表性作品有傅毅、张衡和崔骃的作品。挚虞讨论了最早的枚乘《七发》和崔骃《七依》，是有现实依据的。傅玄（217～278）《七谟序》说：

> 昔枚乘作《七发》，而属文之士若傅毅、刘广、崔骃、李尤、桓麟、崔琦、刘梁、桓彬之徒，承其流而作之者纷焉，《七激》《七依》《七说》《七蠲》《七举》《七误》之篇。于通儒大才马季长、张平子亦引其源而广之，马作《七广》，张造《七辨》。或以恢大道而导幽滞，或以点瑰奓而托调咏，扬晖播烈，垂于后世者，几十有余篇。自大魏英贤迭作，有陈王《七启》，王氏《七释》、杨氏《七训》、刘氏《七华》，从父侍中《七诲》，并陵前而邈后，扬清风于儒林，亦数篇焉。世之贤明，多称《七激》工，余以为未

① 《文选》卷三四，第484页。

> 尽善也。《七辨》似也，非张氏至思，比之《七激》，未为劣也。《七释》佥曰妙哉，吾无间矣。若《七依》之卓轹一致，《七辨》之缠绵精巧，《七启》之奔逸壮丽，《七释》之精密闲理，亦近代之所希也。①

文中称“大魏”，则作于曹魏期间。傅玄对“七”体进行了梳理，罗列了多篇文章，但追溯至《七发》的意见与前人是一致的。近来，北大简被发现，其中有汉简《反淫》一篇，结构和内容与《七发》相似，可能会给我们提供理解西汉“七”体文的新思路，即《七发》起初并非以“七”名篇，而当时模写《七发》这样的文体的人可能有很多。②

根据《文章流别论》尚保存的“赋”体和“七”体的研究可知，挚虞的文体论部分基本是因袭当时人的普遍结论，所以说《文章流别论》的价值之一是将零散的文论体进行了统筹和汇集。

① 《太平御览》卷五九〇，第2657页。

② 参见傅刚、邵永海：《北大藏汉简〈反淫〉简说》，《文物》2011年第6期。

第五章　《文章流别集》与西晋文人的文学史观念

根据《文章流别集》现存的作家作品，再结合挚虞的文学创作和文学理论情况，可以看出，挚虞非常重视两汉的文学作品，西晋文人在创作和论述中也持有与挚虞同样的看法。因此，挚虞的文学史观念实际上体现了西晋文人的文学史观念。

第一节　彰显两汉：《文章流别集》的选文定篇

从《文章流别集》的作家作品选择、《文章流别论》的理论宣示和挚虞文学创作呈现的姿态中，我们发现挚虞给予两汉文章以高度的重视。追摹汉代文学，不仅仅是挚虞的个人意识，实际上也反映了西晋文人普遍的汉代情结。

一、西晋文人视野中的汉代文学下限

今天的学者，大抵将建安文学作为曹魏文学的重要组成部分来研究，这是符合历史事实的处理方式。自从建安元年(196)，曹操挟汉献帝迁都许昌，实际执掌了汉柄，汉献帝只是拱默备位而已。但在魏晋之际的人们看来，建安仍然是汉代的

年号，尽管曹操后来追谥为魏武帝，但毕竟是称臣终年，与献帝的君臣名分尚在。西晋人的态度，可以从两次“议立晋书限断”中窥略，尽管司马氏从正始元年（240）的高平陵政变后开始执掌魏柄，但最终仍是在泰始开元（265）得到了广泛认同，这其实是魏晋正名思潮的反映。

西晋共有两次议立晋书限断。第一次发生在晋武帝时期，当时的意见主要有两类：一是荀勖的以正始起年，一是王瓒的以嘉平开元。第二次发生在晋惠帝元康七至八年（297～298）间。后一次讨论的影响比较大，“朝廷三公”也加入其中，各种意见针锋相对，但贾谧“请从泰始为断”的意见占有主流地位，《晋书·潘岳传》载“谧《晋书》限断，亦岳之辞也”①，因此贾谧的意见来自潘岳。当时晋书限断的意见尚有从正始起年和嘉平起年两种，第一种认为开始于司马懿任魏太傅辅政，第二种认为开始于司马懿诛灭曹爽集团后总执军政大权，这两种意见都考虑到司马氏实际掌权的情况。但贾谧认为晋朝开始于泰始元年（265），应该是考虑到禅代之后才有了晋朝的政治名号，贾谧的这种意见获得了广泛的认同。东晋干宝修《晋纪》，“上自宣帝迄于建兴，凡五十三年，成二十卷。辞简理要，直而能婉，世称良史”②，似以司马懿为断，但说“五十三年”，而武帝泰始元年是265年，愍帝建兴五年是317年，则“宣帝”当为“武帝”之误，故干宝应是以泰始元年（265）作为晋朝之始。

既然西晋人谈本朝的开元，同意以泰始为断，那么以此绳

① 《晋书·潘岳传》卷五五，第1504页。
② （唐）许嵩：《建康实录》卷七，第188页。

律汉魏之际的情况，亦可以断定西晋人心目中的汉代文学包括建安文学。

西晋的司马彪（？～306）《续汉书叙》的断代年限可以提供直接的证据，本传载：

> 以为"先王立史官以书时事，载善恶以为沮劝，撮教世之要也。是以《春秋》不修，则仲尼理之；《关雎》既乱，则师挚修之。前哲岂好烦哉？盖不得已故也。汉氏中兴，讫于建安，忠臣义士亦以昭著，而时无良史，记述烦杂，谯周虽已删除，然犹未尽，安顺以下，亡缺者多"。彪乃讨论众书，缀其所闻，起于世祖，终于孝献，编年二百，录世十二，通综上下，旁贯庶事，为纪、志、传凡八十篇，号曰《续汉书》。①

司马彪是西晋的宗室高阳王司马睦长子，认为后汉止于献帝，迄于建安，并撰成《续汉书》，当是反映了西晋人的共同态度。

二、《文章流别论》对两汉文学的品评

《文章流别集》所选的作家作品，除屈原、宋玉、荀子之外，其余都来自两汉，反映了挚虞的文学史思想。赋、颂两体，存世较多，兹以此两种文体为例，分析挚虞对汉代文学的态度。

（一）赋体

赋体是汉代最重要的文体，《文章流别集》选择了哪些赋作，具体作家和年代分布又是怎样？这个问题关系到挚虞对赋史的认识。兹据《文章流别论》进行归纳总结。

① 《晋书·司马彪传》卷八二，第2141～2142页。

唐代类书中所引的《文章流别论》有：

司马迁割相如之浮说，杨雄疾辞人之赋丽以淫。①

前世为赋者，有孙卿、屈原，尚颇有古之诗义，至宋玉则多淫浮之病矣。《楚词》之赋，赋之善者也。故扬子称赋莫深于《离骚》；贾谊之作，则屈原俦也。②

唐宋的注中，有《文选》班彪《北征赋》李善注引《流别论》云：

更始时，班彪避难凉州，发长安，至安定，作《北征赋》也。③

《文选》曹大家《东征赋》李善注引《流别论》云：

发洛，至陈留，述所经历也。④

《古文苑》卷七《羽猎赋》章樵注引《文章流别论》云：

建安中，魏文帝从武帝出猎。赋，命陈琳、王粲、应玚、刘桢并作。琳为《武猎》、粲为《羽猎》、玚为《西狩》、桢为《大阅》。凡此各有所长，粲其最也。⑤

见载于其他资料的有关挚虞的赋论还有：

挚虞论蔡邕《玄表赋》曰："《幽通》精以整，《思玄》

① 《艺文类聚》卷五六，第1018页。

② 《太平御览》卷五八七，第2644页。

③ 《文选》卷九《北征赋》李善注引，第142页。

④ 《文选》卷九《北征赋》李善注引，第144页。

⑤ 《古文苑》卷七章樵注引，《四部丛刊》景常熟瞿氏铁琴铜剑楼藏宋刊本。

博而赡，《玄表》拟之而不及。”余以仲治此说为然也。①

这条材料没有明确提及挚虞说法的出处，清代孙诒让《札迻》卷一〇说“此盖论挚虞《文章流别》之语”②，察其内容，理应如此。

挚虞将楚辞视为赋的一种，说明了晋人受《汉书·艺文志》的分类影响，仍然坚持辞赋不分的观念。到了梁代，楚辞已经成为独立的文体，《文选》将其列为单独一类，反映了萧统等有意区别辞赋的意识。又“七”体在《文选》中已经独立，尽管一般认为《七发》是汉大赋的滥觞，但习惯上不计入赋类讨论。

《文章流别集》选录的赋体作品耳熟能详，基本是传世名篇。挚虞之前的赋论家，如皇甫谧（《三都赋序》）和陆机（《遂志赋序》）等也基本提及这些作品③，因此说《文章流别集》选择了当时公认的赋作。

《文章流别集》所提及的赋体作家，可以考知的有屈原、宋玉、荀卿、贾谊、司马相如、扬雄、班彪、班固、曹大家、张衡、蔡邕、王粲、陈琳、应玚、刘桢等。按照时代来区分，先秦有作家三人、作品八首（“九”作俱算一首），西汉有作家三人、作品五首，东汉有作家九人、作品十首。两汉共有十二人，反映了汉赋的繁荣景象和典范作用。

《文章流别集》也揭示了挚虞观念中的赋作起源和发展历程。在挚虞看来，赋起源于屈原的《离骚》，而《离骚》又是后世骚体赋的模拟对象；荀卿赋的铺陈方式影响到大赋的写作手

① 许逸民校笺：《金楼子校笺·立言篇第九下》，第925页。

② （清）孙诒让：《札迻》，中华书局2009年版，第388页。

③ 参见本书第四章第四节。

法；宋玉是屈原的弟子，在赋的创作中很有成就；西汉的贾谊创作了骚体赋《鹏鸟赋》，颇有影响力；而司马相如和扬雄，在东汉已经是人们作赋的楷模，东汉魏晋的赋论中颇多推崇马、扬的记载；班固《两都赋》、张衡《二京赋》，代表了京都赋的巅峰，也使京都赋盛极难继；东汉时代，小赋的创作越发繁荣，赋的创作已经不再困难，因此作品越发纷纭。

《文选》的赋体选择也应当受到了《文章流别集》的影响。通过对《文选》和《文章流别集》的赋体作品比对，《文选》所收录的战国两汉部分的骚体和赋体作品，基本与《文章流别集》相同，如宋玉、张衡各收四首，司马相如、扬雄各收三种，班固收两种，因此《文选》的编纂很可能参考了《文章流别集》，可惜《文章流别集》久佚，无从一一比对，只能通过残存的蛛丝马迹进行追索。

（二）颂体

《文章流别论》说：

> 颂，诗之美者也。古者圣帝明王，成功治定而颂声兴。于是史录其篇，工歌其章，以奏于宗庙，告于神明，故颂之所美，则以为名，或以颂形，或以颂声，其细已甚，非古颂之意。昔班固为《安丰戴侯颂》，史岑为《出师颂》《和熹邓后颂》，与《鲁颂》体意相类，而文辞之异，古今之变也。杨雄《赵充国颂》，颂而似雅，傅毅《显宗颂》，文与《周颂》相似，而杂以风雅之意。若马融《广成》《上林》之属，纯为今赋之体，而谓之颂，失之远矣。①

① 《艺文类聚》卷五六，第1018页。

挚虞所提及的颂体代表作家作品有杨雄《赵充国颂》、史岑《出师颂》《和熹邓后颂》、傅毅《显宗颂》、班固《安丰戴侯颂》、马融《广成颂》《上林颂》等，俱属于汉代的作家作品。俞士玲认为挚虞未收马融的两篇颂，若果真如此，挚虞就无法落实“流别”的要求。

“颂”与“赋”一样，本是《诗经》“六义”之一，《周颂》《鲁颂》《商颂》是颂体的经典规范。《诗大序》归纳颂体的特点是“美盛德之形容”，主要是歌颂圣帝明王的治国业绩，目的是告祭祖先和神灵。颂体在发展过程中，或重视对形象的描写，或致力于对音乐的关注，发展趋向日益细微，脱离了古颂的规范。班固、史岑等人作品，还像古颂，只是文辞发生了变化，这是语言发展的自然结果。但扬雄的颂作，与《诗经》的雅体相似，而傅毅的颂作，又融入了风雅的意味，总之比古颂驳杂，已属为例不纯。马融的颂作，应属于赋体，却称为颂体，已经明显混淆文体的界限了。颂体发展到晋代，竟脱离了颂美的基本功能，反而转向颂美的反面，着重于针砭批评，如陆机《汉高祖功臣颂》呈现了“褒贬杂居”的情状。① 挚虞与陆机系同时人，陆机名声昭彰，挚虞不容不知，其作品也应广为人知，挚虞强调古颂规范，应该是针对当时的创作情况有为而发，充满着现实关怀。

挚虞所选的几篇颂作，其实是颂体发展过程中的几种变异形态，即风雅杂糅、文辞变异和赋化倾向，这也揭示了颂体发展过程中呈现的面貌。挚虞的意思不是说除了这几部作品，其他颂作俱恪守古颂规范，而是说这几部名家名作尚且如此驳杂，

① 参见傅刚：《〈昭明文选〉研究》，第301页。

其他颂作更不遑多言了。明乎此，就不难理解笔者说《文章流别集》采入马融《广成颂》《上林颂》的原因。

《文章流别集》已佚，仅残存《文章流别论》和《文章志》的部分内容，尽管只是零珪断璧，但吉光片羽、弥足珍贵。通过对残存文献中有关作家作品的收集整理，我们认为挚虞的文学史思想主要体现在以下几个方面：一是儒家经典是一切文体的源头，但因地位尊崇，而不入文章之类，后世《文心雕龙》说“宗经”，《文选》不录“姬公之籍、孔父之书”，其渊源有自。二是挚虞生当西晋，收录前世文章，主要还是战国两汉，而两汉时期以东汉最为重要，揭示了东汉文人意识的清晰和文学创作的繁荣。三是挚虞的选篇大抵是当时的名篇佳制，这合于总集的编纂目的，但也融入了自己对流别的考察和判断，告诉读者文体源流和变迁的具体表现，反映了西晋文体意识的成熟和辨体研究的深入。四是赋、颂、铭、箴、诗等纯文学体裁成为讨论的重点，说明西晋人的文笔意识已经清晰。

第二节 宗尚两汉：挚虞的文学创作和理论取向

现存的挚虞诗歌主要是四言诗。挚虞对当时流行的五言诗看法比较传统，以《诗经》“雅颂”体四言诗作为自己的模拟对象，而存诗较多的赠答题材是从东汉开始得到广泛的使用。挚虞的辞赋理论，来源于两汉和建安时期的旧说，而在辞赋创作中，骚体赋《思游赋》远绍“楚辞体”，但更近的模拟对象应是贾谊，尤其在精神实质上有相通之处；又《鸩鹊赋》继承了贾谊《鹏鸟赋》和祢衡《鹦鹉赋》的写法；《疾愈赋》更是将《七发》中为人所忽略的客人所述楚太子的疾病情状作为模拟的题材。因此说挚虞的文学创作也是以两汉作品作为主要模拟对象。

一、挚虞四言诗创作的汉代渊源

四言诗本是《诗经》的正体。西汉已有四言诗的创作，官方的四言诗主要是用于祭祀天地祖宗的郊庙歌辞，如《安世房中歌》《郊祀歌》等；而普通文人的四言诗，有韦孟的《讽谏诗》《在邹诗》、韦玄成的《自劾诗》《戒子孙诗》等。及至东汉，四言诗蔚起，有东平王刘苍的《武德舞歌诗》、班固《两都赋》中的《明堂诗》《辟雍诗》《灵台诗》、傅毅的《迪志诗》、刘珍的《赞贾逵诗》、朱穆的《与刘伯宗绝交诗》、桓麟的《答客诗》、应季先的《美严王思诗》、秦嘉的《述婚诗》《赠赋诗》、蔡邕的《答对元式诗》《答卜元嗣诗》、孔融的《离合作郡姓名字诗》、仲长统的《见志诗二首》等。经过两汉诗人的努力，四言诗的题材范围日益扩大，应用场合也日趋广泛，尤其赠答诗的涌现，构成了魏晋四言诗的主要题材。挚虞现存的四言赠答体，溯其根源，应该在东汉时期。

挚虞的四言诗，存世共有五首，其中四首是赠答之作，赠答对象分别是伏武仲、李叔龙、褚武良、杜育，只有《雍州诗》是咏物之作。赠答体一般适用于正式的场合，而四言体既是《诗经》流脉，又主要应用于郊庙祭祀等重要场所，长期以来一直是诗歌的正体，因此显得最为庄重典雅。即使陆机以五言诗炳耀当世，赠答一体也不例外，在与陆云、潘尼的赠答中，仍然使用过四言体。应该说，四言体本是赠答诗的正体，五言诗风靡之后，渐渐蔓延至赠答体，而挚虞本来轻视五言体，现存作品也没有在正式场合写作的五言诗，因此挚虞应该很少创作五言诗。而与之共议《新礼》的傅咸，却没有他这样偏执，其与郭泰机的赠答，即是用五言写成。然而有意思的是，根据傅咸《赠郭泰机诗》“小序”可知郭泰机是“寒素后门之士”，是向傅咸赠诗自荐①的，不好直陈己意，故假“寒女”自寓。这种特殊的题材需要使用通俗的五言体来表达，而傅咸说“故直戏以答其诗云”②，既是游戏口吻，显然不是很重视这次赠答。但傅咸另有一首《赠何劭王济诗》，亦是以五言写就，而赠答对方系当时举足轻重的大人物，应该说五言体用于赠答在当时并不会引起非议。虽然说傅咸撰有“七经诗”，对经学典籍颇为熟悉，又与挚虞受命共议《新礼》，其礼学造诣本不待言，但从本传来看，傅咸的一生主要是以敢于直言、嫉恶如仇著称，其经学行迹不甚显著；而在文学上，本传说他“好属文论，虽绮丽不足，而言成规鉴”③，显然他也爱好创作和评论文学，应该对当时的文坛状况也比较熟悉，甚至有意识地尝试绮丽文字，但由于才华的局限和认识的差异，他并没有很好地融入主流的文学风气，或者说他与当时文坛崇尚绮靡的风气是有隔膜的，其五言赠答诗不妨视作是他有意识地融入主流诗坛的尝试。与之相比，挚虞的立场显得更为传统和坚决，尤其是在理论上对绮丽文风进行了鞭挞，这与傅咸的态度有着明显的区别。

挚虞《雍州诗》属于咏物题材，但很能说明挚虞在诗歌中体现的儒学追求。挚虞选择对雍州进行赞叹，蕴意深远。诗曰：

---

① 按，《文选》卷二五录有郭泰机《答傅咸一首》，李善注又说“傅咸赠诗曰”，仔细揣摩诗意，笔者以为应是郭泰机赠诗在先，郭泰机答诗在后，两诗有颠倒赠答之嫌。

② 《文选》卷二五李善注引《傅咸集》，第 353 页。

③ 《晋书·傅咸传》卷四七，第 1323 页。

於皇先王，经启九有。有州惟雍，居京之右。土载奥区，山包神薮。嘉生惟繁，庶类伊阜。悠悠州域，有华有戎。外接皮服，内含岐丰。周馀既没，夷德未终。莫不慕义，易俗移风。①

雍州是西周政权的所在地。周朝创业时期和统治早期的文王、武王、周公等人，是儒家学者心目中的圣人。《诗经·大雅》记载了周民族的史诗，如《緜》说古公亶父迁徙岐下，建立国都；《皇矣》说文王讨伐崇国和密国，于是迁丰，诗歌的最后四句表明了周朝的风教仍然在当地遗存，影响着当地的民俗风气。挚虞是崇尚儒家经典的经学家，又出身于雍州这片圣人诞育的土地，他对雍州的感情是异常深厚的，用《诗经》的四言体向圣人的土地致敬，最后以西周的流风余韵结尾，不能说作者没有一份自豪感和使命感。

葛晓音深入探讨了《诗经》雅颂体在汉魏始终兴盛的原因，认为“雅颂体构句本来就以实字为多，能够适应四言实字化以后的体式要求。更何况汉魏四言在相当多的情况下用于颂美和赠答，而两晋的赠答诗几乎都是颂美，所以使用雅颂体的现成句式和章法是最方便的”。又进一步讨论西晋的诗歌说“最突出的现象是早在汉代就已僵化的四言这时成了应用最广的诗体”，“西晋的庙堂雅乐歌辞，一般文人的应酬赠答之作，大都采用典正奥博的四言雅颂体”，指出“四言颂体的形式与儒家述圣设教的内容是相为表里的”，而且点出其作用说“四言诗的僵化不仅促进了五言的雅化，而且为东晋玄言诗提供了典正平板、枯燥

① 逯钦立辑校：《先秦汉魏晋南北朝诗》，第759页。

说理的现成形式”。①

目前可见的挚虞唯一的五言体是《逸骥诗》，诗曰“逸骥无镳辔，腾陆从长川。剪落就羁靮，飞轩蹑云烟”②，是对奔跑的骏马的吟咏，很可能是一篇游戏之作。那么，挚虞生于五言诗蔚然勃兴的太康年间，为什么不热衷于五言诗创作呢？这应该与他的经学家身份有关。

锺嵘《诗品序》说：“迄于有晋。太康中，三张、二陆、两潘、一左，勃尔复兴，踵武前王，风流未沫，亦文章之中兴也。”③ 晋初诗坛，以“三张、二陆、两潘、一左”最为著名，基本代表了当时诗歌创作的潮流，并形成了颇具特色的“太康文学”，尤以五言诗的成就最为著名。

那么“三张、二陆、两潘、一左”这八人的学术身份是什么呢？从《隋书·经籍志》和诸家补志的情况来看，这八人中的大多数，学术成就并不突出，甚者如张载、张协、潘尼、左思等人，竟无任何学迹留存，应该是纯粹的文人。东汉开始，史学家擅长文章写作成为重要的特点，呈现了文史融合的特点，因此文学家和史学家的身份区分并不清晰。④ 太康文学的主要作家不少有史著传世，如：张华撰有《博物志》等杂史以及星象图经；张亢有《历赞》；陆云有《陆子》《新书》和《笑林》，又与陆机讨论和编撰《吴书》（未成）；潘岳有《关中记》；陆机

① 参见葛晓音：《汉魏两晋四言诗的新变和体式的重构》，《北京大学学报》2006 年第 5 期。

② 逯钦立辑校：《先秦汉魏晋南北朝诗》，第 759 页。

③ （南朝梁）锺嵘著，曹旭笺注：《诗品笺注》，第 14 页。

④ 参见拙文《论文章总集的史学渊源》，《中国文化研究》2017 年第 2 期。

参与了《晋帝纪》《惠帝起居注》《晋惠帝百官表》的写作和“晋书限断”的讨论，另有《洛阳记》和《吴书》（未成）。上述诸人的学问主要体现在史部或子部，却没有发现经学著作传世。这应该是继后汉曹魏郑众、马融、服虔、郑玄和王肃等大家的努力之后，经学经历了高度发展时期，到了晋代，人们感觉已经很难超越汉学传统，在缺乏新的思潮激荡的情况下，遂将学术注意力转移至史学领域。挚虞尽管担任过秘书监，有多部史学著作传世，如《畿服经》入“地理类”、《族姓昭穆记》入“谱系类”等①，但最为著名的是他的礼学造诣，其大量的议礼言论得以跻身《晋书·礼志》而传之不朽。因此，与张华、陆机、陆云等人相比，挚虞的经学成就更为耀眼，经学家身份更为突出。

那么经学家和史学家在对待文章上态度各有什么不同呢？《后汉书·胡广传》载尚书令左雄议改察举之制，要求年龄在四十岁以上，“儒者试经学，文吏试章奏”②，亦称“诸生试章句，文吏试笺奏”③，这是就儒生与文吏的责任分工而言。刘劭《人物志》之《流业》也说：

> 能属文著述，是谓文章，司马迁、班固是也。能传圣人之业，而不能干事施政，是谓儒学，毛公、贯公是也。④

---

① 具体考证参见拙文《挚虞史著考》，《古籍整理研究学刊》2016年第2期。

② 《后汉书·胡广传》卷四四，第1506页。

③ 《后汉书·胡广传》卷四四，第1506页。

④ （三国魏）刘劭著，（西凉）刘昞注：《人物志》，第37～38页。

儒学之材，安民之任也。文章之材，国史之任也。①

刘劭生于汉末，卒年不详，但在曹魏正始年间尚有行迹记载，他对儒学和史学不同职责的理解，应该反映了当时人的普遍看法。史家以著述为务，因此文章写作是他们的分内之事；而儒学家重在传业，因此更侧重于继承发挥先圣的观点。史学家的职责要求他们关注现实，容易理解和接受汉末以来日渐兴盛的五言诗，而锤炼文章则是史家的日常工作，以至于他们具有较突出的写作才能，能够胜任五言诗所要求的摇曳多姿的句式变化和丰富而鲜明的动词搭配。儒家学者以阅读、理解和训释“五经”为业，汉儒解二字至有万言，遂有皓首穷经之叹，繁琐的学问需要消耗很大的精力，而经典的崇高地位又使研究者如履薄冰，因此相比史学家，儒学家的思想要显得保守，且对社会关注的程度要略为逊色，很难接受已经流行的五言诗，如果要进行诗歌创作，自然要以《诗经》雅颂体为典范。

“三张、二陆、两潘、一左”是一个相对纯粹的文人团体，秉持文学家的论文立场，每人都曾有文集行世，主要是以乐府和五言诗的创作显示出太康文学重视“情”与“辞”的特征，因此在诗歌史上具有一定的意义。如张华诗虽以“其体华艳，兴托不寄，巧用文字，务为妍冶”“儿女情多”（锺嵘《诗品》）见讥，但成就也恰恰在“情”和“辞”上，《情诗》五首是其代表作，俱是五言体；再如潘岳的《悼亡诗》三首以抒发哀悼之情而感人至深，张协的《杂诗》遣词工练巧丽而又清雅流畅，陆机更以“缛旨星稠，繁文绮合”（《宋书·谢灵运传论》）、

① （三国魏）刘劭著，（西凉）刘昞注：《人物志》，第40页。

“情繁而辞隐”（《文心雕龙·体性》）名世，他们都注重“情”和“辞”，并以五言体取胜。

然而挚虞对五言诗的看法显得很传统，他说“雅音之韵，四言为正，其余虽备曲折之体，而非音之正也”①，强调了四言体的正统地位，尽管这是当时普遍的文学观念，但在五言腾踊的魏晋时期显得不够敏感。而所谓的“备曲折之体”应该是主要针对魏晋以来五言诗的发展而言的，既包括文人五言诗，也包括民间乐府诗和文人拟乐府诗。《文章流别论》说：

> 古诗之四言者，“振鹭于飞”是也，汉郊庙歌多用之。五言者，“谁谓雀无角，何以穿我屋”是也，乐府亦用之。六言者，“我姑酌彼金罍”是也，乐府亦用之。七言者，“交交黄鸟止于桑”是也，于俳谐倡乐世用之。②

显然，他所提倡的雅音四言体，多用于郊庙歌辞这样的庄重场合；而认为五言和六言，主要是供乐府演唱使用；至于七言，地位更为低下，是俳谐倡乐供人君取乐而施行。这样看来，他认为五言多用于乐府，而文人五言诗，是从模拟乐府诗开始的③，俱“非音之正也”。因此，张华有《轻薄篇》《游侠篇》等，陆机有《艳歌行》《吴趋吟》等多首拟乐府诗，而挚虞却无一首拟乐府诗传世，当是与他的文学观念有关。

《文章流别集》收录的“诗”体有赠答、杂诗和古诗三种题

① 《艺文类聚》卷五六，第1018页。

② 《太平御览》卷五八六，第2639页。

③ 傅刚说：“傅玄诗歌创作从乐府起步，并以此显示其特色。其实这也是魏晋作家的共同特点，通过对古乐府的学习、揣摩，进入到有特色的诗歌创作中。”（《魏晋南北朝诗歌史论》，第101页）

材。赠答诗唯见王粲的《赠蔡子笃》《赠文叔良》《赠士孙文始》《赠杨德祖》，俱是四言体。杂诗只录苏李诗，且不论真伪如何，但写成于汉末应无疑问，也属于五言体，与之类似的是题为枚乘的古诗也写成于汉末，挚虞所录俱是文人五言诗，而对乐府诗概不收录。再结合挚虞的创作实际，尽管他对五言诗有所讥议，但对文人五言诗也没有全然拒绝，偶尔也有创作，毕竟在五言诗风起云涌的时代，对五言诗完全视而不见还是相当困难的。总之，结合文学观念、选篇情况和创作实际，挚虞确实对乐府秉持轻视的态度。

挚虞又说“诗虽以情志为本，而以成声为节”①，提出“丽靡过美，则与情相悖”②，以为辞藻的华丽与感情的抒发是不能共存的，这显然是对陆机“诗缘情而绮靡”说的反动。其实挚虞和陆机对“情”的要求是不一样的，挚虞继承了《诗大序》的说法，提出“古之作诗者，发乎情，止乎礼义”③，要求以礼义来节制感情，而陆机对“情”没有任何的限定；但在“情”与“辞”关系上，两者却又有些相似。挚虞说“情之发，因辞以形之，礼义之旨，须事以明之”④，同意感情的抒发需要文辞来表达，但“丽靡过美，则与情相悖”，辞藻的过于靡丽又是与感情抒发相违背的。陆机对“情”与“辞”关系的理解也与之类似，认为文辞美需要建立在情意的基础上，陆机将“绮靡”作为诗歌文辞的特色。实际上，挚虞所反对的“丽靡”恰恰是太康诗坛的重要特色。那么导致挚虞文学观点迥异于同代人的原因是什么呢？我们知道，挚虞对经学典籍非常熟稔，尤其是

① 《艺文类聚》卷五六，第1018页。
② 《艺文类聚》卷五六，第1018页。
③ 《艺文类聚》卷五六，第1018页。
④ 《艺文类聚》卷五六，第1018页。

在礼学上卓有建树。而现存的诗歌作品，基本以四言为主体，尤其是赠答等适用于正式场合的题材。应该说经学家的身份使他坚持汉代儒家的文学观念，而对魏晋以来崇尚华靡的五言流调不以为然。

二、挚虞的赋作与汉代赋作

挚虞存世的赋作不多，除《晋书》录有《思游赋》可称完帙外，其他如《鸡鹊赋》《观鱼赋》《槐赋》和《疾愈赋》等，仅残存于类书之中，全篇已不可得睹。另有《愍骚》之残句应属楚辞体，《文章流别论》既然将其置入赋中讨论，则说明在挚虞的文学观念中，辞赋是一体的。

（一）《思游赋》与汉代“志”类赋的人生主题

挚虞的《思游赋》属于骚体赋，是“楚辞体”的流脉，当然受到了《楚辞》的影响。究其精神实质，《思游赋》受到了贾谊《鵩鸟赋》、班固《幽通赋》和张衡《思玄赋》的影响，其中以张衡《思玄赋》的影响最为直接。《文选》卷一四、一五、一六共收录了“志”类作品四篇，分别是班固《幽通赋》、张衡《思玄赋》《归田赋》和潘岳《闲居赋》。贾谊《鵩鸟赋》因据题目入“鸟兽类”，实是“志”类。

《思游赋》的“序”说：

> 虞尝以死生有命，富贵在天。天之所佑者义也，人之所助者信也；履信思顺，所以延福；违此而行，所以速祸。然道长世短，祸福舛错，怵迫之徒，不知所守，荡而积愤，或迷或放。故借之以身，假之以事，先陈处世不遇之难，遂弃彝伦，轻举远游，以极常人罔惑之情，而后引之以正，反之以义，推神明之应于视听之表，崇否泰之运于智力之

外，以明天任命之不可违，故作《思游赋》。①

文章鲜明地表达了避害远祸、信天任命的思想。贾谊任长沙王太傅时所作的“楚辞体”《鹏鸟赋》说：“祸兮福所倚，福兮祸所伏；忧喜聚门兮，吉凶同域。彼吴强大兮，夫差以败；越栖会稽兮，勾践霸世。斯游遂成兮，卒被五刑；傅说胥靡兮，乃相武丁。夫祸之与福兮，何异纠缠；命不可说兮，孰知其极！水激则旱兮，矢激则远；万物回薄兮，振荡相转。云蒸雨降兮，纠错相纷；大钧播物兮，坱圠无垠。天不可预虑兮，道不可预谋；迟速有命兮，焉识其时。”② 最后以道家的思想寻找自我的解脱，如“至人遗物兮，独与道俱”“真人恬漠兮，独与道息”“寥廓忽荒兮，与道翱翔”③ 等。贾谊通篇对人生祸福的思考，当属此类主题的开端。

班固《幽通赋》的主题也是对人的命运中吉凶祸福的思考。史载班固“弱冠而孤，作《幽通》之赋，以致命遂志”④，“致命遂志”来自《易》的“困卦”《象》辞“泽无水，困，君子以致命遂志”⑤，意思是“委命自然”，因此全赋的核心是“顺天性而断谊”。《幽通赋》模拟了楚辞体，如模拟《离骚》自述身世的“系高顼之玄胄兮，氏中叶之炳灵”⑥，又有“岂余身之足

① 《晋书·挚虞传》卷五一，第1419页。
② 《文选》卷一三，第198～199页。
③ 《文选》卷一三，第199页。
④ 《汉书·叙传上》卷一百上，第4213页。
⑤ （清）李道平撰，潘雨廷点校：《周易集解纂疏》，中华书局1994年版，第421～422页。
⑥ 《文选》卷一四，第208页。

殉兮”① “匪党人之敢拾兮”② 等句，不胜枚举，最后结以“乱曰”。《幽通赋》表达了天地无穷而人命有尽、世道多艰而人力难及的感慨，但他坚持效法圣贤以垂名后世、珍惜生命而免于忧辱、精诚修德且守死善道的思想，如“所贵圣人至论兮，顺天性而断谊。……要没世而不朽兮，乃先民之所程。……谟先圣之大猷兮，亦邻德而助信。虞韶美而仪凤兮，孔忘味于千载。素文信而底麟兮，汉宾祚于异代”③，又如“复心弘道，惟圣贤兮。……保身遗名，民之表兮。舍生取谊，以道用兮”④，明显属于儒家思想。班固说“抗爽言以矫情兮，信畏牺而忌鹏”⑤，班固明确提到了贾谊《鹏鸟赋》，但与贾谊的道家思想不同。《幽通赋》不仅对张衡的《思玄赋》，而且对挚虞的《思游赋》，都产生了一定的影响。

张衡《思玄赋》是挚虞《思游赋》的直接模拟对象。

首先最显著的是题目的类同，但《思玄赋》的“玄”来自《老子》的“玄之又玄，众妙之门”，而《思游赋》的“游”是“轻举远游”，来自《楚辞·远游》的“悲时俗之迫厄兮，愿轻举而远游”。

其次是两者的文体一致，都属于“楚辞体”。张衡《思玄赋》说“伊中情之信修兮，慕古人之贞节。竦余身而顺止兮，遵绳墨而不跌”⑥ 是仿照《离骚》“苟中情其好修”“循绳墨而

---

① 《文选》卷一四，第 208 页。
② 《文选》卷一四，第 209 页。
③ 《文选》卷一四，第 212 页。
④ 《文选》卷一四，第 212～213 页。
⑤ 《文选》卷一四，第 211 页。
⑥ 《文选》卷一五，第 213 页。

不颇”句；又如“孑不群而介立”① 仿《抽思》“既惸独而不群”句；再如“旦余沐于清源兮，晞余发于朝阳；漱飞泉之沥液兮，咀石菌之流英”② 仿《远游》“朝濯发于旸谷兮，夕晞余身兮九阳”“吸飞泉之微液兮，怀琬琰之华英”句；再如“百神森其备从兮，屯骑罗而星布”③ 仿《离骚》“百神翳其备降兮”句；甚至有不少句子属于《楚辞》的原句。挚虞《思游赋》亦是如此，说“戴朗月之高冠兮，缀太白之明璜。制文霓以为衣兮，袭采云以为裳。要华电以煜爚兮，珮玉衡之琳琅。明景日以鉴形兮，信焕曜而重光”④，“鸾皇耿介而偏栖兮，兰桂背时而独荣”⑤，等等，显然是对《楚辞》的因袭。

第三是两者的思想一致。张衡“常思图身之事，以为吉凶倚伏，幽微难明，乃作《思玄赋》，以宣寄情志”⑥，当时阉竖权势煊赫，张衡深感危险迫近。张衡在《思玄赋》中表达了对世事的困惑和前途的失望，只能采取消极的应对方法，说“御六艺之珍驾兮，游道德之平林。结典籍而为罟兮，驱儒墨而为禽。玩阴阳之变化兮，咏《雅》《颂》之徽音”⑦，以儒家道德敦厉自己。那么挚虞意在指出远游的出路，他说“陈处世不遇之难，遂弃彝伦，轻举远游，以极常人罔惑之情，而后引之以正，

① 《文选》卷一五，第 214 页。
② 《文选》卷一五，第 215 页。
③ 《文选》卷一五，第 220 页。
④ 《晋书·挚虞传》卷五一，第 1419 页。
⑤ 《晋书·挚虞传》卷五一，第 1419 页。
⑥ 《后汉书·张衡传》卷五九，第 1914 页。
⑦ 《文选》卷一五，第 222 页。

反之以义"①，赋的结尾称："修中和兮崇彝伦，大道繇兮味琴书。乐自然兮识穷达，澹无思兮心恒娱。"② 挚虞是经学家，既重视儒家道德的作用，又受到了流行的玄学自然思想的影响。

挚虞的"轻举远游"固然来自《离骚》和《远游》，但《思游赋》中明确表达远游的思想还与魏晋游仙思想的转变有关。庄子《逍遥游》已有神仙的描写："藐姑射之山，有神人居焉，肌肤若冰雪，绰约若处子，不食五谷，吸风饮露，乘云气，御飞龙，而游乎四海之外。"③ 庄子塑造的神仙形象，外形优美，饮食是风和露，车骑是云和龙，反映了对早期神仙的想象。屈原《离骚》的主人公上天入地，接触到各路神明，包括日神羲和、月神望舒、风神飞廉等等。《远游》有"闻赤松之清尘兮，愿承风乎遗则""轩辕不可攀援兮，吾将从王乔而娱戏"等。

汉代的神仙赤松子、王子乔等形象，皆以善于养生、延年长寿为人所推崇。如陆贾《新语·思务》说："谈之以王乔、赤松之寿，而行不易。"④《淮南子·齐俗训》说："今夫王乔、赤诵子，吹呕呼吸，吐故内新，遗形去智，抱素反真，以游玄眇，上通云天。"⑤ 两汉的诗歌中也颇多此类题材。如《汉乐府》有《王子乔》⑥ 说"王子乔，参驾白鹿云中遨"，愿望是"圣主享

① 《晋书·挚虞传》卷五一，第1419页。
② 《晋书·挚虞传》卷五一，第1422页。
③ （清）郭庆藩撰，王孝鱼点校：《庄子集释》，中华书局1961年版，第28页。
④ 王利器：《新语校注》，中华书局1986年版，第163页。
⑤ 刘文典撰，冯逸、乔华点校：《淮南鸿烈集解》，中华书局1989年版，第361页。
⑥ 逯钦立辑校：《先秦汉魏晋南北朝诗》，第261～262页。

盛年，悲吟皇帝延寿命”。又如《长歌行》① 说“仙人骑白鹿”，此仙人当是王子乔，“来到主人门，奉药一玉箱”，效果是“主人服此药，身体日康强。发白复更黑，延年寿命长”。《步出夏门行》原是游仙诗，说“卒得神仙道，上与天相扶。过谒王父母，乃在太山隅。离天四五里，道逢赤松俱。揽辔为我御，将吾上天游”②，曹操改造成吟咏远征乌桓的时事诗，其中以《龟虽寿》《观沧海》最为著名。

曹操的游仙诗有《气出倡》《秋胡行》《精列》和《陌上桑》等。曹操在诗歌中说“思得神药，万岁为期”（《秋胡行·愿登泰华山》）③，“愿得神之人，乘驾云车，骖驾白鹿。上到天之门，来赐神之药”（《气出倡》）④，表达了对长生不死的仙药的渴望；又说“愿登泰华山，神人共远游。经历昆仑山，到蓬莱，飘飖八极，与神人俱”（《秋胡行·愿登泰华山》）⑤，表达了与神人共游的愿望。曹植的游仙诗对《远游》的模仿已经引起了学者的注意，曹植关注的也无非是长生不死的传统观念，如：“齐年与天地，万乘安足多。”（《远游篇》）⑥“授我仙药，神皇所造。教我服食，还精补脑。寿同金石，永世难老。”（《飞龙篇》）⑦ “东上蓬莱采灵芝，灵芝采之可服食，年若王父无终

---

① 逯钦立辑校：《先秦汉魏晋南北朝诗》，第 262 页。
② 逯钦立辑校：《先秦汉魏晋南北朝诗》，第 267 页。
③ 逯钦立辑校：《先秦汉魏晋南北朝诗》，第 350 页。
④ 逯钦立辑校：《先秦汉魏晋南北朝诗》，第 345 页。
⑤ 逯钦立辑校：《先秦汉魏晋南北朝诗》，第 350 页。
⑥ 逯钦立辑校：《先秦汉魏晋南北朝诗》，第 434 页。
⑦ 逯钦立辑校：《先秦汉魏晋南北朝诗》，第 422 页。

极。”（《平陵东》）① “发举蹈虚廓，径庭升窃冥。同寿东父年，旷代永长生。”（《驱车篇》）② 阮籍《咏怀诗》固然有对神仙的艳羡和不得从游的苦闷，说“昔有神仙士，乃处射山阿。乘云御飞龙，嘘吸叽琼华。可闻不可见，慷慨叹咨嗟。自伤非俦类，愁苦来相加。下学而上达，忽忽将如何”③，但游仙题材已发展成为反对社会的依托，如“顾谢西王母，吾将从此逝。岂与蓬户士，弹琴诵言誓”④ 等，甚至对长生不死也失去了兴趣，如“三山招松乔，万世谁与期。存亡有长短，慷慨将焉知”⑤ 等。

西晋最著名的游仙诗人是郭璞。郭璞的《游仙诗》创作于西晋，他用游仙的题材表达忧生、哀时的情绪，如“手顿羲和辔，足蹈阊阖开。东海犹蹄涔，昆仑蝼蚁堆。遐邈冥茫中，俯视令人哀”（《游仙诗》其九）⑥，属于游仙题材的创新性发展。因此游仙的题材，从阮籍开始，已经是表达思想的寄托，挚虞正处于阮籍与郭璞之间，他的《思游赋》中也有上天远游的情节，有丰隆、钩陈、堪舆、文昌的侍从，有乘云车电鞭、驾应龙青虬，也“涉汉津兮望昆仑，经赤霄兮临玄根”⑦，但最终表达了“乐自然兮识穷达，澹无思兮心恒娱”⑧ 的玄学思想，无疑是符合时代精神的。

---

① 逯钦立辑校：《先秦汉魏晋南北朝诗》，第 437 页。
② 逯钦立辑校：《先秦汉魏晋南北朝诗》，第 435 页。
③ 逯钦立辑校：《先秦汉魏晋南北朝诗》，第 510 页。
④ 逯钦立辑校：《先秦汉魏晋南北朝诗》，第 507 页。
⑤ 逯钦立辑校：《先秦汉魏晋南北朝诗》，第 510 页。
⑥ 逯钦立辑校：《先秦汉魏晋南北朝诗》，第 866 页。
⑦《晋书·挚虞传》卷五一，第 1422 页。
⑧《晋书·挚虞传》卷五一，第 1422 页。

挚虞另有一篇《愍骚》残句，曰："盖明哲之处身，固度时以进退。泰则摅志于宇宙，否则澄神于幽昧。摛之莫究其外，函之罔识其内。顺阴阳以潜跃，岂凝滞乎一概？"① 讲命运的泰否和处世的方法，意旨与《思游赋》相似。

《思游赋》是《晋书》挚虞本传中完整收录的一篇作品，可以视为挚虞辞赋的代表作，其思想和体制与汉代辞赋的关系是显而易见的。

（二）《鸡鹊赋》与祢衡《鹦鹉赋》及异物题材的兴起

挚虞的《鸡鹊赋》是一篇咏物赋。赋曰：

> 有南州之奇鸟，谅殊美而可嘉。生九皋之旷泽，游江淮之洪波。既翦翼以就养，遂婉娈乎邦家。鸡鹊呈仪，若刻若画。鸾颈龟背，戴玄珥白。班毛赪膺，驳羽朱掖。青不专绀，纁不擅赤。因宛点注，希稠有适。其在水也，则巧态多姿。调节柔骨，一低一仰。乍浮乍没，或游或舞。缤翻倏忽，若乃阳故多阴，殊方相求。见水则喜，睹火而忧。②

程章灿曾总结出晋代赋风的一个新特点，即"浅可托深，微能喻大"③，认为晋人开拓了题材的新领域，主要的代表是收录于《文选》中的张华《鹪鹩赋》。该赋从《逍遥游》之"鹪鹩巢林不过一枝"得名，并由此生发对比，阐明的意旨是"言有浅而可以托深，类有微而可以喻大"④。其实就《文选》收录的

① 《艺文类聚》卷五六，第 1016 页。

② 《艺文类聚》卷九二，第 1606 页。

③ 程章灿：《魏晋南北朝赋史》，江苏古籍出版社 2001 年版，第 175 页。

④ 《文选》卷一三，第 202 页。

贾谊的《鵩鸟赋》和祢衡的《鹦鹉赋》来说，主旨也是在对小动物的吟咏中展现深切的人生体验，只是鷦鷯比鵩鸟、鹦鹉更加微小，本质上并无差别。挚虞的《鸡鹊赋》，与上述诸赋相较，主要侧重于鸡鹊的出身、形状以及飞翔活动的描写，因为是零章残帙，所以不能确定其中是否寄托了人生理想。

挚虞《赋》首句说“有南州之奇鸟，谅殊美而可嘉”，如此看来，挚虞是对远地而来的异物怀有强烈的好奇心，故而遣词成赋。

挚虞《鸡鹊赋》对殊方异物的描绘，应来自汉末祢衡的《鹦鹉赋》。《鹦鹉赋》开篇曰：“惟西域之灵鸟兮，挺自然之奇姿。体金精之妙质兮，合火德之明辉。性辩慧而能言兮，才聪明以识机。故其嬉游高峻，栖跱幽深。飞不妄集，翔必择林。绀趾丹嘴，绿衣翠衿。采采丽容，咬咬好音。虽同族于羽毛，固殊智而异心。配鸾皇而等美，焉比德于众禽!”① 祢衡所吟咏的鹦鹉是“西域之灵鸟”，其形状是“绀趾丹觜，绿衣翠衿；采采丽容，咬咬好音”。祢衡因为生性孤傲，触忤权贵，屡受排挤，不得不背井离乡，寄身于杀机凛凛的江南黄祖威权之下，可谓是祸在旦夕。鹦鹉的身世激起了他内心的戚戚感，言辞之中颇多悲伤凄凉，如“尔乃归穷委命，离群丧侣。闭以雕笼，翦其翅羽。流飘万里，崎岖重阻”② 云云。据此，挚虞《鸡鹊赋》的题材选择和描写方式应该受到了祢衡《鹦鹉赋》的影响。

所谓异物，就是异地特有的动植物。三国时代，《异物志》类文献兴起，尤其以东吴为最多，目前可知的有沈莹《临海水

---

① 《文选》卷一三，第 200 页。

② 《文选》卷一三，第 200 页。

土异物志》、朱应《扶南异物志》、薛珝《异物志》、薛莹《荆扬已南异物志》和万震《南州异物志》等，应该是与东吴政权为稳定统治选择向东向南开发的历史有关。

挚虞的咏物赋，尚有《槐赋》，据《艺文类聚》载："览坤元之产殖，莫兹槐之为贵。爰表庭而树门，膺论道而正位。尔乃观其诞状，察其攸居，丰融湛霨，蓊郁扶疏。上拂华宇，下临修渠。凑以夷径，带以通衢。鼓柯命风，振叶致凉。开明过于八闼兮，重阴逾乎九房。"① 又据《初学记》载："尔乃观其诞状，察其攸居，丰融霮霨，蓊郁扶疏。乐双游之黄鹂，嘉别鸷之王雎。春栖教农之鸟，夏憩反哺之乌。"② 从现存的残句来看，只是铺叙槐树的生长风致。

（三）《疾愈赋》对枚乘《七发》"疾病"题材的发展

挚虞的《疾愈赋》，顾名思义，是铺写久病初愈的心情，赋曰：

> 余体气不和，饮食渐损。旬有余日，众疾并除。馈食纤纤而日尠，体貌廉廉而转损。校朝夕其未殊，验朔望而减本。形容消而憔悴，体质瘽而狼狈。内忧深而虑远，乃量餐而度带。讲和缓之余论，寻越人之遗方。考异同以求中，稽众术而简良，会异端于妙门。乃归奇于涉廛，惟兹药之攸造，宝明中之窅坚。丸以三七为剂，服以四献为程。势终朝而始发，景未仄而身轻。食信宿而异量，体涉旬而告平。③

---

① 《艺文类聚》卷八八，第1518页。

② （唐）徐坚等著：《初学记》卷二八，第689页。

③ 《艺文类聚》卷七五，第1290页。

从这段遗文来看，主要写了挚虞染疾之后的消瘦和忧虑，并交代了找到异方神药后不久平复的情况，行文平淡如同流水账。但是写疾病初愈的题材，汉魏以来尚未得见①，或是挚虞之首创欤？枚乘的《七发》中所述七事，为后代赋家开创了众多创作的题材，唯独客人所述楚太子的疾病情状无人进行描写，应该是不在七事之内，不易引起关注。挚虞抓住了这一点，他在《文章流别论》中说：

> 《七发》造于枚乘，借吴楚以为客主。先言："出舆入辇，蹷痿之损；深宫洞房，寒暑之疾；靡漫美色，宴安之毒；厚味暖服，淫跃之害。宜听世之君子要言妙道，以疏神导体，蠲淹滞之累。"既设此辞，以显明去就之路，而后说以声色逸游之乐，其说不入，乃陈圣人辩士讲论之娱，而霍然疾瘳。此固膏粱之常疾以为匡劝，虽有甚泰之辞，而不没其讽谕之义也。②

这段话里隐约透露了挚虞对"七"体的关注。《七发》之中，既有疾病之肇端："且夫出舆入辇，命曰蹷痿之机；洞房清宫，命曰寒热之媒；皓齿娥眉，命曰伐性之斧；甘脆肥脓，命曰腐肠之药。"③ 又写了病情的表现："肤色靡曼，四支委随，筋骨挺解，血脉淫濯，手足堕窳。"④ 最后听到要言妙道，便"涊然汗出，霍

① 笔者就此翻阅了费振刚等编撰的《全汉赋校注》和程章灿《魏晋南北朝赋史》的篇目归纳，未能发现写疾病题材的文章。

② 《艺文类聚》卷五七，第1020页。

③ 《文选》卷三四，第478页。

④ 《文选》卷三四，第478页。

然病已”①。其实挚虞《疾愈赋》中的细节，在《七发》中都有端倪，只是具体的表达颇有不同而已。但毋庸讳言，除了在题材上或许有所贡献外，这篇《疾愈赋》的文学价值实在无足称道。

挚虞的咏物赋也吸收了汉大赋曲终奏雅的笔法。如挚虞的《观鱼赋》曰：

> 观鳞族于彪池兮，睨羽群于濑涯。乃有洧泉之鲤，濯陂之鲃。瀺灂涌跃，没浪赴远。集于曲澨之隈，逐乎澹淡之深。攒聚辐凑，或跃或沉。倏烁攸驿，眩目惊心。徒极观而无获兮，羡鲜肴之柔嘉。于是六柱俱起，参构横罗。编莞为筏，撼木激波。奔突转薄，流不及澜。鱼未惊而失行，忽浪达于急湍。谅形胜之得势，实有往而无反。鳦鳣脍鲤，亦有庶羞。肴核并陈，既旨且柔。泛溢爵于通沟，因素波以献酬。骋微巧于浮觞，竟机捷于迅流。既欢豫而不倦，愿穷昼而兼夜。独临川而慷慨，感逝者之不舍。惟修名之求立，恋景曜之西谢。惧留连之败德，遂收欢而命驾。是时也，含怀湛遁，需于酒食。盘衎宴安，欢情未极。选兴之言，矫枉以直。悦而不怿，莫不叹息。②

该赋先写作者所见到的池中之鱼的游玩景象，又以一句“徒极观而无获兮，羡鲜肴之柔嘉”转折，由水中的鱼联想到桌上的鲜肴，从而开始了捕捉的过程，最终使鱼成为佐酒之庶羞。在宴饮欢乐之余，作者笔锋一转，说“既欢豫而不倦，愿穷昼而兼夜。独临川而慷慨，感逝者之不舍。惟修名之求立，恋景曜

① 《文选》卷三四，第484页。

② （唐）徐坚等著：《初学记》卷三〇，第743页。

之西谢。惧留连之败德，遂收欢而命驾”，明显有汉代大赋曲终奏雅的意味。

三、挚虞的赋论与汉代赋论

挚虞在赋论上继承和总结了汉代的赋论。《文章流别论》曰：

> 赋者，敷陈之称，古诗之流也。前世为赋者，有孙卿、屈原，尚颇有古之诗义，至宋玉则多淫浮之病矣。《楚词》之赋，赋之善者也。故扬子称赋莫深于《离骚》；贾谊之作，则屈原俦也。①

挚虞的“赋者，敷陈之称，古诗之流也”，是赋史上的重要定义。挚虞以赋为“古诗之流”，最早来自班固的《两都赋序》。而“敷陈之称”，来自郑玄注《周礼·春官·大师》：“赋之言铺，直铺陈今之政教善恶。”兹从汉代赋体概念的发展脉络来观察挚虞赋论的总结性意义。

（一）汉代赋体概念的发展脉络

在汉人的观念中，赋最初指直言与铺陈，属于表达的方式。一般认为最早对赋进行定义的是东汉班固的《汉书·艺文志》，说“传曰：‘不歌而诵谓之赋，登高能赋可以为大夫’”②。赋即直言，形式上按照一定的音节来吟诵③。至于“赋”“诵”并提，早在《国语·周语》中已有“瞍赋矇诵”句，韦昭注说：

---

① 《太平御览》卷五八七，第2644页。

② 《汉书·艺文志》卷三〇，第1755页。

③ 有学者指出，赋在传播形式上是用来诵读的，与可歌可诵的诗有所区别。参见何新文、张家国：《从目录学的角度探论“不歌而诵谓之赋”》，《中国文学研究》2015年第3期。

"赋，公卿列士所献诗也。"① 但由于《汉书·艺文志》多是承袭刘向、刘歆《别录》《七略》而来，因此学者认为此语出于西汉末年的刘向。②《周礼·春官·大师》载："大师教六诗：曰风，曰赋，曰比，曰兴，曰雅，曰颂。"③《周礼》"六诗"与《毛诗大序》的"六义"相同，其中风、雅、颂已有《毛诗大序》的解释，"比"和"兴"最早有东汉郑众的解释，而郑玄的发明在"赋"上，即"赋之言铺，直铺陈今之政教善恶"④。孔颖达《毛诗注疏》说"赋者直陈其事，无所避讳，故得失俱言"⑤，强调了赋的"直言"或"直陈"的本义，与"比""兴"的含蓄表达迥然不同。曹道衡说"'六诗'中的'赋'，其本意大约即在'讽诵'，而代讽诵之诗，又多半直言其事"⑥，清楚地揭示了由讽诵而直言的逻辑过程。郑玄将"直言"与"铺陈"结合起来，当人们直言其事时，为了增强说服力，不免要修饰言辞，如战国纵横家的反复铺陈和《七发》中的观涛描写，因此属于修辞的手段。总之，直言是赋的本义，本指表达的方式；铺陈是赋的修辞手法，属于表达的手段。到了东汉后期，铺陈的对象已经由具体的事实发展到抽象的感情志向。王逸《楚辞章句·悲回风》说："赋，铺也。诗，志也。言己守高眇之节，

---

① 徐元诰：《国语集解》（修订本），中华书局2002年版，第11页。

② 参见骆玉明：《论"不歌而诵谓之赋"》，《文学遗产》1983年第2期。

③《毛诗注疏》，《十三经注疏》（清嘉庆刻本），中华书局2009年版，第1719页。

④《毛诗注疏》，《十三经注疏》（清嘉庆刻本），第1719页。

⑤《毛诗注疏》，《十三经注疏》（清嘉庆刻本），第565页。

⑥ 曹道衡：《汉魏六朝辞赋》，上海古籍出版社2011年版，第14页。

不用于世，则铺陈其志，以自证明也。”① 刘熙《释名·释典艺》说：“敷布其义谓之赋。”② 铺陈已经不是言语直陈的修饰手段，而是内在情感的表达方式，从而摆脱了直言的辅助地位，成为多种艺术表达的综合体，这是赋体概念发展的重要里程碑。

赋为“古诗之流”是赋的起源问题上最具影响力的说法。这最早是就赋的功用而言，《史记·司马相如列传》说：“相如虽多虚辞滥说，然其要归引之节俭，此与《诗》之风谏何异?”③ 这是从文章功用的角度将赋的讽谏拟于诗教，按照《诗经》的美刺观念要求大赋同样具有“劝”与“讽”的政治职能。汉宣帝已经透露了赋为《诗》之流的意思，他面对众人批评王褒等人作宫观歌颂的文章，解释道：“‘不有博弈者乎，为之犹贤乎已!’辞赋，大者与古诗同义，小者辩丽可喜，辟如女工有绮縠，音乐有郑卫，今世俗犹皆以此虞说耳目，辞赋比之，尚有仁义风谕，鸟兽草木多闻之观，贤于倡优博弈远矣。”④ 汉宣帝认为辞赋具有与《诗经》同样的“仁义风谕”功能和作用。汉宣帝好作辞赋，面对枚皋“皋赋辞中自言为赋不如相如，又言为赋乃俳，见视如倡，自悔类倡也”⑤ 一类的倡优之忧，故意提高辞赋的地位。扬雄《法言·吾子》说：“或曰：‘赋可以讽乎?’曰：‘讽乎！讽则已！不已，吾恐不免于劝也。’”⑥ 可知

① （汉）王逸章句，（宋）洪兴祖补注：《楚辞补注》，中华书局1983年版，第157页。

② （汉）刘熙：《释名》，中华书局影印四部丛刊本，第91页。

③ 《史记·司马相如列传》卷一一七，第3073页。

④ 《汉书·王褒传》卷六四下，第2829页。

⑤ 《汉书·枚皋传》卷五一，第2367页。

⑥ 汪荣宝撰，陈仲夫点校：《法言义疏》，中华书局1987年版，第45页。

扬雄认为讽谏是赋的核心，是立赋之本①，但又要警惕赋过度铺排而形成的勉励功能。扬雄的担心是由赋体的内容与形式的结构性矛盾所决定的，属于客观的效果。班固《两都赋序》明确说："或曰：'赋者，古诗之流也。'昔成、康没而颂声寝，王泽竭而诗不作。大汉初定，日不暇给。至于武宣之世，乃崇礼官、考文章，内设金马石渠之署，外兴乐府协律之事，以兴废继绝、润色鸿业。是以众庶悦豫，福应尤盛，《白麟》《赤雁》《芝房》《宝鼎》之歌，荐于郊庙。神雀、五凤、甘露、黄龙之瑞，以为年纪。故言语侍从之臣，若司马相如、虞丘寿王、东方朔、枚皋、王褒、刘向之属，朝夕论思，日月献纳；而公卿大臣，御史大夫倪宽、太常孔臧、太中大夫董仲舒、宗正刘德、太子太傅萧望之等，时时间作。或以抒下情而通讽谕，或以宣上德而尽忠孝，雍容揄扬，著于后嗣，抑亦雅颂之亚也。"② 这个"或曰"应该是宣帝的话，据此可知"古诗之流"在班固之前已经出现。班固说"赋"是"雅颂之亚"，赋仅次于雅颂，从诗赋的政治功用说明两者的承继关系，主观上大大提高了赋的地位。褚斌杰指出："班固的意思是赋体作品与《诗经》的'雅''颂'相通。周代的'颂'诗出现在成、康盛世，后来因'王泽竭'而销声匿迹。汉代到武宣之世，正逢盛世，因而新的颂扬作品大量出品。班固认为《诗经》的雅、颂有'通讽喻''宣上德'的功用，汉赋的作用也是如此，所以说《诗》是源，'汉赋'是流，

① 龚克昌说赋的讽谏"在汉人的心目中，这是一个重要的问题，是关系到赋成败的关键之所在"（龚克昌：《中国辞赋研究》，山东大学出版社 2010 年版，第 189～190 页）。

② 《文选》卷一，第 21～22 页。

‘赋者，古诗之流也’。班固并没有说作为后世文体之一的‘赋’，与‘六义’中的‘赋’有关系。”① 马积高也认为：“诗、赋之体有变，其抒情言志的社会作用则同，但都没有把赋与诗的六义之一的‘赋’联系起来。”② 班固还加强了《东都赋》的讽劝功能，改善了扬雄据说的“劝百讽一”的矛盾，形成“讽”“劝”均衡的布局。总之，汉人已经提高了辞赋的地位，将它与《诗经》相提并论，而不是娱人的倡优，但这是从赋的功用角度着眼，并未涉及赋体的文学性。

赋与文的联结早在西汉时期就出现了。《西京杂记》载司马相如说：“合綦组以成文，列锦绣以为质，一经一纬，一宫一商，此赋之迹也。赋家之心，苞括宇宙，总览人物，斯乃得之于内，不可得而传览，乃作合组歌、列锦赋而退，终身不复敢言作赋之心矣。”③ 以丝织物喻赋，要求赋作有“綦组”“锦绣”的华丽辞藻，这是赋的外在形式体现出“文”的特点。《周礼·考工记》说“画缋之事”“青与赤谓之文”，《说文》载“文，错画也，象交文”，《释名·释言语》载：“文者，会集众采以成锦绣，会集众字以成辞义，如文绣然也。”④ 总之，“文”本就织布而言，司马相如以丝织比“赋”，实际上是说“赋”与“文”本属同类。如果说《西京杂记》成书于魏晋，记载尚不够可靠的话，那么汉宣帝和扬雄也可提供确证，汉宣帝说辞赋“辟如

---

① 褚斌杰：《论赋体的起源》，《文学遗产》1982 年增刊。

② 马积高：《历代辞赋研究史料概述》，中华书局 2001 年版，第 5 页。

③ （晋）葛洪：《西京杂记》卷二，《四部丛刊》本。

④ （汉）刘熙：《释名》，第 47 页。

女工有绮縠”，扬雄说“或曰：‘雾縠之组丽。’曰：‘女工之蠹矣。’”① 同样将赋比喻成丝织品那般华美。东汉王充《论衡·定贤》批评司马相如和扬雄的赋说：“文丽而务巨，言眇而趋深，然而不能处定是非，辩然否之实。虽文如锦绣，深如河、汉，民不觉知是非之分，无益于弥为崇实之化。”② 总之，司马相如、汉宣帝和扬雄的赋论，明确将赋比作经纬交织的文章，这已经属于审美意义上的文学作品。后来曹丕《典论论文》说“诗赋欲丽”，陆机《文赋》说“赋体物而浏亮”，对于赋的风格颇多发明，其渊源正在于此。总之，赋作为文章体式的一种也有清晰的发展脉络。

根据汉代学者的观念来看，赋本指直言和铺陈，属于表达的方式和修辞的手段；又因为赋的讽谏特点定义为“古诗之流”，强调了赋等同于诗教的政治功能；同时，赋的文学特征也初步得到了重视。

（二）魏晋赋体概念的融合及其动因

魏晋时期赋体各种概念渐趋融合。一是将文章体式的“赋”等同于“六义”的“赋”。赋体源出《诗经》的说法在建安年间已经出现。杨修《答临淄侯笺》说：“今之赋颂，古诗之流也，不更孔公，风雅无别耳。修家子云，老不晓事，强著一书，悔其少作。”③ 曹丕《答卞兰教》说：“赋者，言事类之所附也；颂者，美盛德之形容也。故作者不虚其辞，受者必当其实。兰

① 汪荣宝撰，陈仲夫点校：《法言义疏·吾子》，第45页。

② （东汉）王充著，黄晖校释：《论衡校释》卷二七，中华书局1990年版，第1117页。

③ 《文选》卷四〇，第564页。

此赋，岂吾实哉？昔吾丘寿王一陈宝鼎，何武等徒以歌颂，犹受金帛之赐，兰事虽不谅，义足嘉也。”① “赋”“颂”是文体，又是并称，同在《诗经》“六义”之中，因此文体之“赋”出于《诗经》，赋为古诗之流的观点不仅被提升到了理论的层面，而且具有了文体学上的意义。这是当时人普遍的观念，如刘劭因作《赵都赋》而得到了明帝的赞美，明帝诏“劭作《许都》《洛都》赋。时外兴军旅，内营宫室，劭作二赋，皆讽谏焉”②。陆云写信给兄陆机说：“前日观习，先欲作《讲武赋》，因欲远言大体，欲献之大将军。才不便作大文，得少许家语。不知此可出不？故钞以白兄。若兄意谓此可成者，欲试成之。大文难作，庶可以为《关雎》之见微。”③ 葛洪《抱朴子·钧世》载：“《毛诗》者，华彩之辞也，然不及《上林》《羽猎》《二京》《三都》之汪秽博富也。”④ 总之，魏晋时期已经将赋的文体和功用混为一体，并提高了文体赋的地位。二是将文章体式的“赋”与修辞手段的“赋”相结合。成公绥（231～273）《天地赋序》：“赋者，贵能分理赋物，敷演无方，天地之盛，可以致思矣。”⑤ 成公绥认为赋可容纳天地之盛，无所不包，创作方法是“分理赋物，敷演无方”，即铺陈事物和道理。陆侃如《中古文学系年》认为此赋作于成公绥二十一岁左右，约 251 年，那么这个说法

---

① 《三国志·魏书·后妃传》卷五裴松之注，第 158 页。

② 《三国志·魏书·刘劭传》卷二一，第 618 页。

③ （晋）陆云著，刘运好校注：《陆士龙文集校注》，第 1054 页。

④ （东晋）葛洪著，杨明照撰：《抱朴子外篇校释》（下），中华书局 1997 年版，第 70 页。

⑤ （清）严可均：《全上古三代秦汉三国六朝文·全晋文》卷五九，第 1794 页。

出现在曹魏正始时期前后。三是将“赋”的表达手法与功能作用相结合。左思《三都赋序》说：“盖诗有六义焉，其二曰赋。杨雄曰：‘诗人之赋丽以则。’班固曰：‘赋者，古诗之流也。’”① 将“六义”的“赋”等同于“赋者，古诗之流也”的“赋”，将表达手法与功能作用混为一谈，已不合于班固的本意，却反映了赋体概念演进的一个侧面。值得注意的是，《序》末说“升高能赋者，颂其所见也”②，左思明知赋有直陈之义，却在定义时未予提及，则已然排除在外了。

皇甫谧是魏晋赋论的集大成者，他将文章体式的“赋”与表达方式的“赋”、修辞手段的“赋”、功能作用的“赋”全面融合在一起，从而呈现出综合性的面貌。皇甫谧《三都赋序》说：“古人称不歌而颂谓之赋。然则赋也者，所以因物造端，敷弘体理，欲人不能加也。引而申之，故文必极美；触类而长之，故辞必尽丽：然则美丽之文，赋之作也。昔之为文者，非苟尚辞而已，将以纽之王教，本乎劝戒也。……周监二代，文质之体，百世可知。故孔子采万国之风，正雅颂之名，集而谓之《诗》。诗人之作，杂有赋体。子夏序《诗》曰：‘一曰风，二曰赋。’故知赋者，古诗之流也。”③ 皇甫谧对赋体的定义，综合了“不歌而颂”的表达方式说、“敷弘体理”的铺陈排比体物言志说、“纽之王教，本乎劝戒”的功能作用说，将有关赋的主要说法统一进文章体式的赋。但是“然则”一词，实质漠视了“不歌而颂”的直言本意，这与左思的意旨相同。皇甫谧对赋的

① 《文选》卷四，第74页。
② 《文选》卷四，第74页。
③ 《文选》卷四五，第641页。

理解，更强调的是铺陈排比、体物言志，而“引而申之，故文必极美；触类而长之，故辞必尽丽：然则美丽之文，赋之作也”，更强调赋的美感作用，因此赋在内容、形式和审美上得到了文学性的界定。

皇甫谧赋论的集大成特征与史学集解的新风有关。皇甫谧是著述丰富的史学家，“撰《帝王世纪》《年历》《高士》《逸士》《列女》等传、《玄晏春秋》，并重于世”①，又好读书，《晋书》本传说他“博综典籍百家之言”②，因此对当时的学术风貌自然非常熟悉。魏晋之际学术领域的重要新变是经史分离。我们知道，《汉书·艺文志》将史部书籍系于《六艺略》“春秋类”之下，既有史部书籍稀少、不足构成一家的缘故，也与史的独立概念尚未形成、仍是经学的附庸有关。魏晋时期，史学逐渐脱离经学而独立发展。西晋学者频繁以“经史”并称，则已经将经与史等而视之，荀勖《中经新簿》将史籍列为丙部，单独成为一类，说明史学地位得到明显的提高。同时，魏晋之际出现了集解法，属于经学诠释方法的重要新变，并且由经学向史学转变，促成了史学集解的出现。我们知道，两汉解经主要采取章句的方法，魏晋集解的出现是经典诠释方法的革命，这与今古文经学融合的背景有关。西汉经学重视“师法”和“家法”，流派分明，尚无杂糅之弊；东汉学者兼习今古文，往往以古注今、以今注古，呈现出融合性趋势；魏晋古文经学已立于学官，地位与今文经比肩，终于得到了官方的支持。关于集解的体例，何晏《论语集解序》说“集诸家之善，记其姓名，有不安者，

① 《晋书·皇甫谧传》卷五一，第1418页。

② 《晋书·皇甫谧传》卷五一，第1409页。

颇为改易”①，沈玉成指出这是晋代学术的新特点，认为两晋“出现了杜预、范宁为《左传》《穀梁传》所作的集解。由于汉、魏两代解释经传的著作数量很多，总括诸家而又有自己创见的集解就成为学术研究进一步发展的需要”②，则集解作为一种诠释经典的方法，要求搜罗各家的意见，却不流于简单的排比，需要有自己的判断和创见。曹魏、何晏等人的《论语集解》首创集解之体，影响到韦昭的《国语解》、杜预的《春秋经传集解》和晋灼的《汉书集注》，反映了集解法由经书延伸至史书的发展趋势。③ 因此，经史分离的结果也促成了集解由经学向史学的转变。皇甫谧是著名史学家，他对史学的集解新风不容不知，因此赋论采取了当时流行的集解新方法。

（三）挚虞与赋体概念的经典化

皇甫谧的赋论是挚虞《文章流别论》的重要资源。挚虞是皇甫谧的学生，据《世说新语·文学》刘孝标注引王隐《晋书》说：“虞少好学，师事皇甫谧，善校练文义，多所著述。”④ 又《晋书·挚虞传》载：“虞少事皇甫谧，才学通博，著述不倦。”⑤ 挚虞约在魏嘉平六年（254）师从皇甫谧学习，《三都赋》使“洛阳纸

---

① （清）刘宝楠撰，高流水点校：《论语正义》，中华书局 1990 年版，第 786 页。

② 沈玉成、刘宁：《春秋左传学史稿》，江苏古籍出版社 1992 年版，第 138 页。

③ 参见拙文《史学呈现与著述转移：论魏晋集解的学术新变》，《求索》2017 年第 5 期。

④ （南朝宋）刘义庆著，（南朝梁）刘孝标注，余嘉锡笺疏：《世说新语笺疏》，第 301 页。

⑤ 《晋书·挚虞传》卷五一，第 1419 页。

贵”，皇甫谧作序，挚虞自然熟悉，《三都赋序》显示了两人在赋史和赋作上认识的一致性：

> 至于战国，王道陵迟，风雅寝顿。于是，贤人失志，辞赋作焉。是以孙卿、屈原之属，遗文炳然，辞义可观，存其所感，咸有古诗之意，皆因文以寄其心，托理以全其制，赋之首也。及宋玉之徒，淫文放发，言过于实。夸竞之兴，体失之渐，风雅之则，于是乎乖。逮汉贾谊，颇节之以礼。自时厥后，缀文之士，不率典言，并务恢张，其文博诞空类。大者罩天地之表，细者入毫纤之内。虽充车联驷，不足以载；广夏接榱，不容以居也。其中高者如相如《上林》、扬雄《甘泉》、班固《两都》、张衡《二京》、马融《广成》、王生《灵光》，初极宏侈之辞，终以约简之制，焕乎有文，蔚尔麟集，皆近代辞赋之伟也。若夫土有常产，俗有旧风，方以类聚，物以群分，而长卿之俦，过以非方之物，寄以中域，虚张异类，托有于无。祖构之士，雷同影附，流宕忘反，非一时也。①

皇甫谧所列举的荀子、屈原、宋玉、贾谊、司马相如、扬雄、班固、张衡、马融、王逸等人以及《上林赋》《甘泉赋》《两都赋》《二京赋》《广成颂》《灵光赋》等作品，与俞士玲《挚虞〈文章流别集〉考》所列举的作家作品对比后发现，皇甫谧提及的作品全部囊括在内。② 在具体人物的判断上，两篇文章也是一致的，譬如皇甫谧说：“孙卿、屈原之属，遗文炳然，辞义可

① 《文选》卷四五，第641页。

② 参见俞士玲：《西晋文学考论》，第199～200页。

观，存其所感，咸有古诗之意，皆因文以寄其心，托理以全其制，赋之首也。及宋玉之徒，淫文放发，言过于实。夸竞之兴，体失之渐，风雅之则，于是乎乖。”挚虞也说：“孙卿、屈原，尚颇有古之诗义，至宋玉则多淫浮之病矣。”两者并没有差别。

挚虞的赋论也受到了皇甫谧的影响。《文章流别论》说“赋者，敷陈之称，古诗之流也”①，将“敷陈”和“古诗之流”统一于文体的赋，这是在皇甫谧《三都赋序》的“因物造端，敷弘体理”和“诗人之作，杂有赋体。子夏序《诗》曰：‘一曰风，二曰赋。’故知赋者，古诗之流也”的基础上的精练概括。《文章流别论》又说“古之作诗者，发乎情，止乎礼义。情之发，因辞以形之；礼义之旨，须事以明之。故有赋焉，所以假象尽辞，敷陈其志”②，“司马迁割相如之浮说，杨雄疾辞人之赋丽以淫”③，强调赋体在形象和语言上的修辞作用和“敷陈其志”的功能，又引入了赋家如司马相如、扬雄的说法，突出了“铺采摛文”的特点，这也是在“引而申之，故文必极美；触类而长之，故辞必尽丽：然则美丽之文，赋之作也。昔之为文者，非苟尚辞而已”基础上的发展。挚虞的赋论实际上是在皇甫谧“集诸家之善”基础上的断以己意。挚虞的《文章流别集》是第一部诗文总集。挚虞赞赏杜预的《春秋经传集解》，与其共同讨论《丧服要集议》。《文章流别集》就是在这两本集解性质的经书实践基础上以及“集经书要事”的《善文》的直接启示下编纂的，属于魏晋之际

① 《太平御览》卷五八七，第2644页。

② 《艺文类聚》卷五六，第1018页。

③ 《艺文类聚》卷五六，第1018页。

集解发展的重要创获。① 《隋书·经籍志》说："总集者，以建安之后，辞赋转繁，众家之集，日以滋广，晋代摯虞，苦览者之劳倦，于是采擿孔翠，芟剪繁芜，自诗赋下，各为条贯，合而编之，谓为《流别》。"② "采擿孔翠，芟剪繁芜"，虽然是针对《文章流别集》而言，但也是摯虞的基本思想，同样地贯彻在了赋论上。

（四）摯虞赋体概念对刘勰赋论的影响

随着《文章流别集》的流行，摯虞的赋论产生了重要的影响：刘勰《文心雕龙》是唐前文学批评的集大成著作；《诠赋》《杂文》《辨骚》等篇的赋论具有典范的价值，很多观点直接来源于摯虞的《文章流别论》。刘勰在赋与《诗经》的关系上，如《宗经》的"赋颂歌赞，则《诗》立其本"③ 和《诠赋》的"《诗》有'六义'，其二曰赋""受命于诗人"④ 等，反映了汉代以来的普遍性认识；刘勰主张的汉赋讽谏说，如《诠赋》说"然逐末之俦，蔑弃其本；虽读千赋，愈惑体要。遂使繁华损枝，膏腴害骨；无贵风轨，莫益劝戒。此扬子所以追悔于雕虫，贻诮于雾縠者也"⑤，也是汉赋"古诗之流"的回响。这些是当时普遍的观点，不容易辨认刘勰对摯虞的直接继承。但是，说"赋者，铺也，铺采摛文，体物写志也"⑥，则突出了"铺采摛

① 参见拙文《史学呈现与著述转移：论魏晋集解的学术新变》，《求索》2017 年第 5 期。

② 《隋书·经籍志》卷三五，第 1089～1090 页。

③ （南朝梁）刘勰撰，范文澜注：《文心雕龙注·宗经》，第 22 页。

④ （南朝梁）刘勰撰，范文澜注：《文心雕龙注·诠赋》，第 134 页。

⑤ （南朝梁）刘勰撰，范文澜注：《文心雕龙注·诠赋》，第 136 页。

⑥ （南朝梁）刘勰撰，范文澜注：《文心雕龙注·诠赋》，第 134 页。

文”和“体物写志”的特征；又说“极声貌以穷文”① “写物图貌，蔚似雕画”②，即汉赋着力描绘客观事物的声貌，像雕刻绘画那样惟妙惟肖，却是直接继承了挚虞的观点。黄侃《文心雕龙札记》比较了汉晋刘向、扬雄、桓谭、班固、王充、曹丕、陆机、皇甫谧的赋论，认为“以虞所论最明畅综切，可以与舍人之说互证”③，在详细引用完挚虞的论述后，说“观彦和此篇，亦以丽词雅义，符采相胜，风归丽则，辞翦美稗为要，盖与仲治同其意恉”④，将刘勰的“立赋之大体”类同于挚虞的“古诗之赋”。许结指出“刘勰所言的‘逐末之俦’赋作的‘繁华损枝，膏腴害骨’以及如扬雄所批评的‘雕虫’‘雾縠’等等，又与挚虞所说的‘今之赋’相近”⑤。而在赋作的经典作品上，比如“对问”一体，程章灿对比了《文章流别论》和《文心雕龙·杂文》的异同，发现“不但出现的先后次序相同，连有些评论也是文异意同”，指出“其说全本挚虞《文章流别论》”，又如“七”体，程章灿说刘勰“引扬雄语批评七体之失，则全本挚虞《文章流别论》论‘七’一节”⑥。除了赋论之外，刘勰在多方面继承了挚虞的观点，有学者从“进行文体分类”“追溯文体源流”“阐释文体名义”“标举文体楷模”“分论

① （南朝梁）刘勰撰，范文澜注：《文心雕龙注·诠赋》，第134页。
② （南朝梁）刘勰撰，范文澜注：《文心雕龙注·诠赋》，第136页。
③ 黄侃：《文心雕龙札记》，上海古籍出版社2000年版，第59页。
④ 黄侃：《文心雕龙札记》，第60页。
⑤ 许结：《刘勰赋论及其赋学史意义》，《社会科学研究》2016年第2期。
⑥ 程章灿：《刘勰的赋论——溯源与评述》，《古代文学理论研究丛刊》（第十七辑），上海古籍出版社1995年版，第29页。

文体特点”五个方面进行了系统的对比①，可以明确地窥探出两者的承续关系，这里不再赘述了。

萧统与刘勰的关系密切，《梁书》本传说刘勰“兼东宫通事舍人”②，又说“昭明太子好文学，深爱接之”③，骆鸿凯据此进一步说“《雕龙》论文之言，又若为《文选》印证，笙磬同音。是岂不谋而合，抑尝共讨论，故宗旨如一耶”④。即使《文心雕龙》成书早于《文选》，而萧统与刘勰的文学思想也是相似的，学者认为他们同属“折衷派”，因此《文选》的赋体观念也同于《文心雕龙》。《文选序》称：“《诗序》云，诗有六义焉，一曰风，二曰赋，三曰比，四曰兴，五曰雅，六曰颂。至于今之作者，异乎古昔。古诗之体，今则全取赋名。荀、宋表之于前，贾、马继之于末。自兹以降，源流实繁。述邑居则有‘凭虚’‘亡是’之作。戒畋游则有《长杨》《羽猎》之制。若其纪一事，咏一物，风云草木之兴，鱼虫禽兽之流，推而广之，不可胜载矣。”⑤无论是“赋源”说，还是“赋史”说，萧统与刘勰的思想都是高度契合的。⑥萧统《文选》最大的成就是将赋列于总集之首，从而奠定了赋的文体之首地位。《文选》共分文体为三十九类，第一类即是“赋”，彰显了赋体在“文”中的地位。清

① 参见吕武志：《从文体论看挚虞〈文章流别论〉对刘勰〈文心雕龙〉的影响》，《东吴中文学报》1999年第5期。

② 《梁书·刘勰传》卷五〇，第788页。

③ 《梁书·刘勰传》卷五〇，第788～789页。

④ 骆鸿凯：《文选学》，中华书局2015年版，第7页。

⑤ 《文选》，第1页。

⑥ 参见许结：《刘勰赋论及其赋学史意义》，《社会科学研究》2016年第2期。

代人对此颇有批评，如章学诚《永清县志文徵序例》说："萧统选文，用赋冠首；后代撰辑诸家，奉为一定科律，亦失所以重轻之义矣。如谓彼固辞章家言，本无当于史例，则赋乃六义附庸，而列于诗前；骚为赋之鼻祖，而别居诗后，其任情颠倒，亦复难以自解。而《文苑》《文鉴》从而宗之，又何说也？"①章学诚的批评是从"六义附庸"的传统观点出发，但指出了"赋"居总集之首的"科律"，揭示了文集编纂的一个基本体例。实际上，六朝时期以赋居首是当时的典藏目录和文集编纂的基本依据。为此，傅刚《〈昭明文选〉研究》说："班固先赋后诗的安排，不仅对目录学著作，同时对总集、别集的编辑，也有很大的影响。"②《汉书·艺文志》的诗赋略即以屈原、陆贾、孙卿、客主四类赋居前，然后才是歌诗。现存唐前旧集共有六家，除《陶渊明集》外，其余体例都是以赋居首。魏明帝在景初（237～239）中为曹植编集时说"撰录植前后所著赋、颂、诗、铭、杂论百余篇，副藏内外"③，也是以赋体领衔。赋体在文集和目录中居首的原因，有学者敏锐地指出"萧氏崇赋冠首的方法，有着文学相对独立于经、史的意义"④，这个说法很有见地。

总之，赋的产生和来源的多样性引发了赋体概念的丰富性。汉赋的概念比较复杂，魏晋时期的赋体概念渐趋融合，而且经过皇甫谧和挚虞师徒的综合和提炼，赋体概念趋于稳定。刘勰

① （清）章学诚著，叶瑛校注：《文史通义校注》，第789页。

② 傅刚：《〈昭明文选〉研究》，第228页。

③ 《三国志·魏书·陈思王植传》卷一九，第576页。

④ 许结：《刘勰赋论及其赋学史意义》，《社会科学研究》2016年第2期。

的赋论主要继承了挚虞的观点，但《文心雕龙》以其重要的影响力推动了赋体概念的经典化。

综上可知，挚虞的诗赋与两汉有着密切的关系，其诗歌理论受到了《毛诗序》的影响，以《诗经》雅颂体和汉代四言诗作为自己的创作标准，这种题材固然常见，但与当时五言诗趋于兴盛、诗人多有唱和的情况颇有不同；挚虞辞赋一体的观念来自汉代，称赋为古诗之流的观点来自班固的《两都赋序》，《思游赋》的题材有贾谊《鵩鸟赋》、班固《幽通赋》和张衡《思玄赋》的影响，《鸡鹊赋》的题材和残文能够找到祢衡《鹦鹉赋》的印迹，而《疾愈赋》的题材又在《七发》中生发并有所发展，《槐赋》体现了汉大赋曲终奏雅的特点。因此，无论是挚虞的文学理论还是文学创作，都与汉代有着千丝万缕的关系，这与挚虞的文学史思想和《文章流别集》的提倡是相适应的。

第三节 规摹两汉：西晋文人的创作和理论特点

西晋文人善于模拟汉代的诗赋，并将此作为学习写作的途径，从而确立了汉代文章的典范作用。当然西晋文人的模仿并非亦步亦趋、毫无创造的，而是在模仿中融入了创新变革，而这种创变正是时代文章特征的体现。

一、西晋文人创作实践中的“拟古诗”与“拟乐府”

西晋文人的诗文创作，最突出的表现就是模拟。我们在讨论《文章流别集》的编纂宗旨时，已经揭示过魏晋时期流行模拟经典进行创作的情形。这里着重讨论西晋文人的创作实践和文学理论中所体现的模拟两汉的事实。

学者们对西晋文人的模拟现象已经进行了充分的研究。葛晓音说“西晋诗的题材来源大多是模拟汉魏诗，无非是叹息人命短促、节序如流”①，这主要是就代表西晋诗歌创作实绩的五言诗而言的。汉代的古诗，比较著名的是《古诗十九首》和托名苏武李陵的“苏李诗”，我们根据文学发展的实际，已不相信这些诗歌产生于西汉初年，而大体认定是东汉末年的作品。但在魏晋南北朝时期，人们仍然相信它们属于枚乘和苏李的作品，其中《文选》和《玉台新咏》的收录代表了普遍性的意见。魏晋南北朝时期的“古诗”范围，包括了汉代作品、建安作品和古乐词。②《世说新语·文学》载有王恭与其第王爽的对话：

> 王孝伯在京行散，至其弟王睹户前，问：“古诗中何句为最?”睹思未答。孝伯咏：“‘所遇无故物，焉得不速老!’此句为佳。”③

“所遇无故物，焉得不速老”见《古诗十九首》之《回车驾言迈》。东晋人的古诗应该特指汉代的诗歌。正如前文所述，在晋人的视野之中，建安也属汉代，建安时期的作品当然要归入古诗的范畴。

西晋文人的拟古诗，以傅玄、张华和陆机等人最具代表性。傅玄现存诗百篇左右，“绝大部分模拟汉魏乐府，其中以描写妇女命运的作品为最多”④。傅玄模拟乐府诗数量较多，形式上与

---

① 葛晓音：《八代诗史》（修订本），第101页。

② 参见傅刚：《〈昭明文选〉研究》，第265页。

③ （南朝宋）刘义庆著，刘孝标注，余嘉锡笺疏：《世说新语笺疏》，第327页。

④ 葛晓音：《八代诗史》（修订本），第103页。

汉乐府最为类似，“从题目、题材到结构作法，都明显是原诗的翻版”①，如《艳歌行》系模拟《陌上桑》，尽管毫无新意，但在字词的精工和观念的正统上，显示出作者的基本风格。② 其他如《秦女休行》系模拟左延年的旧作，《昔思君》的六组比喻或取自《上邪》，《西长安行》模拟汉乐府《有所思》，如是种种，不一而足。

张华现存的诗歌，大多是模拟前人之作，如写少年游侠题材的《轻薄篇》《游侠篇》《游猎篇》，葛晓音指出系直接模仿曹植的《名都篇》《白马篇》，“但在表现上舍弃了曹诗生动的场面描写，而代之以大赋平均罗列式的铺陈，词意繁复、词采缛丽、对偶堆砌而少变化，加上说教意味太浓，便觉得过于呆板”③。尽管曹植的这些作品之系年还有不同意见，但察其内容，如《名都篇》描写京洛少年的卓越武艺和宴乐生活，《白马篇》描写渴望立功边陲的幽并游侠，都充满了朝气蓬勃的雄心壮志，应该是曹植作于身为贵公子的建安年间，因为黄初开始，他屡受猜忌，辗转封王，很难有如此轻快的心境了。

陆机的诗歌模拟最为广泛，表现最为丰富，葛晓音称之为“集大成的代表”，尤以其中十四首的拟古诗最为著名。陆机以《古诗十九首》为对象，但有意求异，创造巧意新词，采用赋法、对偶和析文的手法，使诗歌形成了繁缛赡密的特色，因此傅刚指出陆机拟诗的贡献是：“在主观意识、文词字句和描写方法上完全的文人化手段，宣布近体诗已摆脱古诗的温床，步入

① 傅刚：《魏晋南北朝诗歌史论》，第101页。
② 参见傅刚：《魏晋南北朝诗歌史论》，第101页。
③ 葛晓音：《八代诗史》（修订本），第105～106页。

了自己成长历程。"①

在题材上，晋人沿袭汉人的诗歌题材而有所变化，以左思的《咏史》八首最具代表性。班固的《咏史》客观叙述史实，行文质木无文，但开启了诗歌的新题材，是左思模拟的对象。胡应麟《诗薮外篇》卷二说："《咏史》之名，起自孟坚，但指一事。魏杜挚《赠毌丘俭》，叠用八古人名，堆垛寡变。太冲题实因班，体亦本杜，而造语奇伟，创格新特，错综震荡，逸气干云，遂为千古绝唱。"② 同时，左思与刘琨也是西晋中"以慷慨雄迈的风力继承建安精神的诗人"③，锺嵘《诗品》说左思"源出于公干"，体现了刘桢"贞骨凌霜，高风跨俗"的特点，因此傅刚称左思是"建安风力的直接继承者"④。左思属于寒门文人，文采卓绝，却难以得志，内心郁积着强烈的愤懑，其《咏史》诗既充满了深刻的批判意识，又表达了自己旷逸的胸襟和高洁出世的人格。

晋代乐府中的汉乐，《乐府诗集》卷三七载《相和歌辞十二》的《西门行六解》⑤，属晋乐所奏的古辞。其中的第四解"人生不满百，常怀千岁忧。昼短苦夜长，何不秉烛游"、第五解"自非仙人王子乔，计会寿命难与期"、第六解"人寿非金石，年命安可期。贪财爱惜费，但为后世嗤"等，都直接或间

---

① 傅刚：《魏晋南北朝诗歌史论》，第131页。

② （清）胡应麟：《诗薮》，《明诗话全编》第5册，江苏古籍出版社1997年版，第5560页。

③ 葛晓音：《八代诗史》（修订本），第113页。

④ 傅刚：《魏晋南北朝诗歌史论》，第127页。

⑤ 参见（宋）郭茂倩：《乐府诗集》第3册，中华书局2017年版，第801页。

接地出自《古诗十九首》，因此说汉代古诗构成了晋代文人诗歌和乐府诗歌的渊薮。

西晋时期的碑铭，亦将汉代碑铭作为自己的学习对象。汉代碑铭的写作，成就最为突出的是蔡邕。《文心雕龙·诔碑》说："自后汉以来，碑碣云起，才锋所断，莫高蔡邕。观杨赐之碑，骨鲠训典；陈郭二文，词无择言；周胡众碑，莫非清允。"① 晋人的碑铭写作，多以汉代为模拟对象。刘师培说："晋人碑铭之文，如傅玄《江夏任君墓铭》、孙楚《牵招碑》、潘岳《杨使君碑》、潘尼《杨萧侯碑》、夏侯湛《平子碑》，均以汉作为楷模，然气清辞畅，则晋贤之特色，非惟孙绪、王导、郄凿、庾亮、庾冰、褚褒诸碑已也。"② 与诗歌一样，西晋文人在碑文的模拟中融入了"气清辞畅"的特色。

二、西晋文人理论阐述中的模拟意识

西晋文人的模拟实践，可以通过现存作品的分析来获得可靠的印证。但晋人的作品经过千年的汰选，残存至今的大多是优秀之作，而且数量有限，不免引发这样的怀疑：仅靠这些作品真能反映当时人们的普遍观念吗？因此讨论西晋文人有没有针对模拟的理论阐述就显得很有必要了。

西晋人在序中明确表达了对汉代的代表作品的模拟。傅玄《拟四愁诗序》说：

> 昔张平子作《四愁诗》，体小而俗，七言类也。聊拟而

① （南朝梁）刘勰撰，范文澜注：《文心雕龙注》，第214页。

② 刘师培著，刘跃进讲评：《中国中古文学史讲义》，第77页。

作之，名曰《拟四愁诗》。①

这是傅玄拟作张衡《四愁诗》的说明，同时的张载亦有《拟四愁诗》。皇甫谧《三都赋序》说：

其中高者至如相如《上林》、扬雄《甘泉》、班固《两都》、张衡《二京》、马融《广成》、王生《灵光》……②

司马相如、扬雄、班固、张衡等人的赋作，是皇甫谧所认同的汉代赋作中的最好作品，这也代表了魏晋人的普遍看法，因此构成了晋人模拟的主要对象。左思《三都赋序》说：

思摹《二京》而赋《三都》。③

又刘逵《吴都赋蜀都赋注序》说：

观中古已来为赋者多矣。相如《子虚》擅名于前，班固《两都》理胜其辞，张衡《二京》文过其义。至若此赋，拟议数家，傅辞会义，抑多精致。④

那么左思的《三都赋》是有意识地模拟张衡《二京赋》创作的。左思《咏史》其一说“著论准《过秦》，作赋拟《子虚》”，《咏史》其四载“言论准宣尼，辞赋拟相如”，可见其对汉代贾谊和司马相如作品的推崇，反映了西晋人的普遍看法。

陆机、陆云兄弟尝就文章写作进行书信交流，颇有作品传世，很能见出当时主流文人的创作思想。陆云《与兄平原书》

① 《玉台新咏》卷九，人民文学出版社 2010 年版，第 117 页。
② 《文选》卷四五，第 641 页。
③ 《文选》卷四，第 74 页。
④ 《晋书·左思传》卷九二，第 2376 页。

三十说：

> 一日视伯喈《祖德颂》，亦以述作宜褒扬祖考为先。聊复作此颂，今送之，愿兄为损益之。①

其三十六说："不知可作蔡氏《祖德颂》比不?"②这是陆云模拟蔡邕《祖德颂》的现身说法，应该是通过模拟来学习的，因此请求陆机帮忙损益。也有通过模拟与前人一比高下的，如其十一：

> 云顷又为辅吴、奋威作颂，欲愈前颂，然意并不以快。③

陆云作颂的目的，是试图超越前人的颂作。而同时人的创作，也有彼此模拟以示高下的，如：

> 君苗文，天才中亦少尔。然自复能作文。云唯见其《登台赋》及诗颂。作《愁霖赋》极佳，颇仿云。云所如多恐，故当在二人后，然未究见其文。④

陆云说崔君苗的《愁霖赋》是模仿自己的，并且自称文在两人之后，则当时模仿至少有两人，而陆云不以为意，说明当时人们从事类似事情是很普遍的。再如其十：

> 兄常欲其作诗文，独未作此曹语，若消息小佳，愿兄

---

① （晋）陆云著，刘运好校注：《陆士龙文集校注》卷八，第1131～1132页。

② （晋）陆云著，刘运好校注：《陆士龙文集校注》卷八，第1143页。

③ （晋）陆云著，刘运好校注：《陆士龙文集校注》卷八，第1066页。

④ （晋）陆云著，刘运好校注：《陆士龙文集校注》卷八，第1136页。

> 可试作之。兄复不作者，恐此文独单行千载间。……王褒作《九怀》亦极佳，恐犹自继。①

陆云希望陆机进行创作，而不使此文独自擅美。又其十六：

> 云谓兄作《二京》，必传无疑。久劝兄为耳。又思《三都》，世人已作，是语触类长之，能事可见。《幽通》《宾戏》之徒自难作，《宾戏》《客难》可为耳。答之甚未易，东方氏所不得全其高名，颇有答极。②

陆云曾劝陆机把《二京赋》《三都赋》《九歌》《惜诵》《答宾戏》等各种赋体都仿作一遍，以使“能事可见”，让古人“不得全其高名”，这也使西晋的模拟具有了一种与古人争高下的意味。事实上，傅玄、张华和陆机的拟古诗，已经措意与汉代古诗求异，融入了文人化的创作手段，已经不是单纯地模拟了，而成了新变的因素，成为文学创新和变革的渊薮。

模拟中注重新变，本来是无可厚非的事情，毕竟时异事移，表达方式也要发生变化。若无视文体的形式和风格标准，任意地借题发挥，就成为变乱文体的肇始，使文体的规定性特征遭遇破坏，成了一具任意描绘的陶胎，这就要引起当时文论家的警惕了。西晋的模拟之风丕盛，挚虞也有模拟的作品，但主要偏向于文体形式方面，与西晋人普遍的题材内容模拟迥异，因此撰成《文章流别集》和《文章流别论》进行有意识地讨论，并指点出一条新路，其中自然有针砭时弊的努力。

---

① （晋）陆云著，刘运好校注：《陆士龙文集校注》卷八，第1063页。

② （晋）陆云著，刘运好校注：《陆士龙文集校注》卷八，第1082～1083页。

三、西晋文人规摹两汉的心态分析

西晋文人热衷模拟两汉的文章，以致形成“文必两汉”的情结，其中蕴藏着怎样的原因和心态呢？

一是汉代文章的杰出成就。西晋文人对汉代文学给予了高度评价，不仅在创作中对汉代诗赋有着出色的模仿，而且在理论上多有以汉代为标准的阐述。究其原因，是汉代文人在赋、诗、颂、碑等文体上创造了辉煌的成就，比如在赋体上，产生了司马相如《子虚赋》《上林赋》、扬雄《甘泉赋》《河东赋》《羽猎赋》《长杨赋》、班固《两都赋》、张衡《二京赋》等著名的赋家赋作；又如在碑文和颂作上，汉末的蔡邕堪作巨擘；再如在诗歌上，汉末的《古诗十九首》代表了汉代五言诗的重要成就。汉代作家在多种重要文体上都创作了典范性的作品，因此成为后世追摹的对象。西晋文人选择汉代作家作品作为自己的学习榜样，是由文学史的客观情况决定的。

二是比肩汉代的社会心理。景元四年（263）西平蜀汉，太康元年（280）南灭孙吴，西晋结束了自汉末以来近百年的战乱割据局面，带来了王朝空前的大一统。干宝《晋纪总论》说：“太康之中，天下书同文、车同轨，牛马被野，余粮栖亩，行旅草舍，外闾不闭。民相遇者如亲，其匮乏者，取资于道路。故于时有天下无穷人之谚。虽太平未洽，亦足以明吏奉其法，民乐其生，百代之一时矣。”① 阎步克指出，太康年间的人口比魏

① 《文选》卷四九，第689页。

末三国总数增加了将近一倍。[①] 这种和平繁荣的场景，给西晋人带来的精神振奋和心理满足，是不言而喻的。他们会自然而然地与此前的统一王朝——两汉看齐，并作为模仿和学习的对象。司马氏本系东汉世族，不仅在学统上仍然尊尚两汉经学，而且在生活上也维持着世族的生活方式，对曹魏形成的通脱、简易、俭朴的风气不以为然，因此晋初的统治者多追逐奢靡的生活。王济以人乳喂猪，以致武帝不满，而石崇与王恺斗富，互作步障数十里，以椒和赤石脂涂壁。尽管司马炎多次下诏敦勉节俭，但是一方面社会风气积重难返，另一方面他自己也丧失了早期的励精图治，以致掖庭近万、羊车恣行。换一种角度来看，贵族阶层具有丰厚的财力来进行如此大肆挥霍，只有大一统的王朝能够提供心理支撑，只有承平的社会环境能够提供物质支持。因此这种炫富、斗富的行径，客观上反映了西晋王朝经济的富足和人们心理上的满足。

三是崇尚繁缛的汉代远响。空前一统的形势、政治的安定和物质的富足，促成了西晋文人对繁缛诗歌风格的追求。而繁缛的铺陈手法和措辞方式，可以从两汉大赋中寻找到学习资源。陆机《文赋》提出了“巧为形似之言”“期穷形而尽相”的说法，这种追求全面、细致刻画的理论观点和写作方法，与汉大赋的表现方法颇为相似。傅玄、张华、陆机等诗人注重模拟汉末的古诗，却没有汉诗自然平易的况味，反而体现出繁缛的面貌。究其原因，是时代的变迁导致了时人观感的差异。东汉末年的室家乱离和仕宦无门所孕育的《古诗十九首》，自然不能得

---

① 参见阎步克：《西晋之清议“呼吁”简析及推论》，《中国文化》1996年第2期。

到西晋诗人的心灵回应，毕竟这属于完全不同的两个时代。晋初诗人作拟古诗，普遍没有继承汉末古诗的精神实质，他们欣赏五言诗的新体制所提供的创作空间，以汉赋的作法重新塑造了汉末的古诗，在不断地破坏之中树立了全新的写作规范，总体呈现出精工、富丽、繁缛的特点，促成了五言古诗的雅化，为近代诗的发展开始进行初步的积累，从而使近代诗进入了历史的进程。

左思创作的钜制《三都赋》，属于京都赋的殿军，也是汉大赋的绝响。《三都赋》出现在晋初绝不是偶然的。除了天下一统带来的各地形势容易访谘的优越条件外，左思也有为大一统的时代庆祝表彰的意味，故而受到了当时人们的欢迎，洛阳人竞相抢购，以致一纸千金。究其根源，应该是左思《三都赋》的写作带有胜利者的总结意味，触动了中朝人士的内心世界，激起了彼此的共鸣。

第六章 《文章流别集》《翰林》与文学批评的分野

挚虞和李充都是史学家，具有相同的工作经历，又都编纂有总集，且总集俱附有文论传世。挚虞和李充分别活跃于西晋时期和东晋初年，他们的文论体现了两晋之际学术风气的变迁。挚虞和李充的文学观念体现了史家的立场，与以文人身份为主的曹丕、曹植、陆机等人相比较，就不能不有所差别了。比较史家和文人不同立场所表达的文学观念之异同，正是本章的重要任务。

第一节 李充及其《翰林》

李充曾任著作郎，是东晋重要的目录学家，编有《晋元帝四部书目》；又是文学家，《隋书·经籍志》载有《李充集》二十二卷。李充还是文学史家和文学批评家，他的《翰林》五十四卷，是继《文章流别集》之后的又一部文章总集，以作品选的形式表达了文学史观念；《翰林论》三卷系缀集《翰林》文学理论部分而成，是继《文章流别论》之后的又一部总集文论。《翰林》在总集发展史和文学理论演进史上具有一定的价值。

一、李充的生平历程、学术倾向与家学渊源

李充，字弘度，江夏（今湖北安陆）人。生卒年与年岁俱不详，生年大约是西晋后期①，主要活跃于成、康、穆三世。东晋成帝时，被丞相王导征为掾，后转记室参军，康帝时（343年以后），褚裒以外戚贵重，引李充为参军。穆帝永和年间（345～356），因家贫外出，蒙殷浩推荐，任职剡县令，与孙绰、王羲之筑别业。永和五年（349），丁母忧。由“少孤”可知其父早卒，根据礼制规定，李充须为母亲丁忧三年。服阙（352），起为著作郎，累官至中书侍郎，约在升平年间（357～361）去世。

《晋书》本传称“幼好刑名之学，深抑虚浮之士，尝著《学箴》”②。《学箴》提倡“复己克礼”，认为儒家和道家都是为了昌明礼教，因此说“化之以绝圣弃智，镇之以无名之朴。圣教救其末，老庄明其本，本末之途殊而为教一也”③，要求“引道家之弘旨，会世教之适当”④。李充“儒玄并综”的思想并不是唯一的，而是东晋以来社会思潮的反映。⑤ 因此，曹道衡、沈

---

① 曹道衡从元康元年（291）分荆州和扬州十郡置江州开始，又历数历代江州刺史，推断出李充父李矩在西晋惠帝或怀帝初年任江州刺史，而史书说“充少孤”，则应生在西晋后期。参见曹道衡：《晋代作家六考》，《中古文学史论文集》，第321页。

② 《晋书·李充传》卷九二，第2389页。

③ 《晋书·李充传》卷九二，第2389页。

④ 《晋书·李充传》卷九二，第2389页。

⑤ 东晋建国前后兴起了“儒玄双修”的社会思潮，一直延续到南朝。参见闫春新：《“儒玄双修”的开启及其经学意义》，《中国哲学史》2015年第2期。

玉成《中古文学史料丛考》说："李充尚玄谈，然本传又言'幼好刑名之学，深抑虚浮之士'，其《学箴》称'圣教救其末，老庄明其本，本末之途殊而为教一也'，意在兼综儒玄而以玄为本，以时人放诞为'离本'。可见东晋谈玄之士，于前人之任情弛纵已表不满，李充此论特其一例耳。"①

李充本是经学家，本传载"充注《尚书》及《周易旨》六篇、《释庄论》上下二篇、诗赋表颂等杂文二百四十首，行于世"②，《隋书·经籍志》记载了李充《论语注》十卷，正是李充研究儒学的产物。李充的《论语注》坚持了儒家的思想，如《论语·为政》"六十而耳顺"，王弼注"耳顺，言心识在闻前也"，孙绰注"耳顺者，废听之理也，朗然自玄悟，不复役而后得，所谓'不识不知，从帝之则'也"，而李充注"耳顺者，听先王之法言，则知先王之德行；从帝之则，莫逆于心，心与耳相从，故曰耳顺也"③，王弼、孙绰的玄学注释与李充儒学的注释粲然分明。

李充的家学渊源，已经有学者进行了专门的考察。④ 李充祖父李秉生活于魏晋之交，曾著《家诫》，主倡"清慎之道"以示子弟；父亲李矩生当八王纷乱，"乃心王室"，志在匡乱，故而"勇毅多权略，志在立功"；而从父李重，为人雅正，"以清尚见称"，"务抑华竞"，"锐志铨衡，留心隐逸，濬冲期之识

① 曹道衡、沈玉成：《中古文学史料丛考》，第198页。

② 《晋书·李充传》卷九二，第2391页。

③ （南朝梁）皇侃撰，高尚榘校点：《论语义疏》，中华书局2013年版，第26页。

④ 参见余历雄：《论李充〈翰林论〉的学术渊源与文学观念》，《中国典籍与文化》2003年第3期。

会”，则深受玄风影响，不满华靡之风，提倡平淡。据此可知，李充的“幼好刑名之学，深抑虚浮之士”有特定的家学背景。李充对善写名理文章的嵇康特别推重，其《九贤颂》有《嵇中散》，曰“肃肃中散，俊明宣哲。笼罩宇宙，高蹈玄辙”①；又作《吊嵇中散》，称“忘尊荣于华堂，括卑静于蓬室。宁漆园之逍遥，安柱下之得一。寄欣孤松，取乐竹林。尚想荣庄，聊与抽簪”②。

二、李充的史家身份

李充是重要的史学家。《隋书·经籍志序》载：

> 秘书监荀勖，又因《中经》，更著《新簿》，分为四部，总括群书……大凡四部合二万九千九百四十五卷……惠、怀之乱，京华荡覆，渠阁文籍，靡有孑遗。东晋之初，渐更鸠聚。著作郎李充，以勖旧簿校之，其见存者，但有三千一十四卷。充遂总没众篇之名，但以甲乙为次。自尔因循，无所变革。其后中朝遗书，稍流江左。③

经过了“八王之乱”和“永嘉之乱”，西晋图书基本化为灰烬，原有近三万卷，到了李充编《晋元帝书目》，只剩下三千多卷，十仅存一。正是因为东晋初年秘阁图书稀少，故典校藏书的秘书监之职显得不重要，设置也不清楚，而图书整理工作由担任史职的著作郎李充负责。《晋书·李充传》称“为大著作郎。于

① （唐）徐坚等著：《初学记》卷一七，第412页。但校点本误李充为李尤，严可均不误。

② 《太平御览》卷五九六，第2686页。

③ 《隋书·经籍志》卷三二，第906页。

时典籍混乱，充删除烦重，以类相从，分作四部，甚有条贯，秘阁以为永制”①，则李充整理图书、编制目录是在任大著作郎之后进行的。根据荀勖《中经新簿》比对秘阁藏书，李充将所存的图书整理成三千一十四卷，编成《晋元帝四部书目》。姚名达先生考定为晋穆帝永和五年（349）之后的若干年，但考虑到丁母忧的三年，应是永和八年（352）之后。

在李充的时代，著作省是重要的修史场所，历任的著作郎与佐著作郎都颇有史著传世。如干宝早在西晋末年就任佐著作郎，东晋初年，元帝听取王导的意见，“宝于是始领国史……著《晋纪》，自宣帝迄于愍帝五十三年，凡二十卷，奏之。其书简略，直而能婉，咸称良史”②。又如王隐等人，《晋书·王隐传》载：

> 太兴初，典章稍备，乃召隐及郭璞俱为著作郎，令撰晋史。豫平王敦功，赐爵平陵县侯。时著作郎虞预私撰《晋书》，而生长东南，不知中朝事，数访于隐，并借隐所著书窃写之，所闻渐广。是后更疾隐，形于言色。预既豪族，交结权贵，共为朋党，以斥隐，竟以谤免，黜归于家。贫无资用，书遂不就，乃依征西将军庾亮于武昌。亮供其纸笔，书乃得成，诣阙上之。隐虽好著述，而文辞鄙拙，芜舛不伦。其书次第可观者，皆其父所撰。文体混漫义不可解者，隐之作也。年七十余，卒于家。③

王隐、郭璞、虞预曾在太兴年间（318～321）以著作官员受命

① 《晋书·李充传》卷九二，第2390～2391页。

② 《晋书·干宝传》卷八二，第2150页。

③ 《晋书·王隐传》卷八二，第2143页。

撰写晋史。又如谢沈，何法盛《晋中兴书》载："谢沈为祠部郎，何充、庾冰以沈有史才，迁大著作。"①《晋书·谢沈传》载：

> 康帝即位，朝议疑七庙迭毁，乃以太学博士征，以质疑滞。以母忧去职。服阕，除尚书度支郎。何充、庾冰并称沈有史才，迁著作郎，撰《晋书》三十余卷。会卒，时年五十二。沈先著《后汉书》百卷及《毛诗》《汉书补传》，所著述及诗赋文论皆行于世，其才学在虞预之右云。②

康帝在建元元年（343）即位，以太学博士征谢沈。不久谢沈因丁母忧去职，根据礼法，如其父在，丁忧一年，其父不在，则丁忧三年。总之，至少一年之后，又出任尚书度支郎。后在何充、庾冰的推荐下，迁任著作郎。何充卒于穆帝永和二年（346），庾冰卒于康帝建元二年（344），何充和庾冰应该不是联袂推荐，容有先后，那么至迟在永和二年（346）出任著作郎。

以上数人都是史书有明确记载的，在李充之前以著作郎或佐郎的身份参与了史书的写作，李充担任著作郎后，身为史官，自然有修史的职业要求。在李充之后，如孙盛在永和十年（354）至太元元年（373）间以秘书监领著作，撰有《魏氏春秋》《晋阳秋》，袁山松在隆安五年（401）前以秘书监身份撰写《后汉书》，王韶之在义熙元年（405）到九年（413）间以佐著作郎身份撰写《晋安帝阳秋》，徐广以著作郎、秘书监身份在义熙十二年（416）后完成《晋纪》，如此种种，适足证明著作郎是东晋修史的负责人。

① 《太平御览》卷二三四，第1110页。

② 《晋书·谢沈传》卷八二，第2152页。

三、《翰林》的面貌拟测

李充是东晋重要的文学家。李充作品众多，本传载其有“诗赋表颂等杂文二百四十首，行于世”①，《隋书·经籍志》载“《晋李充集》二十二卷”，又注“梁十五卷，录一卷”②。李充也是东晋初年文学家的代表，《晋书·王羲之传》载“孙绰、李充、许询、支遁等皆以文义冠世”③，《世说新语·文学》刘孝标注引檀道鸾《续晋阳秋》云：

> （询）有才藻，善属文。自司马相如、王褒、扬雄诸贤，世尚赋颂，皆体则《诗》《骚》，傍综百家之言。及至建安，而诗章大盛。逮乎西朝之末，潘、陆之徒虽时有质文，而宗归不异也。正始中，王弼、何晏好《庄》《老》玄胜之谈，而世遂贵焉。至江左李充尤盛。故郭璞五言始会合道家之言而韵之。询及太原孙绰转相祖尚，又加以三世之辞，而《诗》《骚》之体尽矣。询、绰并为一时文宗，自此作者悉体之。至义熙中，谢混始改。④

李充处于孙绰、许询之间，也当属于文宗之列。因此，李充编《翰林》，著《翰林论》，自然与其文学家的身份有关。

《晋书》本传说李充曾担任大著作郎，因典籍混乱，主持整理图书，并编制书目，分为甲、乙、丙、丁四部，实以经、史、

① 《晋书·李充传》卷九二，第2391页。

② 《隋书·经籍志》，第274页。

③ 《晋书·王羲之传》卷八〇，第2099页。

④ （南朝宋）刘义庆著，刘孝标注，余嘉锡笺疏：《世说新语笺疏》，第310页。

子、集为次。李充与挚虞都是当时的史学家，拥有同样的身份，以致撰写《文章流别论》和《翰林论》的时候，表达了类似的文论意见，因此王运熙、杨明说“《翰林论》是与挚虞《文章流别论》性质相近的文论专著”①；又根据《隋志》总集类“《翰林论》三卷”条下注“梁五十四卷”的说法，推测如下：

> 李充原撰有《翰林》一书，系文章总集，久佚；《翰林论》乃是其中的论述部分。《翰林》与《翰林论》之关系，犹如挚虞的《文章流别集》与《文章流别论》。②

这种推测是正确的，可能梁代所存的五十四卷是《翰林》，而这三卷是从集中辑出的文论，故称《翰林论》三卷。当时两书并存，后经梁末书祸，总集亡佚；到了唐初，唯见《翰林论》。推测不妨再大胆一点，《翰林》应该带有《文章流别集》的续编性质，这个观点下面将要展开论述。

《玉海》卷六二引《中兴书目》称“凡二十八篇，论为文体要”③，即是讨论写作的文体问题。李充《翰林论》重视区分文体、评述作品，且注意辨析文体源流。兹将现存《翰林论》的遗文按文体顺序排列如次：

赋

> 木氏《海赋》，壮则壮矣，然首尾负揭，状若文章，亦

① 王运熙、杨明：《魏晋南北朝文学批评史》，第149页。
② 王运熙、杨明：《魏晋南北朝文学批评史》，第149页。
③ （宋）王应麟编：《玉海》卷六二，广陵书社2007年版，第1210页。

将由未成而然也。①

诗

应休琏五言诗，百数十篇，以风规治道，盖有诗人之旨焉。②

赞

容象图而赞立，宜使辞简而义正。孔融之赞杨公，亦其美也。③

论

研覈名理而论难生焉。论贵于允理，不求支离。若嵇康之论，成文美矣。④

扬子论秦之剧，称新之美，此乃计其胜负、比其优劣之义。⑤

诫诰

诫诰施于弼违。⑥

表

表宜以远大为本，不以华藻为先。若曹子建之表，可

① 《文选》卷一二，第 183 页。原引作“李尤《翰林论》”，“尤”当“充”之形误。
② 《文选》卷二一，第 305 页。
③ 《太平御览》卷五八八，第 2649 页。
④ 《太平御览》卷五九五，第 2678 页。
⑤ 《文选》卷四八，第 678 页。
⑥ 《太平御览》卷五九三，第 2671 页。

谓成文矣。诸葛亮之表刘主，裴公之辞侍中，羊公之让开府，可谓德音矣。①

驳

驳不以华藻为先。世以傅长虞美奏驳事，为邦之司直矣。②

议

在朝辩政而议奏出。宜以远大为本。陆机《议晋断》，亦各其美矣。③

檄

盟檄发于师旅。相如《喻蜀父老》，可谓德音矣。④

有关诗的部分，还可补充一点，锺嵘《诗品》论“晋弘农太守郭璞诗”云：

> 宪章潘岳，文体相辉，彪炳可玩。始变中原平淡之体，故称中兴第一。《翰林》以为诗首。但《游仙》之作，辞多慷慨，乖远玄宗。而云“奈何虎豹姿”；又云“戢翼栖榛梗”，乃是坎壈咏怀，非列仙之趣也。⑤

《翰林》称郭璞的诗歌为“诗首”，曹旭释为“诗中首称，执牛

---

① 《太平御览》卷五九四，第 2674 页。
② 《太平御览》卷五九四，第 2677 页。
③ 《太平御览》卷五九五，第 2679 页。
④ 《太平御览》卷五九七，第 2688 页。
⑤ （南朝梁）锺嵘著，曹旭笺注：《诗品笺注》，第 144～145 页。

耳者也”[1]。《翰林》收录郭璞诗歌，是很有意思的信息。

“翰林”之称，最早见于扬雄的《长杨赋序》，说“聊因笔墨之成文章，故藉翰林以为主人，子墨为客卿以讽”[2]，借助翰林主人和子墨客卿展开对话。陆机《文赋》曰“粲风飞而飙竖，郁云起乎翰林”[3]，应该是李充《翰林》取名的直接借鉴对象。李充对陆机非常推崇，称美“陆士衡之议”可谓成文，又认为潘岳的文章虽美，但“犹浅于陆机”，则李充对陆机的赞赏可想而知。而东晋时期对潘陆的评价，以扬潘抑陆最具势力，如孙绰说“潘文浅而净，陆文深而芜”（《世说新语·文学》），谢混说“潘诗烂若舒锦，远处不佳。陆文如披沙简金，往往见宝”（锺嵘《诗品》），谢灵运也说“左太冲诗、潘安仁诗，古今难比”（锺嵘《诗品》），应该说李充对潘陆的优劣评价，与当时的舆论还是有所区别的。[4]《文选》录诗以陆机最多，锺嵘又称为“太康之英”，则陆机在南朝的地位之奠定，最早应该来自李充的卓识。黄侃说《翰林论》：“以沈思翰藻为贵者，故极推孔陆而立名曰《翰林》。”[5] 因此，李充对“文”的认识可能受到了陆机的影响，他说：

> 或问曰：“何如斯可谓之文？”答曰：“孔文举之书，陆士衡之议，斯可谓成文矣。”[6]

---

① （南朝梁）锺嵘著，曹旭笺注：《诗品笺注》，第146页。

② 《文选》卷九，第136页。

③ （晋）陆机著，张少康释：《文赋集释》，第89页。

④ 关于潘陆的评价差别，详见傅刚：《〈昭明文选〉研究》，第198～199页。

⑤ 黄侃：《文心雕龙札记》，第219页。

⑥ 《太平御览》卷五八五，第2636页。

李充举出“文”的代表性作品是孔融的书信文和陆机的议论文，则李充的文章概念比较宽泛。

当然“诗”也包括在文之内，《翰林论》说：“潘安仁之为文也，犹翔禽之羽毛，衣被之绡縠。”① 这与锺嵘《诗品》的论述相似，“晋黄门郎潘岳诗”条云：

> 其源出于仲宣。《翰林》叹其翩翩奕奕，如翔禽之有羽毛，衣服之有绡縠，犹浅于陆机。谢混云：“潘诗烂若舒锦，无处不佳；陆文如披沙简金，往往见宝。”嵘谓：益寿轻华，故以潘胜；《翰林》笃论，故叹陆为深。余常言：陆才如海，潘才如江。②

很明显，《翰林论》的原话应该是：

> 潘安仁之为文也，翩翩奕奕，犹翔禽之有羽毛，衣服之有绡縠，犹浅于陆机。

锺嵘《诗品》系节引自《翰林论》原文。笔者查阅许逸民所编的《初学记索引》③，发现徐坚等编《初学记》并未引用锺嵘《诗品》，则知《初学记》所录应是来自《翰林论》的原文。《翰林论》原文是否有“翩翩奕奕”句或可存疑，但误削“犹浅于陆机”为确凿无疑。

李充评价潘岳的诗歌，赞为“翩翩奕奕”，曹旭释为“轻捷优美貌，比喻文词轻快美好”④，重视其辞藻美丽的特点，具有

---

① （唐）徐坚等著：《初学记》卷二一，第 512 页。

② （南朝梁）锺嵘著，曹旭笺注：《诗品笺注》，第 80 页。

③ 许逸民编：《初学记索引》，中华书局 1980 年版，第 148 页。

④ （南朝梁）锺嵘著，曹旭笺注：《诗品笺注》，第 81 页。

文学作品的形式美特征。当然，据此不足以说明李充对辞藻华靡持反对的态度。

根据《翰林论》的记载，可以初步判断出《翰林》所收的作家姓名，兹以表格的形式呈现作家、作品和文体。所收的具体作品有些来源于《翰林论》的直接交代，有些还属于笔者的推测，因此特意在“备注”中注明依据（见表 6-1）。

表 6-1 《翰林》所收的作家作品

作家	生卒年	作品	文体	备注
司马相如	？～前 118	《喻蜀父老》	檄	相如《喻蜀父老》
扬雄	前 53～18	《剧秦美新》	论	扬子论秦之剧，称新之美
孔融	153～208	《杨四公赞》①	赞	孔融之赞杨公
诸葛亮	181～234	《前后出师表》	表	诸葛亮之表刘主
曹植	192～232	《求自试表》 《求通亲亲表》	表	曹子建表？
应璩	190～252	《百一诗》	诗	
嵇康	224～263	《养生论》	论	嵇康之论？
羊祜	221～278	《让开府表》	表	羊公之让开府
傅咸	239～294	《重表驳成粲议太社》	驳	傅长虞美奏驳事

① 俞绍初辑校：《建安七子佚文存目考》，《建安七子集》，中华书局 2005 年版，第 212 页。

续表

作家	生卒年	作品	文体	备注
裴頠	267～300	《辞侍中表》	表	裴公之辞侍中
潘岳	247～300		诗	《诗品》
陆机	261～303	《议立晋书限断》	议	陆机《议晋断》
木华	武惠之世	《海赋》	赋	木氏《海赋》
郭璞	276～324		诗	《诗品》

从上表可以看出，《翰林》确定收录的汉人仅有司马相如、扬雄和孔融，而且所见的文体是檄、论、赞，而不是他们成就最高的赋作，因此很可能是对摯虞《文章流别集》的补充。其余皆是三国西晋之人，其中有一人情况比较复杂，即郭璞。郭璞出现在《翰林》的依据是锺嵘《诗品》，而不是《翰林论》的残文。前面我们已经讨论过，郭璞虽然已入东晋，但代表他诗歌成就的《游仙诗》却形成于西晋时期，因此我们认为郭璞的存在并未扰乱《翰林集》不录东晋的体例。《翰林》主要收录了东晋以前的作家，李充任著作郎编《晋元帝书目》，应在永和八年（352）之后，所以说《翰林》体现了不录东晋作家的原则。考虑到《文章流别集》不录西晋作家，《翰林》的做法显然是对《文章流别集》的继承。

四、《翰林论》的文学思想及后世评价

《翰林论》提出了“成文”和“德音”的文学评价标准，重视“远大”的文学风格，其文体论也颇多继承了已有的观点。

在文学作品评价上，李充提出了“成文”和“德音”的标准。《文镜秘府论》说“李充之制《翰林》，褒贬古今，斟酌病利，乃作者之师表”①，说明李充区分了文学性与道德性两种不同的文章应用情况。在“成文”的作品中，有“曹子建之表”“嵇康之论”“孔文举之书，陆士衡之议”等。而在“德音”的作品中，有“诸葛亮之表刘主，裴公之辞侍中，羊公之让开府”“相如《喻蜀父老》”等。尽管李充区分为“成文”和“德音”两种标准，但没有表达明显的优劣倾向，应该说他对这两种标准都持认可的态度。

在文学作品风格上，李充更倾向于“远大”。李充多次提到“以远大为本”，并且通过对表和议奏的论述表达了他重视文章的立意高远；又说“不以华藻为先”，他提及辞藻华靡的文体属于应用文体（如表和驳议等），只是说“华藻”不是这些文体的首要任务，但不能证明他反对辞藻华靡。如李充评价潘岳的诗歌，赞为“翩翩奕奕”，曹旭释为“轻捷优美貌，比喻文词轻快美好”②，显然重视其辞藻美丽的特点。黄侃《文心雕龙札记》中说《翰林论》“观其所取，盖以沈思翰藻为贵者，故极推孔陆而立名曰《翰林》”③，指出“沈思”和“翰藻”两个取向，因此李充主张“远大”和“华藻”并重，是萧统《文选序》“事出于沉思，义归乎翰藻”的来源。

李充的文论，多有继承前人的观点。如“表”，李充说“不

① （唐）空海著，卢盛江注：《文镜秘府论汇校汇考》，中华书局2006年版，第202页。

② （南朝梁）锺嵘著，曹旭笺注：《诗品笺注》，第81页。

③ 黄侃：《文心雕龙札记》，第219页。

以华藻为先”，即来自曹操要求的“勿得浮华”（《文心雕龙·章表》）；又如“论”，李充说“论贵于允理”，与曹丕“书论宜理”（《典论论文》）相一致。这种现象是很正常的，也符合学术发展的规律，毕竟任何认识都是在前贤的基础上逐渐深化的。

然而以锺嵘、刘勰为代表的南朝批评家对李充的批评比较激烈。锺嵘《诗品》说：“李充《翰林》，疏而不切。”① 刘勰《文心雕龙·序志》说“……宏范《翰林》，各照隅隙，鲜观衢路”②，又说“《翰林》浅而寡要”③。李充，字弘度，此曰宏范，黄侃推测“其字两行”④。也有学者提出宏范应是李轨，而非李充⑤，但编纂《翰林》需要利用秘府藏书，检李轨生平似无此经历，故笔者仍从李充之说。锺嵘批评《翰林论》空疏而不切中肯綮，刘勰指责《翰林论》眼界狭窄肤浅而很少切中要点。总之，锺嵘、刘勰是南朝批评家的翘楚，亲自翻阅李充的《翰林》，他们认为李充的理论有浮泛、浅显、批评不切要点的问题，应该是符合实情的。《文镜秘府论》说：“李充之制《翰林》，褒贬古今，斟酌病利，乃作者之师表。”⑥ 《文镜秘府论》晚出，反加推崇，岂是文学思想变迁之缘故？

---

① （南朝梁）锺嵘著，曹旭笺注：《诗品笺注》，第105页。

② （南朝梁）刘勰撰，范文澜注：《文心雕龙注》，第726页。

③ （南朝梁）刘勰撰，范文澜注：《文心雕龙注》，第726页。

④ 黄侃：《文心雕龙札记》，第219页。

⑤ 参见程弘：《〈翰林论〉作者质疑》，《文史》第一辑，第44页。

⑥ （唐）空海著，卢盛江注：《文镜秘府论汇校汇考》，第202页。

第二节　《文章流别论》《翰林论》与两晋学风的变迁

《文章流别论》完成于西晋时期，《翰林论》完成于东晋时期。《翰林论》写成于《文章流别论》之后，对《文章流别论》既有继承的一面，又有变化的一面，而这种变化实际上反映了两晋文学思想和学术风气的不同。

一、因袭与续编：《翰林》与《文章流别集》的关系

在前文中，我们已经对《文章流别集》和《翰林》的基本面貌进行了全面的勾勒，总体来看，《翰林》是因袭《文章流别集》而作，带有《文章流别集》的续编性质。

（一）因袭

《翰林》因袭《文章流别集》显而易见。挚虞和李充都担任了史官，主管中秘藏书，具有编纂总集的优越条件。但根本原因是《翰林》和《文章流别集》呈现出同样的面貌，它们都是按文体排列的总集、文体论注重源流、选择了有代表性的作家作品、文论结构有总论和分论等。

两者都是按照文体排列的通代文学总集。《文章流别集》是第一部按照文体排列的总集，而总集的“类聚区分”特点，属于挚虞的独特创造。《文章流别集》收录的范围主要是战国、两汉而不及魏晋，是最早的通代文学总集。《翰林论》保存了若干文体的理论，证明《翰林》也是一部按照文体排列的总集，继

承了《文章流别集》的编纂方法。《翰林》收录的已知有汉代到西晋的作品，主要保存了曹魏的作品，但属于通代文学总集无疑。①

两者都列举了有代表性的作家作品。《文章流别论》在论述的过程中，往往列举代表性作家作品，作为文体源流的论述依据。《翰林论》也是如此，尽管提供的材料不多，但如“相如《喻蜀父老》，可谓德音矣”“陆机《议晋断》，亦名其美矣”等，都表明是对具体作品的评价。

两者都注重文体的源流辨析。《文章流别论》注重文体的溯源辨流，前文已经进行了详细分析，在现存的赋、颂二体中，挚虞注重追溯文体的起源、分析文体的流变，并指出了文体在发展过程中的淆乱。《翰林论》也注重文体的溯源辨流，但表达得不如《文章流别论》细致深入。如《翰林论》的“檄”体称“盟檄发于师旅”，“赞”体称“容象图而赞立”，“议”体称“在朝辨政而议奏出。宜以远大为本。陆机《议晋断》，亦名其美矣”，“论”体称“研覈名理而论难生焉。论贵于允理，不求支离。若嵇康之论，成文美矣”等。很显然，李充讨论各个文体时，先交代文体的产生途径，无疑有辨别文体源流的意味，这自然是受《文章流别论》的影响。

两者的文论都具有总论和分论的结构。《文章流别论》有总

① 东晋傅亮（374～426）因袭挚虞《文章志》而撰《续文章志》，应该是汇集了西晋的断代作家事迹。谢混（381？～412）有《文章流别本》十二卷，刘宋的孔宁撰《续文章流别》三卷，应该是对东晋一代进行总结。因此说挚虞所创造的总集规范和《文章志》写法，在东晋之后得到了继承和发展。

论和分论的部分，前文已经进行了详细分析。《翰林论》也存在类似的情况。如：

> 或问曰："何如斯可谓之文？"答曰："孔文举之书，陆士衡之议，斯可谓成文矣。"①

这应该是总论的部分，而上节所述的九种文体论属于分论的部分。总之，文论结构的总论和文体分论也是仿照《文章流别集》的体例。

因此，王运熙、杨明说"《翰林论》是与挚虞《文章流别论》性质相近的文论专著"②，并进一步推测道："李充原撰有《翰林》一书，系文章总集，久佚；《翰林论》乃是其中的论述部分。《翰林》与《翰林论》之关系，犹如挚虞的《文章流别集》与《文章流别论》。"③ 郁沅、张明高总结《翰林论》的体例是："它于每种文体之中，例举古今若干代表作家作品，同时评论其利病得失，并对各种文体的特征和写作要求作出概括。"④ 这些代表性学者的概括，基本说明了《翰林》的实际情况。

（二）续编

《翰林》也具有《文章流别集》的续编性质，这从其收录的作家作品的时间断限上可以证明。

目前可知的《翰林》所收的作家作品中，汉代仅有司马相

① 《太平御览》卷五八五，第2636页。

② 王运熙、杨明：《魏晋南北朝文学批评史》，第149页。

③ 王运熙、杨明：《魏晋南北朝文学批评史》，第149页。

④ 郁沅、张明高编选：《魏晋南北朝文论选》，人民文学出版社1996年版，第203～204页。

如、扬雄和孔融，其余皆是三国、西晋之人。其中有一个特例，即郭璞（276～324）。郭璞入东晋仅有七年，且太兴四年（321）前任佐著作郎，他的主要学术活动仍然是在西晋时期。锺嵘《诗品》引《翰林》称郭璞的诗歌为“诗首”，曹旭释为“诗中首称，执牛耳者也”①。结合锺嵘所论，显然指的是郭璞的《游仙诗》。此诗经钱志熙的考证，应是郭璞任临沮长时过着吏隐生涯时创作的。② 渡江之后，郭璞参佐王导，仕宦屡迁，庶务繁忙，难以有这样的心境了。

锺嵘《诗品》说郭璞“始变中原平淡之体，故称中兴第一”③，又在《序》中说：

> 永嘉时，贵黄、老，稍尚虚谈，于是篇什，理过其辞，淡乎寡味。爰及江表，微波尚传：孙绰、许询、桓、庾诸公诗，皆平典似《道德论》。建安风力尽矣。先是郭景纯用隽上之才，变创其体；刘越石仗清刚之气，赞成厥美。然彼众我寡，未能动俗。④

刘勰《文心雕龙·明诗》称“景纯仙篇，挺拔而为俊矣”⑤。锺嵘、刘勰肯定了郭璞的诗歌成就，锺嵘认为郭璞试图变创新体，转移风气，惜未成功。但《世说新语·文学》刘孝标注引檀道鸾《续晋阳秋》说“至江左李充尤盛，故郭璞五言始会合道家之言而韵之。询及太原孙绰转相祖尚，又加以三世之辞，而诗、

① （南朝梁）锺嵘著，曹旭笺注：《诗品笺注》，第146页。
② 参见钱志熙：《魏晋诗歌艺术原论》（修订本），第233页。
③ （南朝梁）锺嵘著，曹旭笺注：《诗品笺注》，第144页。
④ （南朝梁）锺嵘著，曹旭笺注：《诗品笺注》，第15～18页。
⑤ （南朝梁）刘勰撰，范文澜注：《文心雕龙注》，第67页。

骚之体尽矣"①，萧子显《南齐书·文学传论》也同意檀道鸾的说法，称"江左风味，盛道家之言，郭璞举其灵变，许询极其名理"②，檀道鸾、萧子显都将郭璞视为玄言诗的开创人。③钟嵘《诗品》、刘勰《文心雕龙》是讨论文学的专著，而檀道鸾《续晋阳秋》、萧子显《南齐书》是历史著作，他们对郭璞认识的差别，反映了文人与史家文学批评的差异。

钱志熙指出，檀道鸾的看法没有深入问题的实质，"郭氏《游仙》与魏晋玄理没有多少关系，与佛理相距甚远。……郭璞的《游仙诗》却正是《骚》之苗裔，是楚骚至阮诗这一浪漫诗歌艺术传统的继承者，也富有寄兴精神"④。玄言诗是在西晋末期开始繁盛的，而郭璞《游仙诗》的出现，以浪漫自由的精神、瑰丽奇伟的意象、浓厚的悲剧力量，改变了玄言诗的风格，这种面貌到了渡江之后才显现出来，故而称为"中兴第一"。郭璞《游仙诗》早在西晋末期已经写就，只是当时战争纷扰、人民播迁，难以为人所知罢了。

因此，《翰林》主要收录三国西晋的作家，郭璞的存在并未扰乱《翰林》的体例。李充任著作郎编《晋元帝书目》，应在永和八年（352）之后，其时郭璞逝世已久，应该说《翰林》是有不录东晋作家的原则。

《文章流别集》主要收录战国两汉作家的作品。因此说《翰

① （南朝宋）刘义庆著，刘孝标注，余嘉锡笺疏：《世说新语笺疏》，第310页。

② 《南齐书·文学传论》卷五二，第908页。

③ 参见本书第三章第三节。

④ 钱志熙：《魏晋诗歌艺术原论》（修订本），第243页。

林》在收录作家作品的时代上继轨《文章流别集》。

二、《翰林论》与东晋的文学史观念

《翰林》带有《文章流别集》的续编意义，它们都选择了司马相如、扬雄和孔融等两汉作家，但这些作家的具体作品选择仍有所不同，一定程度上反映了挚虞和李充审美选择的殊途。那么两者审美差异的背后，又蕴含着怎样的文学观念背景呢？

《翰林论》体现了东晋初期的文学观念。李充所称道的作家作品，应该也是当时的定评，如："赞"体有孔融《杨四公赞》，"表"体有诸葛亮《出师表》、裴頠《辞侍中表》、羊祜《让开府表》，"驳"体有傅咸《重表驳成粲议太社》，"论"体有扬雄《剧秦美新》，"议"体有陆机《议立晋书限断》，"檄"体有司马相如《喻蜀父老》，"诗"体有应璩《百一诗》，"赋"体有木华《海赋》等。以上都是有迹可循的选录作品，其他可能收录了曹植的《求自试表》《求通亲表》、嵇康的《养生论》，至于潘岳和郭璞的作品，不详篇目，无法罗列。李充选录的上述作品中，为《文选》收录的有诸葛亮《出师表》、曹植《求自试表》《求通亲表》、羊祜《让开府表》、木华《海赋》、应璩《百一诗》、司马相如《难蜀父老》、嵇康《养生论》等等。两者选录的主要篇目是相似的。因此《文选》对三国西晋作家的选择，很可能参考了李充《翰林论》，当然这些作品悉为名作，当时已有定评，故不能作为《文选》借鉴《翰林论》的必要条件。

东晋学者对西晋的作家作品的评价也颇有趋同的意见。如潘、陆孰优孰劣是东晋人关心的话题。锺嵘《诗品》引谢混（381？～412）说"潘诗烂若舒锦，无处不佳。陆文如披沙简金，往往见宝"，则谢混以为潘胜于陆。其实谢混的看法是来自孙绰（314～371），孙绰说“潘文烂若舒锦，无处不善；陆文若排沙简金，往往见宝”，又说“潘文浅而净，陆文深而芜”，意在扬潘抑陆。谢混乃谢灵运（385～433）之族叔，其观点也影响到谢灵运的看法，说“左太冲诗，潘安仁诗，古今难比”，索性不再提及陆机。① 李充讨论陆机，仅举其《议晋书限断》，而诗歌称潘岳，遣辞多妍，称为浅净。李充与孙绰系同时人，对潘陆看法相近，反映了东晋初年人们的一般观点。

傅亮（374～426）尽管被后世列为宋臣，但基本生活在东晋时代，入宋不久即已去世，代表了东晋学者的观点。根据其《续文章志》的残文所讨论的几位作家来看，傅亮与李充论述的作家相同的有两位，即潘岳和木华。傅亮称潘岳“岳为文选言简章，清绮绝伦”②，与李充称潘岳“翩翩奕奕，犹翔禽之有羽毛，衣服之有绡縠”基本一致。又傅亮称木华“广川木玄虚为《海赋》，文甚俊丽，足继前良”③，而李充称“木氏《海赋》，壮则壮矣，然首尾负揭，状若文章，亦将由未成而然也”，两者赞美《海赋》的壮丽是一致的。

因此，李充《翰林论》的观点，很大程度上反映了东晋文人的普遍文学观念。从这个角度而言，《翰林论》具有了时代的意义，与《文章流别论》也就有了比较的可能和价值。

---

① 参见傅刚：《〈昭明文选〉研究》，第 198～199 页。

② （南朝宋）刘义庆著，刘孝标注，余嘉锡笺疏：《世说新语笺疏·文学》刘孝标注引傅亮《续文章志》，第 309 页。

③ 《文选》卷一二木华《海赋》李善注引，第 179 页。

三、《文章流别论》《翰林论》与两晋学风差异的呈现

挚虞与李充不同的文论表达呈现了两晋之际学术风气的差异。

（一）身份差异

司马氏家族是东汉儒学大族出身，晋武帝即位后“以儒素立德”（虞预《晋书》）①，西晋的儒学氛围浓烈，产生了荀勖、杜预、傅玄等重要儒家学者。因此挚虞最主要的身份是儒家学者，他的诗歌创作主要是模仿《诗经》雅颂体四言诗，而文学理论也注重以儒家经典为依据，前文已经有详细的论述。当然挚虞也与当时盛行的玄学风气颇有接触。西晋文坛领袖张华赠诗与挚虞说：“君子有逸志，栖迟于一丘。仰荫高山茂，俯临渌水流。恬淡养玄虚，沈精研圣猷。”② 挚虞自幼师从皇甫谧，《晋书·皇甫谧传》说皇甫谧自号玄晏先生，数次拒绝征辟，并撰有《高士传》和《逸士传》，则其“逸志”渊源乃师。《世说新语·文学》说：“太叔广甚辩给，而挚仲治长于翰墨，俱为列卿。每至公坐，广谈，仲治不能对。退著笔难广，广又不能答。”③ 刘孝标注引王隐《晋书》说：“虞与广名位略同，广长口才，虞长笔才，俱少政事。众坐广谈，虞不能对；虞退笔难广，广不能答。于是更相嗤笑，纷然于世。广无可记，虞多所

---

① 《太平御览》卷九五，第455页。

② 逯钦立辑校：《先秦汉魏晋南北朝诗》，第621页。

③ （南朝宋）刘义庆著，刘孝标注，余嘉锡笺疏：《世说新语笺疏》，第301页。

录，于斯为胜也。”[①] 挚虞不娴口谈，无聚众谈辩之才，但能著书难司马广，论辩能力可想而知。但挚虞主要致力于辨析名理，尚未见到有无本末的玄谈风气。

东晋承丧乱之后，官方儒学衰微，魏末西晋流行的玄学获得了重要的发展。李充属于玄学家，更重视形名之学，而不是虚无的玄谈，但东晋玄风炽盛，李充浸润其中，也深受影响。我们在第一节中已经有深入的分析，大略有四点：

一是本人和史传的记载。本传说“幼好刑名之学，深抑虚浮之士”[②]，其《学箴》又称“圣教救其末，老庄明其本，本末之涂殊而为教一也”[③]，李充兼综儒玄，但以玄为本。钱志熙分析李充的儒玄观说：“他认为老庄之说只是讲通了事物和世界的根本原理，但不能拿来实际应用。要治理社会，救其衰末，还得依靠儒家的礼教。”[④]

二是本人诗歌的呈现。东晋玄学兴盛，诗歌中充满玄风，以至学者称“诗必柱下之旨归”（《文心雕龙·时序》）。李充本人的诗歌，根据逯钦立所辑的情况，目前仅有三首诗传世，其中如《送许从诗》“来若迅风吧，逝如归云征。离合理之常，聚散安足惊”[⑤]，颇具玄学气息。

三是文论的推崇。李充说：“研覈名理而论难生焉。论贵于

① （南朝宋）刘义庆著，刘孝标注，余嘉锡笺疏：《世说新语笺疏》，第302页。

② 《晋书·李充传》卷九二，第2389页。

③ 《晋书·李充传》卷九二，第2389页。

④ 钱志熙：《魏晋诗歌艺术原论》（修订本），第249页。

⑤ 逯钦立辑校：《先秦汉魏晋南北朝诗》，第857页。

允理，不求支离。若嵇康之论，成文美矣。”① 刘师培《中国中古文学史讲义》说：“李氏以论推嵇，明论体之能成文者，魏晋之间，实以嵇氏为最。”② “论”体推崇著名玄学家嵇康，亦是证据。

四是家学渊源。李充的父祖皆提倡清慎，反对华靡，前文已有论述。

综上可知，挚虞与李充共同受到了玄学名理的影响。但挚虞主要以儒家学者和著作闻名当世，尽管沾染了玄学风气，但主要关注名理之学，没有沉湎清谈虚无之风，因此不以玄学著名。而李充家世清慎，又幼好刑名之学，对于玄学中的有无本末主题有过思考，因此李充可以算得上是玄学家；当然对于官方提倡的儒学，李充还是比较熟悉的，呈现出儒玄兼综的特点。因此说，挚虞与李充的主要学术身份是有所差异的。

（二）时代差异

挚虞活跃的时代，正是元康文学的繁盛期，挚虞积极参与到当时的诗歌创作当中。挚虞与张华有诗歌赠答，已见前述。挚虞加入贾谧的“二十四友”，尽管“二十四友”是一个政治组织，而不是纯粹的文人团体，但参加的基本是文人，挚虞与同列“二十四友”的杜育、潘岳等人有所交往。如上种种，皆可说明挚虞深受繁荣的元康文学的影响。根据挚虞的经历和创作来看，他对西晋后期渐兴的“贵黄老，稍尚虚谈”“理过其辞，淡乎寡味”（锺嵘《诗品序》）的玄言诗并不关注。由于其自身坚持儒家的学术理念和文学观念，在太康文学潮流中，他对已

① 《太平御览》卷五九五，第2678页。

② 刘师培著，刘跃进讲评：《中国中古文学史讲义》，第50页。

经兴起的五言诗并不热衷，存世诗歌主要是四言诗。

李充生于西晋末期，主要活跃于东晋初年。西晋后期以来玄言诗日渐流行，许询诸人“平典似《道德论》”（锺嵘《诗品序》）的玄言诗蔚成风气，李充不能不受其影响。虽然李充的诗歌存世仅寥寥三首，已约略看出玄言的痕迹，而他的《学箴》充满了玄学气息，前文已有详细解析。五言诗经过魏晋时期的发展，已经取得了主要的地位，因此当时玄言诗的写作，基本是以五言诗为主，李充也未能例外，现存的三首诗歌皆是五言诗。

挚虞现存诗歌以四言体为主，李充现存诗歌以五言体为主，四言体是《诗经》流脉，五言体是汉末新潮，因此两者对诗歌体式的选择，恰恰也是儒学家和玄学家主体身份的体现。

太康诗风以繁缛雅正为主要特色，玄言诗风以平淡自然为主要特色。因此，挚虞接触的是西晋时代的太康诗风，李充接触的是东晋流行的玄言诗风，两者浸淫的时代文学风气不同，自然也会导致个体文风的差异。

（三）文风差异

太康诗风和玄言诗风的不同，表现在《文章流别论》《翰林论》上，就是文论文风具有繁简的差异，即锺嵘《诗品》总结的“详而博赡”和“疏而不切”。

锺嵘《诗品序》称：

> 陆机《文赋》，通而无贬；李充《翰林》，疏而不切；王微《鸿宝》，密而无裁；颜延论文，精而难晓；挚虞《文志》，详而博赡，颇曰知言：观斯数家，皆就谈文体，而不显优劣。至于谢客集诗，逢诗辄取；张隐《文士》，逢文即

书。诸英志录，并义在文，曾无品第。①

锺嵘称“李充《翰林》，疏而不切”，曹旭解释“疏而不切”为“文理通畅而欠精审贴切”②。“疏”似无通畅意，依笔者之见，若释为疏略，应该更为贴切。锺嵘又称挚虞的《文章流别论》“详而博赡，颇曰知言”，意思是详明宏富而有卓识。锺嵘是南朝齐梁之际人，能够看到《文章流别论》和《翰林论》的全文，所提供的判断至为重要，即使根据今天的佚文来观察，锺嵘的判断也是成立的。我们先从评论形式和内容上来比较：挚虞对诗、赋、颂、七体的介绍，洋洋洒洒数百言，溯源考流，品评议论，颇为详悉；而李充所论，往往寥寥数十言，虽然短小精悍，但仅以“成文”“德音”“允理”等概之，未深入剖析作品，因此详明有阙、精审不足。

《文章流别论》《翰林论》的繁简文风是由作者编纂总集的功能决定的。挚虞编纂《文章流别集》而著有《文章流别论》，主要任务是辨清文体的流别，因此往往不惮辞费，溯源析流，详加辨别，只要看看“赋”“七”“颂”诸体的篇幅规模即可得知。同时代的陆机《文赋》为讨论文学创作而洋洋数千言，因此西晋文论与文风一样，重在详尽分析，故锺嵘《诗品》说挚虞“详而博赡，颇曰知言”，说陆机“通而无贬”。李充《翰林论》不承担辨体的职能，又躬自浸染玄学，形成了言简词略的表达风格，往往寥寥几句，即告收场，如“论”“议”两体，短短数句，不过二三十字，文体的起源、风格特征、代表作、品评悉数在内，正所谓麻雀虽小，五脏俱全。又《翰林论》表达

① （南朝梁）锺嵘著，曹旭笺注：《诗品笺注》，第105页。

② （南朝梁）锺嵘著，曹旭笺注：《诗品笺注》，第106页。

优秀作品的选择标准使用“远大”“华藻”“德音”等，对代表作品的评价，多以“美”字概之，简则简矣，但流于浮泛，故锺嵘说“疏而不切”。

四、《文章流别论》《翰林论》与两晋学风变迁

《文章流别论》和《翰林论》的差异，实际上反映了两晋学风的变迁，一是经史领域的日趋简化，二是文史分离的日渐演进。

《文章流别论》《翰林论》的繁简文风反映了经史领域日趋简化的趋势。李充《翰林论》所体现的简略风气，早在后汉时期已有端倪。经学领域的注疏，西汉昭宣以来，说一经至百万言①，甚至“说五字之文至于二三万言”②。新莽之时，学者开始对繁琐章句进行删省，王充指出“王莽之时，省五经章句，皆为二十万”③。后汉学者致力于注疏的简化，如桓荣跟朱普学章句四十万言，后减为二十三万言，其子桓郁又删定为十二万言；④ 又如张奂删减《欧阳尚书》之《牟氏章句》的四十五万余言为九万言⑤。在史学领域中，也出现了删减之风，如东汉光武时期的卫飒“约《史记》要言，以类相从”⑥ 而有《史要》十卷，杨终删《史记》为十余万言，荀悦删《汉书》为《汉纪》三十篇，等等。胡宝国通过对东汉至东晋的经史风气研究指出：

---

① 参见《汉书·儒林传》卷八八载秦恭为张山拊弟子，属小夏侯建再传弟子，“增师法至百万言”，第 3605 页。

② （南朝梁）刘勰撰，范文澜注：《文心雕龙注·论说篇》，第 328 页。

③ （东汉）王充著，黄晖校释：《论衡校释·效力篇》卷一三，第 583 页。

④ 参见《后汉书·桓荣传》卷三七，第 1256 页。

⑤ 参见《后汉书·张奂传》卷六五，第 2138 页。

⑥ 《隋书·经籍志》卷三三，第 961 页。

“从两汉之际到东晋，先是在经学领域，而后又在史学领域中出现了一种追求简略的风气。”① 陈寿《三国志》成书于太康五年（284）孙皓死后，全书因行文简略而受到了当时人们的欣赏；夏侯湛时作《魏书》，见陈寿之作，遂告放弃；张华亦许诺以《晋书》相付。这说明在西晋初年，行文简略已经得到普遍的认可。到了东晋初年，此风依旧盛行，《文心雕龙・史传》说“孙盛《阳秋》，以约举为能”②，又《晋书・干宝传》载：“宝于是始领国史……著《晋纪》，自宣帝迄于愍帝五十三年，凡二十卷，奏之。其书简略，直而能婉，咸称良史。”③ 干宝因《晋纪》的简略在当时被视为“良史”，可见简略是“良史”的才能之一。

《文章流别论》和《翰林论》的差异也是文史分离的趋势在不同时期的表现。挚虞的《文章流别论》残文，基本是诗、赋、铭、赞、诔等纯文学文体，说明西晋的文章观念更重视诗、赋等文体，这应该与西晋文学活动的丰富性有关。李充的《翰林论》，我们目前所看到的文体，却以表、驳、论、议奏、盟誓等杂文文体居多，而能称为纯文学文体的只有诗、赞等。虽然挚虞和李充都是史学家，但从总集的编选来看，李充的文章观念更接近于史学，与挚虞注重文学的观念不同，这应当与当时文史分离的学术趋势有关。胡宝国说：“文史分离与经史分离不同。在经史分离中，史学是主动的，它是伴随着今文经学的衰落而走向独立。在文史分离的南朝，文学正处于高涨阶段，史

① 胡宝国：《〈三国志〉裴注》，《汉唐间史学的发展》（修订本），北京大学出版社 2014 年版，第 75 页。

② （南朝梁）刘勰撰，范文澜注：《文心雕龙注》，第 285 页。

③ 《晋书・干宝传》卷八二，第 2150 页。

学处于被动的地位，当时并不是由于对史学的本质有了更多的认识而将文史分开，实际的情况正像前引萧统《文选》序中所说的那样，人们是因为越来越认识到文学的特性，所以才逐渐把'史'从'文'中排斥出去。换言之，是文学的进一步独立迫使史学不得不随之独立。”① 实际上，文史分离至少在魏晋时期已经开始，到了宋文帝建立儒、玄、文、史四学，文史分离才获得制度上的确认。

挚虞是以礼学家身份担任史官，他面对的现实是经史分离的深入演进，如荀勖《中经新簿》已将史部从经部独立，而当时文学业已自觉，文学创作一派繁荣，《文章流别论》重视“有韵之文”，是文史分离肇端时期的表现。到了东晋初年，李充身为著作郎，作为史学家，更加重视史学的价值，通过编纂《晋元帝四部书目》，既完成了史书和经书的区分，又进一步将文学从史学中剥离，同时将史部置于子部之前，突出了他重视史学的思想，因此《翰林论》的选文定篇多属于“无韵之笔”。

第三节 史家文学批评与文人文学批评的异同

魏晋时期的文学批评，实际上包含了史家文学批评和文人文学批评两种范式。历来的研究者在总结魏晋文论的时候，常常不自觉地意识到两者的差别。如萧子显《南齐书·文学传序》说“若子桓之品藻人才，仲治之区判文体”②，突出了曹丕的作家论和挚虞的文体论成就，这实际上隐藏着文人和史家不同的

① 胡宝国：《文史之学》，《汉唐间史学的发展》（修订本），第 71 页。

② 《南齐书·文学传》卷五二，第 1000 页。

文学批评倾向。刘知几《史通·杂说下》说："沈侯《谢灵运传论》，全说文体，备言音律，此正可为《翰林》之补亡，《流别》之总说耳。"① 将沈约《宋书·谢灵运传论》与《文章流别论》《翰林论》并称，不仅揭示了史家文学批评的事实，而且指出文体论是史家文学批评的基本特色。刘勰《文心雕龙·序志》说："详观近代之论文者多矣。至于魏文述典，陈思序书，应玚文论，陆机文赋，仲洽流别，宏范翰林，各照隅隙，鲜观衢路；或臧否当时之才，或铨品前修之文，或泛举雅俗之旨，或撮题篇章之意。魏典密而不周，陈书辩而无当，应论华而疏略，陆赋巧而碎乱，流别精而少功，翰林浅而寡要。又君山公干之徒，吉甫士龙之辈，泛议文意，往往间出，并未能振叶以寻根，观澜而索源。不述先哲之诰，无益后生之虑。"② 刘勰提及的文学批评家有曹丕、曹植、应玚、陆机、挚虞、李充，俱属于魏晋时代的著名批评家，其中曹丕、曹植、应玚③、陆机属于文人，挚虞、李充属于史家。当代学者也有意无意地触及其中的差别。王运熙、杨明《魏晋南北朝文学批评史》概述魏晋文学批评的时候，提及四个代表性的文学批评家，即曹丕、陆机、挚虞、李充。④ 作者根据文学批评的实际所列举的四个代表，前两个

① （唐）刘知几著，（清）浦起龙通释：《史通通释》卷一八，第473页。

② （南朝梁）刘勰撰，范文澜注：《文心雕龙注》，第726页。

③ 应玚《文质论》反驳阮瑀《文质论》重质轻文的态度时说："若夫和氏之明璧，轻縠之袿裳，必将游玩于左右，振饰于宫房，岂争牢伪之势，金布之刚乎？"（俞绍初集校：《建安七子集》，第184页）应玚用比喻的手法强调文学具有娱乐耳目、美化生活的重要作用。应玚的"文"包括了言辞、学术、文学艺术等广义的"文章"在内。

④ 参见王运熙、顾易生主编：《魏晋南北朝文学批评史》，上海古籍出版社1996年版，第1页。

是文人文学批评的代表，后两个是史家文学批评代表，这绝不是偶然的，说明两种文学批评范式在学者的研究下已经呼之欲出。罗宗强指出，曹丕和陆机这一条线，是脱离目录学框架的文学文体论的开始，而挚虞的文体论，则是从目录学到文学文体论发展中的一个中间环节。① 罗宗强提出曹丕、陆机的文体论属于文学文体论，对应了文人文学批评；考虑到目录学属于史学工作的范畴，相应地，我们将挚虞、李充的文体论称为史学文体论，对应了史家文学批评②。傅刚《汉魏六朝文体辨析的学术渊源》（《中国社会科学》2000 年第 2 期）指出，史家传统对文学批评的观念和方法颇有影响，六朝文学批评一直呈现着两种批评派别，可以称为史学批评和文学批评，前者主张通变，后者主张新变。至此，学者们的卓越研究，正越来越接近当时的文学批评实际。

一、文体论

史家和文人在文体论上的异同，主要体现在文体分类、文体渊源和文体流变上。

（一）文体分类

史家和文人都有文体分类的意识，但两者在文体的选择上

---

① 参见罗宗强：《魏晋南北朝文学思想史》，中华书局 1996 年版，第 107 页。

② 值得注意的是，当时的文学家和史学家并不是依靠职业来区分。譬如陆机曾于元康八年（298）出为著作郎，担任史臣，又曾撰写晋代史书《晋帝纪》《惠帝起居注》《晋惠帝百官表》《洛阳记》等，具有史官的身份，但他的文论属于文人立场。因此，要结合他们在当时文坛的活跃程度，根据具体的论文立场来区分他们的身份。

有所不同。

最早对文体研究的专论，目前可知的是蔡邕的《独断》。其文体分类有“其（汉天子）命令，一曰策书，二曰制书，三曰诏书，四曰戒书”①，又有“凡群臣尚书于天子者有四名：一曰章，二曰奏，三曰表，四曰驳议”②。《独断》所论及的策书、制书、诏书、戒书、章、奏、表、驳议、上书等文体，虽然属于公文文体，但也是最早的文体分类。蔡邕是史家，本传载其“前在东观，与卢植、韩说等撰补《后汉记》，会遭事流离，不及得成，因上书自陈，奏其所著《十意》，分别首目，连置章左”③。李贤注称《十意》“犹《前书》十志也”④，又引《邕别传》说：“邕昔作《汉记》十意……有《律历意》第一、《礼意》第二、《乐意》第三、《郊祀意》第四、《天文意》第五、《车服意》第六。’”⑤ 因此说，史家是文体论的最早提出者，而且蔡邕旨在全面地介绍公文文体的格式。

魏晋时期最早的文体分类是《典论·论文》。曹丕说：

> 常人贵远贱近，向声背实，又患暗于自见，谓己为贤。夫文本同而末异，盖奏议宜雅，书论宜理，铭诔尚实，诗赋欲丽。此四科不同，故能之者偏也。唯通才能备其体。⑥

《典论·论文》的目的是针砭古今文人相轻的风气，因此文章在具体的论证中，在涉及普通人贵远贱近又自视甚高的弊病时，

---

① （东汉）蔡邕：《独断》，《四部丛刊三编》本。

② （东汉）蔡邕：《独断》，《四部丛刊三编》本。

③ 《后汉书·蔡邕传》卷六〇下，第2003页。

④ 《后汉书·蔡邕传》卷六〇下，第2004页。

⑤ 《后汉书·蔡邕传》卷六〇下，第2004页。

⑥ 《文选》卷五二，第720页。

以举例的方式提到了文体和风格，即“奏议宜雅，书论宜理，铭诔尚实，诗赋欲丽”。这种文体区分和风格概述应该是当时的公论，因此曹丕才能够信手拈来，不加说明地当作论据使用。《典论·论文》的重点不是说明文体的分类和风格，因此没有采取穷尽的列举方式，而是略举八体，概为四类，反映了文学家有选择性地关注通行文体的特点。

陆机《文赋》列举了十种文体：

> 诗缘情而绮靡，赋体物而浏亮，碑披文以相质，诔缠绵而悽怆，铭博约而温润，箴顿挫而清壮，颂优游以彬蔚，论精微而朗畅，奏平彻以闲雅，说炜烨而谲诳。①

陆机只是举出几例进行论证，与曹丕行文的技法相类，当然没有包含当时的全部文体。曹丕所列举的是奏、议、书、论、铭、诔、诗、赋八种，陆机提及的有诗、赋、碑、诔、铭、箴、颂、论、奏、说十种，应该说绝大多数是相同的，而诗、赋、颂、铭、诔、箴属于“有韵之文”，是逞才效伎、抒发性情的重要载体。值得注意的是，曹丕、陆机总结了具体文体的风格，但在史学家傅玄那里，却说“班固喻美辞壮，文章弘丽，最得其体”，属于“以文体风格为标准去评价具体作家作品”②，以规定的文体来看待具体作家作品，属于玄学上辨名析理的方法。

根据曹丕和陆机的文体论情况，可知文人的文体论一般精选了经常使用的文体，尤其是纯文学文体，目的是为创作服务。

史家的文体论从属于总集的编纂实践，因此需要全面地网罗当时的文体。《文章流别论》现在已知的有颂、赋、诗、七、

① （晋）陆机著，张少康释：《文赋集释》，第99页。

② 王运熙、杨明：《魏晋南北朝文学批评史》，第77页。

箴、铭、庆、哀辞、设论、碑、图谶、述等十三种文体。《翰林论》现在已知的有赋、诗、赞、论、诫诰、表、驳、议、檄十种文体。考虑到这些尚是残文，我们有理由认为《文章流别集》和《翰林》按照编者的观念收录了当时的全部文体。

因此说，“全”与“精”体现了史家和文人文体论的差别。

（二）文体溯源

文人和史家都注重文体的溯源，体现了魏晋文体论的宗经特点。

汉末曹魏时期的桓范（？～249）也是重要的文学理论家。他与曹丕颇有文学来往，曾在延康中与王象等人承曹丕意旨撰集《皇览》。桓范《世要论》中的《铭诔》可以视为《典论·论文》“铭诔尚实”的说明，而《序作》又可视为“书论宜理”的说明。《世要论·赞象》说“夫赞像之所作，所以昭述勋德，思咏政惠，此盖《诗颂》之末流矣”①，“赞像”是人物画像的赞语，桓范认为“赞”是《诗经》“颂”体的流脉，并指出其功能是“昭述勋德，思咏政惠”，属于儒家的政治理想。又《序作》说“夫著作书论者，乃欲阐弘大道，述明圣教，推演事义，尽极情类，记是贬非，以为法式，当时可行，后世可修”②，要求书论发扬解释“大道”和“圣教”的作用，体现了儒家影响下的文体功能。

西晋陆机也主张文体出自“五经”。《文赋》称“恒患意不称物，文不逮意”③，提出“文”“意”“物”三个要素，这一观点最早来自儒家经典《周易》，其《系辞》曰：“子曰：书不尽

① 穆克宏主编：《魏晋南北朝文论全编》，上海远东出版社2012年版，第26页。

② 穆克宏主编：《魏晋南北朝文论全编》，第28～29页。

③ （晋）陆机著，张少康释：《文赋集释》，第1页。

言，言不尽意，然则圣人之意，其不可见乎？子曰：圣人立象以尽意，设卦以尽情伪，系辞焉以尽其言。”① 言意之辨是魏晋玄学的重要主题，但具体的讨论情况宜归入玄学的范畴。《文赋》又说“颐情志于典坟”②“漱六艺于芳润”③，则是在儒家经典中陶冶性情、锤炼风格。《文赋》还提出“或因枝以振叶，或沿波而讨源”④，已经涉及文学的源流问题。

傅玄本传载其“与东海缪施俱以时誉选入著作，撰集魏书。……撰论经国九流及三史故事，评断得失，各为区例，名为《傅子》”⑤。针对有人问“刘歆、刘向孰贤”时说：“向才学俗而志中，歆才学通而行邪。《诗》之雅颂，《书》之典谟，文质足以相副。玩之若近，寻之益远，陈之若肆，研之若隐，浩浩乎其文章之渊府也。”⑥ 傅玄将雅颂的来源归之于《诗经》，而典谟从属于《尚书》，并认为《诗》《书》是文章的渊薮。

皇甫谧编纂有《帝王世纪》《高士传》《逸士传》《列女传》等史学著作。其《三都赋序》说“昔之为文者，非苟尚辞而已，将以纽之王教，本乎劝戒也……诗人之作，杂有赋体……故知赋者，古诗之流也”⑦，皇甫谧的文章观念是以“王教”为根本，以“劝戒”为功能。

挚虞担任秘书监，他的《文章流别论》深受经学的影响，

---

① （清）李道平：《周易集解纂疏》，第 609 页。

② （晋）陆机著，张少康释：《文赋集释》，第 20 页。

③ （晋）陆机著，张少康释：《文赋集释》，第 36 页。

④ （晋）陆机著，张少康释：《文赋集释》，第 60 页。

⑤ 《晋书·傅玄传》卷四七，第 1317～1323 页。

⑥ 《太平御览》卷五九九，第 2697 页。

⑦ 《文选》卷四五，第 641 页。

《文章流别论》说："文章者，所以宣上下之象，明人伦之叙，穷理尽性，以究万物之宜者也。"[①] 认为文章来源于《易》学。《文章流别论》说"赋"："赋者，敷陈之称，古诗之流也。"[②]"古之作诗者，发乎情，止乎礼义。"[③] 挚虞第一次确立了作为文体的赋与《诗经》的关系。挚虞认为诗体功能是言志，所依据的经典是《尚书》。诗歌的各种体式，都能从《诗经》中寻找到来源。"振振鹭，鹭于飞"是《诗经·鲁颂·有駜》的诗句，"谓鼠无角，何以穿我屋"是《诗经·召南·行露》的诗句，"我姑酌彼金罍"是《诗经·周南·卷耳》的诗句，"交交黄鸟止于桑"是《诗经·秦风·黄鸟》的诗句，"泂酌彼行潦挹彼注兹"是《诗经·大雅·泂酌》的诗句。挚虞说"雅音之韵，四言为正，其余虽备曲折之体，而非音之正也"，突出了挚虞对《诗经》"四言体"的推崇，而他本人也提倡并实践四言诗的创作。现存《文章流别论》中，颂、赋、诗三体是挚虞着力讨论的对象。兴膳宏指出，"此三体乃《诗经》的流裔，为最正统的文学之故"[④]。因此说，挚虞的文体理论实际关涉文体发展的大事，他将文体追溯到儒家经典，体现了鲜明的文体尊经意识。《翰林论》说应璩的诗歌"以风规治道，盖有诗人之旨焉"[⑤]，可知也以《诗经》作为诗体功能的渊源。

从文体宗经来看，文人桓范、陆机等人与史家傅玄、皇甫

---

① 《艺文类聚》卷五六，第1018页。

② 《太平御览》卷五八七，第2644页。

③ 《艺文类聚》卷五六，第1018页。

④ ［日］兴膳宏：《挚虞〈文章流别志论〉考》，陈鸿森译，（台湾）《中华文化复兴月刊》第19卷第6期。

⑤ 《文选》卷二一，第305页。

谧、挚虞、李充等人的观念是一致的。

（三）文体流变

文体流变是魏晋史家文体论的独特价值。魏晋是“七”体理论的兴盛期。兹以“七”体为例来观察文学家与史学家的不同旨趣。

曹植《七启序》说：“昔枚乘作《七发》、傅毅作《七激》、张衡作《七辩》、崔骃作《七依》，辞各美丽，余有慕之焉！遂作《七启》，并命王粲作焉。”① 既说王粲在世，则《七启》是曹植在建安后期所作。曹植提到了枚乘《七发》、傅毅《七激》以及张衡《七辩》、崔骃《七依》，只是赞赏这些作品的文辞美丽，却没有讨论“七”体的流变。

傅玄《七谟序》说：“昔枚乘作《七发》，而属文之士若傅毅、刘广、崔骃、李尤、桓麟、崔琦、刘梁、桓彬之徒，承其流而作之者纷焉，《七激》《七依》《七说》《七蠲》《七举》《七误》之篇。于通儒大才马季长、张平子亦引其源而广之，马作《七广》，张造《七辨》。或以恢大道而导幽滞，或以点瑰奓而托调咏，扬晖播烈，垂于后世者，几十有余篇。自大魏英贤迭作，有陈王《七启》、王氏《七释》、杨氏《七训》、刘氏《七华》，从父侍中《七诲》，并陵前而邈后，扬清风于儒林，亦数篇焉。世之贤明，多称《七激》工，余以为未尽善也。《七辨》似也，非张氏至思，比之《七激》，未为劣也。《七释》佥曰妙哉，吾无间矣。若《七依》之卓轹一致，《七辨》之缠绵精巧，《七启》之奔逸壮丽，《七释》之精密闲理，亦近代之所希也。”② 傅玄交代了“七”体的源头是枚乘《七发》，指出汉世作家“承其流

① 《文选》卷三四，第 484 页。

② 《太平御览》卷五九〇，第 2657 页。

而作”“引其源而广之”，产生了众多名作，魏代作家又发扬光大，“陵前而邈后，扬清风于儒林”。傅玄交代七体的发展脉络是很清楚的。《文章流别论》说：“傅子集古今七而论品之，署曰《七林》。”① 傅玄对“七”体的研究，也是为编纂总集《七林》服务的。傅玄子傅咸与挚虞关系极好，自然对挚虞的《文章流别集》有所启发。

挚虞《文章流别论》说：“《七发》造于枚乘，借吴楚以为客主。先言：‘出舆入辇，蹷痿之损；深宫洞房，寒暑之疾；靡漫美色，宴安之毒；厚味暖服，淫跃之害。宜听世之君子要言妙道，以疏神导体，蠲淹滞之累。’既设此辞，以显明去就之路，而后说以声色逸游之乐，其说不入，乃陈圣人辩士讲论之娱，而霍然疾瘳。此固膏粱之常疾以为匡劝，虽有甚泰之辞，而不没其讽谕之义也。其流遂广，其义遂变，率有辞人淫丽之尤矣。崔骃既作《七依》，而假非有先生之言。呜呼！扬雄有言，童子雕虫篆刻，俄而曰：壮夫不为也。孔子疾小言破道，斯文之族，岂不谓义不足而辨有余者乎？赋者将以讽，吾恐其不免于劝也。”② 挚虞“七”体理论的基本脉络是：先直接交代“七”体的起源是枚乘《七发》，又讨论了《七发》的结构和功能，以“其流遂广，其义遂变”来说明“七”体在发展过程中形式和功能的变迁，并举出代表人物和作品即崔骃《七依》，最后表达了“七”体主旨演变中由讽变劝的忧虑。

《文章流别论》的文体辨析也更加细致。挚虞之前的文体已经有很多种，但曹丕只讨论了四类八种，陆机也不过介绍了十种，但挚虞比他们涉及得更多，不计遗佚的部分，目前能够看到的文

① 《艺文类聚》卷五七，第1020～1021页。
② 《艺文类聚》卷五七，第1020页。

体已有十三种，并作出更仔细的划分，譬如“赋”体，即有辞、赋、七三种体裁，各各独立，如果宽松一点，《广成颂》虽名曰颂，其实就是赋作。如此细致的区分，在此前是没有的。

通过“七”体理论，可以清楚地看到文人曹植着重欣赏“七”体名作的文辞，而史家傅玄、挚虞却注重辨析七体的流变，显示出文人和史家文体论的不同关注点。

二、作家论

史家和文人在作家论上的区别，主要体现在作家的选择和评价上。

（一）作家的选择：横向与纵向

由于文人本身处于文学群体及其环境之中，因此文人论文注意同时期作家的横向比较，以显出各自的优劣或特征。在选择对象上，他们倾向于选择自己熟悉的作家作品。比如曹丕《典论·论文》和《与吴质书》《再与吴质书》所论的作家，基本是与曹丕有过交游的。

《典论·论文》说：

> 琳、瑀之章表书记，今之隽也。应玚和而不壮，刘桢壮而不密。孔融体气高妙，有过人者，然不能持论，理不胜词，以至乎杂以嘲戏，及其所善，扬、班俦也。①

《与吴质书》说：

> 伟长独怀文抱质，恬淡寡欲，有箕山之志，可谓彬彬君子者矣。著《中论》二十余篇，成一家之言，辞义典雅，

① 《文选》卷五二，第720页。

> 足传于后，此子为不朽矣。德琏常斐然有述作之意，其才学足以著书，美志不遂，良可痛惜。间者历览诸子之文，对之抆泪，既痛逝者，行自念也。孔璋章表殊健，微为繁富。公干有逸气，但未遒耳。其五言诗之善者，妙绝时人。元瑜书记翩翩，致足乐也。仲宣独自善于辞赋，惜其体弱，不足起其文；至于所善，古人无以远过。①

陈琳、阮瑀、应玚、刘桢、徐幹、王粲、孔融被曹丕称为“建安七子”。孔融是曹丕最欣赏的作家，但因为死于曹操之手，所以直到曹操死后，曹丕才编纂了《孔融集》，并奖掖了冒死收葬孔融尸体的脂习。孔融年岁较长，与曹操只差两岁，属于曹丕的父辈。其他六人与曹丕都有着密切的关系。曹丕以储君之尊评价当代事，应该是很客观和中肯的。曹丕的评价方式丰富，或者就文体立论，如陈琳、阮瑀之章表书记，刘桢之诗歌；或者就风格评骘，如评价应玚、刘桢；或者就性格品述，如孔融、刘桢之“气”，王粲之“体弱”。

史家重视作家之间的纵向比较，目的是观察文体在不同时代、不同作家身上体现的流变轨迹，因此多选择那些在文体发展史上有特殊地位的作家作品。兹以赋体为例。皇甫谧《三都赋序》说：

> 至于战国，王道陵迟，风雅寝顿。于是，贤人失志，辞赋作焉。是以孙卿、屈原之属，遗文炳然，辞义可观，存其所感，咸有古诗之意，皆因文以寄其心，托理以全其制，赋之首也。及宋玉之徒，淫文放发，言过于实。夸竞之兴，体失之渐，风雅之则，于是乎乖。逮汉贾谊，颇节

① 《文选》卷四二，第591～592页。

> 之以礼。自时厥后，缀文之士，不率典言，并务恢张，其文博诞空类。大者罩天地之表，细者入毫纤之内。虽充车联驷，不足以载；广夏接榱，不容以居也。其中高者如相如《上林》、扬雄《甘泉》、班固《两都》、张衡《二京》、马融《广成》、王生《灵光》，初极宏侈之辞，终以约简之制，焕乎有文，蔚尔鳞集，皆近代辞赋之伟也。①

皇甫谧所列举的荀子、屈原、宋玉、贾谊、司马相如、扬雄、班固、张衡、马融、王逸等人，《上林赋》《甘泉赋》《两都赋》《二京赋》《广成颂》《灵光赋》等作品，不仅是赋史上的名家名作，而且也体现了赋体的演变脉络。

挚虞《文章流别论》残文说赋体：

> 前世为赋者，有孙卿、屈原，尚颇有古之诗义，至宋玉则多淫浮之病矣。《楚词》之赋，赋之善者也。故扬子称赋莫深于《离骚》；贾谊之作，则屈原俦也。②

挚虞提到了荀子、屈原、宋玉、贾谊等人，虽然《文章流别论》的残文未必能全面地代表挚虞的认识，但也可以据此窥知挚虞因袭了其师皇甫谧的意见。与俞士玲《挚虞〈文章流别集〉考》③ 所列举的作家作品进行对比，发现皇甫谧提及的作品全部囊括在内。在具体作家的判断上，两篇文章也是一致的。

当然，横向比较和纵向比较仅仅是区分文人和史家作家选择的主要特色，并不是文人和史家区别的必然特征。文人在模拟写作中，也会提到历史上的著名作品，比如前述曹植写作

① 《文选》卷四五，第641页。

② 《太平御览》卷五八七，第2644页

③ 参见俞士玲：《西晋文学考论》，第199～200页。

《七启》时提到了枚乘《七发》、傅毅《七激》以及张衡《七辩》、崔骃《七依》，但他们是曹植的模拟对象，与史家傅玄对“七”体的选择的出发点仍然有所区别。

（二）作家的评价：新巧与质实

文人论文，会因才性所至，自铸新辞，创造文论的新概念。比如，曹丕将先秦以来的“气”论首次应用到文学评论之中。曹丕提出“文以气为主”的文学新观点，并以“气”评述作家。他在《典论论文》说“王粲长于辞赋，徐幹时有齐气，然粲之匹也”，评论孔融说“体气高妙，有过人者，然不能持论，理不胜词，以至乎杂以嘲戏，及其所善，扬、班俦也”，又说刘桢“公干有逸气，但未遒耳”，并说“气之清浊有体，不可力强而致”①。曹丕评王粲说“惜其体弱，不足起其文”，“体弱”据李善注，即“气弱”②。关于“气”的具体所指，学界尚有争议，但对以“气”论作家的重要性的认识是一致的。文体有不同的美学要求，或雅、或理、或实、或丽，而文人擅长什么文体，很大程度上是由其气质特征所决定的，因此曹丕说：“文以气为主。气之清浊有体，不可力强而致。譬诸音乐，曲度虽均，节奏同检，至于引气不齐，巧拙有素，虽在父兄，不能以移子弟。”③ 每个人都具有独特的气质，不仅与别人不同，甚至与自己的父亲兄弟不同，这就无法适应文体风格的多重要求，因此说“能之者偏也。唯通才能备其体”，实际上提出了文学批评的

---

① 《文选》卷五二，第720页。
② 《文选》卷四二，第592页。
③ 《文选》卷五二，第720页。

“偏才论”。①

史家在评论作家时，与文学家相较，措辞严谨而朴素。曹魏鱼豢《魏略》引用韦诞评论作家说：“仲宣伤于肥戇，休伯都无格检，元瑜病于体弱，孔璋实自粗疏，文蔚性颇忿鸷。”② 鱼豢所引韦诞的评论反映了史学家的作家评论风格。挚虞《文章流别论》也有作家评价，如追溯赋的渊源，或称司马相如赋为“浮说”，或引扬雄称赋“丽以淫”，或称宋玉赋多“淫浮之病”，或谓铭体有“烦”“典正”“秽病”等，总之使用的都是切实的词语。李充《翰林论》的文论语言更加简约贫乏，仅以“美”“成文”“德音”来进行评论。如此看来，史家的评论紧扣文体或作品的现实，尽可能作出恰当的或者概括性的评价，不似文人那样去思考作家才能的来源或者纷纭多姿的作品背后深层次的东西。

三、作品论

“臧否当时”与“铨修前品”是文人和史家评价具体作品的着眼点。

(一)“臧否当时”

文人在评价具体作品时，注意选择当时的文学作品，注重作品的文学性特征。这与建安以来文学活动的兴起而促成文学批评的发展有关。

曹丕《典论·论文》说：

---

① 参见拙文《论建安时代偏才论的兴起》，《石河子大学学报》2020 年第 4 期。

② 《三国志·魏书·阮瑀传》卷二一裴松之注引，第 604 页。

> 王粲长于辞赋，徐幹时有齐气，然粲之匹也。如粲之《初征》《登楼》《槐赋》《征思》，幹之《玄猿》《漏卮》《圆扇》《橘赋》，虽张、蔡不过也。然于他文，未能称是。①

曹丕列举了同时代作家王粲的《初征赋》《登楼赋》《槐赋》《征思赋》和徐幹的《玄猿赋》《漏卮赋》《圆扇赋》《橘赋》等辞赋作品，即使与张衡、蔡邕相比，也不逊色，但没有说明理由。值得注意的是，曹丕称美的王粲、徐幹之作，除了王粲《登楼赋》为《文章流别集》收录外，其他俱未提及，也反映了史家和文人对于作品认识的不同。

“臧否当时”是文学活动兴盛的产物。邺下时期，曹丕、曹植领衔组织了游览、公宴、游戏等文学活动，是文学史上的佳话。曹丕与吴质的信中曾深情地回忆道：

> 每念昔日南皮之游，诚不可忘。既妙思六经，逍遥百氏，弹棋间设，终以六博，高谈娱心，哀筝顺耳。驰骛北场，旅食南馆，浮甘瓜于清泉，沈朱李于寒水。白日既匿，继以朗月，同乘并载，以游后园。舆轮徐动，宾从无声，清风夜起，悲笳微吟，乐往哀来，怆然伤怀，余顾而言，斯乐难常，足下之徒咸以为然。②

又在与吴质的信中说：

> 昔年疾疫，亲故多离其灾，徐、陈、应、刘，一时俱逝，痛可言邪？昔日游处，行则连舆，止则接席，何曾须臾相失！每至觞酌流行，丝竹并奏，酒酣耳热，仰而赋诗，

① 《文选》卷五二，第720页。

② 《文选》卷四二，第590～591页。

当此之时，忽然不自知乐也。谓百年已分，可长共相保，何图数年之间，零落略尽，言之伤心。顷撰其遗文，都为一集，观其姓名，已为鬼录。追思昔游，犹在心目，而此诸子，化为粪壤，可复道哉！①

正是这样的贵游活动，推动了邺下文学的发展。贵游生活提供的闲逸情调和愉快气氛，激发了参与者的灵感诗意，因此大家竞相创作，试比高下。这种创作具有游戏性质，或者依据同一文体，或者依据同一题材，尤其前者，能充分展露当时文人对文体写作的认识。文学活动中的吟诗作赋，为曹丕总结文体规范提供了资料来源。因此，曹丕的文体论反映了当时的看法，而未必是历史的观点。

（二）“铨修前品”

史家在选择和评价具体作品时，更加注重作品在文体发展史上的地位。

挚虞所任的秘书监，李充所任的著作郎，都是负责秘府藏书的职务。他们编纂《文章流别集》和《翰林》，倾注的是学者的眼光，面对的是历史的书籍，不同于建安文人的文学眼光和文学活动。因此他们不但选择了历史上的优秀作品，而且更注重这些作品在文体流变史上的意义。

皇甫谧《三都赋序》说：

其中高者至如相如《上林》、扬雄《甘泉》、班固《两都》、张衡《二京》、马融《广成》、王生《灵光》……②

① 《文选》卷四二，第591页。
② 《文选》卷四五，第642页。

皇甫谧所列举的代表作家有荀子、屈原、宋玉、贾谊、司马相如、扬雄、班固、张衡、马融、王逸等，代表作品有《上林赋》《甘泉赋》《两都赋》《二京赋》《广成颂》《灵光赋》等，都是历史上的名家名作。

挚虞《文章流别论》说：

> 若《解嘲》之弘缓优大，《应宾》之渊懿温雅，《达旨》之壮厉慷慨，《应间》之绸缪契阔，郁郁彬彬，靡有不长焉者矣。①

挚虞说扬雄的《解嘲》、班固的《宾戏》、崔骃的《达旨》、张衡的《应间》"郁郁彬彬，靡有不长焉者"，是给予了这些作品充分的肯定。陆云也讨论过这些作品，但是为了模拟的需要，如《与兄平原书》十六："《幽通》《宾戏》之徒自难作，《宾戏》《客难》可为耳，答之甚未易。"②

李充《翰林论》也重视具体作品的评价：如"木氏《海赋》，壮则壮矣，然首尾负揭，状若文章，亦将由未成而然也"，是对木华《海赋》的评价；又如"扬子论秦之剧，称新之美，此乃计其胜负、比其优劣之义"，是对扬雄《剧秦美新》的评价；又如盟"陆机《议晋断》，亦名其美矣"，是对陆机《议晋书限断》的评价；又如"盟檄发于师旅。相如《喻蜀父老》，可谓德音矣"，是对司马相如《喻巴蜀檄》的评价。

因此，史家文学批评的核心是历史上代表性的优秀作品。

---

① 《北堂书钞》卷一百，第423页。

② （晋）陆云著，刘运好校注：《与兄平原书》其一六，《陆士龙文集校注》，第1083页。

总之，文人评价的是当代作品，注意作品生成的现实环境，而史家评价的是历史作品，更加注意文体产生的学术环境。这是由文人和史家的不同身份决定的。

余论

史家和文人的文学批评，大要在如上三个方面。其他尚有文章的作用和地位需要讨论。曹丕称文章是“经国之大业，不朽之盛事”①，提高了文章的地位；陆机也说“古人贵立言以为不朽，吾所作子书未成，以此为恨耳”②，认为文章可垂之不朽。但挚虞、李充等史家对文章不朽的问题很少讨论，而说文章“宣上下之象，明人伦之叙，穷理尽性，以究万物之宜者也”③，把文学视为儒家宣扬道德的工具。曹丕生当乱世，曹氏崇尚通脱，能够解放文学的桎梏、提高文学的地位；而挚虞基本生活在太平之世，司马氏是世家出身，崇尚儒学，故返归两汉的宗经思想。在文学通变上，曹丕更注重文学的新变，陆机、陆云也在模拟中追求新变，但挚虞更重视文体的规定性特征，但也注意到“质文时异”的现象。在文学创作上，陆机在经典之外，强调了自然和社会的激发作用，而挚虞仍然重视经典，未能注意自然和人类世界对文学的作用。如是种种，皆能体现出两类文学批评的差异。

---

① 《文选》卷五二，第 720 页。
② 《太平御览》卷六〇二，第 2709 页。
③ 《艺文类聚》卷五六，第 1018 页。

参考文献

一、基本古籍（以经史子集为序）

1.（清）李道平撰，潘雨廷点校：《周易集解纂疏》，中华书局1994年版。

2.（清）孙诒让撰，王文锦、陈玉霞点校：《周礼正义》，中华书局1987年版。

3.（清）朱彬撰，饶钦农点校：《礼记训纂》，中华书局1996年版。

4.（清）刘宝楠撰，高流水点校：《论语正义》，中华书局1990年版。

5. 徐元诰集解：《国语集解》（修订本），中华书局2002年版。

6.（汉）司马迁：《史记》，中华书局1982年版。

7.（汉）班固等撰：《汉书》，中华书局1962年版。

8.（刘宋）范晔等撰：《后汉书》，中华书局1982年版。

9.（晋）陈寿撰，（刘宋）裴松之注：《三国志》，中华书局1982年版。

10.（唐）房玄龄等撰：《晋书》，中华书局1974年版。

11.（梁）沈约等撰：《宋书》，中华书局1974年版。

12.（唐）姚察、姚思廉撰：《梁书》，中华书局 2020 年版。

13.（梁）萧子显撰：《南齐书》，中华书局 2017 年版。

14.（北齐）魏收编：《魏书》，中华书局 1974 年版。

15.（唐）魏征等撰：《隋书》，中华书局 1973 年版。

16.《二十五史补编》，中华书局影印开明书店辑印本。

17.（宋）司马光等著，（元）胡三省注：《资治通鉴》，中华书局 1956 年版。

18.（东汉）荀悦、（东晋）袁宏撰，张烈点校：《两汉纪》，中华书局 2002 年版。

19.（汉）赵岐撰，（清）张澍辑：《三辅决录》，三秦出版社 2006 年版。

20.（晋）葛洪：《西京杂记》，《四部丛刊》本。

21.（晋）张华撰，范宁校证：《博物志校证》，中华书局 2004 年版。

22.（北魏）杨衒之著，周祖谟注：《洛阳伽蓝记》，中华书局 2019 年版。

23.（北魏）郦道元注，陈桥驿校证：《水经注校证》，中华书局 2007 年版。

24.（唐）许嵩：《建康实录》，中华书局 1986 年版。

25.（唐）刘知几著，（清）浦起龙通释：《史通通释》，上海古籍出版社 2009 年版。

26.（唐）杜佑撰，王文锦、王永兴等点校：《通典》，中华书局 1988 年版。

27.（元）马端临：《文献通考》，中华书局 2011 年版。

28.（清）章学诚著，叶瑛校注：《文史通义校注》，中华书局 1985 年版。

29.（清）章学诚著，王重民通解：《校雠通义通解》，上海古籍出版社2009年版。

30.（清）王鸣盛：《十七史商榷》，上海古籍出版社2013年版。

31.（清）郭庆藩撰，王孝魚点校：《庄子集释》，中华书局1961年版。

32. 王利器：《新语校注》，中华书局1986年版。

33. 刘文典撰，冯逸、乔华点校：《淮南鸿烈集解》，中华书局1989年版。

34. 汪荣宝撰，陈仲夫点校：《法言义疏》，中华书局1987年版。

35.（汉）王充著，黄晖校释：《论衡校释》，中华书局1990年版。

36.（三国魏）刘劭著，（西凉）刘昞注：《人物志》，中国书店2019年影印明隆庆刊本。

37.（晋）葛洪著，王明校释：《抱朴子内篇校释》，中华书局1985年版。

38.（晋）葛洪著，杨明照校释：《抱朴子外篇校释》，中华书局1991年版。

39.（南朝宋）刘义庆著，刘孝标注，余嘉锡笺疏：《世说新语笺疏》，中华书局2007年版。

40.（梁）萧绎著，许逸民校笺：《金楼子校笺》，中华书局2011年版。

41.（唐）徐坚等著：《初学记》，中华书局2004年版。

42. 许逸民编：《初学记索引》，中华书局1980年版。

43.（唐）欧阳询撰，汪绍楹校：《艺文类聚》，上海古籍出版社 1999 年版。

44.（隋）虞世南编：《北堂书钞》，清华大学出版社 2003 年影印本。

45.（宋）李昉等编：《太平御览》，中华书局 1960 年版。

46.（宋）王应麟编：《玉海》，广陵书社 2007 年版。

47. 俞绍初辑校：《建安七子集》，中华书局 2005 年版。

48.（魏）曹植撰，赵幼文校注：《曹植集校注》，中华书局 2016 年版。

49.（晋）陆机著，杨明校笺：《陆机集校笺》，上海古籍出版社 2016 年版。

50.（晋）陆云著，刘运好校注：《陆士龙文集校注》，凤凰出版社 2010 年版。

51. 王增文校注：《潘黄门集校注》，中州古籍出版社 2002 年版。

52.（梁）萧统编，（唐）李善注：《文选》，中华书局影印胡刻本 1977 年版。

53.（梁）徐陵编：《玉台新咏》，人民文学出版社 2010 年版。

54. 章樵注：《古文苑》，《四部丛刊》影印杭州蒋氏藏明成佛壬寅刊本。

55.（唐）许敬宗编：《文馆词林》，《古逸丛书》本。

56.（唐）许敬宗编，罗国威整理：《文馆词林校证》，中华书局 2001 年版。

57.（宋）郭茂倩编：《乐府诗集》，中华书局 2017 年版。

58.（清）严可均校辑：《全上古三代秦汉三国六朝文》，中华书局 1958 年版。

59. 韩理洲等辑：《全三国西晋南朝文补遗》，三秦出版社2013年版。

60. 逯钦立辑校：《先秦汉魏晋南北朝诗》，中华书局1983年版。

61. 乔治忠校注：《众家编年体晋史》，天津古籍出版社1989年版。

62. 熊明辑校：《汉魏六朝杂传集》，中华书局2017年版。

63.（晋）陆机著，张少康释：《文赋集释》，人民文学出版社2002年版。

64.（南朝梁）刘勰撰，范文澜注：《文心雕龙注》，人民文学出版社1978年版。

65.（南朝梁）刘勰撰，杨明照校注拾遗：《增订文心雕龙校注》，中华书局2005年版。

66.（南朝梁）锺嵘著，曹旭笺注：《诗品笺注》，人民文学出版社2009年版。

67. 卢盛江汇校汇考：《文镜秘府论汇校汇考》，中华书局2006年版。

68. 吴文治主编：《明诗话全编》，江苏古籍出版社1997年版。

二、近人著作（以姓名首字母为序）

1. 曹道衡、傅刚：《萧统评传》，南京大学出版社2001年版。

2. 曹道衡、沈玉成：《中古文学史料丛考》，中华书局2003年版。

3. 曹道衡：《汉魏六朝辞赋》，上海古籍出版社2011年版。

4. 陈寅恪：《金明馆丛稿初编》，三联书店 2001 年版。

5. 程章灿：《魏晋南北朝赋史》，江苏古籍出版社 2001 年版。

6. 邓国光：《文章体统：中国文体学的正变与流别》，上海古籍出版社 2013 年版。

7. 邓国光：《挚虞研究》，（香港）学衡出版社 1990 年版。

8. 傅刚：《〈昭明文选〉研究》，中国社会科学出版社 2000 年版。

9. 傅刚：《魏晋南北朝诗歌史论》，商务印书馆 2017 年版。

10. 葛晓音：《八代诗史》（修订本），中华书局 2012 年版。

11. 顾易生、蒋凡：《中国文学批评通史·先秦两汉卷》，上海古籍出版社 1996 年版。

12. 郭绍虞：《元好问论诗三十首小笺》，人民文学出版社 1978 年版。

13. 郭绍虞：《照隅室古典文学论集》，上海古籍出版社 2009 年版。

14. 郭英德：《中国古代文体学论稿》，北京大学出版社 2005 年版。

15. 洪顺隆主编：《中外六朝文学研究文献目录》，文津出版社 1987 年版。

16. 胡宝国：《汉唐间史学的发展》（修订本），北京大学出版社 2014 年版。

17. 胡宝国：《汉唐间史学的发展》，商务印书馆 2003 年版。

18. 黄侃：《文心雕龙札记》，上海古籍出版社 2000 年版。

19. 吉常宏、吉发涵：《古人名字解诂》，语文出版社 2003 年版。

20. 柯庆明、曾永义编：《两汉魏晋南北朝文学批评资料汇编》，成文出版社 1978 年版。

21. 刘宁编：《沈玉成文存》，中华书局 2006 年版。

22. 刘师培著，刘跃进讲评：《中国中古文学史讲义》，凤凰出版社 2011 年版。

23. 陆侃如：《中古文学系年》，人民文学出版社 1985 年版。

24. 逯耀东：《魏晋史学的思想与社会基础》，中华书局 2006 年版。

25. 罗宗强：《魏晋南北朝文学思想史》，中华书局 1996 年版。

26. 罗宗强：《玄学与魏晋士人心态》，中华书局 2019 年版。

27. 吕思勉：《两晋南北朝史》，上海古籍出版社 2009 年版。

28. 吕思勉：《秦汉史》，上海古籍出版社 2009 年版。

29. 马积高：《历代辞赋研究史料概述》，中华书局 2001 年版。

30. 牟润孙：《注史斋丛稿》（增订本），中华书局 2009 年版。

31. 穆克宏、郭丹编著：《魏晋南北朝文论全编》（修订本），江苏教育出版社 2004 年版。

32. 穆克宏主编：《魏晋南北朝文论全编》，上海远东出版社 2012 年版。

33. 牛润珍：《汉至唐初史官制度的演变》，河北教育出版社 1999 年版。

34. 钱志熙：《魏晋南北朝诗歌史述》，北京大学出版社 2005 年版。

35. 钱志熙：《魏晋诗歌艺术原论》（修订本），北京大学出版社 2005 年版。

36. 钱志熙：《中国诗歌通史·魏晋南北朝卷》，人民文学出版社 2012 年版。

37. 饶宗颐：《饶宗颐二十世纪学术文集》，（台北）新文丰出版股份有限公司 2003 年版。

38. 沈玉成、刘宁：《春秋左传学史稿》，江苏古籍出版社 1992 年版。

39. 王晓东：《潘岳研究》，上海古籍出版社 2011 年版。

40. 王瑶：《中古文学史论》，北京大学出版社 2008 年版。

41. 王运熙、杨明：《魏晋南北朝文学批评史》，上海古籍出版社 1996 年版。

42. 邢义田：《天下一家：皇帝、官僚与社会》，中华书局 2011 年版。

43. 阎步克：《察举制度变迁史稿》，中国人民大学出版社 2009 年版。

44. 阎步克：《品位与职位：秦汉魏晋南北朝官阶制度研究》，中华书局 2009 年版。

45. 杨合林：《玄言诗研究》，上海古籍出版社 2011 年版。

46. 余嘉锡：《目录学发微》，中华书局 2009 年版。

47. 余嘉锡：《余嘉锡论学杂著》，中华书局 1963 年版。

48. 俞士玲：《西晋文学考论》，南京大学出版社 2008 年版。

49. 郁沅、张明高编选：《魏晋南北朝文论选》，人民文学出版社 1996 年版。

50. 祝总斌：《材不材斋史学丛稿》，中华书局 2009 年版。

51. 祝总斌：《两汉魏晋南北朝宰相制度研究》，中国社会科学出版社 1990 年版。

52.《纪念顾颉刚学术论文集》，巴蜀书社 1990 年版。

53.［日］兴膳宏：《异域之眼》，戴燕译，复旦大学出版社 2006 年版。

后　记

本书是在博士论文《摯虞研究》的基础上修改而成，主要讨论摯虞的生平、文学和学术，以及《文章流别集》的编纂情况、文学史观念和文学批评特点。

在博士论文的写作过程中，先后得到了傅刚老师、葛晓音老师、钱志熙老师、杜晓勤老师、常森老师、刘宁老师、潘建国老师、李鹏飞老师的精心指导。在博士论文的评审和答辩过程中，也收获了王小盾先生、左东岭先生、刘跃进先生、魏崇新先生、张廷银先生的宝贵意见。同门陈君师兄仔细阅读了全书，提供了许多具体的修改意见，惠我良多。

本书的部分内容，先后在《中国典籍与文化》《古籍研究》《儒家典籍与思想研究》《东方论坛》等书刊上发表过，感谢编辑老师和审稿专家的支持和鼓励！

本书得以面世，感谢山东大学文学院提供的经费资助和杜泽逊院长的支持和推荐，也感谢山东大学出版社的慨允出版和编辑老师们的辛勤劳动。

徐昌盛

2020 年 11 月 15 日